HANS-JÜRGEN RUSCH

Gegenwende

PUTSCHVERSUCH Juli 2007. Zwei Männer, unterwegs mit ihrer Segeljacht nach Helgoland, werden auf offener See entführt. Wenig später entdeckt die Journalistin Svenja Windisch auf einer Autobahnbaustelle in Bremen ein männliches Skelett.

Svenja wittert die Chance auf die Story ihres Lebens und ermittelt parallel zur Polizei. Doch ihre Recherchen führen sie zurück in die eigene Vergangenheit. Zurück in die ersten Monate des Jahres 1990. Damals lernte sie während des Sturms auf die Stasi-Zentrale in Berlin den Stralsunder Bürgerrechtler Robert Bigalke kennen. Begeistert von seinen politischen Zielen unterstützte sie ihn bei seiner Kandidatur für die neu zu wählende Volkskammer und leitete seinen Wahlkampf. Und damals erfuhr sie auch von einem drohenden Militärputsch, der Gegenwende …

Hans-Jürgen Rusch, Jahrgang 1957, diente bis zur deutschen Wiedervereinigung als Marineoffizier in Peenemünde und Stralsund. Heute lebt er mit seiner Familie im niedersächsischen Umland von Bremen. Nach zahlreichen Artikeln in Fachzeitschriften und einem Sachbuch veröffentlichte er 2008 seinen ersten Kriminalroman »Späte Rechnung«. Mit »Gegenwende« gibt er sein Debüt im Gmeiner-Verlag.

HANS-JÜRGEN RUSCH

Gegenwende

Kriminalroman

GMEINER *Original*

Personen und Handlung sind frei erfunden.
Ähnlichkeiten mit lebenden oder toten Personen
sind rein zufällig und nicht beabsichtigt.

Besuchen Sie uns im Internet:
www.gmeiner-verlag.de

Im Ehnried 5, 88605 Meßkirch
Telefon 07575/2095-0
info@gmeiner-verlag.de

1. Auflage 2010

Lektorat: Claudia Senghaas, Kirchardt
Herstellung / Korrekturen: Daniela Hönig / Doreen Fröhlich, Sven Lang
Umschlaggestaltung: U.O.R.G. Lutz Eberle, Stuttgart
unter Verwendung eines Fotos von Hans-Jürgen Rusch
Druck: Fuldaer Verlagsanstalt, Fulda
Printed in Germany
ISBN 978-3-8392-1044-4

Am Anfang war es nur eine Zeitungsmeldung:
www.gegenwende.de

Juli 2007

1

»Pass auf!« Ludger Rotgerber erstarrte vor Schreck. Die Segeljacht schoss auf eine knallgelbe Tonne zu, die plötzlich wie eine Felsnadel aus dem Dunst auftauchte. Mit Gewalt riss er sich von dem Anblick los und schrie in Richtung achteren Steuerstand: »Hau das Ruder rum – eine Untiefentonne voraus!«

Göran Grewe reagierte sofort, wirbelte das Steuerrad nach rechts und drückte es gegen den Anschlag. »Liegt hart Steuerbord!«

Ludgers Blick flog wieder vor ins graugrüne Wasser. Der spitze Bug der Jacht durchschnitt die Wellen in direkter Linie zum Hindernis. Ein Zusammenstoß mit dem gelben Stahlkoloss wäre eine Katastrophe – der Holzrumpf ihrer Jacht würde zerschellen und binnen Minuten sinken. Ludger starrte zur Mastspitze hinauf. Zum Einholen der Segel war es längst zu spät. Ängstlich schaute er neuerlich nach vorn und taxierte den schwindenden Abstand. Wie von einem Gummiseil gezogen, rasten sie genau auf das Hindernis zu. Die Sekunden verstrichen. Dann endlich spürte Ludger den ersehnten Ruck unter seinen Füßen. Und tatsächlich, der Bug wanderte nach rechts, anfangs nur zögerlich, schließlich unaufhaltsam, immer weiter von der Tonne weg, die sie wenig später an der Backbordseite passierten.

»Das war knapp«, seufzte Ludger, löste sich von der Reling am Bug und hangelte nach hinten.

»Spinnst du?«, schrie ihm Göran entgegen. »Bleib auf deinem Posten!«

Du kannst mich, dachte Ludger und sprang in den Steuerstand. »Wir müssen langsamer segeln. Der Regen. Der Dunst. Willst du uns umbringen?«

Göran ließ das Ruder los und deutete auf die Armaturen vor ihm. Das Steuerrad pendelte leicht hin und her, als würde ein Autopilot den richtigen Kurs halten. »Es ist genau 14.52 Uhr. Bis Helgoland brauchen wir noch drei Stunden. Wir schaffen's gerade so.«

Ludger versuchte erneut einen Einwand, aber Göran fuhr ihm über den Mund: »Erinnerst du dich? Die Anweisung war eindeutig: ›Treffpunkt 10. Juli – 18.00 Uhr und keine Minute später. Kommen Sie 18.01 Uhr, platzt das Geschäft.‹« Sein Blick huschte die Instrumente entlang. »Sind wir nur kurze Zeit überfällig, können wir die halbe Million vergessen.« Mit ausgestrecktem Arm wies er zum Bug. »Los. Ab nach vorn!«

Beeindruckt von Görans Worten, drehte sich Ludger schweigend um und stakste auf seinen Ausguckposten.

Eine viertel Stunde darauf zogen Ludger Kopfschmerzen von den Schläfen in die Stirn. Der scharfe Wind und die Gischt quälten ihn. Immer wieder wischte er sich mit den nassen Händen das Gesicht ab und verteilte so das salzige Meerwasser über Augen, Mund und Nase. Schließlich glaubte er, ihm schwinden die Sinne. Der Horizont wich zurück, immer weiter, als würden sie rückwärtsfahren. Ludger kniff die Augen zusammen – aber die Illusion blieb: Die Linie zwischen Himmel und Meer entfernte sich stetig. Er blickte zur Seite. Die Schaumkämme der Wellen hoben sich augenfällig vom Grau des Wassers ab, viel deutlicher als zuvor. Na klar – die Sicht hatte sich verbessert. Deshalb auch der zurückweichende Horizont. Sehnsüchtig wandte sich Ludger nach hinten und sah zum Steuerstand, brachte jedoch kein Wort über die Lippen.

Göran musste seinen Blick bemerkt haben, schaute in die Runde und zuckte mit den Schultern. »Also gut; verschwinde da vorn.«

Na endlich. Ludger hangelte zum Heck, schob sich wortlos an Göran vorbei und kroch in die Kajüte hinunter. Ein heißer Tee würde ihm jetzt guttun. Er schüttelte die Thermoskanne, in der nur ein mickriger Rest plätscherte. Zum Wasseraufsetzen fehlte ihm die Energie. Er stellte die Kanne beiseite, streifte die Wetterjacke ab und legte sich auf den Schlafsack, der die Mitte des winzigen Raums ausfüllte. Im engen Ausschnitt des Niedergangs sah er Göran am Ruder stehen, souverän wie der Fliegende Holländer. Wo nahm der Kerl die Kaltschnäuzigkeit her? Mit Sicherheit brauchten er und seine Firma das Geld, sonst hätte er diese Aktion kaum gestartet. Und Ludger könnte all seine Probleme abschütteln – wenn das Geschäft gelang, wenn die Geldübergabe auf Helgoland klappte? Aber würden die ihnen das Geld übergeben? Ließen die sie anschließend einfach ziehen? Helgoland lag im Meer – ohne Fluchtauto, ohne Autobahn. Stattdessen mit unzähligen Urlaubern zu dieser Jahreszeit. Auch bei diesem Sauwetter? Hätte er sich bloß nicht auf die Erpressung eingelassen.

Ludger beugte sich zur Seite, fingerte ein hellbraunes Bündel aus seiner Reisetasche an der Bordwand und wickelte das Leinentuch auseinander. Die schwarze Oberfläche der Pistole schimmerte matt im Dämmerlicht der Kajüte; am Lauf blitzte silbern ein langer Kratzer. Langsam führte Ludger die Mündung an seine Nase, als könnte er den Schmauchgeruch von vor 17 Jahren noch riechen. Aber nur ein Hauch von Öl und Stahl haftete dem Metall an. Er legte die Pistole ab und griff nach der Waffenkarte; giftgrün, groß wie eine Spielkarte, in Plastik eingeschweißt, mit zwei braunen Fettflecken am oberen Rand. Obwohl er die Nummer so oft kontrolliert hatte und sie mittlerweile auswendig kannte, verglich er abermals: ›B8058‹ stand auf dem Verschluss der Waffe und ›Makarow – B8058‹ auf der Karte; ergänzt durch den Namen des ehemaligen Besitzers: ›Korvettenkapitän Christian Koschak – 3. Flottille – 3. Hilfsschiffs- und Bergungsdienstabteilung

– Stralsund‹. Ludger fasste erneut in seine Reisetasche. Den lichtblauen Umschlag des Notizbuchs hatten die Jahre ausgeblichen, die Ecken waren abgestoßen und das Papier vergilbt. Dieses Büchlein und die Pistole würden ihnen heute aus der größten Not helfen.

»Was soll das denn?«, rief Göran plötzlich an Oberdeck. »Eh, komm schnell hoch.«

Mit fahrigen Händen packte Ludger das Bündel zusammen, verstaute es in der Tasche und hastete den Niedergang hinauf.

»Schau mal dort.« Göran wies Steuerbord voraus, wo sich die graue Silhouette eines Schiffes vom Horizont abhob.

Ludger griff nach dem Fernglas, das Göran ihm reichte, und sah hinüber. »Ein Küstenmotorschiff. Na und?«

»Es hält seit zehn Minuten auf uns zu.«

»Weichst einfach aus«, sagte Ludger, ohne das Fernglas abzusetzen.

»Bin ich schon. Zweimal.«

»Und?«

»Als würden wir deren Pott wie einen Magneten anziehen, richten die ihren Kurs immer wieder auf unseren Kahn aus.«

Ludger stutzte. »Die führen keine Flagge.«

»Eben. Genau das hat mich auch gewundert.«

Der weiße Kamm der Bugwelle des fremden Schiffes pendelte im Takt der Wellen auf und ab. Unaufhaltsam glitt der graue Rumpf auf sie zu. An Oberdeck entdeckte Ludger ein orangefarbenes Schlauchboot. Daneben standen fünf Männer in Schutzanzügen. Ein Prisenkommando? Wollen die uns aufbringen? Im Näherkommen erkannte er jetzt durch das Fernglas die Gesichter der Männer, die ungerührt herübersahen. Der Bursche links außen, mit Vollbart und wirren Locken, einen Kopf größer als seine Kameraden, erinnerte Ludger an den Seewolf aus einer der Jack-London-Verfilmungen. Er setzte das Fernglas ab, drückte es Göran in die

Hand und stieg nach unten. Die Pistole musste verschwinden. Wenig später kehrte Ludger an Deck zurück. Das fremde Schiff stoppte in der Nähe der Jacht und ließ das Schlauchboot zu Wasser. Das Prisenkommando kletterte hinein und steuerte auf sie zu. Ludger suchte den Horizont ab. Die See um sie herum schimmerte völlig verlassen im trüben Licht des Nachmittags; sie würden den Kerlen schutzlos ausgeliefert sein. Er zog sein Handy heraus. Das nahmen die ihm nur ab. Er warf es über Bord, seine Kontaktdaten bekamen die nicht. Und falls das Überfallkommando es auf die Pistole und das andere Beweismaterial abgesehen hatte, Ludgers Bündel lag im Wellentunnel des Hilfsantriebs gut versteckt.

Dann klatschte das Schlauchboot an die Bordwand ihrer Jacht, Leinen flogen herüber und vier der Männer sprangen zu ihnen hoch. Göran schnappte sich einen der Bootshaken und stürmte auf den Seewolf zu. Der wich geschickt aus, packte den Bootshaken, zerrte daran und streckte Göran zu Boden. Dieser versuchte, sich aufzurappeln. Aber der Seewolf setzte nach. Göran wehrte sich. Irgendetwas schwirrte durch die Luft. Der Seewolf holte aus und schlug Göran mit wenigen Fausthieben nieder. Währenddessen hatte ein weiterer Angreifer Ludger gepackt, ihm die Hände mit Handschellen auf den Rücken gebunden und in Richtung Schlauchboot geschoben. Der Seewolf schleifte den reglosen Göran zur Reling und warf ihn wie einen Kartoffelsack in das Schlauchboot. Ludger musste hinterherspringen. Schließlich nahmen die Kerle ihre Jacht ins Schlepptau und fuhren zum Schiff hinüber.

Dort angekommen landeten die beiden Gefangenen in einer kleinen Kammer; zwei Mal drei Meter groß, mit einem Bullauge und einer schweren Stahltür. Ein Regal, mit Tauen, Bojen und Putzlappen vollgestopft, das einzige Mobiliar in dem Raum, füllte eine der Wände. Die anderen schimmerten im dreckigen Weiß einer Gefängniszelle. Ludger ging zum Bullauge, während Göran sich vor dem Regal ausstreckte und die Augen schloss. Lass mich in Ruhe – so deutete Ludger die Geste. Er sah hinaus. Die Wellen türmten sich auf und peitschten von hinten auf das Schiff ein. Die tief hängenden Wolken fegten über den Himmel. Ihr stählernes Gefängnis gierte und stampfte. Ludgers Magen begann gegen die Schaukelei aufzubegehren. Wie gern hätte er frische Luft geschnappt – aber das Bullauge war fest verschlossen.

»Das sieht ja richtig gut aus«, sagte Göran, der auf einmal neben Ludger hinaussah.

»Gut?«

»Ja, gut, zumindest für meinen Plan.«

Im Rücken der beiden Eingesperrten flog das Stahlschott auf. Sie fuhren herum. Der Seewolf stand im Türrahmen und wies auf Göran. »Los, mitkommen!«

Göran ging drei Schritte vor. Der Seewolf packte ihn am Kragen und zerrte den sich wehrenden Gefangenen auf den Gang. Krachend fiel die Tür ins Schloss.

Ludger blieb allein zurück. Erstarrt lehnte er an der Wand und stierte auf die Tür. Er wusste nicht, wie lange er so dastand. Irgendwann löste er sich aus seiner Lethargie und sah hinaus. Der Himmel verdunkelte sich. Orangefarbene Wolkenfetzen kündeten vom Sonnenuntergang. Immer wieder wanderten seine Augen zur Stahltür hinüber, die verschlossen blieb. Folterten die Kerle Göran? Holte ihn der Seewolf nachher auch? Seine Angst ließ Ludger frieren. Er schlang die Arme um den Oberkörper, rutschte an der Bordwand herunter und sackte in sich zusammen. Plötzlich kroch ein schrecklicher Gedanke aus der dunkelsten Ecke seiner Fantasie: Steckte Göran mit den Kerlen unter einer Decke? Hatte er ihm etwas vorgemacht? In eine Falle gelockt? Ludger krümmte sich auf dem Boden.

Nach unendlich langer Zeit klapperte draußen ein Schlüssel und Göran kehrte zurück. Er warf Ludger einen flüchtigen Blick zu und hockte sich auf seinen Platz vor dem Regal.

»Diese Schweine!«, schimpfte er.

»Was ist los?«, fragte Ludger und setzte sich zu ihm.

»Unsere Geschäftsfreunde haben uns entführt. Die, mit denen wir auf Helgoland verabredet waren. Sie hätten es sich anders überlegt. Wir beide seien jetzt in einer schwachen Position. Man könne das Geld sparen.«

»Weshalb das denn?«

»Sie haben alles gefunden.«

Ludger erschrak. Tausend Gedanken drängten in seinen Kopf, verstopften das Gehirn. »Und nun?«

Göran setzte sich hin und packte Ludger bei den Schultern. »Weißt du was von einem Geheimdokument, das dein Freund 1990 geklaut hat?«

»Warum?«

»Sie wollen es haben. Wo verkriecht sich dein Kumpel?«

»Keine Ahnung.«

»Wirklich nicht?« Göran schüttelte Ludger. »Wir sagen denen einfach, wo er steckt. Dann lassen die uns gehen.«

»Nein, verflucht noch mal! Ich hatte seit Herbst '90 keinen Kontakt mehr zu ihm.« Ludger senkte den Blick. »Wäre auch unnötig.«

»Bleibt uns also nur Plan B – wir hauen ab.«

Erschrocken sah Ludger hoch. »Du spinnst! Wie sollen wir abhauen? Vom Schiff?«

»Das erkläre ich dir noch. Oder hast du das Papierchen?«

Ludger grübelte: Was könnte passieren, wenn er das Versteck dieses blöden Geheimdokuments verriet? Die Entführer würden sie niemals ziehen lassen, bei den Ereignissen der letzten Stunden. Er schüttelte den Kopf. »Nein.«

»Na siehst du.« Göran stand auf, ging zum Bullauge und deutete nach draußen. »See und Wind laufen von achtern auf. Und da der Sturm aus Nordwest weht, hält der Dampfer Kurs Südost, in Richtung Elbmündung. Wir kommen in der Nacht an Neuwerk vorbei. Da hauen wir ab.«

»Mitten auf dem Meer?« Ludger sah Göran ungläubig an und trat ebenfalls ans Bullauge.

»Leg dich noch ein bisschen hin und ruh dich aus. Ich erkläre dir alles später.«

*

»Du brauchst …« Das Heulen des Sturms und das Dröhnen der Schiffsmaschinen verschluckten Görans Worte. In den letzten Stunden hatte sich das Wetter weiter verschlechtert. Unaufhaltsam schlingerte das Schiff durch den Seegang. Göran flüsterte in Ludgers Ohr: »Wenn du im Wasser bist, schwimmst du genau gegen die Wellen an. Merk dir das. Klar?«

»Ja.«

»Schwimm, was Arme und Beine hergeben. Nach spätestens 500 Metern kommt flaches Wasser. Das erkennst du an den kleineren Wellen. Dort hast du Grund.«

»Sicher?«

»Ja. Halb fünf wird hier draußen das ganze Watt trocken liegen. Jetzt«, er hob sein linkes Handgelenk. »Scheiße, meine Armbanduhr ist ja weg. Wie spät hast du es?«

»Kurz vor drei.«

»Da steht das Wasser höchstens noch hüfthoch und du kannst laufen«, versicherte Göran. »Du behältst die Richtung bei. Irgendwann taucht der Leuchtturm von Neuwerk auf. Wir treffen uns dort im Laufe des Tages.«

»Was? Wir treffen uns da? Und du? Ich denke, wir hauen zusammen ab?«

»Wir trennen uns. Ist sicherer.«

Ludger schwirrten hunderte Einwände, Bedenken und Zweifel durch den Kopf, aber er wagte nur eine zögerliche Frage: »Wollen wir nicht lieber hierbleiben?«

»Jetzt reicht's mir«, empörte sich Göran. »Heute Nacht

scheint kein Mond, wir haben saumäßiges Wetter mit beschissener Sicht und die Sonne geht erst in zwei Stunden auf. Was willst du denn noch?«

Um Göran zu besänftigen, schwieg Ludger und ergab sich in sein Schicksal.

»Und denk dran …« Göran riss Ludger zu sich herum und herrschte ihn an. »Wenn du im Wasser bist, die Wellen genau von vorn!«

Ludger nickte.

Göran warf einen letzten Blick aus dem Bullauge und hockte sich anschließend in eine der Ecken. »Ich fang jetzt an.« Er steckte sich einen Finger in den Hals, begann sofort zu würgen und erbrach sich. Ludgers Magen rebellierte, wollte dem Beispiel folgen. Mit Mühe beherrschte er sich, ging ans Stahlschott und hämmerte dagegen. Göran übergab sich ein zweites Mal. Der saure Geruch verbreitete sich schnell und nahm Ludger den Atem. Er trommelte kräftiger gegen die Tür. Draußen klapperte endlich ein Schlüssel. Göran fiel zu Boden und umklammerte mit den Armen seinen Bauch.

Ein Posten, zum Glück kleiner und schmächtiger als der Seewolf, schaute herein, verzog das Gesicht und hielt sich die Nase zu. »Was ist denn hier los?«

»Mein Kumpel stirbt fast vor Platzangst in dieser engen Kammer«, erklärte Ludger, »und die Seekrankheit macht ihm zu schaffen. Er braucht dringend frische Luft.«

Der Posten sah zu Göran hinüber und nickte. »Aber nur einer.«

Das hatten sie erwartet. Ludger half seinem Leidensgenossen auf und stützte ihn. Der Posten zog Göran hinaus und verschloss das Verließ hinter sich.

Hoffentlich klappt unser Plan, dachte Ludger. Hoffentlich unterschätzt der Posten die Situation und lässt sich leicht überwältigen. Keine Minute später hörte er polternde Schritte auf dem Gang, dann schlug die Tür auf.

»Schnell!«, rief Göran und zerrte Ludger aus der Kammer. Sie hasteten den engen Verkehrsgang entlang, zwängten sich durch ein Stahlschott und standen auf dem Achterdeck.

»Los, weiter.« Göran stieß Ludger voran zur Reling. Dort schob er ihn auf das Schanzkleid. »Spring!«, schrie er und stürmte in Richtung Vorschiff davon.

Ludger starrte in die brodelnde See, raffte all seinen Mut zusammen und sprang ab. Das kalte Wasser ließ sein Herz stocken, nahm ihm den Atem. Er strampelte mit den Füßen, strebte mit kräftigen Armzügen zurück an die Wasseroberfläche und tauchte prustend auf. Hinter ihm verschwand gerade das Schiff in der Dunkelheit. Wildes Klingeln und grelle Pfiffe klangen von Bord herüber. Ihre Flucht war bemerkt worden.

Erst in diesem Moment spürte Ludger den anrennenden Seegang und hörte das Grollen des Sturms. Die Wogen hoben seinen Körper empor, um ihn Sekunden später in ein Tal hinabzuziehen. Schwimm, was das Zeug hält, hatte Göran ihn beschworen. Ludger orientierte sich, ließ die Wellen von vorn anrollen und begann, mit vollem Einsatz zu schwimmen. 500 Meter in der aufgewühlten See würden ihm alles abverlangen. Gleichmäßig zog er die Arme durch und stieß sich mit den Beinen vorwärts.

Nach einigen Armzügen stoppte er und horchte. Ein undefinierbares Summen, zerfetzt vom Knattern des Windes, kam von hinten auf. Das Geräusch gewann an Kraft, wurde lauter und drohender, wandelte sich zum Schnarren eines Außenbordmotors. Die suchen uns. Ludgers Angst drohte ihn zu lähmen. Aber er musste weiter. Er warf sich erneut dem Seegang entgegen, hielt den Körper im Wasser und tauchte bei jedem Schwimmzug mit dem Kopf unter. Zwischen den weißen Schaumkronen dürften sie ihn so schwerlich entdecken, hoffte er. Seine Furcht trieb ihn an; er schwamm und schwamm und schwamm. Die Arme wurden schwerer, seine

Kleidung zog ihn hinab und die Kälte kroch unter die Haut. 500 Meter, hatte Göran gesagt. Ihm steckten bestimmt schon 1.000 in den Knochen.

Wenigstens hatte er die Verfolger abgehängt, das Lärmen des Schlauchbootmotors war verschwunden. Um Ludger herum tobte nur noch der Sturm. Er schwamm weiter. Doch den Armzügen fehlte die Energie. Sie glitten mechanisch durch die See, langsam und träge, wie das Schaufelrad eines Dampfers, dem der Brennstoff ausgegangen war. Ludger hielt erneut inne, verschnaufte und warf sich dem nächsten Wellenberg entgegen. Sekunden später schmerzten die Glieder abermals.

Plötzlich zuckte ein Lichtblitz über den Himmel und gleich darauf ein zweiter. Vor Ludger schoben sich die Wolken auseinander und gaben die Spitze eines Turms frei, der einen dritten und vierten Blitz in die Nacht hinausschleuderte. Der Leuchtturm! Und da, als hätten die Lichtblitze das Meer gezähmt, kräuselte sich die Wasseroberfläche unter winzigen Wellen, wenige Meter von Ludger entfernt. Er bot seine letzten Kräfte auf, schwamm einige Armzüge und richtete sich auf. Die Füße ertasteten festen Untergrund und das Wasser reichte ihm nur noch bis zur Hüfte.

2

Svenja Windisch hastete den Abhang von der Straße zur Baustelle hinauf. Oben angekommen atmete sie tief durch. Diese kleine Anhöhe bereitete ihr sonst keine Schwierigkeiten. Aber heute an diesem 16. Juli, bei 34 Grad, da lief der Schweiß in Strömen über Nacken und Gesicht. Obwohl dieser Sommer eher mit Regen, Sturm und herbstlichen Temperaturen aufwartete, brannte die Sonne seit gestern von einem wolkenlosen Nachmittagshimmel. Zwei Tage Sonnenschein hatten den nassen Sand der Baustelle ausgetrocknet und in feinkörnigen Staub verwandelt.

»Wirst wohl doch langsam alt«, schnaufte Svenja. »Aus dem Bambi wird eine betagte Ricke mit 42 Lenzen auf dem Buckel.«

Schon während der Schulzeit hatten sie die Freundinnen Bambi gerufen. Und Svenja hatte diesen Spitznamen geliebt wie ihre kastanienbraunen Haare, die dunklen Augen und das schmale Gesicht. Auf der Uni rief sie kaum jemand bei ihrem Kosenamen. Heute nannte sie nur noch Pit, Peter Itzig, von der Weserzeitung, so.

Vor Svenja breitete sich eine graue Einöde aus, die sie an Aufnahmen der Mondoberfläche erinnerte. In der Zeit der Mittagspause lag das Gelände verlassen da. Seit einem Jahr stapfte sie oft hier herum. Imke Dorfner vom Bremer Senat hatte damals gefragt, ob sie den Fortgang der Bauarbeiten an der neuen Autobahn A 281 in Wort und Bild dokumentieren könne. Svenja hatte sich zwar gewundert, warum man gerade zu ihr kam, aber nicht lange überlegt und zugegriffen. Bei den mageren Honoraren der Weserzeitung, für die Svenja als Gelegenheitsjournalistin arbeitete, freute sie sich über jeden

Zusatzverdienst. Mittlerweile machte ihr die Arbeit auf der Baustelle sogar Spaß. Frau Dorfner stellte hohe Anforderungen an Fotos und Begleittexte und forderte damit Svenjas Ehrgeiz heraus.

»Andere liegen bei der Hitze an der Nordsee im Strandkorb und ich springe in dieser Pampa herum!«, schimpfte sie laut und kämpfte sich durch den Sand. Am Rand einer Baugrube blieb sie stehen. Auf der gegenüberliegenden Seite stand ein Kettenradbagger und auf der Sohle des Kraters eine Raupe. »Komm, mach ein paar Bilder und hau wieder ab«, sagte sie sich und sah durch den Sucher ihrer Kamera. Svenja sehnte sich nach einer Dusche. Der Staub der Baustelle mit ihrem Schweiß getränkt, zwickte am ganzen Körper, wie ein Trupp wild gewordener Ameisen. Sie nahm die Raupe ins Visier und drückte drei, vier Mal auf den Auslöser. Aber die Perspektive missfiel ihr. Solche Knipsbilder würde Imke Dorfner mit ungerührter Miene vom Tisch fegen. Svenja überlegte. Sie starrte auf die beiden Baumaschinen: die Planierraupe im Vordergrund und den Kettenradbagger darüber – ›Zwei Kolosse im Kampf gegen die Wüste‹. Ja, das wär's. Sie lief in die Baugrube hinunter, prüfte den Blickwinkel und schoss ihre Fotos. Wenig später rieb sie sich zufrieden die Hände an der Hose ab; ihre Kolosse mussten der Auftraggeberin gefallen. Sie wandte sich zum Gehen und schaute noch einmal in die Runde. Da blieben ihre Augen an dem stählernen Schild der Planierraupe hängen. Der Fahrer hatte sie in halber Höhe stehen lassen. Wenn ich unter die Raupe krieche … schräg nach oben … Svenja sah an sich herunter – dreckig war sie eh.

Kurz entschlossen robbte sie unter das Ungetüm. Der Gestank von Diesel, Öl und Abgasen empfing sie. Svenja nahm die Kamera hoch und kontrollierte den Bildausschnitt. Verdammt – die Schaufel der Raupe verdeckte den oberen Rand des Baggers. Sie legte den Fotoapparat auf den

Boden, konnte jetzt aber nicht mehr durch den Sucher sehen. Sie brauchte dieses Foto, wollte es unbedingt machen und begann mit den Händen zu buddeln. Plötzlich hielt sie inne. Eine helle Platte schimmerte aus dem sandigen Untergrund hervor. Svenja strich behutsam darüber. Das Ding fühlte sich glatt und kalt an, wie mit einer Wachsschicht überzogen und schien konvex gewölbt. Vorsichtig polkte Svenja die Erde beiseite, bis ihre Fingerkuppen zwei Wülste spürten. Sie bückte sich, schloss die Augen und pustete den Rest des Sandes weg. Neugierig öffnete Svenja die Lider, sah auf ihren Fund und schreckte zurück. Mit voller Wucht stieß sie an die Unterseite der Kettenraupe. Ein stechender Schmerz durchzuckte ihren Kopf. Sie massierte die lädierte Stelle und schaute auf die Platte – die Platte, die sich als Schädeldach entpuppte, als Teil eines menschlichen Schädels, aus dem sie zwei dunkle Augenhöhlen anstarrten. Hastig tastete Svenja nach ihrer Kamera, schoss mehrere Fotos und kroch unter der Raupe hervor. Das Fundstück, das hell schimmernd im Boden steckte, hielt sie aber in seinem Bann gefangen. In Svenja erwachte die Geschäftsfrau. Schlummerte dort eine Story, eine Seite-1-Story während des Sommerlochs? Sie musste die Polizei rufen! Umständlich holte sie ihr Handy aus der Jeans, warf noch einen Blick auf den Schädel und wählte mit zitternden Fingern 110.

3

Die Villa lag am Ende der Straße – eine Sackgasse, wie sie für gut betuchte Hauseigentümer oft angelegt wurde, um lärmenden Durchgangsverkehr fernzuhalten. Der gelbe Putz glänzte wie Blattgold in der Sonne des späten Nachmittags. Ein zwei Meter hoher gusseiserner Staketenzaun mit schwungvollen Zierspitzen, der an einen englischen Park erinnerte, schützte das Anwesen vor unwillkommenen Besuchern. Ludger überquerte die Fahrbahn und näherte sich dem Grundstück. Ein glänzendes Messingschild am Zaun verriet den Namen des Hausherrn: ›Göran Grewe‹. Ludger klingelte. Kurz darauf schnarrte das Schloss am Gartentor, während gleichzeitig die Tür des Hauses aufsprang.

»Mensch, wo bleibst du denn?« Göran hopste die drei Stufen herunter und rannte auf Ludger zu. »Los, komm rein.«

Göran schien die Strapazen ihrer Flucht völlig unbeschadet überstanden zu haben. Seine schwarzen, nach hinten gekämmten Haare lagen exakt ausgerichtet, als hätte er jede Strähne einzeln frisiert. Das markante Kinn glänzte frisch rasiert und die grünbraunen Augen funkelten. Seine gut 50 Jahre sah man ihm auch heute nicht an. Neben seinem smarten Chef fühlte sich Ludger wie ein Landstreicher.

»Wo hast du die letzten sechs Tage gesteckt?«, fragte Göran, schloss das Gartentor hinter Ludger und drängte ihn in Richtung Haus.

»Ich hing ewig auf Neuwerk fest.«

»Nee ne? Da pilgern täglich tausende von Wattwanderern zum Festland rüber. Wärst du einfach mitgegangen, das hätte niemand gemerkt.«

»Aber meine Sachen! Die waren nass. Die musste ich erst trocknen.«

»Du Idiot!« Göran tippte sich mit dem Zeigefinger an die Stirn. »Eine bessere Tarnung gibt's überhaupt nicht. Ständig tauchen irgendwelche Wattlatscher in einem Priel ab und rennen danach genauso durchnässt herum.«

»Was weiß denn ich? Ich war noch nie an der Nordsee.« Ludger steckte die Hände in die Taschen und stapfte ins Haus. Die Fragerei nervte ihn; hatte er sich doch gewünscht, Göran im Anschluss an ihr Abenteuer meiden zu können. Ludger hatte keinesfalls auf Neuwerk festgesessen. Bereits am Tag nach der Flucht war er aufs Festland nach Cuxhaven gegangen, um seinen Kumpel Ivo Janning zu suchen. Von dort war vor Jahren dessen letzte Nachricht gekommen, unheimlich, wie sein anschließendes Schweigen. Ludger war in der Nordseestadt umhergestreift, ohne auch nur die kleinste Spur seines Freundes zu finden. Ebenso war sein Versuch gescheitert, Edgar Nadler vom Institut für Entwicklungshilfe und Kooperation in Bremen zu sprechen. Der weilte bis zum kommenden Donnerstag auf einer Auslandsreise. Und so musste Ludger eben auf fremden Rat verzichten und zu seinem Chef Göran zurückkehren, um die offenen Fragen zu besprechen.

»Ich war gleich vergangenen Mittwoch wieder hier und habe mir Sorgen gemacht.«

»Ach ja?« Ludger blieb stehen. »Wir treffen uns am Leuchtturm, im Laufe des Tages. Wer hatte das vorgeschlagen?«

Göran zupfte sich an der Nase und strich mit der Hand übers Kinn. »Ich wollte zügig weg von Neuwerk. War mir zu heiß und die Flut wartet nicht. Da bin ich halt los.«

»Klasse! Mich durften die Schweine ruhig erwischen, wenn sie gesucht hätten. War schließlich klar, dass wir uns auf die Insel abgesetzt hatten.«

»Ist ja gut; jetzt bist du doch da.« Göran schob Ludger den Korridor entlang.

»Du machst's dir einfach. Aber lass mal, ich haue gleich wieder ab.«

»Was?« Göran riss die Augen auf. »Wo willst du hin?«

»Nach Hause.«

»Wieso das denn?« Göran drängte Ludger ins Wohnzimmer. »Komm rein.«

Rustikale Eichenmöbel und eine schwere Couchgarnitur aus braunem Leder ließen den Raum ebenso gediegen aussehen, wie sich das gesamte Anwesen dem Betrachter von außen präsentierte.

»Du kannst hier nicht aufkreuzen und sofort weiterziehen.«

»Ach nein?« Ludger stemmte die Hände in die Hüften. »Deine tollen Ideen haben uns richtig in die Scheiße geritten. Wir sind die Beweise los, ohne das Geld zu bekommen.«

»Genau!« Görans Körper straffte sich und in sein Gesicht kehrte so etwas wie Zuversicht zurück. »Und mit der fehlenden Penunze bleiben unsere Probleme, deine Probleme.«

»Was soll das?«

»Darüber reden wir nachher in Ruhe. Ich habe drüben einen riesigen Partykeller, da ziehst du ein. Vorher essen wir aber erst einmal.«

Binnen Minuten zauberte Göran Speisen und Getränke auf den Tisch und bewirtete Ludger wie einen reichen Erbonkel.

*

Jetzt lungerte er hier unten rum und seine Andrea wartete zu Hause auf ein Lebenszeichen von ihm, und das seit einer Woche. Ludger saß auf einem der Barhocker, kippte den Whisky in einem Zug herunter und drehte sich einmal langsam um die eigene Achse. Eigentlich gefiel ihm der Partykeller, den er bezogen hatte. Der Raum besaß zwar keine Fenster, aber die Stirnseite glänzte in hellem Licht, das tagsüber durch einen Spalt in der Decke hereinkam und sich über einen Spiegel auf die gesamte Wand verteilte. Bei Dunkelheit beleuchteten Neonstrahler das lebensgroße Bild mit Palmenstrand und untergehender Sonne. Diesen Keller musste Göran früher wirklich als Partyraum benutzt haben; fünf Tische mit bequemen Sesseln, eine teure Musikanlage und ein Flachbildfernseher sorgten neben dem großen Tresen für eine gediegene Atmosphäre. Das riesige Regal hinter der Bar bog sich förmlich unter all den Spirituosen. Gleich daneben verbarg eine quadratische Luke den Lastenaufzug, mit dem sie vorhin einige Lebensmittel aus dem Wirtschaftsraum von Görans Haus herabgelassen hatten.

Kurz vor sechs. Ludger stand auf und ging nach nebenan, wo der Schlafraum lag. Ein Bad mit Dusche komplettierte sein Reich. Er schaltete den zweiten Fernsehapparat über dem Bett ein und legte sich hin. Der ruhige Tonfall des Nachrichtensprechers ließ ihn in einen Dämmerzustand hinübergleiten.

»Aufstehen!«

Ludger schreckte hoch. Görans Gesicht schwebte über ihm.

»Los, aufstehen, wir haben zu reden«, mahnte er und zog Ludger am Arm. Der quälte sich aus den Kissen, schüttelte den Kopf und folgte seinem Gastgeber an den Tresen.

»Wo hast du dieses blöde Geheimdokument 0088/89? Ich weiß, dass du es hast!«

Göran bluffte. Oder? Ludger überlegte. Hatte er sich verraten? Letzte Woche auf dem Schiff? Möglichst gleichgültig fragte er: »Und wenn?«

»Wir brauchen das Papier.«

»Bekommen wir dafür das Geld?«

»Ja.«

»Und falls nicht? Ich meine, welche Garantien haben wir?«

»Keine. Wir sitzen richtig in der Scheiße.« Göran nickte auffordernd. »Also. Wo ist es?«

Zu Hause, wollte Ludger sagen, hielt aber inne. »In Stralsund. Ich habe es damals gut versteckt. Immerhin handelte es sich um ein Geheimpapier.«

»Das Ding muss her, koste es, was es wolle. Dann kriegen wir die Knete und die Kerle lassen uns in Ruhe.«

»Das haben die Gangster dir versprochen?«

»Ja!«

»Ebenso, wie das Geld für die Pistole und meine Aufzeichnungen?«

»Hast du eine andere Idee?«

Natürlich hatte Ludger keine.

Göran fasste ihn bei den Schultern. »Wir brauchen das Dokument! Die haben mir eine Woche gegeben.«

»Eine Woche?«

»Eine Woche seit letztem Mittwoch. Ich war kaum hier, da standen die vor der Tür.« Göran schüttelte ihn. »Wenn die das Papier bis morgen bekommen, wird alles gut – glaub mir. Ansonsten machen die uns platt.«

Ludger sprang von seinem Barhocker. »Wir hauen ab.«

Göran erhob sich langsam. »Wohin? Willst du dein restliches Leben im Untergrund verbringen? Ich kann sowieso nicht weg. Was wird aus meiner Firma? Oder meinst du, ich komme nach Hause zurück und verschwinde gleich wieder? Nein, wir gehen anders vor.«

»Ach ja?«

»Pass auf: Du rufst deine Frau an, sagst ihr, wo das Ding steckt, und ich beordere sie hierher nach Verden. Schließlich ist sie ja Leiterin der Disposition in meinem Stralsunder Werk. Sie wird eben in der Firmenzentrale gebraucht.«

Bei Ludger krampfte sich der Magen zusammen. Er sollte Andrea mit reinziehen? Auf keinen Fall! Mit einem naiven Unterton fragte er: »Ich greife jetzt zu deinem Telefon und erzähle das alles meiner Ehefrau? Oder du gibst mir dein Handy?«

»Nein, bloß nicht. Wenn die mich abhören? Wir fahren zu irgendeiner Telefonzelle und rufen sie von dort aus an.«

Ludger kam eine Idee. »In Ordnung! Aber ich geh' allein. Ein kleiner Lauf wird mir guttun.«

Göran lächelte. »Na also. Ich beordere morgen früh Andrea her.«

Versuchs nur, dachte Ludger. Sie wird zu Hause bleiben.

4

Hauptkommissar Otto Löffler stand am Rande der Baugrube und sah auf deren Sohle hinab. Die Kriminaltechniker hatten den Platz um die Planierraupe in eine archäologische Grabungsstätte verwandelt. Flatternde Absperrbänder und weiße Nummerntäfelchen markierten die Fundstelle des Skeletts.

Kriminaldirektor Herzog hatte den Fall an Löffler übertragen und erwartete vor allem eine schnelle Aufklärung, schließlich durfte der Baufortschritt der Autobahn nicht gefährdet werden. Oberkommissar Marc Müller, im Präsidium Müller III gerufen, sollte die Ermittlungen unterstützen. Löffler arbeitete gern mit dem jungen Kollegen zusammen, denn Müller III besaß Biss und Engagement. Er glich eher einem Halbwüchsigen als einem Kommissar; maß kaum 1,65 Meter, hatte kleine Ohren, große Augen und blonde Haare, die nach Löfflers Ansicht viel zu lang waren, stets zu einem Zopf gebunden. Wenn Müller III irgendwo an einem Tatort auftauchte, hielt man ihn für einen Jugendlichen, der sich unter die Schaulustigen mischte. Müller III nutzte die natürliche Tarnung für seine Arbeit; er gab sich neugierig und erfuhr so Einzelheiten, die einem Beamten niemals erzählt wurden.

Ausgerechnet heute müssen wir hier draußen rumturnen, nörgelte Löffler innerlich, bei dieser Hitze. Er holte sein Tuch aus der Tasche, wischte sich über seine Halbglatze und sah in die Runde. Müller III stand einige Meter von ihm entfernt und verabschiedete eben einen der Techniker.

»Hast du die Aussage der Windisch?«, rief Löffler dem Oberkommissar zu.

»Ja.« Müller III kam heran und reichte Löffler zwei Blätter. »Steht allerdings wenig drin.«

»Das wollen wir mal sehen.« Löffler nahm das Protokoll und vertiefte sich in den Text. Schon beim Umblättern ärgerte er sich. Der Bericht bot wirklich wenig Erbauliches. Schließlich gab er die Papiere zurück. »Was sagt der Doktor?«

»Der Schädel weist drei Löcher auf, die er nicht haben dürfte. Doktor Wallner hält sie für Schusswunden, jedenfalls nach seiner ersten Begutachtung.«

»Hinweise zur Identität?«

»Keine. Im Umkreis des Skeletts liegen zahlreiche Gegenstände. Aber ob die zu dem Toten gehören? Bis vor einigen Wochen quakten hier Frösche in einem Tümpel. Da wird viel Müll dabei sein.«

»Die Leiche lag im Wasser?«

»Ja.«

»Na bravo.« Löffler wischte sich erneut über den Kopf. »Das nutzen die Gerichtsmediziner gleich wieder als Ausrede, wenn sie im Dunkeln tappen.« Er wandte sich halb ab. »Die Fundstücke lässt du alle fotografieren!«

»Na klar.«

»Ich fahr zurück ins Präsidium und erwarte dich heute Nachmittag zu einem ersten Bericht. Der Chef will Ergebnisse sehen.«

*

Die Sonne stand über dem Haupttor des Polizeipräsidiums. Obwohl die Uhr bereits kurz nach acht zeigte, lastete immer noch eine brütende Hitze auf Bremens Straßen und Dächern. Löffler lehnte am Rahmen des offenen Fensters, blickte hinaus und atmete tief die Abendluft ein. Langsam wich der staubige Geruch des Tages dem Duft der Linden unten im Hof. Wo blieb bloß Müller III mit dem Bericht?

Wenig später saß der Kollege zusammen mit dem Gerichtsmediziner Doktor Wallner vor Löffler. »Die Skelettteile entstammen einer männlichen Leiche, circa 30 Jahre alt und 1,80 bis 1,85 Meter groß«, erklärte Wallner. »Als Todesursache kommen zwei Schussverletzungen infrage. Das erste Projektil drang durch die Stirn ein und am Hinterkopf aus. Ein zweiter Schuss verletzte das Schädeldach senkrecht von oben. Eine dazugehörige Austrittswunde fehlt allerdings in der Knochenstruktur.«

»Die Mordwaffe?«, wandte sich Löffler an Müller III.

»Wird schwierig.«

»Die Löcher im Schädel lassen gerade mal auf die Schussrichtung schließen«, ergänzte der Doktor. »Aber ob wir das Kaliber bestimmen können?« Doktor Wallner hob die Schultern. »Auf jeden Fall handelt es sich um eine Kurzwaffe.«

»Selbsttötung?«

»Kaum. Zwei Kopfschüsse aus so unterschiedlichen Richtungen deuten eher auf Fremdeinwirkung hin.«

Löffler schlug die Mappe auf, die Müller III mitgebracht hatte, blätterte und blieb an einer Stelle hängen. »Liegezeit unbekannt? Was heißt das?«

»Dass wir die Liegezeit des Skeletts schwerlich herausfinden werden«, entschuldigte sich der Doktor, »die Leiche lag jahrelang im Wasser.«

Löffler sah kurz zu Müller III, der mit den Achseln zuckte, um sofort wieder Doktor Wallner anzublicken. »Was haben wir noch?«

»Wenig. Die anderen Skelettteile …«

»Müssen Sie erst untersuchen«, unterbrach ihn Löffler und lehnte sich in seinem Bürosessel zurück.

»Ja«, erwiderte Doktor Wallner unterwürfig, als hätte er während der Ermittlungen um Urlaub gebeten.

»Na ja, wir arbeiten ja gerade mal zwei Stunden an dem Fall.« Löffler stand auf. »Für den Herrn Kriminaldirektor muss das spärliche Material halt reichen. Sie bleiben dran, Doktor! Und du auch, Müller III!«

*

Die ganze Nacht hatte Svenja wach gelegen und über den Skelettfund nachgedacht. Wenn sie die Geschichte richtig anginge, ließe sich tatsächlich eine Seite-1-Story daraus machen. Aber dazu brauchte sie Informationen, Informationen von der Polizei. Und so fuhr sie gleich am Morgen ins Polizeipräsidium.

»Bitte, Frau Windisch.« Dieser junge Oberkommissar, der Svenja bereits am Fundort des Skeletts vernommen hatte, stand in der Bürotür und lächelte. »Jetzt bin ich für Sie da.«

»Sie haben mich getäuscht«, schimpfte Svenja sofort los. »Als Gegenleistung für meine Kooperation mit der Polizei hatten Sie mir Informationen versprochen. Und?« Sie holte tief Luft. »Nichts!«

»Kommen Sie erst einmal herein«, sagte der Oberkommissar mit einem Lächeln. Müller hieß er, fiel Svenja ein, Marc Müller.

Die beiden setzten sich an einen kleinen Besprechungstisch. Müller strich sich übers Kinn, wischte sein Lächeln fort und begann, mit seinem Zopf zu spielen. »Bitte entschuldigen Sie, Frau Windisch, aber von Zusammenarbeit kann keine Rede sein.«

Svenja wollte aufbegehren, Müller dämpfte jedoch ihren Ausbruch mit einem kurzen Kopfschütteln. »Sie haben der Polizei den Fund eines Skeletts gemeldet, eine Aussage gemacht und wir ermitteln. Ein ganz normaler Vorgang.«

Svenja seufzte.

»Dass Sie als Journalistin Informationen benötigen, verstehe ich.« Er lehnte sich zurück. »Doch wofür?«

»Nur durch meine Fotopirsch auf der Baustelle wurde der Tote gefunden.«

»Ja, und?«

»Na«, Svenja stockte. Keine ihrer Erklärungen konnte den Argumenten des Kommissars standhalten – also schaltete sie auf stur. »Ich verlange eine Gegenleistung für meinen Fund.«

Müller setzte zu einer Antwort an, da öffnete sich die Tür des Büros.

»Kommst du bitte mal?« Ein älterer Herr, die Klinke in der Hand, lächelte herüber und winkte Müller zu. Er erinnerte Svenja an ihren Opa, der auch eine Halbglatze und stattliche Ohren hatte. Der Mann hier war aber größer als ihr Großvater, sogar etwas größer als sie selbst. Seine grauen Haare standen nur noch in einem schmalen Kranz um den Kopf herum. Er zwinkerte ihr mit seinen dunklen Augen zu. »Entschuldigen Sie meinen Kollegen einen kurzen Augenblick.«

»Wir sind sowieso fertig«, sagte Müller und sprang auf. »Ich habe Frau Windisch alles erklärt.«

»Sie sind Frau Windisch?« Der Alte kam näher und reichte ihr die Hand. »Hauptkommissar Löffler, ich leite die Ermittlungen. Dann haben wir Ihnen diesen ominösen Fall zu verdanken.«

»Ja, ähm …« Svenja sah Hilfe suchend zu Müller.

Der Hauptkommissar tätschelte ihr die Schulter, beugte sich zu ihr vor und flüsterte: »Lassen Sie mal. Ein Skelett ist allemal interessanter, als hinter Taschendieben herzujagen.« Etwas lauter ergänzte er: »Herr Müller ist in wenigen Minuten wieder da.« Löffler lief zur Tür und deutete seinem Kollegen mitzukommen.

»Ich weiß zwar nicht, was wir noch besprechen können«, wandte sich Müller an Svenja, »aber wenn Sie warten wollen, dann bitte draußen auf dem Flur.«

Svenja nickte und ging mit hinaus. Wie in einem Krankenhaus reihten sich in regelmäßigen Abständen einige Stühle an der Wand entlang. Sie setzte sich neben die Bürotür und sah den beiden Männern hinterher, die an der nächsten Ecke verschwanden. Scheiße, dachte sie, jetzt sitze ich hier rum und erfahre doch kein Sterbenswörtchen. Dieser Hauptkommissar Löffler hätte ihr bestimmt etwas erzählt. Ob sie ihn einfach fragen sollte? Nein! Müller würde ihr das verübeln. Svenja lehnte sich zurück und schloss die Augen. So ließ sich am besten nachdenken. Sie brauchte einen Trick, um den Oberkommissar aus der Reserve zu locken?

»Wo ist Müller III?« Eine junge Frau stand in der offenen Tür zum Büro und deutete hinein.

»Kommt gleich wieder«, antwortete Svenja. »Wir sind verabredet. Ich recherchiere für ihn.«

Die junge Frau nickte und setzte sich auf den Stuhl neben Svenja. »Das ist ja interessant. So ein Skelett haben wir auch selten. Sie arbeiten an dem Fall?«

»Ja.« Svenja berichtete von der Baustelle und vom Fund des Schädels.

»Toll«, sagte die Frau und erhob sich. »Ich könnte noch stundenlang zuhören. Aber ich muss weiter.« Sie hielt einen Stapel Papiere hoch. »Die Tatortfotos. Kommissar Müller wollte die schnellstmöglich haben. Ich lege sie ihm auf den Schreibtisch.«

»Ja, danke, ich sag's ihm.«

Wenig später saß Svenja erneut mutterseelenallein im Flur. Vielleicht ließe sich ein Blick auf die Fotos werfen? Sie sah nach links und rechts. Der Korridor blieb verwaist. Kein Laut war zu hören. Sie stand auf und ging ins Büro. Auf einem der Schreibtische lagen die Bilder. Sie nahm die Aufnahmen in die Hand: die Planierraupe, Details mit Nummerntafeln, der Schädel und andere Knochen. Immer wieder wanderten ihre Augen ängstlich zur Tür. Wenn der Kommissar jetzt hereinkäme, würde es einen riesigen Krach geben. Schnell blätterte sie vorwärts.

Die letzten Blätter zeigten nur noch Müll. Das ganze Zeugs hatte die Polizei wohl im Umfeld des Skeletts ausgegraben. Sie schüttelte den Kopf. Welchen Krempel die Leute bloß in den ehemaligen Teich geworfen hatten? Na gut, die Bilder halfen ihr auch nicht weiter auf dem steinigen Weg zur Seite-1-Story. Svenja wollte den Stapel gerade weglegen, da weckte ein roter Fleck auf einem der Müllfotos ihr Interesse; dunkelrot glänzend wie ein herbstliches Ahornblatt. Sie betrachtete das Bild genauer. Plötzlich trat ihr Schweiß auf die Stirn und das Herz raste. Sie ließ sich auf den Bürostuhl fallen und starrte das Foto an.

»Was machen Sie denn da?« Müller stand vor dem Schreibtisch.

Sie schaute auf, hielt ihm das Bild entgegen und fragte wie in Trance: »Haben Sie das … bei dem Toten gefunden?«

Müller nahm das Blatt in die Hand. »Ja, warum?«

»Ich kenne das, … von früher.«

Winter/Frühjahr 1990

5

»Los komm, wir müssen weiter vor.« Andrea zog unentwegt an Svenjas Arm. »Die werden kaum auf uns warten.«

»Ja, ja.« Die Begeisterung hatte Svenja längst verlassen. Hätte sie auch nur die kleinste Ahnung von dem Gedränge gehabt, sie wäre zu Hause in Stralsund geblieben. Aber ihre Freundin Andrea hatte die letzten Tage immer wieder auf sie eingeredet, am 15. Januar mit nach Berlin zu fahren, da würde das Volk der Stasi den Garaus machen.

Svenja hielt inne und stellte sich auf die Zehenspitzen. Bis zum Haupteingang hier in der Ruschestraße mochten es vielleicht 70 Meter sein; 70 unüberwindliche Meter, voller Menschen, die sich wie eine Kolonie Pinguine bei Schneesturm zusammendrängten. Alle wollten das Schauspiel miterleben, wenn nachher Bauarbeiter die Stasizentrale symbolisch zumauerten.

»Jetzt komm endlich«, mahnte Andrea.

Damit die Freundin mit ihrer Nörgelei aufhörte, spannte Svenja ihre Muskeln und warf sich gegen die menschliche Mauer. »Na los, vorwärts!«, rief sie Andrea zu. Die grinste, packte Svenjas Arm und drängte in eine Lücke, die sich links von ihnen auftat. Aber nur für Sekunden, dann schob sich ein massiger Körper zwischen die Frauen. Ein großer schwarzer Hut versperrte Svenja die Sicht. Gleichzeitig zog Andrea nach vorn. Svenjas Finger öffneten sich und sie verlor den Kontakt zur Freundin. Im selben Augenblick wich der Kerl auch noch einen Schritt zurück.

»Aua! Passen Sie doch auf!«, schrie Svenja und drückte mit aller Kraft gegen den breiten Rücken.

Der Hutträger drehte sich um. Zwei riesige Brillengläser auf einer fleischigen Nase sahen sie an. Dahinter rankten dichte Augenbrauen. »Nicht so stürmisch, junge Frau«, sagte er mit einem Grinsen und zwinkerte ihr zu. Sein linker Unterarm steckte in einer Schlaufe und aus dem Ärmel blinkte ein Gipsarm hervor.

»Beinahe hätten Sie mich niedergewalzt!«

Der Kerl nahm seinen breitkrempigen Hut vom Kopf und deutete eine Verbeugung an. Die langen Haare fielen ihm ins Gesicht. »Entschuldigen Sie vielmals.« Seine blauen Augen lächelten hinter den Brillengläsern, schienen mit ihr zu flirten. »Darf ich den Namen der Gnädigsten erfahren?«

»Warum?«

»Für meine Trophäensammlung. Schließlich muss ich wissen, wen ich zur Strecke gebracht habe«, grinste er und verschaffte sich mit einem Stoß nach hinten etwas Platz. Dann setzte er seinen Hut wieder auf und zog ihn fest.

Soweit es die Enge zuließ, musterte Svenja ihn. Seine massige Figur steckte gänzlich in schwarzer Kleidung, gekrönt von diesem breitkrempigen Hut, ebenfalls tiefschwarz. »Sie sehen wie ein Prediger aus, der seiner Gemeinde hinterherläuft.«

»Sie gestatten: Robert Bigalke aus Stralsund. Seit drei Jahren in der Bürgerbewegung, jedoch kein Prediger oder Pastor.«

»Müssten Sie mir bekannt sein? Ich komme auch aus Stralsund.«

Erneut zwinkerte er ihr zu. »Ich gehöre zu den ›Stralsunder 20‹. Wir klopfen der Stadtverwaltung auf die Finger.«

»Von der Gruppe habe ich bereits gehört. Aber die Mitglieder? Nein, kenne ich nicht. Ich bin erst vor einem Vierteljahr vom Studium in Leipzig zurückgekommen.«

»Na, das entschuldigt Sie. Verraten Sie mir noch Ihren Namen?«

»Svenja Windisch.«

Bigalke lupfte seinen Hut. »Sehr erfreut.« Er blickte in die Runde und fasste ihre Hand. »Kommen Sie, Svenja! Jetzt stürzen wir die Stasi. Meine Geheimwaffe wird uns nach vorn bringen.« Er hob seinen linken Arm.

»Was haben Sie da gemacht?«

»Nichts weiter – Unterarm gebrochen – Speiche durch. Ich trat nichts ahnend morgens aus der Haustür und bums, schon lag ich auf dem Gehweg; Mitte Dezember, als es so arschglatt war. Ist aber verheilt. Der Gips kommt Freitag ab. Und heute hilft er uns, hier durchzukommen.«

Dieser Bigalke wusste seinen Körper einzusetzen; unaufhörlich schob er sich vorwärts. Svenja blieb dicht hinter ihm, um den Anschluss zu halten. Sie drängten sich Zentimeter für Zentimeter zwischen den Massen hindurch. Irgendwoher kannte Svenja den Namen Robert Bigalke. Plötzlich fiel es ihr ein: Ein Robert Bigalke hatte ihren Freund Gotte mal für irgendsoeine Friedensinitiative gewinnen wollen, vorletztes Jahr.

»Kommen Sie da rüber.« Bigalke deutete zu einer freien Stelle am Rande des Gedränges. »Da steht Danica.«

Zielstrebig steuerte er auf eine junge Frau zu. Ihre langen rotblonden Haare, die blasse Gesichtshaut und der ovale Kopf ließen Svenja an eine Holländerin denken. Es fehlte nur das weiße Spitzenhäubchen. Eine winzige Falte spaltete ihre Unterlippe. Bigalke stellte sie als Danica Pinter vor. Die beiden Frauen nickten sich zu.

»Wie sieht's aus?«, fragte Bigalke.

»Gut! Hier draußen sind bestimmt 50.000 Leute. Heute stirbt die Stasi.«

»Meinst du?«

»Kannst dich drauf verlassen.« Danica Pinter tätschelte Bigalke die Schulter. »Die Demo macht genügend Druck. Unsere Jungs und Mädels da drinnen«, sie deutete zum Hauptgebäude der Stasi, das einige hundert Meter hinter der massiven Umzäunung im Licht der Dämmerung lag, »versiegeln seit dem Mittag die Räume. Alles ganz legal, Polizei und Staatsanwälte sehen sich das an.«

»Keine Action?«, fragte Robert.

»Keine Action. Brauchen wir nicht! Die Regierung weiß, was auf dem Spiel steht. Wir haben die Situation im Griff. Die mauern gleich noch den Eingang zu und dann ist Schluss.« Danica Pinter wandte sich ab. »Ich muss los. Haltet die Ohren steif.« Mit der Grazie einer Ballerina schlängelte sie sich durch die Menschenmasse und verschwand.

»Kommen Sie weiter.« Bigalke fasst nach Svenjas Hand und zog sie erneut zwischen all die drängelnden Leute.

Am liebsten wäre sie umgekehrt, raus aus der Menge. Aber die Körper um sie herum schoben sich immer mehr zusammen. Svenja suchte in Bigalkes Rücken Schutz. Sie stöhnte und kämpfte sich mit ihm Meter um Meter voran. Zehn Schritte vor dem Haupttor blieben sie stecken. Von hinten drängten die Menschen unentwegt nach vorne. Svenja fühlte sich wie in einer riesigen Schraubzwinge. Angst nistete sich in ihrem Kopf ein. Die Zunge klebte ihr am Gaumen und sie atmete schwer. Kamen sie hier je wieder heraus? Und wo war ihre Freundin? Svenja quetschte sich wenige Zentimeter zur Seite, um an Bigalke vorbeischauen zu können. Ein unüberwindliches Stahltor versperrte den Weg. Da gab's kein Durchkommen. Selbst ein Panzer würde sich Beulen holen, wenn er das Bollwerk attackierte.

»Los! Wir müssen hier raus. Ich bekomme keine Luft mehr.« Svenja zog an Bigalkes Hand. Ihr Gesicht musste knallrot sein, so sehr glühten die Wangen.

»Warten Sie.« Bigalke deutete nach vorn.

Hinter dem Zaun tauchten Leute auf. Ein Raunen ging durch die Menge. Svenja reckte sich, konnte aber nichts weiter erkennen als die klobigen Stahlstreben. Plötzlich verstummten die Menschen um sie herum, schienen den Atem anzuhalten. Ein metallisches Knirschen durchbrach die Stille. Das wuchtige Portal ruckte, gab einen Spalt frei, ganz schmal zunächst, doch dann rasch breiter werdend. Gleichzeitig entlud sich Freudengeschrei.

»Komm!«, schrie Bigalke, fasste Svenja am Oberarm und drängte mit aller Kraft voran. Schon strömten die ersten Wagemutigen in das Innere des abgeschirmten Geländes und das Tor öffnete sich Meter um Meter. Als hätte sie sich aus einem zu engen Anzug befreit, schwand der Druck von Svenjas Körper.

»Los, schnell!« Bigalke zog sie vorwärts und rannte mit ihr den anderen hinterher.

*

»Komm rein, Ludger«, forderte Ivo Janning und klopfte mit der flachen Hand auf den Stuhl neben sich. »Sieh dir das an.«

Oberleutnant Ludger Rotgerber hatte während seines Kontrollgangs durch die Wachkompanie der 3. Flottille in Stralsund Lärm aus dem Fernsehraum gehört und hineingesehen. Anstatt des erwarteten Tohuwabohus seiner Matrosen saß Ivo Janning allein vor dem Bildschirm. Der Radau kam aus den Lautsprechern.

»Die nehmen die Stasizentrale in Berlin auseinander«, sagte Ivo, ohne den Blick vom Fernsehapparat zu wenden.

Ludger setzte sich zu seinem Freund. »Wie das denn?«

»Da war 'ne Demo, und dann ging das Haupttor auf.«

»Hm.« Ludger starrte ungläubig auf die Bilder: Rasende Menschen stürmten ein Treppenhaus hinauf, im Lichtschacht flatterten Papiere umher und Akten klatschten unten auf die Fliesen. Die Kamera folgte dem Menschenstrom und schwenkte in einen Korridor: Zerschlagene Türen hingen schräg in den Angeln, überall lagen umgerissene Schreibtische und Berge von Unterlagen türmten sich vor geöffneten Aktenschränken und Tresoren. Ludger schauderte.

Folgte der friedlichen Revolution des Herbstes nun ein stürmischer Winter?

»Uns kriegen die als Nächste am Arsch!« Ivo sah Ludger an.

»Quatsch.«

»Na, dann pass mal auf. Heute ist Montag. Wenn die Leute aus der Marienkirche kommen und das da sehen, ziehen die direkt vor unsere Flottille.«

Ludger verspürte keine Lust zu streiten. Er starrte zum Fernsehapparat, wo die Kamera den Ministerpräsidenten einfing, der am Ort des Geschehens eingetroffen war.

*

»Was können die Stühle dieses Hauses dafür, dass Ärsche darauf gesessen haben, die vielen nicht gefallen?«, rief der Ministerpräsident vom Rednerpult herunter, das wenige Minuten zuvor auf einem Lkw-Anhänger aufgebaut worden war. Pfiffe brandeten auf. Der Regierungschef hielt inne.

»Der Oberbonze soll sein Maul halten«, schimpfte Bigalke. »Der selbst hat den Stasischweinen den Job gerettet – Amt für Nationale Sicherheit.« Er spuckte auf den Boden. »Alter Wein in neuen Schläuchen. Aber denen werden wir's zeigen.«

»Hör doch mal zu«, beschwichtigte Svenja. »Der will nur das Chaos beenden.« Während ihres Streifzugs mit Robert Bigalke durch die verwüstete Stasizentrale waren sie zum vertrauten Du übergegangen. Jetzt standen sie in einer Traube von Menschen und verfolgten die Rede des Ministerpräsidenten.

»Komm runter, du rote Sau!«, schrie eine erregte Stimme neben ihnen.

»Wir holen uns den Kerl!«

»Ja, los!«

Vor dem Anhänger entstand eine Rangelei.

»Lass uns gehen.« Svenja hakte sich bei Robert unter und zog ihn weg. Gemeinsam stapften sie durch die Überreste der Schlacht. »Musste das hier sein?« Sie schüttelte den Kopf. »›Keine Gewalt‹ – das haben die Leute wohl vergessen.«

»Wieso? Wir hatten wenigstens Action!«

»Komm bloß, du Actionheld.« Sie führte ihn zum Ausgang Ruschestraße. Draußen kam ihnen die hübsche Danica Pinter entgegen. Ihre Haare glänzten sogar in der Dunkelheit – dunkelrot wie die Glut eines verlöschenden Lagerfeuers.

»Schöner Mist, diese Bambule, was?« Danica Pinters Gesicht verriet ihren Ärger.

»Du bist mir eine Strategin!«, fuhr Robert sie an. »Wir haben alles im Griff. Von wegen.«

»Und du wolltest die Action.«

»Ja, aber keinen Krieg. Den Bonzen sollte der Schreck in die Glieder fahren, nichts weiter. Jetzt haben sie einen perfekten Vorwand für einen Vergeltungsschlag bekommen.«

»Immer langsam. Die Chaoten, die hier randalieren, die gehören nicht zu uns. Und das weiß die Regierung.«

»Na hoffentlich«, blubberte Robert.

»Vielleicht hatte die Aktion auch ihr Gutes? Wir müssen jedenfalls am Ball bleiben. Sonst erholen sich die Genossen und buttern uns bei den Volkskammerwahlen unter.« Danica Pinter blickte auf die Uhr, verabschiedete sich und ließ die beiden zurück.

»Stets unterwegs, die Kleine«, bemerkte Robert und sah ihr hinterher. »Mit solchen Leuten in der Parteizentrale können wir all die Arbeit schaffen.« Er kratzte sich am Ohr. »Da fällt mir ein, ich müsste selbst noch zu den Kollegen in die Zentrale – heute ist viel passiert.«

»Kein Problem«, sagte Svenja und unterdrückte ihre Enttäuschung. »Mein Zug fährt bald. Bestimmt wartet meine Freundin Andrea am Bahnhof auf mich.«

»Weißt du was?« Robert kramte seine Brieftasche aus der

Jacke und nahm ein Kärtchen heraus. »Du kommst einfach mal bei mir vorbei. In den kommenden Tagen. Ich würde mich freuen.« Er reichte Svenja das Kärtchen, umarmte sie und ging. Nach einigen Schritten drehte er sich um und winkte.

Jetzt habe ich vergessen, ihn nach Gotte zu fragen, dachte Svenja und sah auf die Visitenkarte. In der Ossenreyerstraße 1 lag sein Büro. Warum eigentlich nicht?, überlegte sie. Ein Besuch bei Robert wäre sicher interessant.

Auf dem Bahnhof verflog Svenjas Ärger. Andrea kam freudestrahlend auf sie zugestürmt und überschüttete sie mit ihrer Neugier.

*

Die Situation in Berlin schien wieder unter Kontrolle zu sein. Die Polizei hatte das Schlimmste verhindert, während die Sprecherin im Fernseher das Ende der Sondersendung verkündete. Ludger stand auf und ließ Ivo wortlos zurück. Er wollte einer erneuten Debatte mit dem Freund aus dem Weg gehen und sich beim diensthabenden Offizier über die Lage hier in Stralsund informieren.

Erst im letzten Herbst war Ivo Janning in Ludgers Wachkompanie gekommen. Schon nach wenigen Tagen fiel ihm der neue Matrose auf: Mit seinen 21 Jahren war Ivo zwar älter als die anderen Wehrpflichtigen, aber er gab sich auffällig ruhig und zurückhaltend. Er versah seinen Dienst, ohne zu murren, und hielt sich aus allen Diskussionen heraus. Abends saß er oft auf seiner Stube und las, während die Kameraden in der Kneipe ihr Vergnügen suchten. Der junge Mann mit den dünnen Haaren zog Ludger mit der Zeit immer stärker an. Und so suchte er die Nähe des stillen Matrosen, begegnete ihm in den folgenden Wochen mit behutsamer Aufmerksamkeit. Immer wieder kamen sie ins Gespräch. Und da zu Hause nur eine leere Wohnung auf Ludger wartete, setzte er sich auch in der Freizeit zu Ivo. Nach und nach berichtete der aus seinem Leben. Er hatte den Beruf eines orthopädischen Schuhmachers erlernt und mit viel Freude in einem kleinen Betrieb hier in der Stadt gearbeitet. Im Herbst letzten Jahres brach die Katastrophe wie eine Sturzwelle über die Firma herein: Erst erkrankte Paul, Chef und Inhaber des Handwerksbetriebes, und dann musste Ivo zur Armee. Die Werkstatt geriet in gefährliches Fahrwasser; Mitte Dezember wuchsen dem Alten die Probleme über den Kopf und er musste aufgeben. Ivo geißelte sich mit Selbstvorwürfen: Er hätte Paul nicht im Stich lassen dürfen. Mehrfach versuchte Ludger, den Freund zu beschwichtigen: Gegen seine Einberufung wäre er machtlos gewesen.

»Vielleicht hätte ich kämpfen müssen«, sagte Ivo immer wieder, »kämpfen, wie die Leute auf der Straße.«

In dieser schweren Zeit festigte sich die Freundschaft der beiden Männer, selbst wenn solch eine enge Vertrautheit zwischen einem Wachsoldaten und seinem Kompaniechef in der Volksarmee etwas sehr Seltenes war.

Zu Weihnachten hatten sie gemeinsam Ivos Chef besucht, um ihm eine Freude zu bereiten. Aber die Visite geriet zum Desaster. Während Ivo Trost spenden und Zuversicht verbreiten wollte, hatte Paul nur dagesessen und geschwiegen.

Zufrieden verließ Ludger das Zimmer des Diensthabenden. Die Lage am Haupttor der Flottille war ruhig geblieben. Die Montagsdemo in Stralsund hatte sich an diesem Abend frühzeitig aufgelöst. Im Stadtgebiet gab es nicht einmal Anzeichen einer Ausschreitung.

*

»Was machst du denn?«, fragte Ludger, als er Ivos Stube betrat, um ihm die gute Nachricht von der friedlichen Situation in der Stadt zu überbringen.

»Ich packe, das siehst du doch.« Der Freund stand vor seinem Spind und warf persönliche Sachen in eine Reisetasche.

»Verstehe ich nicht. Wo willst du hin? Ohne Urlaubsschein?«

Ivo hielt inne und sah Ludger an. »Ich brauche keinen Urlaubsschein mehr – ich haue ab.«

»Wie bitte?«

»Ich haue ab. Oder soll ich hier ausharren, bis die Chaoten mich auf die Straße zerren und verprügeln?«

»Quatsch! Draußen herrscht absolute Ruhe. Das in Berlin war eine Ausnahme. Da ging's gegen die Stasi.«

»Die Stasi haben sie plattgemacht. Jetzt sind wir dran.«

»Unsinn!«

»Ich gehe in den Westen. Zu meinem Onkel.«

»Du hast drüben Verwandte? Seit wann das denn?«

»Seit Silvester. Kurz vor Mitternacht fing mein Alter auf einmal an zu schwadronieren: Er hätte einen Bruder im Westen, in Bremen, seit fast 30 Jahren.«

»Und da willst du hin? Einfach so?«

»Ja.« In dem winzigen Wort lagen Entschiedenheit und Zweifel zugleich.

»Das ist Fahnenflucht. Eine Straftat! Das weißt du!« Ludger versuchte, kaum Schärfe in seine Stimme zu legen. »Und ich muss dich davon abhalten.«

»Du kommst mit. Wir beide bauen uns drüben was Neues auf.«

Ludger ging zu Ivo und packte ihn an den Schultern. »Sieh mich bitte an!« Ivo hob den Kopf. »Du bist im Begriff, Fahnenflucht zu begehen – Fahnenflucht! Meinst du, das wird weniger schlimm, wenn dein Kompaniechef mitmacht?«

»Na und?« Ivo klang wie ein trotziger Junge, der sein letztes Taschengeld für ein riesiges Eis ausgegeben hatte und jetzt seine Bauchschmerzen vor dem Vater rechtfertigte. »Tagtäglich hauen Dutzende ab. Keiner redet mehr über Bestrafungen, Fahnenflucht hin oder her.«

Ludger schwieg und ließ seine Hände sinken. Ivo hatte recht. Seit Wochen liefen in allen Truppenteilen die Soldaten und Matrosen davon, sogar Offiziere. Niemand scherte sich darum.

»Mensch, Ludger! Wir beide gehen zusammen rüber und kommen groß raus.« Ivo sprach voller Begeisterung, als wären sie sich einig.

»Ich kann das nicht. Ich kann meinen Eid nicht brechen.«

»Was lässt du denn hier zurück? Eine Frau? Nein! Kinder? Nein! Eltern? Die wohnen weit weg, im Spreewald. Das Einzige, das du verlierst, sind deine schreckliche Bruchbude von Wohnung, nörgelnde Vorgesetzte und deine Schulterstücke, auf die bald keiner mehr was gibt. Denk mal an den Anschiss, den sie dir verpasst haben, damals …«

Ivos Worte trafen Ludger wie ein Schlag; er fühlte sich auf einmal hilflos und verlassen. Der Freund hatte seinen wunden Punkt getroffen, ihn an die schwersten Tage seines noch kurzen Offiziersdaseins erinnert. Als wäre es erst gestern gewesen, fraßen sich die zwei Jahre zurückliegenden Ereignisse in sein Bewusstsein.

Ludger diente zu jener Zeit als Zweiter Wachoffizier auf einem Raketenschnellboot. So wenige Monate nach dem Studium hätte er niemals die Schiffsführung übernehmen dürfen. Aber der Kommandant sah bei ruhiger See kein Risiko. Er übergab die Leitung des Bootes an seinen jungen Offizier und verließ die Brücke, um den leidigen Papierkram aufzuarbeiten. Ludger freute das ihm entgegengebrachte Vertrauen und wollte sich der Ehre würdig erweisen. Gewissenhaft überprüfte er die Position des Bootes und bemerkte eine Abweichung zum Standort, den ihm der Kommandant genannt hatte. Ludger peilte nochmals und erhielt ein identisches Ergebnis. Er zweifelte. Hatte der Kommandant sich geirrt? Mit pochendem Herzen nahm Ludger den Hörer des Bordtelefons in die Hand – er musste Rücksprache halten. Da erfasste ein kräftiges Schütteln den Rumpf des Bootes. Wie von einer mächtigen Faust gebremst, verloren sie an Fahrt. Die Männer auf der Brücke flogen an die Frontscheiben. Die Hauptmotoren erstarben. Aus den Tiefen des Bootskörpers drang ein lautes Knirschen in die plötzliche Stille. Mit einem Ruck verebbte jegliche Bewegung. Ihr Boot saß auf einer Sandbank fest.

Später zeigte sich, dass Ludgers Peilung tatsächlich richtig gewesen war. Ungeachtet dessen erhielt er von Kameraden vor der Havarieverhandlung den Rat, über die wahren Umstände der Grundberührung zu schweigen. Belastende Aussagen gegen den eigenen Kommandanten würden einem Offizier ewig anhängen, konnten die Karriere für immer zerstören. So hatte er geschwiegen, war bestraft und zur Bewährung in die Wachkompanie nach Stralsund versetzt worden.

Ludger glaubte in Ivos Gesicht die Züge des Havariekommissars von damals zu entdecken. Aber heute wartete keine Bestrafung auf ihn, heute wollte ihn sein Freund verlassen.

»Mensch, komm mit.« Ivos Stimme klang fordernd. »Hier heult dir niemand eine Träne hinterher.« Er ging wieder zu seiner Reisetasche. »Komm mit oder lass es – meine Entscheidung steht fest!«

»Du bist wenigstens Schuhmacher«, sagte Ludger einige Sekunden des Nachdenkens später, »hast ein ordentliches Handwerk gelernt. Dich nehmen sie drüben überall mit Kusshand. Mich werden sie auslachen: ›Was sind Sie? Offizier? Offizier mit einer Havarie auf dem Konto? Brauchen wir nicht!‹«

Ein dunkler Schatten überzog Ivos Gesicht und er ließ seine Schultern fallen. »Wie du meinst!«

»Ja, meine ich. Stimmt auch.« Konnte er den Freund

umstimmen? Überzeugen? Aufhalten? Nein! Ludger zog einen Stuhl heran, setzte sich und sah auf. »Wenn du unbedingt abhauen willst, dann geh'. Ich wünsche dir alles Gute.«

Ivos Züge hellten sich auf. »Du lässt mich ziehen? Bist mir nicht böse?« Er kam zu Ludger heran, hockte sich vor ihm hin und legte die Hände auf dessen Knie. »Nach Pauls Pleite, nach unserem Besuch bei ihm zu Weihnachten, halte ich es hier kaum mehr aus. Ich muss einfach weg. Und bitte glaube mir, die Vorfälle in Berlin sind kein Vorwand. Ich habe wirklich Angst vor dem Tag, an dem sie unsere Kaserne stürmen.«

»Du übertreibst.«

»Ich habe richtigen Schiss. Schlägt der Mob zu, bleibst du verschont, du kleiner Oberleutnant. Ich jedoch?« Ivo senkte den Kopf, als würde er sich schämen. »Ich bin der Sohn meines Vaters. Wer weiß, wen der alles auf dem Gewissen hat. Ihn werden die hängen und mich gleich daneben.«

Ludger wollte dem Freund den Unsinn von der Sippenhaft ausreden, aber er schwieg; aus Sorge, seine Worte könnten wie Phrasen klingen.

»Verstehst du mich?« Ivo sah wieder auf.

Ludger nickte. Da kam ihm ein Gedanke. Die Ironie dieser Eingebung ließ ihn grinsen. »Vielleicht kann ich dir bald folgen.«

»Ja?«

Ivos Vater saß an führender Stelle des MSA, des Marine-Sicherheits-Amtes. Die Fahnenflucht des Sohnes würde er als persönliche Niederlage empfinden und seine Wut an demjenigen auslassen, der Ivo hatte ziehen lassen.

»Dein Vater wird mich durch den Wolf drehen und anschließend rausschmeißen.« Die Vorstellung krampfte Ludger den Magen zusammen. Aber er versuchte zu lächeln. »Anschließend kreuze ich bei dir auf und du musst mich durchfüttern.«

»Komm gleich mit!«, flehte Ivo. »Bitte! Mein Alter kann uns dann am Arsch lecken.«

Ludger schüttelte den Kopf. »Nein. Auch wenn du's nicht verstehst. Ich könnte mich nie wieder im Spiegel ansehen.«

Ivo richtete sich langsam auf und stand unentschlossen mitten im Raum.

Ludger schlug mit der Hand auf den Tisch. »Jetzt ist Schluss mit dem Trübsalblasen, du Held. Pack die Klamotten und hau ab. Sonst kehren deine Kumpel aus der Kneipe zurück und du hängst hier fest.«

Ein winziges Lächeln huschte über Ivos Gesicht. Ludger ging auf ihn zu und umarmte ihn. »Halt die Ohren steif und schreib mal. Ich gehe gleich auf Kontrollgang. Bei meiner Rückkehr bist du verschwunden. Klar!«

Die beiden Männer verabschiedeten sich. In der Tür blieb Ludger noch einmal stehen. »Wenn ich dich besuchen komme, musst du mir einen ausgeben.«

»Warum?«

»Weil ich durch dich meinen besten Einsatzsanitäter verliere und einen neuen ausbilden muss.«

Ivo grinste und salutierte. »Aye, aye, Sir.«

*

Eine Stunde später kehrte Ludger von seinem Kontrollgang zurück. Die anderen fünf Bewohner der Stube hatten inzwischen ihren Landgang beendet. Die Männer mussten einige Biere getrunken haben, denn sie lärmten wie eine Schulklasse ohne Lehrer. Ludger verschaffte sich Gehör und fragte nach dem Verbleib des Matrosen Ivo Janning. »Keine Ahnung«, antwortete der Stubenälteste. Ivo sei allein an Land gegangen und wohl noch unterwegs. Ludger nickte; die Landgangszeit endete ja erst in 50 Minuten. Er mahnte abermals zur Ruhe und ging anschließend in sein Dienstzimmer.

Das Gespräch mit Ivos Stubenkameraden würde ihn nur wenig schützen, wenn er behauptete, über die Flucht des Freundes nichts gewusst zu haben. Aber besser einen kleinen Schild zu haben, als völlig nackt vor die Inquisition zu treten. Er seufzte, packte seine Tasche und machte sich auf den Heimweg.

Von der Bushaltestelle bis zu seiner Wohnung hatte Ludger einige Meter zu gehen. Er schlug den Mantelkragen hoch. Jetzt, wo die Anspannung des Abends von ihm abfiel, bemerkte er die Kälte der Januarnacht, die eine frische Brise vom Meer herübertrug.

»Ludger.«

Er drehte sich um. Ivo stand vor ihm. »Hast du mich erschreckt!«

»Entschuldige. Ich lauere hier schon eine halbe Stunde. Wo steckst du denn? Mir ist arschkalt.«

»Bleibst du?«, fragte Ludger und bemühte sich, möglichst gleichgültig zu klingen.

»Nein. Aber ich habe dir eine Überlebensversicherung besorgt.« Ivo reichte Ludger eine Rolle Papier. »Für dich.«

»Was soll das?«

»Ich habe lange gebraucht, um einen wirkungsvollen Schutz vor der Rache meines Alten zu finden. In seinem Safe zu Hause bin ich fündig geworden. Das Dokument muss ziemlich wichtig sein. Vater hat es in einer verschlossenen Kassette in seinem Tresor aufbewahrt.«

»Wie bist du da rangekommen?«

»Ist doch egal. In der Wohnung vernachlässigt mein Alter die Sicherheit ein bisschen.«

Ludger schüttelte den Kopf und rollte das Blatt auseinander. Das dünne Durchschlagpapier raschelte im Wind. Er hielt es in das Licht der nächsten Straßenlaterne. ›Operation Schneefall – 0088/89 Ausfertigung 5‹ stand links oben, und auf der rechten Seite: ›30.12.89 – Top Secret – Bei Verlust

Strafverfolgung!‹ Eine Liste führte sechs eng geschriebene Spalten von Städtenamen auf.

»Was ist das?«, fragte Ludger. »›Top Secret‹ ist keine Geheimhaltungsstufe bei uns.«

»Interessiert das jemanden? Jedenfalls scheint's wichtig zu sein. Würde sonst für den Verlust eine Strafverfolgung drohen? Mein Alter hatte das Ding zweimal weggeschlossen.«

Ungläubig sah Ludger das Schriftstück an. »Was soll ich damit? Deinen Vater erpressen? Der rammt mich unangespitzt in den Boden.«

»Ach Quatsch. Meinen Alten übernehme ich.« Ivo grinste wie ein Schuljunge, dem ein perfekter Streich gelungenen war. »Von mir erfährt er, dass ihm das Papier abhandengekommen ist. Dein Name bleibt außen vor.«

»Verstehe ich nicht?«

»Falls sich mein Alter der Einschüchterung verschließt, gibst du das Dokument in der Flottille ab. Dann ziehen sie ihn aus dem Verkehr und du hast deine Ruhe.«

»Vergiss es!« Ludger rollte das Blatt zusammen und gab es Ivo zurück.

»Du spinnst wohl«, empörte der sich. »Meinst du, ich bringe das Ding jetzt wieder nach Hause?« Ivo nahm die Papierrolle und schob sie Ludger in den Mantelausschnitt. »Pack es gut weg. In den kommenden Tagen, wenn ich drüben in Sicherheit bin, informiere ich meinen Alten.« Er boxte Ludger auf die Brust. »Halt die Ohren steif.« Zögernd drehte er sich um und lief in Richtung Bushaltestelle davon.

Ludger sah ihm lange hinterher. Schließlich überflog er noch einmal die Liste der unzähligen Städtenamen, faltete den Zettel und steckte ihn in die Innentasche des Mantels. Wie ein glühendes Brikett lag das raschelnde Papier an seinem Herzen.

*

Am nächsten Morgen meldete Ludger telefonisch den Matrosen Ivo Janning als unerlaubt entfernt; er sei vom gestrigen Landgang nicht zurückgekehrt. Mit einem Blick auf die Uhr legte er den Hörer auf. Wie viel Zeit würde ihm bleiben, bis Ivos Vater hier auftauchte?

Und tatsächlich, drei Stunden und 51 Minuten später stand Hauptmann Arno Janning bei Ludger im Dienstzimmer. Als ehemaliger MiG-Pilot trug er die graugrüne Uniform der Luftstreitkräfte, wenn er überhaupt Uniform anhatte. Meistens lief er in der Dienststelle oder im Hafen in Zivil umher. Die Uniform wirkte maßgeschneidert an dem großen schlanken Mann, der die 50 bereits überschritten hatte. Die militärisch kurz geschnittenen Haare lagen in einem akkuraten Rechtsscheitel und seine braunen Augen sahen Ludger ausdruckslos an. Die beiden Hautfalten von den Nasenflügeln zum Mund gruben sich deutlich in die Haut ein.

»Wo steckt mein Sohn?«, begann Janning ohne Umschweife. Die S-Laute presste er durch die geschlossenen Lippen. Dieses Zischeln jagte Ludger eine Gänsehaut über den Rücken.

»Vom Landgang nicht zurückgekehrt«, antwortete er, seiner Legende folgend.

Als wäre Janning sich seines Sieges sicher, lächelte er für Sekundenbruchteile. Ohne Ludger aus dem Blick zu verlieren, ließ er sich auf dem Besucherstuhl vor dem Schreibtisch nieder, schlug die Beine übereinander und wippte mit dem oberen. »Berichten Sie!«

Ludger atmete tief durch und erzählte die Geschichte, die er sich zurechtgelegt hatte.

Janning hörte mit einem maskenartigen Gesicht zu. Schließlich stand er auf und ging zur Tür. »Merken Sie sich Ihre Version gut.« Die hervorgepressten S-Laute stachen Ludger wie Nadeln in den Ohren. »Wenn ich Sie bei der kleinsten Diskrepanz erwische, reiße ich Ihnen den Arsch auf.« Er wog den Kopf. »Vielleicht hätte ich das Märchen geglaubt, aber Ihr gestriges Gespräch mit den Stubenkameraden des Fahnenflüchtigen hat mich neugierig gemacht. Das stinkt zu sehr nach Alibi. Wir sprechen uns noch.«

Die Jagd war eröffnet. Hoffentlich konnte Ivos Überlebensversicherung Ludger ein wenig schützen.

6

Svenja klingelte. Die Tür öffnete sich.

»Komm rein.« Romy Koschak lächelte und kam auf Svenja zu. »Wurde mal wieder Zeit, dass du vorbeikommst.« Die Schwestern umarmten sich und gingen in die Wohnung.

»Du bist ja immer beschäftigt«, verteidigte sich Svenja. Seit ihrer Rückkehr vom Studium vor vier Monaten hatte sie Romy, die mit ihrem Mann und den beiden Töchtern ebenfalls in Stralsund lebte, nur zweimal besucht. Vorgestern rief dann Romy überraschend an: »Christian ist die nächsten drei Tage auf seinem Dampfer unabkömmlich und die Kinder schlafen bei unserer Mutter. Komm vorbei, ich koche.«

Svenja hatte sich über die Einladung gefreut, bot sich so die Gelegenheit zu einem Plausch. Vielleicht kannte Romy die neuen Stralsunder Lokalgrößen? Vielleicht sogar Robert Bigalke?

»Mach's dir im Wohnzimmer gemütlich – ich muss in die Küche. Die Spaghetti sind aber gleich fertig.«

»Spaghetti?«

»Ja, Spaghetti Carbonara, von Kraft!« Romy schmunzelte. »In der Kaufhalle gab's Westsachen. Die Leute haben gekauft wie die Blöden.«

»Und da hast du dich angestellt? Für Westsachen?«

»Na ja ...« Romy schien verlegen. »Ich will mir selbst ein Urteil bilden. Möglicherweise schmecken die Erzeugnisse von drüben wirklich besser?«

Svenja lachte. Im Haushalt der Koschaks war der Westen nie erwähnt worden. Christian fuhr als Offizier auf einem Kriegsschiff und Romy arbeitete als Berufsschullehrerin. Beide gehörten der Partei an und äußerten selten ein schlechtes Wort über den Staat. Kein Wunder, denn sie verdienten gutes Geld und konnten im Militärhandel der Marine auch so manches mehr kaufen als die Normalsterblichen im ›Konsum‹. Aber davon wollte Svenja heute keinesfalls anfangen und antwortete: »Ich habe einen riesigen Hunger.«

»Essen kommt sofort, Madame«, salutierte Romy und verschwand in der Küche.

Svenja folgte ihr, blieb jedoch in der Tür stehen. Der Geruch von Teigwaren, Tomaten und würziger Soße lag in der Luft und ließ ihr das Wasser im Mund zusammenlaufen. Romy werkelte am Herd, klapperte mit den Topfdeckeln und schmeckte die Speisen ab.

Schon als Kind hatte Svenja die vier Jahre Ältere ob ihrer Eleganz beneidet. Während sie selbst eher der sportliche Typ war, besaß Romy die Anmut einer englischen Lady aus vornehmstem Adelshaus. Sie war sehr schlank, hatte volle Lippen und ihre grünen Augen standen in reizvollem Kontrast zu den nackenlangen weinroten Haaren. Sogar in dem schlichten T-Shirt und den Jeans, die sie gerade trug, würde sich jeder Mann nach ihr umdrehen.

»Darfst du überhaupt Nudeln essen?«

»Warum? Wie meinst du das?«

»Teigwaren haben extrem viele Kohlenhydrate. Die sind schlecht für die Figur.« Svenja grinste.

»Du Doofe«, drohte Romy mit dem Kochlöffel, den sie gerade in der Hand hielt. »Ab ins Wohnzimmer. Das Essen kommt gleich.«

Eine viertel Stunde später saßen die beiden Frauen am Tisch und ließen es sich schmecken. »Köstlich«, lobte Romy mit vollem Mund. »Solche Gerichte hätten die bei uns auch hinkriegen können, oder?«

»Zum Glück nicht«, lachte Svenja. »Dann wären die Leute letzten Herbst zu Hause geblieben und wir würden im Mief des Realsozialismus ersticken.«

»Was du Mief nennst, ist für mich soziale Sicherheit«, konterte Romy. »Mit den Spaghetti werden wir noch ganz andere Dinge aus dem Westen bekommen.«

Svenja überging die Bemerkung, genoss schweigend das Essen und grübelte unentwegt, wie sie das Gespräch auf Robert Bigalke lenken konnte. »Gibt's eigentlich Neuigkeiten in Stralsund? Ich meine, habe ich irgendwelche Sensationen während des Studiums verpasst?«

»Nichts.« Romy schüttelte den Kopf. Auf einmal hielt sie beim Kauen inne und grinste. »Da fällt mir ein: Willst du deinen Ex mal wieder treffen? Ließe sich arrangieren.«

»Untersteh dich!«

»Ich höre jede Woche mehrmals von ihm, als gehöre er zur Familie.«

»Mach keinen Scheiß!«

»Dein Korvettenkapitän Grewe dient als Leitender Ingenieur auf Christians Dampfer. Wie gesagt, wenn du ihn wiedersehen möchtest, ich organisiere eine Verabredung.«

»Lass es. Andernfalls wären wir geschiedene Schwestern.« Svenja schaute ernst, musste schließlich aber lachen. »Nimm du ihn doch!«

»Nicht mein Typ. Ich habe ja meinen Dicken.«

»Der nie zu Hause ist und stattdessen auf seinem Schiff hockt.«

»Hör bloß auf.« Romy seufzte. »Letztes Jahr konnte ich ihm eine Landdienststellung besorgen. Die Tochter seines Brigadechefs zog es an unsere Schule – Ausbildung zur Fremdsprachenkorrespondentin. Dafür gibt's kaum Lehrstellen. Ich hatte bereits einen Platz organisiert. Im Gegenzug war der Brigadechef drauf und dran gewesen, Christian auf die Überholspur zu winken und ihn in seinen Stab zu versetzen. Mein Göttergatte hätte geregelte Dienstzeiten gehabt und wäre fast jeden Abend bei mir und den Kindern gewesen.«

»Aber der Herr stellte sich quer?«

»Der Idiot. Manchmal denke ich, der liebt seinen Dampfer mehr als seine Familie. Vielleicht stört's ihn, zum Dienstschluss zu Hause zu sein.« Romy kratzte auf ihrem Teller hin und her, als wollte sie ihre Äußerung unterstreichen.

»Ach Quatsch«, besänftigte Svenja.

»Quatsch? Warum hatten wir denn damals den Riesenkrach? Wie ich mich in seine Karriere einmischen könnte?« Romy stutzte. »Du müsstest von der Geschichte wissen. Christian ist doch abgehauen, nach Leipzig, zu dir. Hat er nichts erzählt?«

Svenja drohte die Röte ins Gesicht zu steigen. »Nein?« Sie dehnte das Wort, als würde es aus zwei Silben bestehen. Schnell wechselte sie das Thema. »Du, sag mal, kennst du einen Robert Bigalke?«

»Moment!« Klappernd fiel Romys Gabel auf den Teller. »Gab's da was in Leipzig?« Sie taxierte Svenja. »Zwischen dir und Christian?«

»Du spinnst. Oder glaubst du wirklich, ich klettere mit meinem Schwager in die Kiste, um anschließend mit meiner Schwester in einen hundertjährigen Krieg zu ziehen?«

»Hatte er eine andere?«

»Frag deinen Mann doch selbst.« Svenja versuchte ärgerlich zu klingen, um den Punkt abzuschließen.

»Entschuldige.« Romy langte über den Tisch und streichelte Svenjas Handrücken. »Wen soll ich kennen?«

»Robert Bigalke. Er sagt, er sei Mitglied der ›Stralsunder 20‹.«

»Einer von diesen Weltverbesserern?«

»Kennst du ihn?«

»Nein. Mich interessieren keine Leute, die Menschen wie Christian und mich am liebsten auf dem Arbeitsamt sehen würden.«

»Das ist doch Quatsch.«

»Ach ja? Frag mal deinen Robert.«

Svenja biss sich auf die Lippen. Jede Erwiderung könnte die Atmosphäre unnötig vergiften.

Die Frauen aßen schweigend.

»Bumst er dich?«

Obwohl Svenja die Frage verstanden hatte, tat sie erstaunt: »Was?«

»Na, bumst er dich?«

»Geht dich das was an?« Svenja erschrak über ihre heftige Antwort. Sie versuchte ein Lächeln. »Große Schwestern müssen nicht alles wissen.«

»Komm, erzähl schon. Steigt ihr gemeinsam ins Bett?«

»Nein! Wir haben uns vorgestern in Berlin das erste Mal getroffen. Und anstatt mich zum Zug zu begleiten, musste er in seine Parteizentrale.«

»Armes Schwesterchen.« Romy kratzte die letzten Nudeln auf ihrem Teller zusammen und lehnte sich zurück. »Ich frage dich in vier Wochen noch einmal.«

»Gern.« Svenja legte ihr Besteck beiseite und trank einen Schluck. »Haben wirklich gut geschmeckt, deine West-Spaghetti.«

Romy stand auf und räumte das Geschirr ab. »Setz dich rüber auf das Sofa. Ich gehe kurz in die Küche und mache uns einen schönen Kaffee.«

Svenja wollte der Schwester helfen. Die erteilte ihr jedoch Küchenverbot. Sie könne ja inzwischen ein wenig die Zeitungen wälzen. Vielleicht finde sie einen Heldenbericht zu ihrem Robert Bigalke – die Weltverbesserer füllten tagtäglich ganze Seiten.

Svenja tat, wie ihr geheißen. Sie setzte sich auf die Couch, nippte am Wein und kramte im Zeitungsständer. Die Presse berichtete viel über die Veränderungen in der Stadt, erwähnte oft den Namen ›Stralsunder 20‹, aber ein Robert Bigalke tauchte in keiner Ausgabe auf. Sie wühlte sich durch das

Papier und stieß dabei auf zwei zusammengeheftete Blätter. Neugierig begann sie zu lesen: ›Fernschreiben … Ministerpräsident … Minister für Verteidigung … Aufruf zum Handeln … Heute wir – morgen Ihr; Genossen, Kampfgefährten, Patrioten im In- und Ausland, Bürger der DDR …‹ Svenja vertiefte sich in das Schreiben, das an fast alle Regierungsinstitutionen des Landes gerichtet war.

›Heute wir – morgen Ihr‹ – immer wieder wanderten Svenjas Augen zu dem markigen Spruch, der sich einer bösartigen Geschwulst gleich in ihrem Gehirn einnistete. ›Heute wir – morgen Ihr‹.

Im folgenden Text warnten Stasileute vor dem Volkszorn, der sich demnächst auch gegen die Streitkräfte richten würde. ›Sorgen wir also gemeinsam für die unverzügliche Wiederherstellung der Rechtsstaatlichkeit.‹ Das Ziel der Autoren folgte wenige Zeilen weiter unten: ›Staat … zu schützen und zu erhalten.‹ Was bedeuteten diese Worte aus der Feder von Stasileuten? Was bedeuteten sie für die Armee? Aufforderung zum Handeln? Zur Gewalt? Zur Waffengewalt? Svenja jagte es eine Gänsehaut den Rücken hinunter und ihre Gedanken drehten sich im Kopf wie ein aufgezogener Brummkreisel. In der Küche klapperte Geschirr. Sie stand auf und ging hinüber. Romy trocknete sich gerade die Hände ab.

»Na, hast du Erfolgsmeldungen über deinen Helden gefunden?«, fragte sie.

»Nein. Aber das hier.« Svenja hielt ihr das Papier hin. »Lag bei euch im Zeitungsständer.«

Romy sah kurz darauf und nickte. »Hat Christian die Tage mitgebracht.«

»Was ist das?«

»Nichts!«

»Nichts? Kampfgefährten … Genossen … Patrioten; Aufruf zum Handeln, und das Ganze an alle Häuptlinge des Landes! Das ist nichts?«

»Du, ich habe das Pamphlet nie richtig gelesen. Diese Stasi-Phrasen nerven mich. Falls du Genaueres wissen willst, wende dich an Christian.«

Damit der mir ein Märchen auftischt. Nein, entschied Svenja für sich. Ich werde zu Robert gehen und ihn nach seiner Meinung fragen. »Darf ich das behalten?«

»Kein Problem.« Romy schien zu überlegen. »Wenn's zwischen den alten Zeitungen lag.«

Den restlichen Abend verbrachten die Frauen bei einer Flasche Wein. Svenja berichtete über ihre Studienzeit in Leipzig und Romy schwärmte von den beiden Töchtern. Die Politik sparten sie aus. Svenja wollte einem erneuten Streit vorbeugen, am Ende würde Romy das ominöse Fernschreiben vielleicht doch noch zurückfordern.

7

Otto Löffler schnaufte. Er saß in seinem Dienstzimmer im Bremer Polizeipräsidium. Auf dem Schreibtisch stapelten sich die Akten. Ich schufte hier jeden Tag, dachte er, hole mir eine Staublunge und die Berge von Papier türmen sich immer höher auf. Er schüttelte den Kopf, schlug einen Aktendeckel zu und nahm sich einen neuen Vorgang vom Stapel. Da klingelte sein Telefon. Und diese ewigen Störungen. Er nahm ab. Die Wache am Haupttor meldete einen Besucher. Zuerst wollte er fehlende Zeit vorschützen, hob dann aber lustlos den Papierstapel vor sich an. »Wer will denn zu mir?« Eine kleine Ablenkung wäre vielleicht nicht schlecht.

»Ein Ivo Janning. Er möchte den Grund seines Besuchs nur Ihnen persönlich nennen.«

Hm, überlegte Löffler, ein Namensvetter. Bis zur Hochzeit mit seiner Lisbeth, deren Mädchennamen er angenommen hatte, hieß er selbst Janning. »Wenn's so geheimnisvoll ist, schicken Sie ihn halt hoch.«

Fünf Minuten später trat ein langer Jüngling in das Büro. Sein Alter war schwer abzuschätzen, eine Halbglatze und sehr kurze schwarze Haare ließen junge Menschen erfahrungsgemäß älter aussehen. Seine braunen Augen huschten rastlos hin und her, als würden sie den Raum fotografieren. Die große Nase, die glatten Wangen und schmalen Lippen verliehen dem Gesicht einen unbedarften Ausdruck.

»Tach«, grüßte er, schloss die Tür und kam ein paar Schritte näher. »Sind Sie Otto Löffler?«

»Hauptkommissar Otto Löffler, ja. Und Sie heißen Ivo Janning?«

»Genau.«

»Sie wünschen? Für eine Anzeige wäre Ihr Polizeirevier zuständig.«

»Nichts Dienstliches.« Dieser Ivo trat verlegen von einem Bein auf das andere. »Ich bin … wie soll ich sagen … der Sohn Ihres Bruders.«

Löfflers Herz setzte einige Schläge aus. Er hob den Kopf, als müsse er den Burschen eingehender in Augenschein nehmen. Der Gedanke, einen Neffen zu haben, war ihm in der Vergangenheit nie gekommen. Seine Arbeit hatte keinen Raum für eigene Nachkommen gelassen. Lisbeth war all die Jahre unerbittlich geblieben: Beruf oder Kinder. Während er Überstunden schrubbte und sich im Präsidium unabkömmlich fühlte, hatte sie ein Leben als Alleinerziehende mit Ehering abgelehnt. Löffler liebte seine Frau und konnte ihren Standpunkt verstehen. Er seufzte und bedauerte Lisbeths harte Haltung. Vor dem Schreibtisch könnte jetzt sein erwachsener Sohn stehen. Gut sah der Junge aus. Ein Funken Freude keimte auf, die Freude, einen nahen Verwandten kennenzulernen. Aber sogleich verdrängte kriminalistisches Misstrauen das Glücksgefühl. »Warum soll ich Ihnen glauben? Betrüger erlebe ich täglich.«

Dieser Ivo nickte, griff in die Gesäßtasche seiner Jeans und legte ein kleines blaues Büchlein auf die Schreibunterlage.

Löffler schlug das Dokument auf, ein Personalausweis von drüben, und kontrollierte die Daten. Geboren 1968 in Potsdam und wohnhaft in Stralsund. Das passte. Das schmale Antlitz auf dem Lichtbild zeigte lange Haare, viel länger als jetzt. »Neue Frisur?«, fragte Löffler.

»Na und? Bei der Ar…« Ivo hüstelte. »Hätte ich mir andere Papiere besorgen müssen? Meinem Onkel, dem Kommissar zuliebe?«

»Du willst mich einfach mal besuchen, wie? Weil die Grenze offen ist? Vielleicht hat der Westonkel ja ein paar D-Mark für den Neffen aus dem Osten?«

Ivos Gesicht verdunkelte sich. »Idiot!« Er riss Löffler den Ausweis aus den Händen und stakste zur Tür. Seine Schritte quietschten auf dem Parkettboden. »Am besten, ich gehe gleich wieder.« Die Klinke fest umschlossen, hielt er inne und wandte sich halb zu Löffler um. Seine Wangenmuskulatur arbeitete, als würde ein Herz dahinter schlagen. Er kam zurück und stützte sich auf die Platte des Schreibtisches. »Du brauchst mir nicht um den Hals fallen, aber beleidigen? Nein!«

»Bleib!« Löffler griff nach dem Handgelenk des Jungen. »Bleib!« Er ließ Ivo los und stand auf. »Um den Hals werde ich dir keineswegs fallen, aber wir sollten uns ein wenig beschnuppern.« Ivos Reaktion hatte Löffler überzeugt, mehr als die Daten im Personalausweis, mehr als Geburtsurkunde oder Abstammungsnachweis. Ivo musste der Sohn seines Bruders sein. »Komm, setz dich.« Löffler wies auf die Sitzgruppe gleich neben der Tür.

Zuerst musterten sich die beiden Männer schweigend, als könnten sie die versäumte Familienbande der letzten 20 Jahre im Zeitraffer neu knüpfen. Worte störten da. Wenn es zwischen Onkel und Neffe Liebe auf den ersten Blick gab, erlebte sie Otto Löffler in diesem Moment.

»Weiß dein Vater von dem Besuch?«, durchbrach er schließlich das Schweigen.

»Nein.«

Löffler nickte. Er wusste nicht, ob ihn das freuen oder ärgern sollte. »Seit wann existiere ich für dich?«

In der Silvesternacht vor gut zwei Wochen, berichtete Ivo, hätte er von seinem Onkel im Westen erfahren. Der Vater habe in jener Nacht ungewöhnlich viel getrunken und schweigend den Fernseher angestarrt. Gegen Mitternacht wäre er schließlich mit der Neuigkeit herausgeplatzt. Er hätte früher dazu geschwiegen, weil sein Offiziersberuf jeglichen Kontakt nach drüben verbat und durch die Westverwandtschaft in Ivo nur unerfüllbare Wünsche geweckt worden wären.

»Und jetzt bist du da. Endlich lerne ich dich kennen. Du bleibst hoffentlich einige Tage? Meine Lisbeth freut sich bestimmt auch.«

»Wenn's geht, will ich für immer in den Westen übersiedeln. Mit Vater hält man es einfach nicht mehr aus, der lebt weiterhin in der Ära des siegreichen Sozialismus.«

Löffler nickte. Er verstand Ivo, konnte sich seinen Bruder lebhaft vorstellen.

»Ich möchte hier arbeiten. Ich bin orthopädischer Schuhmacher mit Berufserfahrung.« Stolz präsentierte der Junge einen breiten linken Daumen, gewissermaßen als Signum für den Berufsstand. »Garantiert suchen die bei euch gute Handwerker.«

»Sicher«, sagte Löffler vorsichtig. »Allerdings haben wir in Bremen viele Arbeitslose.«

»Ach was! Ich besitze einen Sack voller Erfahrungen, habe das ganze Berufsleben noch vor mir und werde meinen Weg gehen.«

»Aber im Osten drüben kommen doch nach der Wende auch bessere Zeiten.«

»Vergiss es!« Ivo kniff die Augen zusammen, als müsse er erst seine Gedanken betrachten, bevor er weitersprach. »Diese Möchtegernrevoluzzer treiben zwar die Leute auf die Straße, hetzen jedoch nur ihren eigenen Vorteilen hinterher und streiten um Einfluss und Macht.«

»Du übertreibst.«

Ivo sah Löffler an und lächelte. »Egal.« Er wischte mit der Hand über die Tischplatte, als wolle er die Bedenken des Onkels hinwegfegen. »Jetzt bin ich hier und bleibe.«

8

Die Tage rasten dahin. Immer schneller lief das Stundengarn vom Spinnrad der Zeit. Eine Woche voller Arbeit lag hinter Svenja. Am frühen Morgen erschien sie mit den Ersten in der Bibliothek und verließ den Lesesaal am Abend als Letzte, nur um ihr Pensum zu schaffen.

Für eine frisch gebackene Diplom-Kulturwissenschaftlerin stellte die Arbeitssuche in der Wendezeit ein echtes Problem dar. Alle Institutionen und Museen des an Kulturschätzen reichen Stralsund hielten sich bei der Rekrutierung von Personal zurück. Geldquellen versiegten. Die Zeiten ließen Kultur zur Randerscheinung verkommen. Ob der unsicheren Zukunft hatte Svenja anfangs sogar wieder in der elterlichen Wohnung gelebt. Eines Tages unterbreitete der Vater ihr das Angebot, ihn zu unterstützen. Sie hatte es angenommen und sichtete seitdem hunderte von Literaturquellen.

Svenjas Vater, Frieder Windisch, arbeitete als Professor an der Hochschule für Ökonomie in Berlin. Zusammen mit seinen Kollegen entwickelte er Zukunftsstrategien für die Wirtschaft der DDR. Svenja sah keinen Sinn in ihrer Tätigkeit. Mit der kommenden Wahl im März würden andere Politiker nach anderen Strategien verlangen. Aber die Hochschule bezahlte gut, auch wenn Svenja von Ökonomie wenig verstand und kaum die Zusammenhänge ihrer Mühen begriff. Dafür bezahle man sie nicht, erklärte der Vater, man entlohne sie für die exakte wissenschaftliche Recherche, die sie so kurz nach dem Studium noch beherrsche. Außerdem könne sie die Geheimstrategien nicht verraten, fügte er stets mit einem Augenzwinkern hinzu, wenn ihr die Zusammenhänge verschlossen blieben.

Das verdiente Geld hatte Svenja im Dezember zu einer eigenen kleinen Apartmentwohnung im Stadtteil Grünhufe verholfen. Leider reichte ihre knappe Zeit nie für einen geordneten Umzug und so lagerten weiterhin viele ihrer Sachen im Elternhaus. Zurzeit kam sie allerdings nur zum Essen und Schlafen in ihr Apartment. Mit Überwindung hatte sie sich gestern Abend durchgerungen, Wohnzimmer, Küche und Bad wenigstens oberflächlich sauber zu machen. Auf der Anrichte im Korridor war ihr dieses ominöse Fernschreiben wieder in die Hände gefallen. ›Heute wir – morgen Ihr‹. Sie hatte Robert Bigalke danach fragen wollen. Arbeit hin, Arbeit her, den heutigen Nachmittag hatte Svenja sich freigenommen und war zur Ossenreyerstraße 1 gegangen. Sie stieg die ausgetretenen Stufen hinauf. Das Treppenhaus verströmte den gewohnten Geruch von Ofenheizung, Bohnerwachs und muffiger Feuchte, wie er allen Altbauten anhaftete. Im ersten Obergeschoss hing ein großes Schild an der Wand: ›Bürgerbüro – Robert Bigalke‹. Svenja klopfte und trat ein. Der Raum jenseits der Tür war leer. Er vermittelte den Eindruck eines geräumten Möbellagers: ein verwaister Tisch mit einer eingestaubten Lampe darauf bildeten das einzige Inventar.

»Was denn nun schon wieder?«, drang Roberts ärgerliche Stimme aus dem Nebenraum. Wenige Sekunden später erschien er im Durchgang der beiden Zimmer. Er trug seine schwarze Kleidung; nur der Hut fehlte. Sein Gesicht hellte sich augenblicklich auf. Die Augen hinter der klobigen Brille schienen aus dem Kopf fallen zu wollen. »Svenja! Dass du bei mir vorbeischaust!«, kam er ihr freudestrahlend entgegen. Sie begrüßten sich. Er wollte schnell einen Kaffee kochen und bat sie in das Nebenzimmer. Dieser Raum versprühte mehr Leben als das Vorzimmer. Die linke Hälfte dominierte ein massiger Schreibtisch samt ledernem Bürosessel, dahinter ein Sideboard mit Schreibutensilien. Auf der anderen Seite stand ein Besprechungstisch mit sechs Stühlen.

Die Wände schmückten Plakate der Bürgerbewegung, die vom Stolz auf den Wendeherbst, aber auch vom gewachsenen Selbstbewusstsein kündeten. Zwischen den beiden Fenstern hing ein Stoß DIN-A3-Blätter. Das oberste zeigte eine große schwarze 53.

»Setz dich bitte«, sagte Robert, als er etwas später hereinkam. Er hatte zwei Kaffeepötte in der Hand und wies auf den Besprechungstisch. »Kommst du in der Rolle einer Hilfe suchende Bürgerin«, er lächelte, »oder wolltest du mich wiedersehen?«

»Ersteres.«

Das Lächeln verschwand für einen Augenblick aus seinem Gesicht. »Du bist mir böse, weil ich dich in Berlin allein gelassen habe.«

Sie erinnerte sich. Mal sehen, wie er reagierte. »Ja, ein wenig war ich schon enttäuscht, aber du hattest wohl einen wichtigen Termin?«

Robert entschuldigte sich, er werde seine Taktlosigkeit wieder gutmachen. Was er für sie tun könne?

Etwas umständlich kramte Svenja das Fernschreiben aus ihrer Tasche und schob es ihm über den Tisch. »Kennst du das?«

Er nahm die beiden Blätter in die Hand, blickte darauf, als würde er die gestrige Zeitung ansehen, und ließ das Papier wieder sinken. »Altes Zeug«, sagte er und sah Svenja offen an. »Das haben die Genossen der Stasi schon im letzten Dezember geschrieben und vor zwei Wochen lag das Pamphlet beim Zentralen Runden Tisch.«

Erleichterung breitete sich wie wohlige Wärme in Svenjas Brust aus. Am liebsten hätte sie Robert umarmt. »Bist du dir ganz sicher?«

»Ja, absolut.« Er reichte das Schreiben zurück. »Die Stasi ist ausgeschaltet und die Armee haben wir in die Defensive gedrängt. Die trauen sich kaum mehr aus ihren Kasernen.«

»Tatsächlich? Ich meine, gerade vorgestern soll die Bild-Zeitung von Putschplänen berichtet haben.«

Robert winkte ab. »Märchen!« Er beugte sich vor und stützte die Unterarme auf die Tischplatte. »Wenn es dich beruhigt: Wir nehmen uns demnächst der Genossen in Uniform an – ich kümmere mich hier in Stralsund um die Herren Pappkameraden, damit keine dummen Gedanken bei denen aufkommen. Die Parteifreunde in Berlin arrangieren bereits alles.« Er hielt inne, schob seine Brille auf die Nasenwurzel und sah Svenja an. »Willst du mitkommen? Nach Berlin. Ich lade dich ein, in zehn Tagen am Montag.«

Svenja überlegte. »Du musst zum Parteivorstand?«

»Ja, aber nur bis gegen elf. In der Zwischenzeit kannst du vielleicht die Kaufhäuser in Berlin unsicher machen. Danach verbringen wir ein paar schöne Stunden in der Stadt und fahren am Abend gemeinsam wieder heim. Bitte gib mir eine Chance, meinen Fauxpas der vorigen Woche wieder gutzumachen.«

Eigentlich hatte sie sich einen Kurzurlaub verdient, erwog Svenja. Und sie freute sich auf den Ausflug. »Abgemacht. Ich komme gern mit.«

Er lächelte. »Ich besorge die Fahrkarten und melde mich bei dir.«

Anschließend tranken sie ihren Kaffee, plauderten miteinander, bis Svenja sich verabschiedete. Robert brachte sie zur Tür.

»Eins würde ich dann doch noch gern wissen wollen«, fiel Svenja ihr Versäumnis von letztens ein.

»Immer zu Diensten, gnädige Frau.«

»Kennst du Gotte Schmidt, Fürchtegott Schmidt?«

Das Lächeln auf seinem Gesicht gefror.

Svenja ergänzte: »Gotte hatte mal über einen Robert Bigalke gesprochen, der ihn für irgendsoeine Friedensinitiative, ich denke für die IFF, ja, Initiative für Freiheit und Frieden, gewinnen wollte.«

»Warum fragst du?«

»Gotte ist seit vorletztem Sommer verschwunden. Ich hatte zwar Gerüchte von einer Verhaftung gehört, weiß aber nichts Genaues. Wir waren befreundet. Weißt du was?«

»Das tut mir leid. Ich glaube, ich habe diesen Fürchtegott Schmidt mal getroffen. Während einer Gartenparty; mit jeder Menge Parteifreunden.« Robert kniff die Augen zusammen und schien zu überlegen. »Mit diesem Gotte habe ich nur kurz gesprochen. Dabei soll ich ihn für die IFF geworben haben?« Er schüttelte den Kopf. »Da muss er dir was Falsches gesagt haben.«

»War auch bloß eine Frage«, räumte Svenja ein. »Du meldest dich, wegen der Abfahrtszeit und wann wir uns treffen. Ja?«

*

»Na, junge Frau, haben Sie gut eingekauft?« Robert stand neben Svenja und lächelte sie an.

Seit zehn Minuten saß sie vor dem Kaufhaus am Berliner Alexanderplatz und wartete auf ihn. Die Sonne schien von einem blauen Himmel und ließ einen Hauch Frühling erahnen. »Bloß ein Mitbringsel für meine Nichten.« Sie hielt ihm zwei Monchichis hin. Über die niedlichen Affenfiguren würden sich Romys Töchter bestimmt freuen. »Und du? Haben dir deine Parteihäuptlinge ihre Strategien erklärt?«

»Haben sie. Ich soll mich um die Stimmung in der Marine kümmern. Kommende Woche muss ich in die Flottille. Mal sehen, wie die da so drauf sind.«

»Und deswegen musstest du nach Berlin reisen?«

»Nicht nur dafür.« Ein Lächeln erhellte Roberts Gesicht. »Das andere erzähle ich dir nachher, bei einem Glas Sekt, hoch über den Wolken.«

»Wo?«

»Ich lade dich auf den Fernsehturm ein. Dort erfährst du mehr.«

Gut gelaunt überquerten die beiden den Alexanderplatz. Gleich hinter dem S-Bahnhof sahen sie die lange Schlange. Die klare Sicht und das schöne Wetter lockten anscheinend zahlreiche Gäste an, den Ausblick aus 200 Metern Höhe auf die Stadt zu genießen.

Svenja und Robert stellten sich an. Die Minuten vergingen und die Reihe der Wartenden bewegte sich nur schleppend voran. Etwas weiter vorn meckerte eine Dame mittleren Alters immer lauter. Schließlich brach es aus ihr heraus: »Jetzt habe ich aber die Schnauze voll! Bei den Ossis stehst du überall rum, vor den Kneipen, vor den blöden Supermärkten, wo's kaum was gibt, und hier auch wieder. Und das bei der Hitze.« Sie schlug ihren Pelzmantel auf, fächelte sich Kühlung zu und blickte Zustimmung erheischend in die Runde.

»Dann bleiben Sie doch zu Hause!«, rief Svenja.

»Hör auf!«, zischte Robert und zog sie am Ärmel.

Die bepelzte Frau drehte sich um, kniff die Augen zusammen, als würde sie auf Svenja zielen, und kam näher. »Passen Se mal auf, Verehrteste.«

Svenja wollte antworten, aber Robert zwickte ihr in den Arm. »Aua«, jammerte sie und gab ihm einen Stoß mit dem Ellenbogen.

»Ich habe 100 D-Märker für den Babysitter ausgegeben, um da oben ruffzukommen.« Sie deutete zum Fernsehturmcafé hinauf. »Und wat is? Ich stehe in der bekackten Schlange. Für 100 Mäuse!« Sie rieb Zeigefinger und Daumen dicht vor Svenjas Gesicht aneinander. »So viel habt ihr Ostpisser in eurem Leben noch niemals gesehen.«

»Da irren Sie, Werteste«, sagte Svenja, »dank der Großzügigkeit Ihrer Regierung haben wir alle Begrüßungsgeld bekommen und auch abgeholt. 100 Mäuse pro Nase.«

»Bei uns schnorren und hier die große Lippe riskieren«, plusterte sich die bepelzte Dame auf.

Svenja trat aus der Reihe heraus und ging zu dem aufgeplusterten Pelzmantel. »Bitte erzählen Sie das keinem. Wir haben die Zuwendungen selbstverständlich nur angenommen, um unsere Dankbarkeit zu zeigen. Wollen Sie's zurückhaben?« Svenja holte ihr Portemonnaie hervor.

Dem Pelzmantel stand der Mund offen. »Nein, natürlich nicht. Ist ja nicht mein Geld.«

»Lass uns gehen, Robert«, Svenja winkte ihm. »Dann kommen unsere betuchten Gäste aus dem Westen schneller dran.«

Sie hakte sich bei ihm unter und verließ den Schauplatz mit einem Augenzwinkern in Richtung des erstarrten Pelzmantels. Einige Schritte weiter blieb Robert stehen und sah Svenja an. »Was hättest du gemacht, wenn die Olle Ja gesagt hätte?«

Svenja dachte kurz nach. »Weiß nicht. Aber die hätte nie Ja gesagt. Was soll ich mit dem Geld von den Ostpissern?«, äffte sie den Pelzmantel nach.

Robert begann zu lachen. Schließlich prusteten beide los, rannten wie zwei übermütige Kinder durch das Marx-Engels-Forum und folgten dem Weg zum Dom hinüber. Wenig später kamen sie schwer atmend vor dem Eingang des Palastes der Republik an. Robert hob den Kopf. Sein Blick wanderte die rötlich glänzende Glasfassade entlang, als würde er dessen Länge mit den Augen nachmessen wollen. »Hier werden wir am 18. März unseren Sieg feiern.«

»Was?«

Robert drehte sich zu Svenja und nahm ihre Hände zwischen die seinen. »Der Parteivorstand hatte mich hierher gebeten, um die Zeit bis zur Wahl abzusprechen.« Er machte eine Pause. »Ich stehe auf dem zehnten Listenplatz und werde todsicher in die Volkskammer einziehen!«

»Herzlichen Glückwunsch«, sagte Svenja überrascht.
»Freust du dich überhaupt nicht?«
»Doch, doch. Das kam nur so überraschend.«
Robert strahlte wie ein kleiner Junge, der nach Wochen des Wartens nun die Geschenke unterm Weihnachtsbaum liegen sah. »Was würdest du davon halten, wenn wir zwei hier residieren?«
»Wir beide?«
»Ja, wir beide. Ich als Abgeordneter und du als meine Büroleiterin. Und vorher managst du mein Wahlkampfbüro. Die Partei spendiert mir Gelder für eine Mitarbeiterin.«
»Ich habe aber keine Ahnung«, wehrte Svenja ab.
»Du schmeißt bisher den Bürokram für deinen Vater, dann kannst du auch für mich arbeiten. Und wie du vorhin der Westtante entgegengetreten bist, alle Achtung. Ich brauche dich!«

*

Die letzte Woche hatte Svenja kaum Atem holen können. Sie arbeitete jetzt in Roberts Bürgerbüro. Gleich nach der Rückkehr aus Berlin war sie mit klopfendem Herzen zum Vater gegangen und hatte ihm den Wechsel zu Robert gebeichtet. Frieder hatte ihren Entschluss bedauert, sie dennoch freigegeben. Überglücklich aufgrund seines Verständnisses hatte sich Svenja in ihre neue Arbeit gestürzt und jeden Tag erst spät abends das Büro verlassen. Dabei versäumte sie ganz das schöne Vorfrühlingswetter. Aber zum Glück hatten sich Sonnenschein und hohe Temperaturen bis in das Wochenende hinein gehalten. Während am gestrigen Samstag die Wohnung nach einer Grundreinigung verlangt hatte, nutzte Svenja heute die Gelegenheit für eine Pirsch mit ihrem Fotoapparat. Sie fotografierte seit frühester Kindheit, und das mit zunehmender Ernsthaftigkeit. Am liebsten hätte sie Fotografie studiert, hatte jedoch keine Aussichten auf einen der äußerst raren Studienplätze gehabt. So war sie auf Kunstgeschichte ausgewichen und dem Hobby in der Freizeit treu geblieben. Über ihren Schwager Christian war sie in den Fotozirkel der 3. Flottille gekommen, dessen Leitung man ihr vor fünf Jahren übertragen hatte.

Immer wieder beschäftigte sich Svenja mit ihren Lieblingsthemen: fotografierte die Männer vom Leitstands-Simulator in der Flottille bei ihrer Arbeit, verfolgte mit der Kamera das alljährliche Wettschwimmen von Rügen nach Stralsund und bannte das Leben in Grünhufe auf Zelluloid. Bereits während der letzten Schuljahre war sie mit den Eltern hierhergezogen. Die Menschen wohnten gern in Grünhufe mit all seinen Annehmlichkeiten, die ein Neubaugebiet bot. Svenja hatte anfangs auch nur die Vorteile gesehen: die modernen Wohnungen mit Fernheizung, die Kinderbetreuung um die Ecke und die Kaufhalle vor der Haustür – bis zu jenem Sonntag. Gotte, ihr Fotofreund Fürchtegott Schmidt, hatte sie zu einem Spaziergang eingeladen. Sie waren kreuz und quer zwischen den Wohnblocks umhergelaufen und Gotte hatte ihr die Augen geöffnet: kaum eine Grünfläche, keine Bäume, überall Halden von Abraumerde aus den Baugruben, zurückgelassene Betonteile und dazwischen Tümpel mit brackigem Wasser. Die Spielplätze einfallslos angelegt, die Klettergerüste verdreckt und die Schaukeln beschädigt.

»Fühlst du dich hier wohl?«, hatte er gefragt.

»Die bauen doch noch. Zuerst die Wohnungen, um die Leute einziehen zu lassen, anschließend die Außenanlagen«, hatte Svenja protestiert, ganz leise und vorsichtig, damit Gotte sie nicht auslachte.

Und heute? Jahre später? Dieselben Bilder! Besonders nach Gottes Verschwinden hatte Svenja an seine Worte denken müssen und sich dieses Lateralschadens der Sozialpolitik angenommen. Immer und immer wieder, anfangs sporadisch und danach regelmäßig, war sie umhergestrichen und hatte den Alltag fotografiert. Vielleicht würde bereits im kommenden Winter das Material für eine komplette Ausstellung reichen, für eine Ausstellung mit ihrer Sicht der Dinge. Und der erste Besucher sollte Gotte sein, wenn sie nur wüsste, wo er steckt.

Bei dem herrlichen Wetter spielten viele Kinder draußen. Also jagte Svenja den jüngsten Einwohnern hinterher und hielt eine prächtige Ernte: Da rutschten Mädchen auf Dachpappe einen Abraumberg hinunter, hier kletterte eine Gruppe Jungen auf einem Stapel von Betonteilen herum, und in der nächsten Straße drosch ein Junge seinen Ball an die Hauswand, in ein Rechteck aus Betonfugen. Ein echter Bolzplatz mit richtigen Toren fehlte halt. Überall empfing der Nachwuchs die Fotografin freundlich und stellte sich in Positur. Jeder wollte fotografiert werden.

Schließlich hatte sie drei Filme belichtet; sicherlich mit ein oder zwei ausstellungsreifen Bildern – ein oder zwei neue Bausteine zu ihrer Präsentation. Sie beendete ihre Exkursion und ging nach Hause.

Von Weitem sah sie einen Mann vor der Haustür ihres Blocks stehen. Er war klein und schlank. Im Näherkommen glaubte sie, einem Trugbild aufzusitzen. Der runde Kopf, der Mund, die schmalen Augenbrauen, die randlose Brille – alles erinnerte an Gotte. Aber wo waren die ungekämmten blonden Haare? Der Mann trug graue Stoppeln. Wo war das breite Grinsen? Der Mann presste die Lippen zusammen. Wo war der Dreitagebart? Der Mann litt an Hautausschlägen. Svenja verlangsamte den Schritt. Auf einmal schaute er sie an – und lächelte. Svenja erkannte ihn: Ja, da stand Gotte! Ihr Gotte?

Langsam kam er auf sie zu. Sie begrüßten sich wie zwei Fremde und gaben sich artig die Hand. Die Vertrautheit, die sie all die Jahre verbunden hatte, musste irgendwann gestorben sein.

»Schön, dich zu sehen«, sagte er und wischte sich über die Stirn, auf der dicke Schweißtropfen prangten. Seine Nase glänzte, als wäre sie entzündet, um die Augen lagen Schatten wie bei einem Kranken.

»Ich freue mich auch. Kommst du mit hoch?«

»Gehen wir lieber ein Stück?« Gotte deutete auf ihren Fotokoffer. »Warst wohl auf Pirsch?«

»Ja. Das Wohngebiet beschäftigt mich, seit unserem Spaziergang damals.«

Er nickte. Ein Lächeln huschte über seine Lippen.

Schweigend liefen sie nebeneinanderher, die Blicke frei geradeaus, wie zwei Passanten, die nur zufällig den gleichen Weg teilten.

»Lebst du wieder in Stralsund?«, fragte sie, um das Schweigen zu brechen.

»Nein, in Rostock, bei einem Freund aus früheren Zeiten. Der unterstützt mich. Mit Arbeiten ist's ja vorbei. Aber mein Freund hat ein Fotogeschäft, da helfe ich manchmal.«

»Du brauchst wohl den Geruch von Entwickler, selbst wenn's dir dreckig geht?« Sie hielt sich die Hand vor den Mund und blieb stehen. »Was rede ich? Bitte …«

»Nein, nein«, sagte er, ohne sie anzusehen. »Lass mal, du hast ja recht.«

»Wo warst du? Im Gefängnis?«

Er nickte.

Sie wollte ihn nach dem Grund für seinen schlechten Gesundheitszustand fragen, scheute sich jedoch und fragte stattdessen: »Was kann ich für dich tun?«

Gotte kramte in seiner Manteltasche. Er schniefte. Auf seiner Stirn liefen zwei dicke Schweißtropfen herunter. Er reichte ihr einen Zettel. »Lies das bitte.«

Mit zitternden Händen faltete Svenja das Blatt auseinander – ein Brief, ohne Kopf, ohne Datum, formlos, aber mit Maschine geschrieben:

›Werte Genossen, als treuer Bürger muss ich Sie auf Fürchtegott Schmidt, wohnhaft in Stralsund, Hauptstraße 509, aufmerksam machen. Seit frühester Jugend fotografiert der Mann die letzten Dreckecken unserer schönen Heimat, knipst asoziale Elemente und schickt den Schund in den Westen nach Bremen zu einer Gerda Griepan. Damit liefert er dem Klassenfeind Munition für seine Hetzkampagnen gegen unser sozialistisches Vaterland. Mit seiner Kamera schleicht der Kerl auch noch unbehelligt im Militärhafen umher und spioniert. Wieso darf der das? Wo bleibt da die revolutionäre Wachsamkeit? Mit sozialistischem Gruß! Ein treuer Bürger!‹

»Woher hast du das?«

»Ein geläuterter Herr vom MSA wollte mir unbedingt den Grund meiner Haft präsentieren. Er betreibt Wiedergutmachung, um einmal in den Himmel zu kommen.« Gotte lächelte und wischte sich den Schweiß von Gesicht und Hals.

Immer wenn er mit ihr sprach, wahrte Gotte einige Schritte Distanz oder sah an ihr vorbei.

»Und? Stimmen die Anschuldigungen im Brief?«

»Nein, selbstverständlich nicht.« Erneut wandte er sich zur Seite, als würde er mit jemandem neben Svenja reden. »Ich hatte Bilder nach Bremen zu meiner Tante geschickt, damit sie die zu Ausstellungen einreicht. Natürlich unter Pseudonym.« Er atmete tief ein. »Du, mir geht die Puste aus. Beantwortest du mir noch eine Frage?«

»Gern.«

»Kann dieser Wisch …«, Gotte deutete auf das Blatt und redete zum unsichtbaren Dritten, »… kann dieser Wisch von Robert Bigalke stammen? Du arbeitest doch für ihn.«

Svenjas Hände zitterten. Sie spürte Schwindel. Kämpfte. Ihre Beinen drohten einzuknicken. Sie packte die Wut. »Hab' ich dir etwas getan? Bin ich Luft für dich? Sieh mich an, wenn du Robert als Schurken bezeichnest?«

Langsam drehte Gotte den Kopf zu ihr und sah sie an. »Ich bin krank.« Aus seinem Mund schlug ihr der Gestank fauler Eier entgegen.

Instinktiv hielt sie sich die Nase zu.

»Genau darum«, sagte er und blickte erneut zur Seite. »Quecksilbervergiftung. Habe ich mir in Bitterfeld geholt, während der Haft.« Er setzte sich hin und trank in großen Schlucken aus seiner Feldflasche. »Svenja, bitte! Ich kann nicht mehr. Kommt dieser verfluchte Brief von Robert?«

»Du musst zum Arzt.«

Gotte winkte ab. »Lass mal. Ich ruhe mich einige Sekunden aus und danach geht's wieder.« Er schaute zu ihr hoch.

In Svenjas Kopf kreisten die Gedanken wie in einer Zentrifuge. Sie stierte auf das Blatt. Hatte Robert das verfasst? Warum sollte er?

»Entschuldige«, stöhnte Gotte, noch immer auf der Erde hockend.

»Was meinst du?« Svenja verstand nicht.

»War Quatsch von mir, dir diese Frage zu stellen. Entschuldige.« Wie ein hundertjähriger Greis erhob er sich, kam auf sie zu und griff nach dem Brief. »Gib her.«

»Nein!« Sie zog das Papier weg. »Weshalb soll Robert das geschrieben haben? Ihr kanntet euch kaum.«

Seine roten Pusteln traten überdeutlich auf der blassen Haut hervor. Erneut kauerte er sich ins Gras, stützte die Hände auf und atmete mehrmals tief durch. Svenja setzte sich neben ihn. Der Boden gab die Wärme der Sonne wieder.

»Was ist los?«

»Immer wieder habe ich im Knast gegrübelt, wer mir die Monate hinter Gittern eingebrockt hat. Und immer wieder tauchte Roberts Gesicht auf.« Er machte eine Pause, schloss die Augen und sprach erst nach Minuten weiter. »Wir hatten uns '87 kennengelernt. Robert mochte meine kritischen Bilder. In den Folgemonaten schlich er um mich herum wie eine Katze um das Mauseloch.« Gotte lächelte kurz. »Auf einer Gartenparty in jenem Sommer begegnete ich dann mehreren von den Führungsleuten der IFF. Ich habe mich wirklich gut mit denen unterhalten, besonders mit Danica.«

»Mit Danica? So ein hübsches Mädchen mit langen rotblonden Haaren?«

»Kennst du sie?«

»Wir, ich meine Robert und ich, trafen sie im Januar in Berlin.«

Gotte nickte. »Wir haben richtig einen draufgemacht, auf der Gartenparty. Und ich schoss unzählige Fotos.« Gotte stockte, als hätte er den Faden verloren. Nach einigen Augenblicken des Kraftschöpfens schüttelte er den Kopf. »War 'ne Schnapsidee, diesem blöden Briefschreiber hinterherzujagen. In ein paar Monaten schließt sich die Kiste über mir. So oder so. Ob ich den Kerl nun erwische oder nicht. Komm, gib den Wisch zurück.« Er hielt ihr die offene Hand entgegen.

»Was war seinerzeit?«

»Robert hat mich im Anschluss an die Party direkt gefragt, ob ich der IFF beitreten möchte. Ich habe abgelehnt, wollte meine Möglichkeiten auf einen Studienplatz erhalten.«

Svenja nickte. Auch Gotte hatte Fotografie studieren wollen und sogar echte Chancen auf einen Platz an der Hochschule für Grafik und Buchkunst gehabt.

»Robert muss meine Absage damals persönlich genommen haben. Er ging mir aus dem Weg.« Erneut musste Gotte innehalten. »Im Januar '88 verhaftete die Stasi die ganze Führungsspitze der IFF. Robert blieb verschont. Im März traf ich ihn, wie mir schien, zufällig. Er erkundigte sich, ob ich die Fotos von der Gartenparty noch hätte.«

»Und?«

»Ich bejahte und fragte, ob er neue Abzüge bräuchte. Robert wollte welche haben, würde sie abholen. Danach hat er sich nie wieder gemeldet.«

»Was hat das alles mit diesem Wisch zu tun?« Svenja hielt den Brief hoch.

»Auf der Gartenparty waren einige der Leute anwesend, die später festgenommen und anschließend in den Westen abgeschoben worden sind. Danica zum Beispiel. Meine Bilder stellten eine Verbindung zwischen Robert und den Führungsleuten der IFF her. Vielleicht hatte er Angst, die Fotos könnten ihn belasten.«

Hat er zu oft ›Der Graf von Monte Christo‹ gelesen?, grübelte Svenja und schämte sich sofort für den Gedanken.

Gotte schüttelte den Kopf. »Bestimmt denke ich mir das nur aus. Aber wenn du jeden Morgen aufwachst und dich ärgerst, dass du so dahinvegetieren musst, siehst du Gespenster. Gib den Wisch zurück.«

Gottes Verdacht hatte sich in ihrem Gehirn eingenistet. Verschaffte sie sich keine Klarheit, würden die Zweifel zeitlebens an ihr nagen. »Nein, Gotte. Bitte lass mir den Brief. Ich muss es wissen.«

*

In der Folgezeit versuchte Svenja mehrmals, Robert auf das Denunziationsschreiben hin anzusprechen, verschob es aber stets. Bereits ihr Misstrauen konnte ihn zutiefst verletzen, ihre Zusammenarbeit gefährden, vielleicht sogar seine Karriere. Andererseits vergiftete ihre Ungewissheit den Alltag ebenso, jede Woche mehr, wie in winzigen Dosen verabreichtes Arsen.

Zwei Tage später, Svenja saß allein im Büro an der Schreibmaschine, kam ihr eine Idee. Sie nahm ihre Arbeit heraus, spannte ein leeres Blatt ein und tippte einen Teil des Briefes ab:

›Schulze fotografiert die letzten Dreckecken unserer schönen Heimat, knipst asoziale Elemente und schickt den Schund in den Westen zu seiner Tante. Damit liefert er dem Klassenfeind Munition für seine Hetzkampagnen gegen unser sozialistisches Vaterland.‹

Diesen Auszug würde sie Robert vorlegen. Stolperte er über die kleinen Änderungen, stammte das Schreiben von ihm.

Die Zeit danach hoffte sie stets auf eine passende Gelegenheit für ihren Test, schob den Zettel allerdings immer wieder unter ihre Schreibtischauflage. Sosehr Svenja die Zweifel plagten, bedeutete die Ungewissheit dagegen auch Hoffnung – Hoffnung, der Brief möge einen anderen Urheber als Robert haben.

9

Nach einem langen Tag im Büro war Otto Löffler endlich zu Hause. Der Stress im Präsidium riss kaum mehr ab. Wehmütig dachte er an die ruhigen Zeiten vor der Maueröffnung zurück. Damals bewegte sich die Welt in gewohnten Bahnen: Die Bösen trugen einen Schnurrbart und die Guten arbeiteten im Rathaus. Nicht, dass die Kriminalität merklich angestiegen wäre – nein, aber diese Unruhe, diese pauschalen Verdächtigungen gegen die Ostler, das Gezänk und Tauziehen um politische Positionen und Rezepte. Jeder wollte von der stürmischen Entwicklung profitieren, wenn schon nicht in Mark und Pfennig, dann wenigstens zugunsten der Karriere.

Löffler holte sich ein Bier aus dem Kühlschrank, ging ins Wohnzimmer und ließ sich auf das Sofa fallen. Mal sehen, was die Tagesschau vermelden würde. Seit Ivo vor 14 Tagen seiner Wege gegangen war, hockte die Einsamkeit neben Löffler auf der Couch. Der Junge hatte Leben in die Bude gebracht und selbst seine Lisbeth war aufgeblüht und hatte ihn verwöhnt. Löffler seufzte. Und heute? Heute starrte er stumpfsinnig in die Glotze. Hatte er Ivo vertrieben? Mit seinen ewigen Belehrungen: Geh' in ein Übersiedlerlager! Lass dich einbürgern! Halte dich von Schwarzarbeit fern … Bereits eine Woche später war Ivo ausgezogen. Lisbeth hatte Löffler schwere Vorwürfe gemacht und ihn aus Protest für unbestimmte Zeit verlassen; sie war zu ihrer Schwester nach Ostfriesland gefahren. Löffler trank einen großen Schluck aus der Bierflasche. Wenigstens ein möbliertes Zimmer hatte er dem Neffen noch besorgen können.

Die Tagesschau begann. Der Sprecher verlas die Übersicht der Meldungen. Gelangweilt trank Löffler einen großen Schluck seines Bieres. Da klingelte es an der Wohnungstür. Er horchte auf. Hoffentlich kein Einsatz. Neugierig ging er hinaus, öffnete die Tür und wich vor Schreck einen Schritt zurück. »Du?«

»Erkennst mich also wieder?« Die Lippen des Besuchers bewegten sich kaum beim Sprechen. Die Nasen-Mund-Linien, links und rechts, traten deutlich hervor, als wenn sie den Mund einzwängten. »Nach fast 28 Jahren?«

»Dich würde ich sogar nach 100 Jahren erkennen«, sagte Löffler. »Was willst du?«

»Darf ich hereinkommen?« Löfflers Bruder Arno Janning kniff die Augen zusammen.

»Warum solltest du?«

»Um nicht hier im Flur über deine Straftat zu diskutieren.«

»Scher dich zum Teufel!«

»Für Beihilfe zur Fahnenflucht interessiert sich auch bei euch der Staatsanwalt.«

»Wovon redest du?«

»Von deinem Neffen, dem du geholfen hast.«

Löffler schüttelte den Kopf. »Vergiss deine Tricks.«

»Na gut.« Janning wandte sich zum Gehen. »Im Präsidium werden sie mich bestimmt anhören.«

»Komm rein«, lenkte Löffler ein. Er lief voraus und baute sich im Wohnzimmer so auf, dass Janning mitten im Raum stehen bleiben musste. »Sag, was zu sagen ist, und dann verschwinde wieder.«

»Dein Neffe ist seit dem 15. Januar, seit 24 Tagen, fahnenflüchtig. Er dient in der Wachkompanie der Flottille in …«

»Ivo ist nicht bei mir«, fuhr Löffler seinem Bruder ins Wort, der offensichtlich die Wahrheit sagte. Warum sonst trug Ivo jetzt viel kürzere Haare als auf dem Passfoto. Wäre

Löffler ihm ebenso innig entgegengetreten, wenn Ivo seine Fahnenflucht gestanden hätte?

»Aber er war hier!« Jannings dunkle Augen richteten sich auf Löffler. »Dein Ivo!«

»Er hatte mich besucht und ist gleich weitergezogen. Als Schuhmacher stehen ihm in der Bundesrepublik alle Türen offen.«

»Als Verbrecher gehört er bei uns hinter verschlossene Türen.«

»Von Fahnenflucht weiß ich nichts.«

»Das glaube ich.« Janning verschränkte die Arme vor der Brust. »Also wo steckt der Kerl?«

»Du redest über deinen Sohn.«

»Am 15. Januar ist mein Sohn gestorben.« Janning beugte sich vor. Löffler spürte dessen Atem. »Ich komme im Auftrag der Strafverfolgungsbehörden.«

»Dann scher dich raus oder ich lasse dich verhaften. Ich kenne kein Amtshilfeersuchen. Hätte übrigens wenig genutzt, weil wir eure Menschenjagd kaum unterstützen dürften.«

»Beruhige dich. Ich bin inoffiziell hier, gewissermaßen als Privatdetektiv.«

»Privatdetektiv? Schau mal einer an! Ihr habt jetzt auch privat?« Löffler strengte sich an, seinem Gesicht einen verbindlichen Ausdruck zu verleihen. »Ivo lebt sein eigenes Leben. Du bemühst dich vergebens. Geh' bitte.«

»Darf ich sein Zimmer sehen?«

»Nein.«

Janning griff in seinen Mantel und reichte Löffler eine Ansichtskarte. »Lies!«

»›Falls du wissen möchtest, ob es Schneefall gibt, ruf die Top-Secret-Nummer 0088/89 an. Nähere Infos findest du in meinem Zimmer bei O.!‹« Die Karte war vor drei Tagen in Bremen abgestempelt worden. »Was soll das?«, fragte Löffler.

»Kann ich nun in das Zimmer?«

Löffler sah noch einmal auf die Postkarte. »Ja, wenn du unbedingt willst.«

Sie gingen in das Obergeschoss hinauf. Mit aufmerksamen Augen und geschickten Handgriffen verschaffte sich Janning einen Überblick. Er öffnete den Kleiderschrank, sah die leeren Fächer und wandte sich dem Regal über dem Schreibtisch zu. Löffler erkannte den Profi. Routiniert blätterte sein Bruder die wenigen Bücher durch und zog schließlich einen Zettel hervor. Er überflog den Text, nickte und steckte das Blatt ein.

»Halt, ich möchte auch mal sehen.«

»Nein. Nur so viel: Der Kerl, der mein Sohn war, hat mir etwas Wertvolles gestohlen, um seine Fahnenflucht abzusichern.« Janning knöpfte seinen Mantel zu. »Falls du ihn siehst, ich werde seine Forderungen erfüllen.«

»Was soll das? Ich verstehe kein Wort.«

»Richte ihm einfach meine Nachricht aus«, sagte Janning und verließ das Zimmer.

Schweigend stiegen sie die Treppe hinunter.

Im Korridor wandte sich Janning der Wohnungstür zu. »Gönn deinen Kollegen den Feierabend, mein Zug fährt um halb zehn.« Er blickte auf die Uhr. »Wären vertane Überstunden für euch, mich bis dahin beschatten zu lassen.« Die Falten um seinen Mund gruben sich tief ein und die Augen verschwanden hinter schmalen Schlitzen. »Schützt nur die Verbrecher vor uns, solange das noch geht.«

»Du solltest vorsichtiger sein. Wenn ich die Politiker richtig verstehe, rasen wir gerade auf ein freies Gesamtdeutschland zu, das Leuten wie dir das Handwerk legen wird.«

Ohne eine Antwort verließ Janning die Wohnung.

Löffler ging ans Fenster und sah hinunter. Sein Besucher lief zielstrebig in Richtung Straßenbahnhaltestelle, die einige Meter entfernt lag. Was hieß das – Arno würde auf Ivos Forderungen eingehen? Arno gab nie nach. Oder wollte er Ivo in Sicherheit wiegen? Na klar. Der Kerl zimmerte an einer Falle. Das musste Löffler verhindern. Mal sehen, ob sein Bruder wirklich umgehend die Rückreise antrat. Löffler zog sich an, fuhr zum Bahnhof und kontrollierte Arnos Abfahrt. Anschließend jagte er durch die Innenstadt zur Verdener Straße. Ivo sollte ihm erklären, was hier vorging. Aber ihn erwartete eine böse Überraschung.

»Der junge Herr Ivo ist ausgezogen, ganz plötzlich, letzten Sonntag«, erklärte ihm die schrullige Vermieterin.

»Wo steckt er?«

»Seine neue Adresse wollte er mir nicht verraten. Er bekomme sowieso keine Post. Für den Notfall habe ich nur eine Postfachnummer.«

10

Das Traditionszimmer lag verlassen da. Seemännische Accessoires an den Wänden und blauer Himmel hinter den künstlichen Bullaugen vermittelten maritimes Flair. Fregattenkapitän Seeger, Stabschef der Flottille und gleichzeitig Ludgers Vorgesetzter, hatte ihm befohlen, diesen Robert Bigalke zu einer Gesprächsrunde in das Klubhaus am Rande des Militärhafens zu bringen.

»Hoffentlich kommt noch jemand«, maulte Bigalke.

»Fregattenkapitän Seeger wird gleich hier sein. Wer außerdem teilnimmt«, Ludger hob die Schultern, »entzieht sich meiner Kenntnis.« Er streckte seine Hand aus und deutet auf den mächtigen Cowboyhut. »Ihre Kopfbedeckung geben Sie bitte mir.« Nur zögerlich folgte Bigalke der Aufforderung, nahm seinen Hut ab und reichte ihn Ludger.

Wenig später trafen die Offiziere eines der modernen Hochseeversorger ein. Christian Koschak, den Kommandanten, und Göran Grewe, den Leitenden Ingenieur, kannte Ludger, die zwei anderen, jüngeren Offiziere, dagegen nicht.

»Mensch, Robert!«, rief Koschak.

Bigalke drehte sich verwundert um. Plötzlich hellte sich sein Gesicht auf. »Christian, du hier?« Die beiden Männer begrüßten sich. »Ich dachte, mich erwartet eine volle Bude«, maulte Bigalke.

»Im kleinen Kreis diskutiert sich's besser«, kam die Antwort von der Tür her. Fregattenkapitän Seeger betrat den Raum. Ludger wollte Meldung erstatten, aber Seeger winkte ab. Der Stabschef hasste übertriebene Etikette und pflegte eher einen kameradschaftlichen Umgang. Andererseits achtete er im Dienstbetrieb der Flottille auf strikte militärische

Disziplin. Er hatte die 60 bereits überschritten. Die dunkelblaue Uniform kaschierte seine pummlige Figur hinlänglich. Die kurzen Haare waren längst ergraut, seine blauen Augen versprühten indes noch immer die Energie eines jungen Mannes. Angeblich hatte er vor Jahren die Karriere eines Admirals im Marinekommando ausgeschlagen, um nicht in irgendeinem Büro als Dörrfisch zu enden, wie er seine Entscheidung damals gerechtfertigt hatte. Er brauche Seewind um die Nase.

Mit einem freundlichen Lächeln ging Seeger auf den Gast zu. »Das ist schön, dass Sie uns in solch stürmischen Zeiten besuchen, Herr Bigalke. Ich bin Werner Seeger, der Stabschef der Flottille, und heute Ihr kompetenter Gesprächspartner, hoffe ich zumindest.« Die Männer schüttelten sich die Hand.

»Diskutieren wir in dieser kleinen Runde?«, fragte Bigalke.

»Ja, warum?« Seeger tat erstaunt. »Aber wenn Sie wollen, bitten wir Oberleutnant Rotgerber, sich zu uns zu setzen.« Er winkte Ludger heran, alle setzten sich um den Tisch und der Stabschef begann mit einer kurzen Einleitung: Er schilderte die Ergebnisse der Militärreform, sprach von neuen Anforderungen, erwähnte das Verbot der SED in der Armee und verwies auf die personellen Veränderungen. »Und jetzt stelle ich mich Ihren Fragen, Herr Bigalke«, schloss Seeger seine Ausführungen und blickte den Gast herausfordernd an.

Bigalke schien aus seinen Gedanken aufzuschrecken. »Äh, ja, also.« Er rutschte unruhig auf dem Stuhl herum. »Also. Ach ja, lassen Sie eigentlich dieses Gespräch elektronisch aufzeichnen?«

»Aber, Herr Bigalke! Wir unterhalten uns hier als mündige Bürger. Wer wird denn da an solche Methoden denken?«

»Ich dachte ja nur.« Bigalke straffte den Oberkörper. Er musste sich gefangen haben. »Sie sprachen von Erneuerung.

Wie soll das gehen? Mit den alten stalinistischen Strukturen? Mit den alten Führungskadern?« Das letzte Wort kam ihm zögerlich über die Lippen.

»Sie meinen mich?«

»Äh, wieso? Nein.«

»Ich bin Stabschef, also einer Ihrer alten Führungskader, immerhin diene ich seit mehr als 30 Jahren. Ich gehöre zu den verknöcherten Stalinisten.«

Bigalke seufzte. »Gestatten Sie mir eine andere Frage.«

Seeger lächelte. »Bitte, nur zu.«

Die Gesprächsrunde begann Ludger zu amüsieren. Wie in einem filmreifen Degenduell hatte Bigalke die ersten Hiebe eingesteckt.

»Stimmt es, dass diese Flottille binnen einer Stunde einen Erstschlag gegen die NATO führen könnte?«

»Sie haben auch einmal an der Marinehochschule studiert?«, fragte Seeger den Gast.

»Jaha. Aber bloß ein halbes Jahr.«

»Ach so – das war sicherlich zu wenig. Ich erkläre Ihnen kurz die Grundsätze moderner Seekriegsführung.« Seeger räusperte sich. »In Stralsund liegen keine Stoßkräfte. Dieser Stützpunkt befindet sich fast 50 Kilometer im Landesinneren. Unsere Schiffe brauchen allein für die Fahrt ins offene Meer über eine Stunde.«

»Dann scheint die Stationierung einer ganzen Flottille in der Stadt ja von mangelnder Sachkenntnis zu zeugen. Kein Wunder bei der Regierung in den letzten 40 Jahren.«

»Nicht so schnell, mein junger Freund.« Seeger lächelte gütig. »Schauen Sie. Die Insel Rügen liegt wie ein riesiger Schutzschild vor uns, für feindliche Stoßkräfte schwer überwindbar. Unsere Einheiten wären im Falle einer Aggression gesichert und würden, gemeinsam mit der Sowjetflotte, die Angreifer in einer zweiten Welle zurückschlagen.«

»Als Retter des Vaterlandes?«

»Wenn Sie so wollen.« Seeger deutete eine Verbeugung an. »Danke für die anschauliche Metapher.«

Bigalke wechselte erneut das Thema und stellte Fragen zum militärischen Alltag, zum Zustand der Technik, zum Dienst in der Flottille und zur Freizeit.

Seeger sah in die Runde und nickte den Bordoffizieren zu. »Da kennen sich die Herren der Praxis besser aus.«

Koschak räusperte sich und kritisierte die desolate Lage: Personal und Treibstoff fehlten, die Versorgung der Besatzungen verschlechtere sich von Woche zu Woche. Die Leute murrten, zu Recht; auch über die ständigen Anfeindungen durch die Bevölkerung. »Überall werden unsere Männer angepöbelt, die Matrosen trauen sich kaum mehr raus, bekommen ihr Feierabendbier nur noch innerhalb der Dienststelle.«

»Danke«, unterbrach Seeger. »Herr Bigalke hat sich zwar keine Notizen gemacht, nimmt alle Hinweise aber bestimmt gern mit in seine politische Arbeit.«

»Selbstverständlich. Doch sagen Sie: Bei derartigen Problemen sind Ihre Waffen da sicher? Ich meine, falls eine Revolte ausbricht oder so?«

»Warum?« Das Lächeln verschwand aus Seegers Gesicht. »Müssen wir mit weiteren Gewaltakten rechnen? War der Sturm Ihrer Leute auf die Stasizentrale lediglich ein Anfang?«

»Natürlich nicht. Haben Sie vielleicht in den letzten drei Wochen ähnliche Aktionen erlebt?«

»Nein, was gewiss kein Verdienst Ihrer Anhänger ist. Um Ihre Frage jedoch zu beantworten: Die Armeeführung beobachtet täglich die Lage und leitet rechtzeitig Maßnahmen ein, und das bereits lange im Vorfeld des 15. Januars. Die Verschlusssache ›Sedss‹ sichert die Waffen vor unberechtigtem Zugriff.«

»Sedss?«

»Ja, Verschlusssache ›Sedss‹: Sicherheit der Einheiten, Diensthabenden Systeme und Standorte – eben S-E-D-S-S oder ›Sedss‹. Dieser Plan regelt alle Operationen zum Schutz vor Übergriffen.«

»Geben Sie mir ein Beispiel?«, forderte Bigalke.

»Nein, natürlich nicht. ›Sedss‹ trägt die Bezeichnung Verschlusssache, und so wird sie behandelt.«

»Nach dem 18. März werden Sie Ihr ›Sedss‹ wohl begraben können.«

»Und uns bestimmt gleich mit«, warf Koschak ein.

Ludger wagte kaum zu atmen. Welche Reaktion würde der Gast zeigen?

»Wie meinst du das?« Bigalke strich sich mit dem Zeigefinger zwischen Hemdkragen und Hals, als müsse er sich Luft verschaffen.

»Herr Koschak spielt auf Minister Stoltenberg an, für den gediente NVA-Offiziere in einer gesamtdeutschen Armee unvorstellbar sind.«

»Die neu gewählte Volkskammer wird da aber auch noch mitreden, das verspreche ich Ihnen.«

»Sie kandidieren?«

»Ja.«

»Na, viel Glück. Wir werden Sie beim Wort nehmen.« Seeger stand auf. Die anderen Offiziere am Tisch folgten seinem Beispiel. Bigalke blieb sitzen und blickte erstaunt auf. »Sicherlich haben Sie einen vollen Terminkalender. Wir wollen Ihre kostbare Zeit nicht über Gebühr beanspruchen und besten Dank für Ihren Besuch. Wir zählen auf Sie.« Seeger ging zur Tür, drehte sich aber nochmals um. »Sollten Sie wieder einmal Fragen zum Militär haben, ich stehe jederzeit zu Ihrer Verfügung. Wenn ich dann noch Uniform trage.«

Bigalke schraubte sich aus seinem Stuhl hoch, während die vier Offiziere vom Versorger die Köpfe zusammensteckten und miteinander sprachen. Der Gast wirkte wie ein verlorenes Kind, keiner beachtete ihn. Ludger gönnte ihm diese Sekunden des Ausgestoßenseins und hielt sich abseits.

Offensichtlich erkannte Koschak die Situation. Er verabschiedete seine Kameraden und steuerte auf Bigalke zu. »Los, ich bringe dich ans Tor«, sagte er und gab ihm einen Klaps auf die Schulter. Die beiden kamen auf Ludger zu. »Sie können gehen«, bemerkte Koschak.

»Entschuldigung, Herr Korvettenkapitän. Ich habe den Befehl, Herrn Bigalke zurückzubegleiten.«

Koschak zuckte die Achseln. »Wenn Sie meinen?« Er winkte dem Gast und sie verließen das Traditionszimmer, während Ludger ihnen folgte.

»Warum bist du damals nur abgehauen?«, fragte Koschak wenige Schritte weiter.

»War mir zu rot, der ganze Laden«, antwortete Bigalke.

Die zwei Männer diskutierten über die alten Zeiten an der Offiziershochschule. Soweit Ludger die Unterhaltung verstand, gehörten sie einer Seminargruppe an und Bigalke hatte das Studium nach einigen Monaten hingeschmissen.

»Bitte passen Sie auf«, warnte Ludger an einer Kurve der Objektstraße die beiden vor ihm Laufenden, die in ihr Gespräch vertieft waren. Aus der Richtung des Tores näherten sich drei Tieflader. Auf jedem der Sattelauflieger stand ein Kleines Torpedoschnellboot. Die Bootsrümpfe ragten seitlich über die Fahrzeugbreite hinaus. Der erste Lastzug schob sich vorbei. Die Blicke der Männer folgten ihm. Von hinten konnte man deutlich erkennen, dass es sich um Kriegsschiffe handelte. Eine Kanone beherrschte das Achterdeck. Zwei Torpedorohre, backbord und steuerbord in den Rumpf eingelassen, und Minenwerfer neben dem flachen Deckshaus vervollständigten die Waffen.

»Was ist das denn?«, erkundigte sich Bigalke, der staunend stehen geblieben war. »Die Dinger sehen ja wie zu groß geratene Motorjachten aus.«

»So in etwa. Unsere KTS, Kleine Torpedoschnellboote, sind die schnellsten Überwasserschiffe, die wir haben. Die laufen fast 80 Kilometer pro Stunde. Sie heißen auch ›Windhunde der Ostsee‹. Die Boote gehören zu unseren wichtigsten Stoßkräften.«

»Stoßkräfte?«, fragte Bigalke verwundert. »Ich denke, in Stralsund liegen keine Stoßkräfte.«

»Nein. Die KTS sind normalerweise in Dranske stationiert. Die kommen bestimmt nur zur Wartung her.«

Bigalke sah den drei Tiefladern hinterher und schloss sich dann Koschak an, der bereits weiterging. Ludger folgte ihnen.

Nach einigen Schritten des Schweigens sagte Bigalke: »In eurem Stall geht's schlimmer zu, als ich gedacht hatte.«

»Wie meinst du das?«

»Dieser Seeger, der hat wohl direkt bei Stalin gelernt?«

»Warum?«

»Die Phrasen und das Politpalaver. Mit den alten Bonzen werdet ihr ebenso untergehen wie die Stasi.«

»Ach ja?« Koschak blieb stehen.

»Glaubst du wirklich, dass der Stoltenberg auch nur einen von euch einstellt? Vergiss es!«

»Ich denke, da redet die neue Regierung ein Wort mit!«

»Hätte ich was zu sagen, würde ich euren Laden gleich nach dem 18. März dichtmachen. Der Stoltenberg gibt euch bestimmt noch ein paar Monate.«

»Sehr interessant, deine Meinung, jetzt, unter vier Augen.«

»Meinst du, ich bin lebensmüde und breite meine Überzeugung vor dem kommunistischen Obermufti aus?«

»Du bist so ein Arsch!« Koschaks Gesicht bekam einen rötlichen Schimmer.

»Komm Alter, sperr die Glotzaugen auf und benutz deinen Grips. Euer Verein schlittert in den Abgrund. In einem halben Jahr könnt ihr nicht Mal mehr als Trachtenverein auftreten. Spring ab! Je eher, desto besser. Denk an deine Familie.«

»Meine Familie?«

»Ja. Irgendwie müsst ihr sicherlich auch zukünftig eure Brötchen bezahlen, oder? Komm in meine Sprechstunde, ich kenne mittlerweile viele Leute. Wir ehemalige Studienkollegen müssen schließlich zusammenhalten.« Bigalke grinste.

Koschaks Wangenmuskeln bewegten sich im Sekundentakt, als ob er innerlich bis zehn zählte. »Ich brauche keine Hilfe von dir!«, zischte er zwischen den Zähnen hervor.

Bigalke schlug sich mit der flachen Hand an die Stirn. »Ach richtig, du darfst ja nicht allein auf Arbeitssuche gehen. Das macht doch deine Frau.«

Als wäre er in flüssigen Stickstoff getaucht worden, erstarrte Koschak. Sein Gesicht verlor jegliche Farbe. »Wie meinst du das?«

»Wie ich's gesagt habe. Denke mal an letzten Herbst, deine werte Gattin hatte seinerzeit ihre Beziehungen spielen lassen.«

»Woher weißt du das?«

»Die gute Inge, die Ehefrau deines Brigadechefs, arbeitet bei uns im Kreisvorstand. Sie plaudert halt gern.«

Ohne Vorwarnung schoss Koschak auf Bigalke zu; versetzte ihm einen Stoß auf die Brust. Bigalke taumelte. Koschak setzte nach; packte ihn am Kragen. »Du Großmaul, du, dir schlage ich alle Zähne aus.« Er holte aus.

Da ging Ludger dazwischen. »Bitte, meine Herren.« Mit sanfter Gewalt trennte er die Kampfhähne und sah sich vorsichtig um. Zum Glück hatte niemand den Streit verfolgt. »Herr Korvettenkapitän«, zischelte er, »Sie ruinieren ihre Karriere.«

»Na und!« Koschak ordnete seine Uniform und starrte Bigalke an. »Hau bloß ab, du aufgeplusterter Bürgerschreck. Scher dich zu den Arschlöchern aus deiner Partei und lass die Marine in Ruhe.« Er trat noch einmal an

Bigalke heran. Ludger wappnete sich währenddessen, die Duellanten erneut zu trennen. »Mach zukünftig einen großen Bogen um die Dienststelle. Wenn du hier jemals wieder auftauchst, kümmern wir uns intensiv um dich!«

*

Am Nachmittag stand Ludger an der Haupteinfahrt der 3. Flottille. Schon von Weitem sah er die erste Kolonne schwarzer Wolgas heranrauschen. Während die Wagen das Tor passierten, salutierte er. Graugrüne Uniformen schimmerten durch die Fenster – der Besuch aus dem Verteidigungsministerium.

Was da in letzter Zeit für hohe Tiere die Dienststelle besuchten, grenzte ans Unheimliche. Als ob ein Manöver bevorstünde. Dabei lagen die Schiffe nur noch an der Kette. Diese unsäglichen Streiks in der Belitzer Kaserne und andernorts hatten die Armeeführung einknicken lassen. Unzählige Soldaten und Matrosen waren vorzeitig entlassen und die Dienstzeiten verkürzt worden. Überall fehlten die Leute. Selbst in Ludgers Wachkompanie würde das Personal bald nicht mehr ausreichen.

Eine zweite Kolonne schwarzer Dienstwagen riss Ludger aus seinen Gedanken. Er salutierte erneut. Diesmal saßen blaue Uniformen im Inneren der Autos: die Herren aus dem Marinekommando in Rostock.

»Sie können den Schlagbaum wieder schließen«, befahl Ludger dem Wachhabenden, »und die Posten abziehen.« Die Besucher verließen das Objekt erst spät in der Nacht, dann kümmerte sich eine andere Wache um die Gäste.

Auf dem Weg in sein Dienstzimmer sah Ludger auf die Armbanduhr: 20 Minuten vor vier. Heute würde er endlich einmal pünktlich Feierabend haben, um in der Stadt einige Besorgungen zu erledigen.

Gerade als er sein Büro verlassen wollte, klingelte das Telefon. Unschlüssig blickte er auf den Apparat und nahm ab. »Ja bitte? Oberleutnant Rotgerber.«

»Hauptmann Janning«, hörte Ludger die scharfe Stimme des MSA-Offiziers. Wir sprechen uns noch. – Diese Drohung hatte Ludger beinahe vergessen, schließlich war zwischenzeitlich ein Monat vergangen. Jetzt standen der Satz und die hässliche Fratze des Abwehroffiziers deutlich vor seinen Augen.

»Ja?«, fragte Ludger vorsichtig.

»Der Fall des fahnenflüchtigen Matrosen aus Ihrer Kompanie ruht vorerst.« Dann knackte es in der Leitung und das Besetztzeichen ertönte. Verwundert sah Ludger auf den Hörer. Was war das denn? Eigentlich müsste er sich über die Nachricht freuen, aber die wenigen Worte klangen eher nach: aufgeschoben ist nicht aufgehoben. Er legte auf und verließ das Büro.

*

Tiefausläufer vom Atlantik brachten kühle und feuchte Meeresluft nach Deutschland. Der Wind peitschte den Schneeregen waagerecht die Straßen entlang. Ludger zog die Kapuze seines Anoraks tief ins Gesicht und hastete über den Alten Markt. Das Kopfsteinpflaster glänzte. Im Arkadengang des historischen Rathauses schüttelte er die Nässe von den Kleidern und lief durch den überdachten Innenhof in Richtung Fußgängerzone.

Unvermittelt blieb er stehen. An der Südseite des Rathauses spazierte Lars auf und ab, Lars der Sohn seiner Schwester. Warum trieb sich der Bengel bei diesem Wetter in der Innenstadt herum? Anderseits, was ging's Ludger an? Lars war elf Jahre alt, besuchte die fünfte Klasse und bereitete seinen Eltern eher Freude denn Sorge. Neugierig beobachtete Ludger den Neffen. Lars stand da, als warte er auf jemanden. Plötzlich sprach ihn ein Mann an. Lars schien nicht auf ihn gewartet zu haben, hörte aber zu. Ludger erkannte den Herrn; dreieckiger Kopf, markantes Kinn und die schwarzen Haare streng nach hinten gekämmt – Grewe, Korvettenkapitän Grewe, der Leitende Ingenieur von Koschaks Versorger. Was hatte der mit dem Jungen zu schaffen? Wenige Augenblicke später nickte Lars und hielt die Hand auf. Grewe gab ihm etwas Hellgrünes, tätschelte dem Jungen die Schulter und kramte seine Brieftasche hervor. Schließlich reichte er Lars einen Geldschein, hob mahnend den Zeigefinger und verschwand.

Die Neugier ließ Ludger keine Ruhe. Er lief zu seinem Neffen hinüber und begrüßte ihn: »Hallo, Lars.«

Lars erschrak. »Hallo? Onkel …? Du?«

»Was treibst du bei dem Sauwetter in der Stadt?«

»Ach, wir hatten einen Klassenausflug ins Meeresmuseum.«

»Und bevor du zu Hause erscheinst, strolchst du noch ein wenig hier herum?«

»Ich warte auf Micha und Peter. Die sind schnell ins Kaufhaus, einige Sachen besorgen. Wir müssen nachher zusammen Hausaufgaben machen.«

»Sag mal, der Mann eben, was wollte der von dir?«

Lars sah vorsichtig nach beiden Seiten, als befürchtete er Zuhörer. Dann kam er zu Ludger heran und stellte sich auf die Zehenspitzen. »Bitte erzähl Mama nichts.«

»Warum?«

»Weil sie bloß meckert. Dabei habe ich locker zehn D-Mark verdient. Damit will ich allein einkaufen, wenn wir wieder rüberfahren.«

»Kein Problem«, versprach Ludger, »ich schweige. Was sollst du für das Geld erledigen?«

»Einfach diesen Brief«, Lars zeigte den hellgrünen Umschlag vor, »ins Bürgerbüro zu Herrn Robert Bigalke bringen. Drüben in der Ossenreyer 1.« Er nickte in Richtung besagter Adresse, die wenige Meter neben dem Rathaus lag.

»Weshalb schickt der Mann dich?«

»Er ist Offizier bei der Armee und da wirft es ein schlechtes Bild auf ihn, falls er selbst zu denen von der Bürgerbewegung geht.«

»Klar«, sagte Ludger, obwohl ihm die Begründung albern vorkam. Aber wer weiß, wie die Herren Bordoffiziere tickten. Hielten sich ja für die Elite der Nation. »Na, dann sieh mal zu, dass du den Brief ordentlich ablieferst. Anschließend fährst du gleich nach Hause, verstanden. Bei dem Sauwetter holst du dir sonst noch eine Erkältung.«

»Ist gut.«

Lars rannte los und verschwand um die Ecke des Rathauses. Was der Grewe wohl für Sorgen haben mochte? Ludger war es für den Moment egal. Er setzte seine Kapuze auf, überquerte die Straße und betrat das nahe Kaufhaus.

20 Minuten später kam er wieder heraus. Unvermindert prasselte der Regen auf das Pflaster. Die Dämmerung eines trüben Winterabends senkte sich über die Fußgängerzone. Die Lichter der Straßenlaternen und Schaufenster verblassten im Dunst, als würde man sie durch eine beschlagene Scheibe betrachten. Menschen auf dem Heimweg hasteten vorüber. Heute war wirklich kein Tag für einen Einkaufsbummel. Ludger beschloss, ebenfalls nach Hause zu fahren. Er lief in Richtung Alter Markt, um zum Theater hinunterzugehen, wo der nächste Kreuzungspunkt mehrerer Buslinien lag.

Bereits in der Knieperstraße hörte er das Grummeln der ankommenden Busse. Seine Schritte beschleunigten sich automatisch. Nur zu oft hatte er lediglich die Rücklichter des abfahrenden Busses gesehen. Und bei diesem Wetter, auf den nächsten zu warten, wäre ärgerlich. Er rannte die

Straße hinunter. Ein Schubs in die Seite ließ ihn straucheln, beinahe hinfallen.

»Können Sie nicht aufpassen?«, schimpfte ein älterer Herr, der gerade aus einem der Hauseingänge geschossen kam.

Ludger streifte die Kapuze zurück. Der Alte hatte eine stämmige Figur; seine hellen Haare und der graue Bart leuchteten im Licht der Straßenlaternen. »Was lungern Sie hier herum?«

Jetzt erkannte Ludger ihn. Seine buschigen Brauen und das hängende rechte Augenlid verrieten ihn. »Herr Bigalke?«

Der Alte stutzte, trat einen Schritt näher heran und musterte ihn. »Muss ich Sie kennen?«

»Ich bin Ivos Freund. Wir hatten Sie zu Weihnachten besucht.«

»Hm«, brummte Paul Bigalke. »Wo steckt der Kerl eigentlich? Macht sich rar. Lebt wohl heutzutage ruhiger bei der Armee, wie?«

»Viele Soldaten wurden entlassen«, sagte Ludger und log dann: »Ivo hat oft Dienst. Da bleibt kaum Zeit für Besuche.« Ivos Flucht in den Westen brauchte den Alten nicht zu interessieren.

»Na ja. Ich hab's eilig.« Ohne einen Gruß lief Paul Bigalke zum Markt hinauf.

*

Zu Hause erwartete Ludger eine weitere Erinnerung an seinen Freund Ivo. Im Briefkasten steckte eine Karte. Fast wäre die mit all der Werbung in den Mülleimer gewandert. Westfirmen hatten in letzter Zeit ihr Herz für die Ostdeutschen entdeckt. Woche für Woche schwollen die Verbraucherinformationen an.

Ivo hatte die Karte mit winzigen Schriftzügen eng beschrieben: Er habe schnell Arbeit und auch eine kleine Wohnung gefunden. Aber heimisch fühle er sich kaum. Man behandle ihn wie den dummen Ossi, der null Ahnung habe, obwohl er die besten Schuhe fertige. Und so begleite ihn jeden Tag Neid und Missgunst. Am liebsten würde er zurückkommen. Allerdings dann im Knast landen? Ludger solle mal was von sich hören lassen. Er könne ihm an sein Postfach in Bremen schreiben. Links oben, gleich neben der Briefmarke, stand noch ein Postskriptum: ›Mein Alter hat angebissen! Mach dir keine Sorgen mehr!‹

Ludger lächelte und fächelte sich mit der Karte Luft zu. Jetzt verstand er den Anruf des Hauptmanns vom Nachmittag.

11

An der Gegensprechanlage leuchtete eine grüne Lampe auf. Svenja quittierte und schnappte sich den hellgrün schimmernden Umschlag, den der Junge vorhin gebracht hatte. ›Persönlich/Vertraulich – Herrn Robert Bigalke‹, lautete die maschinengeschriebene Adresse. Nur dem Empfänger selbst hatte dieser Lars Kramer das Schreiben aushändigen wollen. Aber um nicht den ganzen Nachmittag warten zu müssen, hatte er eine Empfangsquittung akzeptiert und Svenja das Kuvert ausgehändigt.

Sie stand von ihrem Stuhl auf und zog den vorbereiteten Zettel zu Gottes Schicksalsbrief unter der Schreibtischunterlage hervor. Vielleicht ergab sich jetzt eine Gelegenheit zu ihrem Test? Bestimmt rief Gotte irgendwann an und fragte nach dem Urheber der Denunziation. Dann wollte sie eine Antwort parat haben. Svenja lächelte dem älteren Mann im Warteraum zu. Er war als Letzter gekommen und hatte seinen Namen verschwiegen. Herr Bigalke empfinge ihn auch so. Irgendwie ähnelte der Alte ihrem Chef: die gleiche kräftige Statur und ebenso buschige Augenbrauen. Nur das hängende Lid über dem rechten Auge störte das Bild.

Vorsichtig öffnete Svenja die Bürotür. Robert hatte sie zwar mit dem grünen Licht an der Wechselsprechanlage gerufen, aber er steckte mitten in einem Gespräch mit einer Besucherin, die gerade auf ihn einredete. Als die Dame Svenja bemerkte, verstummte sie und sah Robert fragend an.

»Vielen Dank, Frau …«, sagte er.

»Rauchfuß«, ergänzte Svenja.

»Ihre Geschichte klingt wirklich interessant. Ich werde

mich der Sache annehmen, wenn ich gewählt worden bin. Zurzeit sind mir die Hände gebunden.« Robert stand auf, ging um den Tisch herum und deutete der Besucherin aufzustehen. »Ich bin schließlich auch nur ein einfacher Bürger wie Sie. Die Behörden ignorieren mich leider.«

»Aber im März wählen wir die Volkskammer für Berlin? Danach können Sie sich überhaupt nicht mehr um uns Stralsunder kümmern?«

»Doch, doch. Stralsund bleibt mein Wahlkreis und ich halte weiterhin meine Bürgersprechstunden ab.« Behutsam schob er die Frau zur Tür.

»Wann erhalte ich denn eine Antwort zu meiner Eingabe?« Frau Rauchfuß blieb im Türrahmen stehen.

»Nächste Woche bekommen Sie einen Zwischenbescheid«, versprach Svenja. Zum Glück hatte sie diesen Standardbrief entworfen, der die Leute erst einmal ruhig stellte.

»Und gleich nach der Wahl beschäftige ich mich mit Ihrem Fall. Auf Wiedersehen.« Robert schüttelte der Frau die Hand.

»Ich verlasse mich auf Ihr Wort. Wenn nicht, sitze ich Ende März erneut hier.«

»Selbstverständlich.« Robert quälte sich ein Lächeln ab und schob die Besucherin in den Vorraum.

»Auf Wiedersehen, Frau Rauchfuß«, sagte Svenja und sah ihr hinterher. Die verließ zielstrebig das Vorzimmer. Der ältere Herr stand auf.

»Einen Augenblick bitte. Sie sind sofort dran«, lächelte Svenja ihn an und ging zu ihrem Chef ins Büro.

»Mir reicht's!« Robert schlich zu seinem Countdown-Kalender, dem Stoß DIN-A3-Blätter an der Wand, den Svenja bei ihrem ersten Besuch schon gesehen hatte. Diesen Firlefanz kannte Robert aus amerikanischen Filmen. Und jetzt riss er ebenso theatralisch wie seine Kinovorbilder jeden Morgen einen Bogen ab.

»Noch 32 Tage bis zur Wahl!« Robert klopfte auf das Kalenderblatt. »Das halte ich nicht mehr aus. Tagtäglich derselbe Scheiß. Hättest dir mal den Quatsch von dieser …«

»Frau Rauchfuß.«

»… anhören müssen. Ihr Nachbar arbeite für die Stasi und spioniere sie aus. Die spinnt, die Alte.«

»Aber ihr habt die Stasi aufs Tablett gehoben, sie den Leuten als Zielscheibe aufgedrängt.«

Robert winkte ab, ging zum Schreibtisch und fiel in den Bürosessel. Er holte seinen Schlüssel aus der Hosentasche und ließ ihn um den Zeigefinger kreisen. Der verchromte Anhänger blinkte bei jeder Umdrehung. Erst vor zwei Tagen war er mit dem Ding in der Form einer Streichholzschachtel angekommen und hatte es stolz präsentiert. ›Robert Bigalke‹ stand auf der einen Seite und ›Mitglied der Volkskammer‹ auf der anderen. Ob das nicht ein wenig voreilig wäre, hatte Svenja gefragt. Das sei sein Glücksbringer, der ihn nach Berlin befördern würde, hatte er mit freudiger Stimme geantwortet, er glaube fest daran.

»Ich hab' die Schnauze voll«, seufzte Robert.

»Kopf hoch, mein Lieber. Vor den Ruhm haben die Götter den Fleiß gesetzt.« Svenja ging zum Schreibtisch und legte den Brief des Jungen darauf. »Den Empfang dieser äußerst wichtigen Botschaft musste ich quittieren. Ist für dich.«

»Von wem denn?« Robert verdrehte die Augen.

»Von Lars Kramer, elf Jahre alt. Soll ein hoher Marineoffizier geschrieben haben.«

»Ja, ja. Und meine Oma kannte Erich Honecker.« Robert langte nach dem Umschlag und stopfte ihn in die Innentasche seines Jacketts. »Wieder so'n Stasi-Scheiß. Die Herren in den blauen Uniformen haben richtig Angst, wir könnten uns um sie kümmern. Und so beschäftigen die uns halt mit irgendwelchen Märchen. Aber die kommen auch dran.«

Jetzt oder nie, dachte Svenja. »Einer deiner Fans, die ich

eben abgewimmelt habe, hat mir diesen Zettel hier gegeben. Man habe ihn bei der Stasi diskreditiert. Ob du ihm hilfst, den Denunzianten zu finden?«

Robert verschränkte die Arme vor der Brust. »Was soll das denn? Jetzt kommt der Mist schon schriftlich. Lass mich damit in Ruhe!«

Svenjas Hände schwitzten und in ihrem Bauch blähte sich ein Hefekloß auf. Gab sie an dieser Stelle auf, würde sie niemals mehr fragen. »Ich musste dem Herrn Schulze versichern, dich anzusprechen. Morgen kommt er wieder.« Sie trat einen Schritt in Richtung Tür. »Aber wie du willst, ich schicke ihn persönlich zu dir rein.«

»Nein!« Robert sprang auf und kam auf sie zu. »Zeig mal.« Er streichelte ihr übers Haar und küsste sie flüchtig. »Wenn ich dich nicht hätte!«

»Säße im Vorzimmer eine andere«, sagte sie und reichte ihm den vorbereiteten Zettel.

Demonstrativ rückte Robert seine Brille zurück und stellte sich in Positur, als wolle er vor der versammelten Verwandtschaft eine Festrede halten. »Also: ›Schulze fotografiert die letzten Dreckecken‹«, begann er mit kräftiger Stimme, »›unserer schönen Heimat, knipst asoziale …‹« Er stockte, verhaspelte sich, hüstelte und las kaum vernehmbar weiter: »›… Elemente und schickt den Schund in den Westen zu seiner Tante. Damit liefert er dem Klassenfeind Munition für seine Hetzkampagnen gegen unser sozialistisches Vaterland.‹« Am Ende angekommen, überflogen Roberts Augen noch einmal den Text. Seine starken Brillengläser vergrößerten die Bewegungen der Pupillen überdeutlich. »So ein Scheiß!«, stieß er schließlich hervor und drückte Svenja das Papier in die Hand. »Woher soll ich wissen, wer den Kerl denunzieren wollte? Konnte jeder aus seinem Bekanntenkreis sein. Schmeiß die Typen raus, wenn sie mit so etwas kommen.«

Neben der Wut über diesen Ausbruch ergriff Enttäuschung von Svenja Besitz. Warum reagierte Robert so heftig?

»Wie du meinst«, sagte sie schnippisch und faltete demonstrativ das Blatt zusammen. »Dann werde ich die Bürger eben wegschicken.« Sie ging zur Tür, beobachtete ihn indes aus den Augenwinkeln. »Der Herr Kandidat brauchen nur zu befehlen.«

Robert nahm seine Brille ab, wischte über sein Gesicht und eilte ihr hinterher. »Nun warte doch.« Er fasste sie um die Hüfte. »Entschuldige!« Erneut küsste er sie. »Entschuldige, dass ich so ausgerastet bin. Aber dieser Dreck, den ganzen Tag, von morgens bis abends.«

Seine Reaktion versöhnte sie.

»Komm, wir schließen hier zu und gehen essen«, flüsterte er ihr ins Ohr.

Svenja löste sich von ihm, schüttelte den Kopf und nickte in Richtung Vorzimmer.

»Nein! Sitzen da immer noch Querulanten draußen?«, fragte Robert geknickt.

»Nur einer. Die anderen habe ich abgewimmelt.«

Langsam ging er an den Schreibtisch zurück und ließ sich in den Sessel fallen. »Was gab's denn?«

»Drei Verdächtigungen gegen Nachbarn wegen Stasimitarbeit. Mit dem«, sie hielt den Zettel hoch, »und der Rauchfuß fünf. Sechs Beschwerden zum geschlossenen Kino. Zwei Bürger erwarten den Bau eines zweiten Rügendamms, damit die Staus im Sommer aufhören. Einer wollte in ganz Stralsund neue Straßen haben, und acht Leute forderten endlich die D-Mark, um nicht mehr als Bettler in den Westen auf Einkaufstour zu fahren.«

»Ja, ja. Wir beglücken alle. Aber erst nach der Wahl.«

»Ach«, sagte Svenja »und …«

Mit einem Knall flog die Tür hinter ihr auf. »Geht's bald weiter oder muss man hier ewig warten?«

Svenja drehte sich um. »Erlauben Sie mal!« Vor ihr stand der Mann aus dem Wartezimmer. Sein hängendes Lid zuckte. Unentwegt wanderten seine Augen zwischen Robert und ihr hin und her.

»Vater?«, staunte Robert.

»Jawohl, ich bin's. Für dich jedoch Herr Bigalke!«

Svenja schlich in Richtung Ausgang, um die beiden allein zu lassen.

»Bleibst du bitte?« Roberts Stimme zitterte. »Für das Protokoll.«

Was sollte das?, fragte sich Svenja. Sie hatten noch nie ein Protokoll von einem Gespräch angefertigt. Sie beherrschte überhaupt kein Steno. In der Situation schien allerdings jegliche Diskussion höchst unpassend. Also ging sie zum Sideboard neben dem Fenster, nahm Papier und Kugelschreiber und lief zur Sitzgruppe.

Robert blieb hinter seinem Schreibtisch, setzte sich aufrecht, als hätte er einen steifen Rücken, und zeigte auf den Besucherstuhl. »Nimm bitte Platz.«

Der Vater überging die Bemerkung. »Ich mache es kurz, Herr Abgeordneter – entschuldigen Sie, Herr Fastabgeordneter. Sie kümmern sich ja um die Sorgen der Leute, auch um meine?«

Unruhig rutschte Robert auf seinem Sessel umher. »Was möchtest du?«

»Meine Person, Fastabgeordneter Bigalke, gibt sich bescheiden, will weder D-Mark noch einig Vaterland. Ich brauche lediglich eine Arbeitsstelle.«

»Bitte setz dich und lass uns in Ruhe reden.« Robert deutete erneut auf den Stuhl vor dem Schreibtisch.

»Besorg mir eine Arbeit oder hilf wenigstens, die Werkstatt wieder flottzumachen.«

»Vater, wie soll das gehen?«

»Du und deinesgleichen, ihr versprecht den Leuten blühende Landschaften. Aber wenn's konkret wird, kneift ihr.« Der alte Bigalke trat an den Bürosessel des Sohns und wirbelte ihn eine volle Umdrehung herum. »Ihr hebt langsam ab. Interessieren euch die Sorgen der Menschen überhaupt? Vielleicht geht's ja nur um bequeme Sessel, möglichst weit oben?«

»Jetzt reicht's mir. Du hast deinen Betrieb selbst in den Ruin getrieben. Ohne meinen Hinauswurf würdest du heute zum angesehenen Mittelstand gehören.«

»Moment. Willst du damit sagen, dass der Niedergang meiner Werkstatt mit deinem Rausschmiss zusammenhing?«

Robert sprang auf. »Nein, verdammt noch mal. Wenn du mir die Firma überschrieben hättest, wäre ich kein Politiker geworden. Und wir könnten gemeinsam in die Marktwirtschaft durchstarten. Aber stattdessen hast du dich an diesen Ivo gehängt. Warum hilft der dir eigentlich nicht?«

»Weil er bei der Armee ist.«

»Ach, der Kleine musste den Schusterhammer mit einem Gewehr vertauschen.« Robert ließ sich wieder auf seinen Sessel fallen. »Der hatte genug von deinen Nörgeleien. Niemand muss dieser Tage zur Truppe. Denen laufen die Leute weg und die einfachen Soldaten zuerst. Der gute Ivo verspürt wenig Lust auf deine Wurstbude.«

Der Alte starrte seinen Sohn an, holte plötzlich aus und verabreichte ihm eine klatschende Ohrfeige.

»Spinnst du!«, rief Robert wie ein wütender Junge.

Svenja betrachtete die Szene mit aufgerissenen Augen. Auf ihrem Blatt stand bislang kein einziges Wort. Das würde Robert hinterher kaum interessieren. Er hatte sie bei dem Gespräch dabeihaben wollen, weil er Angst vor seinem Vater hatte. Warum? Weil der Alte zum Jähzorn neigte?

»Du Dreckskerl. Hack auch noch auf Ivo herum. Du freust dich doch, dass ich meine Werkstatt verloren habe. Bestimmt steckst du hinter meiner Pleite.« Der Vater beugte den Oberkörper zu seinem Sohn hinunter, ihre Nasen berührten sich beinahe. »Du wolltest mich fertigmachen. Du faules Miststück. Aus Rache. Aus Rache, für den Rausschmiss.«

»Vergiss es«, zischelte Robert. »Dann hätte ich ebenso für deine Krankheit verantwortlich sein müssen.«

»Wer weiß?«

»Du steigerst dich da in was rein!«

Jetzt griff der alte Bigalke dem Junior am Kragen und zog ihn hoch. Die Nähte knackten. »Ich werde alles rausbekommen. Verlass dich drauf.« Schließlich schubste er ihn zurück gegen die Lehne des Bürosessels und wandte sich ab. Demonstrativ säuberte der alte Bigalke seine Hände an der Hose. Auf dem Weg zur Tür blieb er neben Svenja stehen und deutete auf das leere Blatt.

»Schade junge Frau. Sie haben das Protokoll vergessen. Aber der Herr erklärt Ihnen die Zusammenhänge sicherlich.« Ein vernichtender Blick traf Robert. »Wenn Dreck an deinen Pfoten klebt, sieh dich vor. In der Marktwirtschaft, die uns ja bald segnen wird, kann man garantiert einen Killer kaufen. Und den werde ich mir leisten.« Er verließ das Büro.

Svenja verharrte auf ihrem Platz. Robert hing in seinem Sessel, die Augen geschlossen. Seine Wange, auf die ihn der Vater geschlagen hatte, leuchtete in hellem Rot.

»Sitzt draußen noch jemand?«, fragte er mit heiserer Stimme, ohne die Augenlider zu heben.

»Nein.«

»Mach bitte Feierabend. Wir gehen ein andermal essen.«

*

Mit angezogenen Beinen verharrte Svenja auf dem Sofa und blickte auf das Feuer. Das Holz knisterte und die Flammen züngelten in die Höhe, tauchten den Innenraum des Kamins in gelbrotes Licht. Immer wieder wanderte ihr Blick zu den beiden Blättern auf dem Tisch. Neben Gottes Schreiben lag ihre Abschrift, mit der sie Robert am Nachmittag auf die Probe gestellt hatte. Fröstelnd zog Svenja die Schultern hoch und blickte ins Feuer. Leider spendete der Kamin keine Wärme, er lief lediglich als perfekte Illusion auf einem Videoband, das sie in Lübeck zusammen mit dem Rekorder für ihr Begrüßungsgeld gekauft hatte.

Ihre Gedanken kehrten stets zu der einen Frage zurück: Hatte Robert den Brief geschrieben – ja oder nein? Sie nahm ihren abgeänderten Auszug in die Hand. Robert hatte den Text erst übertrieben laut vorgelesen, sich verhaspelt, beinahe flüsternd weitergelesen und am Schluss die Zeilen noch einmal überflogen. Schließlich sein Ausbruch. Hätte er gefragt, woher sie das Schreiben habe, sie wäre von seiner Urheberschaft überzeugt gewesen. Aber so? Robert war wirklich ausgelaugt; immer nur die Sorgen fremder Leute um die Ohren, der Wahlkampf, und jeden Tag zwischen Morgengrauen und Mitternacht auf den Beinen.

Hätte er sie geküsst, wenn ihn eine Schuld träfe? Er hätte dann zweifellos den Text erkannt, ihren Trick durchschaut, sie zurückgewiesen und rausgeschmissen. Heftig schüttelte Svenja den Kopf und legte das Blatt zurück auf den Tisch. Gleich morgen würde sie nach Rostock fahren und Gotte besuchen. Robert steckte keinesfalls hinter der Denunziation. Das musste sie Gotte klarmachen.

12

»Hat's geschmeckt?«

»Wie immer, Heinz.« Otto Löffler zwinkerte dem Hünen von fast zwei Metern zu. Heinz räumte den Teller ab und deutete auf Löfflers leeres Bierglas.

»Noch eins?«

»Na, eins vertrage ich wohl noch.«

Heinz nickte, schlurfte durch die Gaststube und verschwand hinter dem Tresen. Auf dem Weg vom Büro in sein trautes Heim kehrte Löffler gern einmal in der kleinen Kneipe an der Straßenecke ein. Und wenn Lisbeth ihn zum Strohwitwer machte, aß er gewöhnlich hier. Bei Heinz schmeckte das Rumpsteak vorzüglich. Allerdings hätte Löffler sich mehr Gesellschaft gewünscht, aber um diese Stunde herrschte wenig Betrieb; die meisten Männer hockten zu Hause vor der Glotze und sahen die Sportschau. Heute genoss Löffler sogar als einziger Gast Heinz' Aufmerksamkeit. Er blickte auf seine Uhr: Viertel nach sieben. Ihm blieb genügend Zeit, das Bier in Ruhe auszutrinken; den Tatort wollte er keinesfalls verpassen; ›Tod einer Ärztin‹ versprach ein interessanter Fall für die Fernsehkommissare zu werden. Löffler lächelte. Heute würde er selbst den Täter auf der Mattscheibe ermitteln können. Saß seine Lisbeth zur Krimizeit neben ihm, präsentierte sie stets während der ersten 30 Minuten den Bösewicht.

Heinz servierte Löffler das neue Bier. »Wohl bekomm's!«

Im Rücken des Gastwirts ging die Tür auf und eine junge Dame betrat die Kneipe. Ihre langen rötlichblonden Haare hatte sie zu einem Seitenzopf gebunden. Zielstrebig kam sie auf Löfflers Tisch zu. Ihre helle Gesichtshaut und die hoch geschwungenen Augenbrauen gaben ihr ein nordisches Aussehen. Eine schmale Falte spaltete ihre Unterlippe.

»Darf ich mich zu Ihnen setzen?«, fragte sie mit einem charmanten Lächeln.

Löffler schaute im Gastraum umher, als wolle er sie auf die anderen leeren Plätze hinweisen.

Die Frau schmunzelte. »Ich wollte Sie sprechen, Herr Löffler.« Ohne eine Antwort abzuwarten, nahm sie Platz und wandte sich an Heinz, der immer noch neben ihr stand. »Einen trockenen Rotwein, bitte.«

Der Wirt brummelte eine unverständliche Erwiderung und zog in Richtung Tresen davon.

Die Frau reichte ihre Hand über den Tisch. »Danica Pinter. Ich weiß von Ihrer Strohwitwerschaft und der Vorliebe für das Rumpsteak hier.«

Löffler drückte ihre Hand, die sich fest und warm anfühlte. »Otto Löffler, aber das wissen Sie sicherlich.«

»Sie haben etwas Zeit, Herr Kommissar?« Danica Pinter kramte in ihrer Handtasche, packte einen schmalen Ordner aus und legte ihn auf dem Tisch ab.

»Heute ist Sonntag, junge Frau. Gewöhnlich erreichen Sie mich montags bis freitags im Präsidium.«

»Ich möchte Sie als Privatmann sprechen, als Privatmann mit kriminalistischen Fähigkeiten.«

»Na, da bin ich ja gespannt.«

Sie zog ein Blatt aus ihren Unterlagen und schob es zu Löffler. »Bitte, lesen Sie das.«

Löffler las: »›… fotografiert der Mann die letzten Dreckecken … schickt den Schund … nach Bremen zu einer Gerda Griepan … spioniert … revolutionäre Wachsamkeit.‹«

So ein Quatsch, dachte Löffler und sah Danica Pinter an. »Und jetzt?«

»Mit diesem Brief ist ein gewisser Fürchtegott Schmidt vor knapp zwei Jahren denunziert worden. Das Marine-Sicherheits-Amt der DDR, auch unter der Abkürzung MSA bekannt, hatte das Schreiben ernst genommen und diesen Schmidt hinter Gitter gebracht.«

»Na und? Dass die drüben nicht zimperlich mit ihren Bürgern umgegangen sind, weiß man. Was geht mich der Fall an?«

Heinz brachte den Rotwein. Danica Pinter bedankte sich. Als der Wirt wieder gegangen war, hielt sie das Glas in Augenhöhe. »Zum Wohl.«

Das Versteckspiel ärgerte Löffler langsam. Er trank einen großen Schluck Bier und wischte den Schaum vom Mund. »Vielleicht kommen Sie zur Sache. Ich muss gleich gehen. Zuerst würde ich aber gern wissen, wer Sie sind.«

Das Lächeln auf ihrem Gesicht verschwand und sie sah ihn wie eine gestrenge Lehrerin an. »Also gut.« Sie berichtete über die Initiative für Freiheit und Frieden, der sie einst in der DDR angehört hatte; über ihre Verhaftung im Januar 1988 und über die anschließende Ausbürgerung in die Bundesrepublik. Heute lebe sie in Münster und sei gegenwärtig häufig in Ostberlin, um die Bürgerbewegung beim Aufbau schlagkräftiger Strukturen zu unterstützen. »Und genau da liegt das Problem, weshalb ich Sie sprechen möchte.«

»Dann mal los, junge Frau.« Löffler lehnte sich zurück und verschränkte die Arme vor der Brust.

»Von einem langjährigen Gefährten aus Rostock haben wir einen Hinweis bekommen: Einer unserer Spitzenkandidaten zur Volkskammerwahl soll diesen Brief geschrieben haben.« Sie nickte in Richtung des Papiers, das noch auf dem Tisch lag.

»Wie heißt er – Ihr langjähriger Gefährte?«

»Bernd Forner. Warum?«

»Ich wollte nur wissen, ob Sie ein Spielchen mit mir spielen. Hätten Sie den Namen verschwiegen, wäre ich jetzt aufgestanden und gegangen.«

Erneut sprang die Tür auf und eine Gruppe lärmender Männer kam herein. »Die Ossis sollen erst mal lernen, mit einem Fußball umzugehen«, hörte Löffler aus dem allgemeinen Trara heraus. Offensichtlich hatte Bremen das heutige Freundschaftsspiel gegen Rostock gewonnen. Die Männer gruppierten sich um den Tresen herum und bestellten Bier.

»Auch wenn Sie offen zu mir sind«, fuhr Löffler fort, »bleibt mir schleierhaft, was mich der Fall angeht. Damit müssen Sie zu den Kollegen im Osten gehen.«

Sie winkte ab. »Vergessen Sie's. Die krümmen keinen Finger für die Bürgerbewegung. Die wissen kaum, wem sie überhaupt dienen. Nein, Ihre Berufsgenossen von drüben halten still; besonders bei einer Geschichte mit einem potenziellen Abgeordneten. Und das verstehe ich sogar.«

»Doch ich bin nicht zuständig.«

»Weiß ich. Wir wollen Sie ja als fachkundigen Privatmann engagieren. Finden Sie heraus, ob dieser Fürchtegott Schmidt zu Unrecht eingesperrt wurde und ob tatsächlich unser Parteifreund hinter der Denunziation steckt.«

Löffler schüttelte den Kopf. »Warum sollte mich die Sache interessieren? Mein Gehalt könnte zwar höher sein, reicht jedoch aus. Da brauche ich keine Nebenjobs.«

»Vielleicht interessiert Sie die Angelegenheit aus familiären Gründen?«

»Ach ja? Aber ich glaube kaum, dass meine Lisbeth mit der Geschichte zu tun hat.«

»Nein, sicher nicht.« Danica Pinter trank einen Schluck Wein. »Aber Ihr Bruder?«

Löfflers Herz machte einen Sprung, schlug schneller. In den Ohren dröhnte sein Puls. »Mein Bruder?«

»Die Ermittlungen zu dem Fall Fürchtegott Schmidt hat damals ein Arno Janning geleitet. Genau der, der gerade Ihren Neffen jagt.«

Löffler überlegte. Wenn Arno diesen Schmidt wirklich unschuldig hinter Gitter gebracht hatte, könnte er ihn unter Druck setzen, Ivo endlich in Ruhe zu lassen. »Sind das erste Ergebnisse?« Er nickte zu dem dünnen Ordner, der auf Danica Pinters Platz lag. »Darf ich da mal reinschauen?«

Sie schob die Papiere über den Tisch und er öffnete die Mappe.

Die Untersuchung hatte tatsächlich ein Oberstleutnant Arno Janning vor zwei Jahren geführt. Dieser Fürchtegott Schmidt hatte regimekritische Fotos gemacht und an seine Tante Gerda Griepan nach Bremen geschickt. Näheres dazu interessierte Löfflers großen Bruder wohl weniger, denn davon stand nichts im Bericht. Außerdem arbeitete dieser Schmidt in einer Fotogemeinschaft der in Stralsund ansässigen 3. Flottille mit. Arno wollte ihm daraus einen Strick drehen – Militärspionage. Als Beweis sollten einige Schiffsbilder dienen, wie man sie hier im Westen in jedem besseren Flottenhandbuch fand. Löffler trank einen Schluck Bier, blätterte weiter und stieß auf das Vernehmungsprotokoll einer gewissen Svenja Windisch. Offensichtlich hatte Arno sie zur Hauptbelastungszeugin machen wollen: ›Wie lange kennen Sie Herrn Schmidt? … Was wissen Sie von seiner künstlerischen Arbeit? … Haben Sie Herrn Schmidts Ansichten geteilt, ihn bestärkt?‹

Mit der Naivität einer gutgläubigen Teenagerin hatte die Windisch alle Fragen beantwortet: Sie sei mit Herrn Schmidt seit zwölf Jahren befreundet und habe ihn um seine Fotoarbeiten bewundert, ob ihrer Klarheit und kritischen Distanz.

Dann war Arno in seinem Verhör deutlicher geworden: ›Warum haben Sie Herrn Schmidt in die Arbeitsgemeinschaft der Flottille geholt? … Wurden militärische Anlagen fotografiert? … Fiel Herr Schmidt durch besonderen Eifer auf? … Hat Herr Schmidt ohne Aufsicht fotografiert? Oder gar heimlich?‹

Die Windisch war ihrer Linie treu geblieben: Sie hätte Herrn Schmidt aufgrund seiner brillanten Fotos für die Arbeitsgemeinschaft gewonnen, als Vorbild für die anderen Mitglieder. Sie hätten stets den Vorschriften entsprechend gearbeitet. Herr Schmidt wäre natürlich auch wenige Male allein in der Flottille unterwegs gewesen, aber immer nur im Rahmen der Bestimmungen.

Ungeachtet Arnos Anstrengungen musste das Belastungsmaterial spärlich ausgefallen sein, denn er hatte schließlich zu einem Trick greifen müssen. Die Anklage wegen Militärspionage ließ er fallen, als Gegenleistung für ein Geständnis von Schmidt, mit seinen Bildern die DDR im Westen in einem kritischen Licht darstellen zu wollen. Im Februar 1989 verurteilte ihn ein Gericht zu zwei Jahren Gefängnis nach § 219, Ungesetzliche Verbindungsaufnahme. Löffler nickte. Er kannte § 219. Die DDR-Justiz hatte den Paragrafen gern benutzt, um Kritiker mundtot zu machen.

Löffler lehnte sich in seinen Stuhl zurück und sah Danica Pinter schweigend an.

»Und, reizt Sie die Angelegenheit? Wir brauchen Gewissheit, ob unser Mann hinter der Denunziation steckt.«

Wer den guten Herrn Schmidt seinen Häschern ausgeliefert hatte, interessierte Löffler kaum. Er musste etwas gegen Arno in die Hand bekommen. Aber dazu gab die Akte momentan zu wenig her. Sollte Löffler den Fall veröffentlichen müssen, würden die Zeitungsredakteure höchstens mit den Schultern zucken: Was? Zwei Jahre? Na und? Hat der Junge halt Pech gehabt. Schimmerte allerdings ein menschliches Schicksal zwischen den Aktenseiten hervor, ein Schicksal aus Fleisch und Blut …? Löffler massierte sein Kinn. Na, dann wollen wir mal sehen.

»Sitzt dieser Fürchtegott Schmidt noch ein?«, fragte er.

»Nein. Kam bei der Amnestie im Dezember frei.«

Löffler klappte den Ordner zu und schob ihn zu Danica

Pinter. »Gute Frau. Worüber reden wir eigentlich? Dieser Schmidt saß gerade für zehn Monate hinter Gittern. Wird nicht angenehm gewesen sein, aber da gibt's bestimmt andere Tragödien.«

Danica Pinter schüttelte den Kopf und reichte die Unterlagen wieder zurück. »Der Junge verbüßte seine Strafe in Bitterfeld und holte sich im Knast eine Quecksilbervergiftung. Seine Lebenserwartung geht gegen null.«

Löffler stieß einen Pfiff aus. Die Herrenrunde am Tresen verstummte einen Augenblick und sah herüber. Löffler lächelte entschuldigend und wandte sich an Danica Pinter: »Was ist mit Schmidt? Bitterfeld? Was war da los?«

»Verschaffen Sie sich selbst ein Bild. Übermorgen können Sie dort einen beteiligten Stasimann sprechen.«

»Warum reden Sie nicht mit ihm?«

»Das ergäbe keinen Sinn. Die Leute hassen uns Bürgerrechtler. Und welchen Nutzen bringt Ihnen die stille Post? Sie sollten die Informationen aus erster Hand bekommen. Wenn Sie den Fall übernehmen?« Ihre grünen Augen, dunkel wie Kiefernnadeln, sahen ihn fragend an.

Löffler dachte an Ivo. Die Geschichte bot eine wirkungsvolle Möglichkeit, um den Jungen vor den Nachstellungen des Vaters zu schützen. Er nickte. »Also gut. Ich kümmere mich darum.«

Danica Pinter strahlte, als wäre eine schwere Last von ihr genommen. »Danke. Ich rufe Sie morgen an und gebe Ihnen die genauen Daten für den Treff.« Sie stand auf und schaute nach Heinz, der am Tresen die Fußballfreunde versorgte.

»Lassen Sie mal«, sagte Löffler. »Ich lade Sie ein.«

Danica Pinter bedankte sich, reichte eine Visitenkarte über den Tisch, verabschiedete sich und ging. Auf dem Weg zur Tür blieb sie plötzlich stehen und kam zurück.

»Aber das Wichtigste habe ich Ihnen ja verschwiegen!«

»Was denn?«

»Ein Robert Bigalke aus Stralsund soll Herrn Schmidt denunziert haben. Wenn möglich, sollten Sie jeden Kontakt zu ihm vermeiden. Wir wollen unseren Verdacht diskret behandeln.«

Ich hätte ihn sowieso nicht aufgesucht, dachte Löffler. Dunkel erinnerte er sich an den Namen. Hatte Ivo ihn erwähnt?

Er lächelte. »Kein Problem. Ich werde um Herrn Bigalke einen Bogen machen.«

*

Kurz nach neun betrat Löffler seine Wohnung. ›Tod einer Ärztin‹ ging bereits in die entscheidende Runde. Also lohnte es sich kaum noch, den Tatort-Krimi zu verfolgen. Er setzte sich auf sein Sofa und überflog erneut die Papiere des Falls Fürchtegott Schmidt. Da kam ihm eine Idee. Im Korridor kramte er das Telefonbuch hervor und suchte unter dem Buchstaben G. Der Name Griepan tauchte nur einmal auf. Gleich morgen früh würde er Tante Gerda aufsuchen.

*

»Wieso kümmert sich jetzt die Bremer Kripo um Fürchtegott?«, fragte Gerda Griepan am nächsten Tag, während Löffler bei ihr in der Küche saß. Sie war eine Frau in seinem Alter, mollig und kleiner als er. Ihre braunen Haare zierte eine Dauerwelle und die Nase war leicht gerötet.

»Na, wir stellen uns auf die Wiedervereinigung ein«, log Löffler. »Wir untersuchen solche politischen Fälle, um die Betroffenen später rehabilitieren zu können.«

»Das machen Se richtig, Herr Kommissar!« Frau Griepan schlug vor Begeisterung auf die Tischplatte. Ihre grauen Augen leuchteten. »Und da ich dort mit reingezogen wurde, kommt heute die Bremer Kripo zu mir.«

»Genau.« Er freute sich über die logischen Schlüsse der Frau, die ihm weitere Lügen ersparten.

»Na, dann fragen Se mal.«

»Stimmt das mit den Bildern? Hat Ihr Neffe Ihnen welche geschickt?«

»Ja. War aber nur zweimal. Und völlig harmlos. Ich zeig die Ihnen.« Frau Griepan stand auf und ging raus. Wenig später kam sie zurück und legte einige großformatige Blätter auf den Tisch. »Dafür hamm se den Jungen eingebuchtet?«

Löffler blätterte die Aufnahmen durch: karge norddeutsche Landschaften; auf ihrem Mähdrescher sitzende Bauern; diskutierende Männer in irgendeinem Leitstand; strammstehende Soldaten. Löffler schüttelte den Kopf; falls diese Darstellungen des Alltags die DDR gefährdeten, dann rief jede Ausgabe der taz zum Staatsstreich auf. Andererseits, für Löfflers Plan konnten die Fotos nicht unverfänglich genug sein. »Darf ich die behalten?«, fragte er.

»Wenn Se Fürchtegott helfen?«

»Wie lange saß er denn im Gefängnis?«

Gerda beugte sich über den Tisch und legte ihre üppige Oberweite darauf ab. »Ein gutes Jahr, mit U-Haft. Klingt wenig, watt? Aber die hamm ihn nach Bitterfeld gesteckt.«

»Bitterfeld?«

»In Bitterfeld hat er in irgendsoeinem Chemiebetrieb arbeiten müssen, unter furchtbaren Bedingungen. Warten Se.« Sie holte einen Zettel aus dem Küchenschrank. »Ich hab's mir aufgeschrieben. Fürchtegott hat in der Chlor-Elektrolyse gearbeitet und sich dort 'ne Quecksilbervergiftung zugezogen. Was glauben Se, wie der aussieht?« Sie wäre erst vor zwei Wochen drüben gewesen und hätte sich erschrocken.

»Ich bleib dabei«, behauptete die Griepan auf einmal kopfschüttelnd, »wegen der paar Bilder hamm die ihn nich' eingebuchtet!«

»Ach, nein?«

»Fürchtegott hat doch mal in so ner Widerstandsgruppe mitgearbeitet. Moment.« Gerda Griepan schaute erneut auf ihren Zettel. »IFF hießen die. Initiative für Freiheit und Frieden. Mir hatte er erzählt, er hätt' da nie richtig mitgemacht. Könn Se vergessen. Bestimmt hamm se ihn deswegen eingelocht.«

Löffler notierte sich die Informationen der Griepan und stand dann auf. Sie brachte ihn zur Tür.

»Und sehen Se zu, damit Se dem Jungen helfen – bevor's ihm noch schlechter geht.«

»Ich versuch's«, versprach Löffler. »Sagen Sie, der Name Fürchtegott, der ist ja ungewöhnlich?«

Die Griepan lachte. »Alle Achtung, Herr Kommissar, dass Se jetzt erst fragen. Ist aber ganz einfach: Meine Trude, was meine Schwester is, und ich, wir sinn in Hainichen geboren und der größte Sohn der Stadt war der Fabeldichter Christian Fürchtegott Gellert. Als Deutschlehrerin war Trude ein Fan von ihm, wie man heute sagt. Und da musste ihr Sohn eben auch Fürchtegott heißen.«

*

»Raten Sie Ihren Kunden ab!« Max schob mit dem Zeigefinger die dunkle Sonnenbrille auf die Nasenwurzel zurück. »Es sei denn, die beabsichtigen, ihre Millionen in eine Kloake zu versenken.«

Unwillkürlich stieg Löffler der Gestank von Chemie, faulen Eiern und verbrannter Luft wieder in die Nase. Exakt jener Mief, der ihn bei seiner Ankunft empfangen hatte.

Gestern Vormittag hatte sich Danica Pinter vereinbarungsgemäß gemeldet und ihm die genauen Daten des Treffens genannt. Er sollte sich keinesfalls als Polizeikommissar zu erkennen geben. Man habe ihn als Berater angekündigt, der für einen Klienten in Bitterfeld Investitionsmöglichkeiten ausloten wolle. Der Stasimann würde authentische Informationen liefern, sogar Kopien von Originaldokumenten überreichen können, verlange jedoch für eine Beratungsstunde 500 D-Mark. Löffler möge den Betrag auslegen und seinerseits in der Rechnung an Frau Pinter aufführen. Er hatte Bargeld für drei Stunden und Spesen eingesteckt, sich einen Tag Urlaub genommen und war nach Bitterfeld gefahren.

»Aber konzentrierte Salpetersäure wird gebraucht«, wandte Löffler ein. »Die müsste sich hier doch billig produzieren lassen?«

Der Mann, der sich Max nannte, zuckte mit den Schultern. »Mit ein bisschen Pech fliegt Ihnen der ganze Plunder jeden Moment um die Ohren.« Er zog einige zusammengefaltete Zettel aus der Innentasche seines Jacketts, blätterte darin herum und gab Löffler einen. »Sehen Sie sich das an. So haben meine Chefs die Sache eingeschätzt.«

Löffler überflog den Bericht, der in der Kopfzeile den Aufdruck ›Ministerium für Staatssicherheit‹ trug. Der Text berichtete von schweren Bauschäden, einsturzgefährdeten Gebäuden, verschlissenen Rohrleitungen und instabilen drucktechnischen Anlagen. Je weiter Löffler las, umso mehr glaubte er an eine Abhandlung aus dem Zweiten Weltkrieg. Schließlich ließ er die Blätter sinken und sah seinen Gegenüber an. »Aber hier wurde doch produziert?«

»Mit den Jahren kontinuierlich weniger. An den gefährlichsten Arbeitsplätzen schufteten nur noch Häftlinge.«

Zum Glück kam Max selbst auf das Thema Strafgefangene zu sprechen.

»Darf ich den Herren noch etwas bringen?«, fragte die junge Kellnerin, die die ganze Zeit hinter dem Tresen gestanden und andauernd zu ihren einzigen Gästen herübergeschaut hatte.

Löffler wollte zunächst dankend ablehnen, denn sein Kaffee war kalt und bitter gewesen. Überhaupt verströmte die Kneipe die Atmosphäre einer Bahnhofsspelunke, in der pausenlos geraucht wurde. »Ich nehme ein Wasser«, sagte er dann aber, während sein Gegenüber eine zweite Cola bestellte. Dieser Max hatte Wert darauf gelegt, unerkannt zu bleiben, weshalb er Sonnenbrille, Rollkragenpullover und einen altmodischen Hut trug. Durch die Maskerade fiel der Kerl hier drinnen erst recht auf, aber das war Löffler egal. Jedenfalls schien dieser Stasibericht, der noch immer auf dem Tisch lag, die Authentizität des Informanten zu belegen.

Als die Kellnerin die Getränke serviert hatte, fragte Löffler: »Strafgefangene mussten im Werk arbeiten?«

»In Chlor III wollte niemand der Beschäftigten mehr rackern, und das schon seit vielen Jahren. Anstatt die Arbeitsbedingungen zu verbessern, wie wir das stets gefordert hatten, griff man eben auf Knastis zurück.«

»Und hat die einem erhöhten Gesundheitsrisiko ausgesetzt?«

»Richtig.«

»Worin äußerte sich das?«

Erneut blätterte Max in seinen Unterlagen. »Keine Trennung von Wege- und Arbeitskleidung, mit Quecksilber belastete Fußböden, fehlende Zwangsentlüftungen, …«

»Darf ich selbst mal sehen?«

Max legte die Blätter auf den Tisch, behielt sie aber in der Hand. »Wenn Sie mir nachher die Penunse geben, kriegen Sie den Bericht. Der beschreibt die Zustände in aller Offenheit.«

»Starben Menschen? Ich meine, Quecksilber ist sehr gefährlich.«

»Zwei Häftlinge gingen Anfang der 80er hops.«

»Und? Was hat sich seitdem geändert?«

»Wenig. Leichen gab's allerdings keine mehr.«

»Und Gesundheitsschäden?«

Max blickte gleichgültig drein, als hätte Löffler ihn nach dem Datum des nächsten Osterfestes gefragt. »Weiß nicht.

Aber wenn die null Geld reingesteckt haben, wird's auch weiterhin Vergiftungen gegeben haben.«

»Eine Frage noch. Ich würde mich gern mit ehemaligen Strafgefangenen unterhalten, quasi mit Augenzeugen. Meine Mandanten werden die Zustände im Werk detailliert kennen wollen, falls ich ihnen abrate.«

»Nun lassen Sie mal Ihre Investoren beiseite. Habe ich sowieso nie geglaubt.« Max griff erneut in die Innentasche seines Jacketts. »Ist ja egal, welcher Verein Sie schickt. Schütten eh alle ihre Dreckkübel über uns aus.« Er zog einen weiteren Zettel heraus. »Hier haben Sie eine Liste mit allen Häftlingen, die bei der Amnestie im letzten Dezember freigekommen sind.«

Das Spiel von eben wiederholte sich: Max hielt das Blatt fest und Löffler durfte draufschauen. Der Name Fürchtegott Schmidt sprang ihm regelrecht entgegen.

»Vielen Dank für Ihre Informationen.« Löffler sah auf die Uhr und holte sein Portemonnaie aus der Tasche. »50 Minuten haben wir uns unterhalten. Also eine Stunde?«

Max nickte.

Löffler legte fünf Hundertmarkscheine auf den Tisch und nahm die Dokumente, die Max ihm reichte. Mit wenigen Blicken überflog er sie noch einmal, verabschiedete sich und verließ die Kneipe.

*

Zu Hause studierte Löffler die Papiere ausgiebig. Für seine Zwecke lieferten sie genügend Munition. Er setzte sich an die Schreibmaschine und begann zu tippen:

›Arno! Du hast vor zwei Jahren einen gewissen Fürchtegott Schmidt wegen Nichtigkeiten hinter Gitter gebracht. Der Mann musste in Bitterfeld unter unwürdigen Bedingungen arbeiten. Ich besitze Unterlagen, die das beweisen. Wenn Du Ivo nicht in Ruhe lässt, bringe ich die Affäre an die Öffentlichkeit. Die hiesige Presse lauert nur auf solche Storys! Otto‹

Aufmerksam las er die wenigen Zeilen noch einmal, nickte und steckte das Blatt in einen Umschlag. Sollte Arno weiter intrigieren oder Ivo in eine Falle locken, würde er sich Fürchtegott Schmidt selbst ansehen und mit ihm sprechen.

Als der Brief fertig auf dem Tisch lag, starrte er die Schreibmaschine an. Was mache ich mit Danica Pinter? Sein schlechtes Gewissen plagte ihn. Der Antwort auf ihre Hauptfrage war er keinen Schritt näher gekommen. Unschlüssig spannte Löffler einen neuen Bogen ein. Ja, er musste der Pinter einen Zwischenbericht liefern. Er formulierte in Gedanken die schlimmen Zustände, unter denen Fürchtegott Schmidt gelitten hatte. Zweifellos ging's um eine Denunziation und Schmidt war unschuldig verurteilt worden. Ob dieser Robert Bigalke dahintersteckte, das konnte er weder bestätigen noch ausschließen. Diesbezügliche Ermittlungen erforderten einen zusätzlichen Aufwand, mindestens vier Wochen; schließlich durfte er den Verdächtigen nicht befragen.

Ja, so würde er das Schreiben formulieren. Dadurch gewann er Zeit bis nach den Wahlen im Osten. Vielleicht erledigte sich die Anfrage der Pinter sogar? Erledigen durch Liegenlassen – hatte sich im Büro stets bewährt. Löffler richtete das Blatt in der Schreibmaschine aus und tippte.

13

Draußen heulte der Wind um den Wohnblock. Der milde Winter bescherte den Menschen beinahe wöchentlich neue Sturmtiefs. Svenja lag auf dem Sofa und stierte in den Fernsehapparat, ohne die gerade laufende Rosenmontags-Klamotte wirklich zu verfolgen. Immer wieder hörte sie das Pfeifen des Windes. Würde sie bei dem Getöse nachher schlafen können? Zum Glück begann ihr Arbeitstag morgen erst um elf, da konnte sie nach einer unruhigen Nacht ausschlafen.

An der Wohnungstür klingelte es. Es war fast halb zehn. Wer kam so spät noch? Svenja ging zur Tür, sah durch den Spion und öffnete. »Was willst du?«

»Darf ich reinkommen?« Göran Grewe machte einen Schritt auf sie zu.

»Warum? Zwischen uns läuft nichts mehr. Ich dachte, du hast das kapiert.«

»Ich weiß. Es ist aber wichtig. Meinst du, ich renne in dem Sturm draußen rum, um dich zu beeindrucken?«

Letztes Jahr zu Pfingsten war ihre zweijährige Beziehung zerbrochen. In den Wochen davor hatte Svenja sich immer weiter von ihm entfernt, war kaum mehr zu ihm in die Wohnung gefahren. Seine Oberflächlichkeit und Ich-Bezogenheit, die Göran wie ein eitler Künstler an den Tag legte, hatten sie zunehmend abgestoßen. Svenja hatte das Gefühl gequält, Göran sehe sie als sein Eigentum an, als dekoratives Schmuckstück zu seiner maßgeschneiderten Marineuniform. Ihre Trennung war gütlich verlaufen, auch wenn er aus seiner Enttäuschung keinen Hehl gemacht hatte. Beim Abschied hatte sie ihm den Quatsch vom Wir-wollen-Freunde-bleiben ausgeredet und er hatte sich in all den Monaten daran gehalten. Und jetzt? Jetzt stand er vor ihrer Tür. Sie würde ihn anhören. »Komm rein.«

Svenja stellte zwei Gläser und eine Flasche Wasser auf den Tisch und setzte sich zu Göran. »Was gibt's so Wichtiges?«

»Vorhin lief mir Arno Janning über den Weg«, sagte er ohne Einleitung. »Wir sind gemeinsam im ›Anker‹ eingekehrt.«

»Etwa dieser schmierige Typ, der mich damals zu Gotte vernommen hatte?«

»Ja.«

Das Verhör verfolgte Svenja noch heute im Schlaf: ›Warum haben Sie Herrn Schmidt in die 3. Flottille geholt? ... Wurden militärische Anlagen fotografiert? ... Fiel Herr Schmidt durch besonderen Eifer auf? ... Hat Herr Schmidt ohne Aufsicht fotografiert? Oder gar heimlich?‹

Die Fragen waren wie Peitschenhiebe auf sie niedergeprasselt. Und mit dem Kerl ging ihr Verflossener ein Bier trinken? Die halten eben zusammen, die Krieger.

Göran druckste. »Im Sommer ... im Juni, Mitte Juni, machen wir einen Flottenbesuch in Großbritannien – in Plymouth. Unser Schiff soll fahren.«

»Toll.«

Göran blieb unerklärlich still. Vor einem Jahr hätte er eine Flasche Sekt geköpft, eine Party veranstaltet, wenn er mit seinem Dampfer in das Mutterland der Seefahrt, nach Großbritannien, hätte reisen dürfen. Und jetzt saß er da und mimte den Bedrückten.

»Das erzählt dir dieser Kerl in einer Kneipe?«, fragte sie, um das Schweigen zu brechen.

»Janning wollte noch was anderes.« Göran senkte den Kopf. Die Pomade in seinen Haaren glänzte.

»Was?«

»Ich ... ich soll bei einem Putsch mitmachen.«

»Na klar! Gleich morgen! Gleich morgen putscht ihr gegen die friedliche Revolution. Ihr Retter des Sozialismus.«

»Nicht morgen. In vier Wochen, am Wahlabend.«

Svenja wurde kreidebleich im Gesicht. Ihr Herz begann zu rasen. »Du spinnst! Willst mir einen Schreck einjagen!« Ihr Mund war auf einmal ausgetrocknet, als müsse sie verdursten. Sie goss sich Wasser in eines der Gläser und leerte es in einem Zug.

Göran hob sein Gesicht. Stirn und Wangen leuchteten weiß wie die Wand hinter ihm.

»Bitte sag mir, dass ich das nur träume«, flehte Svenja.

Er schüttelte den Kopf. »Nein, du träumst das ebenso wenig wie ich. Die Pläne für die Operation Schneefall liegen in den Panzerschränken. Sogar die anschließende Propagandawelle ist vorbereitet: Rundfunk, Fernsehen und Zeitungen werden von der siegreichen Gegenwende sprechen, vom Sieg des Volkes über die Annexionspläne des Westens.«

»Machst du da etwa mit?« Svenjas Stimmbänder schmerzten wie bei einer schweren Heiserkeit.

»Ja, ich mache mit!«

»Wegen dieser dussligen Fahrt zu den Tommys?«

»Nein, um meinen Job und vielleicht auch mein Leben zu retten.«

»Rechnet ihr euch irgendwelche Chancen aus? Jetzt, wo die Leute dem Kanzler aller Deutschen zujubeln?«

»Der Putsch soll gut vorbereitet sein.«

»Sagt Janning?«

Ohne auf Svenjas Einwand zu reagieren, starrte er ein Loch in die Luft und berichtete: »Die Querulanten unter den Soldaten und Matrosen wurden Ende Januar aus der Armee entlassen und die Offiziere halten zusammen. Wir sind noch über 150.000 Uniformierte, die in 42 Minuten volle Gefechtsbereitschaft erreichen können. Die Verschlusssache ›Sedss‹ wird uns ebenfalls helfen.«

»Sedss?«

»Ja, ›Sicherheit der Einheiten, Diensthabenden Systeme

und Standorte‹. Hatte die Armeeführung ausgearbeitet, im Dezember letzten Jahres. Gewissermaßen ein Verteidigungsplan, um die Armeeobjekte und öffentlichen Einrichtungen vor Angriffen zu schützen. Den Plan haben die Chefs modifiziert. Wenn ›Sedss‹ ausgelöst wird, machen sämtliche Truppenteile bei dem Putsch mit, ohne es zu wissen. Alle werden glauben, sie verteidigen die Dienststellen. Ist so ähnlich wie Operation Walküre, damals, am 20. Juli 1944.«

»Aber damals ist es schiefgegangen.«

»Diesmal klappt's.« Er schenkte sich Wasser ein und trank einen kleinen Schluck. »Alle werden mitziehen. Schau dir doch an, wie dieses gewendete Volk auf uns spuckt. Schau's dir an, in der Flottille. Wir gammeln nur noch rum. Und steckt mal einer den Kopf nach draußen und verlässt das Hafengelände, kriegt er eins auf die Schnauze. Warum gehen wir neuerdings in Zivil zur Arbeit? Weil wir die Stasi als Prügelknaben abgelöst haben. Und die, die Stasileute, stehen sowieso unter Hochdruck, wie eine überhitzte Gasflasche. Fast 100.000! Die warten schon auf ihre Rache.«

»Heute wir – morgen Ihr«, murmelte Svenja. Das Flugblatt bedeute nichts, hatte Romy gesagt, und Robert hatte von altem Zeugs gesprochen. Svenja schloss die Augen. Auf einmal waren da die Bilder der brennenden Moneda in Santiago, sah sie die Toten auf Chiles Straßen und die Gefangenen im Estadio Nacional, sah all die schrecklichen Aufnahmen, die sie im September 1973 in der Schule begleitet hatten. Und so etwas sollte sich hier wiederholen? Göran mittendrin? Christian vielleicht auch? Was würde Romy dazu sagen? Svenja lief eine Gänsehaut über den Rücken. Nach ihrer letzten Unterhaltung mit der Schwester konnte sie sich vorstellen, dass Romy das Treiben sogar duldete.

Svenja nahm ihr leeres Glas und drehte es hin und her. »Warum erzählst du mir das?«

Göran beugte sich vor, legte die Unterarme auf den Tisch

und streckte die Finger aus, als wollte er ihre Hände berühren. »Um dich zu warnen. Du arbeitest jetzt für diesen Bigalke, stehst auf der falschen Seite.«

»Auf der falschen Seite?«, schleuderte sie ihm entgegen.

Göran nickte, wie ein Wackeldackel auf der Hutablage eines Autos. »Aus der Sicht der Gegenwende stehst du auf der falschen Seite.«

»Also auch aus deiner Sicht.«

»Mensch, Svenja. Ich muss da mitmachen.« Er trank einen Schluck. »Und wenn ich dir was Böses wollte, wäre ich dann gekommen?«

Sie überlegte. Konnte sie, Svenja Windisch, sich gegen die Operation Schneefall stellen? Konnte sie den Wahnsinn Gegenwende aufhalten? Falls sie an die Öffentlichkeit ginge? Würde man ihr, der arbeitslosen Kunsthistorikerin, glauben? Wohl kaum. Selbst die Putschmeldung der Bild-Zeitung vor wenigen Wochen hatte niemanden beeindruckt. Ein, zwei Dementis, und erledigt. Warum sollte das Volk jetzt anders reagieren? Jetzt feierte das Volk Wahlkampf. Jetzt lief das Volk den blühenden Landschaften und der D-Mark hinterher. Jetzt jubelte das Volk dem Bundeskanzler zu. Nein, die Preisgabe der Pläne gefährdete sie und brachte Göran in Lebensgefahr. Svenja grübelte. Ihr fiel nur eine Lösung ein.

»Weißt du was?«, sagte sie und sah Göran herausfordernd an. »Ich packe die Sachen und haue ab. So viele sind in den Westen gegangen. Ich fange drüben von vorn an. Kannst ja mitkommen.«

Göran wischte sich über die Augen und neigte den Kopf zur Seite, so als hätte er sie nicht verstanden. Schließlich quetschte er sich ein glucksendes Lachen ab. »Strammer NVA-Offizier und Akademikerin ohne Berufserfahrung suchen neuen Job. Tolles Profil! Die reißen sich um uns.«

»Na und? Irgendwie schlagen wir uns schon durch. Wenn du kneifst, gehe ich eben allein.«

»Okay. Aber du dürftest nie wieder zurückkehren, nie wieder deine Eltern, nie wieder deine Schwester und nie wieder deine Freunde sehen! Oder willst du die alle mitnehmen? Genau, du stellst einen Treck zusammen und ziehst nach Westen, wie in den besten Hollywoodschinken.«

Sein Sarkasmus schmerzte sie.

»Selbst wenn wir gemeinsam verschwinden, Janning addiert eins und eins: Der Grewe erfährt vom Putsch, warnt seine Geliebte und haut mit ihr ab. Der lässt mich umlegen, auch drüben.«

Er hatte recht. Verschwand sie allein, ließ die Liebsten zurück und denen passierte etwas, Svenja würden ewig Schuldvorwürfe plagen.

»Jetzt weißt du's. Mehr kann ich für dich nicht tun.« Görans Stimme klang leer und ausgebrannt. Langsam stand er auf und ging zur Wohnzimmertür. »Überzeuge dich selbst, wie viele mitmachen werden.«

»Ach? Soll ich morgen rumlaufen und jeden fragen: Machst du mit, bei der ruhmreichen Gegenwende?«

»Nein. Es gibt ein geheimes Erkennungszeichen. Alle Eingeweihten haben die bronzene Treuemedaille aus ihrer Ordensspange entfernt.« Er grüßte lässig mit der Hand. »Tschüss.«

*

Eine halbe Stunde später schaute Svenja vom Balkon in die Nacht hinaus. Sie fühlte sich wie in einem winzigen Gefrierraum, aus dem es kein Entrinnen gab. Selbst wenn der Putsch gelänge? Das Land schlitterte in eine Pleite, lag ökonomisch am Boden. Sollten die Menschen anschließend hungern und Trümmer wegräumen? Sollte sie in den Westen gehen und Verwandte, Freunde und Bekannte zurücklassen?

Gegenüber ihrem Wohnblock breitete sich eine Baustelle

aus. Vor zwei Jahren hatte die Kirche dort begonnen, ein Gemeindezentrum zu bauen. Die Arbeiten seien aber schnell wieder eingestellt worden, hatten ihr die Nachbarn erzählt, als sie im Dezember eingezogen war. Sogar für solch ein kleines Projekt fehlte das Geld. Die Natur, hauptsächlich Birken und Büsche, hatte zwischenzeitlich den Bauplatz zurückerobert. Svenja kannte das Gelände – um Weihnachten herum hatte sie da unten eine Fotosafari unternommen. Gerade noch rechtzeitig, denn Anfang Januar waren die Bauarbeiter zurückgekehrt. Die Partnerstadt Kiel soll finanzielle Mittel bereitgestellt haben. Die müsste man wohl abschreiben, wenn das Militär wirklich zuschlägt.

Könnte sie nur mit jemandem reden. Svenja sah auf die Uhr: wenige Minuten vor elf. Zu dieser Stunde lagen anständige Leute im Bett. Alle – außer einem. Ihr Vater arbeitete montags oft zu Hause, meistens bis in die Nacht hinein, und fuhr am Dienstag nach Berlin. Und heute war Montag. Soll sie ihn anrufen? Saß Frieder in seinem Arbeitszimmer würde er die Zeit für sie opfern. Sie ging ins Wohnzimmer zum Telefon und wählte. Bereits Sekunden später meldete sich der Vater. Ja, er hocke noch über den Büchern. Sein Zug gehe erst anderntags gegen Mittag. Ob Svenja herüberkommen könne? Sie hätte einige Fragen?

»Zuerst lässt du mich sitzen und dann willst du mich von der Arbeit abhalten.«

»Papa! Meinst du, ich belästige dich um diese Zeit, wenn's unwichtig wäre? Bitte! Morgen fährst du nach Berlin und bist unerreichbar.«

»Hm? Also gut. Komm aber sofort.«

»In zehn Minuten bin ich drüben.« Svenjas Eltern wohnten nur drei Häuserblocks entfernt. »Allerdings, eins musst du mir versprechen. Du drängst mich nicht, dir den Hintergrund meiner Neugier zu erklären.«

»Erst stören und anschließend Bedingungen stellen.« Sie

spürte das Schmunzeln des Vaters. »Mach dich endlich auf den Weg, sonst endet meine Sprechstunde.« Frieder Windisch legte auf.

*

»Du und deine Kollegen, ihr erarbeitet neue Wirtschaftsstrukturen?«, fragte Svenja wenig später im Arbeitszimmer ihres Vaters. Auf dem Tisch stand eine Kanne mit duftendem Pfefferminztee. Die Mutter schlief nebenan, sodass die beiden ungestört reden konnten. »Lohnt sich das überhaupt? Ich meine, ohne Zeit für die Umsetzung. In vier Wochen regieren andere.«

»Vielleicht brauchen die auch unsere Konzepte?«

Svenja lachte. »Die hören auf den Kanzler.« Sie grübelte über den besten Einstieg für ihre Frage – direkt drauf zu oder hinten herum über Umwege?

»Was geht gerade in deinem hübschen Kopf vor?«

»Das werde ich dir erklären.« Frieder verabscheute Schleichwege, also sollte sie die Angelegenheit direkt angehen: »Im März soll es Schneefall geben – genau am Wahltag. Weißt du was davon?«

Frieder zupfte sich an der Nase, sah auf den Tisch und blickte sie schließlich offen an. »Gestatte mir eine Gegenfrage: Was weißt du?«

Svenja stand auf und ging ans Fenster. Draußen pfiff der Wind um die Häuserecken und peitschte die Bäume und Straßenlaternen. »Ich weiß eben, dass es diesen Schneefall geben wird und dass daraus ein Schneesturm werden kann, ein Schneesturm, der alles hinwegfegt.«

Als der Vater schwieg, drehte sie sich zu ihm um. »Bist du in die Pläne involviert?«

»Nein.« Die Antwort kam klar und ohne Zögern. Frieder ertrug ihren Blick. »Zivilisten bleiben außen vor.«

Sie glaubte ihm.

»Was wirst du mit deinem Wissen machen?«

Svenja zuckte die Schultern. Dann ging sie zu ihm und gab ihm einen Kuss. »Danke. Ich muss einfach noch allein darüber grübeln. Gute Nacht.«

Als sie gehen wollte, hielt er sie am Handgelenk fest. »Versprich mir, welche Entscheidung du auch immer triffst, komm vorher zu deinem alten Vater. Du weißt, ich würde dich nie indoktrinieren. Aber wir könnten gemeinsam die Folgen abwägen.«

Jetzt lächelte Svenja. »Versprochen.«

*

Am Morgen saß sie allein in der Küche. Bis zur Bürozeit um elf blieben noch fast drei Stunden. Das Gespräch mit Frieder hatte ihre Angst vor diesem Schneesturm aus Feuer und Stahl keinesfalls vertrieben.

Sie dachte nach. Wie hatte Göran sich ausgedrückt? Alle, die mitmachen wollten, würden ihre bronzene Treuemedaille aus der Ordensspange entfernen. Praktisch alle Offiziere trugen diese Auszeichnung und eine vollständige Ordensspange an der Uniform gehörte zur Kleiderordnung. Auf diese Weise kam man wirklich zu einem unauffälligen und zuverlässigen Erkennungszeichen. Schnell schlüpfte Svenja in Mantel und Schuhe und fuhr zum Hafen hinunter.

Am Tor zeigte sie ihren Dienststellenausweis und erklärte, den Bestand an Chemikalien im Fotolabor prüfen zu müssen. Dann lief sie zwischen den Schiffen und Gebäuden umher und starrte den Offizieren auf die Ordensspangen – mit eindeutigem Ergebnis: Bei 46 von 52 Offizieren fehlte die bronzene Treuemedaille.

14

Ludger brütete vor der großen Magnettafel über dem Wachplan der nächsten Woche. Nachdenklich massierte er mit einer Hand sein Kinn. Immer wieder schob er die Täfelchen mit den Namen seiner Matrosen wie auf einem Schachbrett hin und her. Aber was er auch tat, er verlor das Spiel. Die Personalstärke war so weit geschrumpft, dass die vorgeschriebenen Wach- und Ruhezeiten längst nicht mehr einzuhalten waren.

»Oberleutnant Rotgerber?«, hörte Ludger plötzlich jemanden sagen und drehte sich um. Mitten in seinem Büro stand Hauptmann Janning, zusammen mit zwei Zivilisten. Ludger hatte ihr Hereinkommen nicht bemerkt.

»Wir sehen uns ein wenig bei Ihnen um«, verkündete Janning und gab seinen beiden Begleitern einen Wink. Einer lief zum großen Aktenschrank, während der andere den Schreibtisch in Beschlag nahm.

»Ihr Chef hat diesen Besuch erlaubt«, fügte Janning hinzu und reichte Ludger einen Zettel. Mit knappen Worten genehmigte Fregattenkapitän Seeger die Durchsuchungsaktion durch das MSA.

»Was suchen Sie denn?«, fragte Ludger.

»Lassen Sie mal«, antwortete Janning kurz angebunden und ging zu seinem Kollegen am Aktenschrank.

Ludger setzte sich an den Besprechungstisch und verfolgte das Treiben. Die Männer arbeiteten systematisch: Von links nach rechts und von oben nach unten holten sie jeden Ordner aus dem Schrank und schüttelten ihn aus. Fielen Blätter herunter, betrachteten sie diese aufmerksam und warfen sie anschließend auf den Boden. Danach wurden die Akten schnell, aber routiniert durchgesehen und landeten letztlich ebenfalls auf dem Parkett. Der Kerl am Schreibtisch agierte gleichermaßen. Um ihn herum breitete sich bereits eine zunehmende Unordnung aus.

Dieser Überfall des MSA belastete Ludger. Er fühlte sich angegriffen und erniedrigt, wie damals, als er vor dem Havariekommissar zum Sündenbock abgestempelt worden war. Offensichtlich interessierte die Männer weniger die dienstlichen Belange, denn keines der Dokumente lasen sie eingehender oder legten es für den späteren Abtransport beiseite. Auf einmal wusste Ludger, warum dieser Janning mit seinen Gehilfen das Büro auf den Kopf stellte: Die suchten das von Ivo geklaute Geheimdokument. Der Gedanke erschreckte ihn. Besaß das Papier solch eine Brisanz? Dabei war es mit einer fremden Geheimhaltungsstufe gekennzeichnet. ›Top Secret‹ benutzte die NATO; hier gab es hingegen ›Vertrauliche Verschlusssache‹ und ›Geheime Verschlusssache‹. Aber irgendwie musste es eine Verbindung zum Dienstbetrieb geben, sonst hätte der Stabschef diese Aktion untersagt. Ludger trat kalter Schweiß auf die Stirn. Die Durchsuchung beeindruckte ihn mehr, als ihm lieb war. Selbstverständlich würde das MSA nichts finden, denn das Dokument lag in einem sicheren Versteck.

Schreibtisch und Aktenschrank hatten die Herren durchsucht. Jetzt kümmerten sie sich um Ludgers Spind, sein Sturmgepäck und den Kleiderständer, an dem Uniformteile hingen.

Eine halbe Stunde später beendeten die drei Männer ihre Operation. Während die Zivilisten das Büro verließen, kam Janning an den Besprechungstisch. Ludger stand auf.

»Sie wissen genau, was ich suche«, presste der MSA-Offizier zwischen den Zähnen hervor. Seine gezischelten S-Laute schmerzten Ludger in den Ohren. »Wo haben Sie das Papier?«

»Ich weiß nicht, wovon Sie reden.« Ludger fiel es schwer,

überhaupt einige Worte hervorzubringen. Seine Zunge verklebte die Mundhöhle und seine Kehle schienen Brocken von Beton zu versperren.

Jannings Augen verengten sich zu schmalen Schlitzen. »Ich kriege euch – dich und deinen Verbrecherfreund. Verlass dich drauf.«

Jeden Augenblick würden Ludger die Knie versagen. Unbändig wuchs der Drang, dem Kerl irgendetwas entgegenzuschleudern. Er musste dem Druck dieses Mannes widerstehen. »Offensichtlich war Ihre Aktion erfolglos«, sagte er mit zitternder Stimme. »Wann darf ich Ihren Besuch zu Hause erwarten?«

Jetzt grinste Janning. Er ging in Richtung Tür, stieg dabei über einen der Haufen aus Kleidern und Papier. »Sie sollten hier schnellstens Ordnung schaffen. Wenn das einer Ihrer Matrosen sieht! Welche Meinung der wohl von Ihnen hätte?« Vor dem Verlassen des Büros drehte er sich noch einmal um. »Ihre Bude haben wir bereits erledigt.« Ohne Gruß verließ Janning den Raum.

Was?, schrie es in Ludgers Kopf. Ohne mein Wissen waren diese Kerle in meiner Wohnung. Diese Schweine! Eine unbändige Kraft zog ihn nach Hause – seine Wohnung sehen und das Versteck kontrollieren. Aber wollten die das nicht? Wollten sie ihn einschüchtern, ihm einen Schock beibringen, zu unbedachten Schritten verleiten? Na klar! Die tauchen auf, verwüsten sein Zimmer, behandeln ihn wie den letzten Dreck und rechnen mit einer Panikattacke seinerseits. Janning betrieb psychologische Kriegsführung. Deren bisherige Suche war erfolglos geblieben. Ludger zwang sich zur Ruhe. Er würde das Büro aufräumen, entsprechend seiner Gewohnheiten erst nach Dienstschluss gehen und sein geheimes Depot die folgenden Tage meiden.

*

Kurz vor vier herrschte wieder Ordnung. Mit einem Kaffee in der Hand saß Ludger am Schreibtisch und blickte auf die Magnettafel an der Wand. Das Schachspiel der Wachplanung hebe ich mir für morgen auf, dachte er – da klingelte das Telefon. Der Wachhabende meldete, im Besucherraum warte ein Paul Bigalke auf ihn. Ludger würde kommen, antwortete er, leerte seine Tasse in einem Zug und verließ sein Büro.

Paul Bigalke kauerte auf einem der Sessel, die sich um fünf Klubtische im Besucherraum gruppierten. Er war allein. Zu dieser Nachmittagsstunde verlor sich kaum jemand hierher. Erst nach Dienstschluss, am Abend, empfingen die Matrosen ihre Freundinnen und Verwandten, wenn sie ohne Erlaubnis zum Landgang in der Dienststelle bleiben mussten.

Als Ludger eintrat, stand Paul Bigalke auf und kam auf ihn zu. »Entschuldigen Sie bitte, Herr Offizier, dass ich vorletzte Woche so unhöflich zu Ihnen war. Aber ich hatte es eilig.« Sein hängendes Augenlid zuckte.

»Kein Problem. Bitte nehmen Sie wieder Platz. Was kann ich für Sie tun?«

»Der Ivo, ist der hier?«

»Warum fragen Sie?« Irgendwie scheute Ludger davor zurück, dem Alten die Wahrheit zu sagen.

»Na ja, in den letzten zwei Monaten, da hat er sich nich' mehr gemeldet. Bestimmt verübelt er mir meine schlechte Laune während Ihres Besuchs zu Weihnachten.«

»Nein, da machen Sie sich mal keine Sorgen. Ivo musste wegfahren.«

»Wohin denn?« Erschrocken hielt Bigalke die Hand vor den Mund und schaute wie ein Bub, der etwas Unanständiges gefragt hatte. »Ist wohl geheim? Militärische Verschlusssache?«

»Ja, so ähnlich.« Erleichtert dankte Ludger dem Alten innerlich, dass er sich einer weiteren Lüge entziehen konnte. »Vielleicht kann ich Ihnen helfen?«

»Ach, wissen Sie, im letzten Herbst, als Ivo zur Armee sollte, da kam das ziemlich überraschend für ihn, für uns beide. Kurz zuvor hatte er nachgefragt, ob er wegmüsse. Ich war krank.«

»Das Wehrkreiskommando hatte ihn beruhigt?«

»Ja, genau. Er wäre erst 21 und hätte noch fünf Jahre Zeit. Und wenn sein Betrieb ihn brauche.«

»Aber etwas später musste er doch gehen?«

»Ja, binnen zweier Wochen. Ich konnte nich' mal für Ersatz sorgen. Obwohl … für Ivo gab's gar keinen Ersatz. So fleißig; und welche Qualität der abgeliefert hat. Eins a! Könn Sie mir glauben.«

»Und Ihr Sohn Robert? Der hat einst auch bei Ihnen gearbeitet!«

»Hörn Sie bloß auf.« Bigalkes Gesicht verdunkelte sich, spiegelte unvermittelt Enttäuschung und Gram wider. Sein Schweigen wirkte bedrückend.

»Vielleicht«, sagte Ludger schließlich und richtete sich in seinem Sessel auf, »vielleicht schildern Sie mir die Geschichte ein andermal.«

»Nein! Bitte bleiben Sie.« Bigalkes rechtes Auge zitterte unentwegt. »Ich erzähle alles noch einmal.« Er lehnte sich zurück und berichtete: Robert habe eigentlich nie in der Werkstatt arbeiten wollen. Zur See wollte er fahren, unbedingt, brach das Offiziersstudium aber nach einigen Monaten ab. Schließlich die Lehre als Rohrleitungsmonteur – die würden auf den Schiffen gebraucht. Auch hier warf Robert die Ausbildung hin. Damit der Junge nicht auf der Straße landete, hätte Vater Bigalke ihn in die Firma geholt. Die Schuhmacherlehre zwang er ihm auf. Wenigstens beendete der Sohn diese mit knapper Mühe. Ein brauchbarer Schuhmacher wäre Robert jedoch niemals geworden.

Dabei brauchte Vater Bigalke zu jener Zeit, Mitte der 80er-Jahre, jede Hand. Die Sozialversicherung überhäufte ihn mit

Aufträgen für orthopädische Schuhe und Behindertenhilfen. Zu allem Unglück entdeckte Robert letztendlich die Politik für sich. Im Sommer '86 lernte er eine junge Frau von einer Widerstandsgruppe kennen. Paul Bigalke hielt sie zuerst für Roberts neue Freundin. Aber die interessierte nur der Widerstand gegen die Regierung.

»Wissen Sie, wie sie hieß?«

»Nein.«

»Und die Gruppe? Welchen Namen trug die?«

»Irgendetwas mit Initiative und Frieden.« Bigalke wischte sich über den Mund. Ihm schien es peinlich zu sein, keine exakte Auskunft geben zu können.

»Initiative für Freiheit und Frieden? IFF?«, fragte Ludger.

»Ja, genau. IFF lautete die Bezeichnung der Truppe. Mich erinnerte die Abkürzung immer an meinen ersten Trabbi, der vom IFA-Kombinat kam.«

Ludger nickte. »Erzählen Sie bitte weiter.«

Robert hätte die Arbeit kaum mehr interessiert. Sein Vater musste von früh um sieben bis abends um zehn in der Werkstatt stehen. Im Sommer darauf lernte er bei den Prüfungen der Handwerkskammer Ivo kennen und stellte ihn ein. Der junge Mann gewann schnell das Herz des Alten. Nutzte Robert anfangs die Entlastung des Vaters durch den zusätzlichen Mitarbeiter und schwänzte die Arbeit, gab's danach noch einmal eine Phase der Besserung. Vielleicht sah Robert den Neuen tatsächlich als Gefahr? Jedenfalls strengte er sich im März und April des letzten Jahres mächtig an. Paul Bigalke glaubte schon an eine Wendung zum Besseren. Aber bereits nach Wochen huldigte der Herr Sohn erneut seiner Bequemlichkeit. Ivo sei die Situation damals peinlich gewesen und er habe Robert angespornt. Allerdings vergebens. Im Frühjahr '89 schmiss der alte Bigalke seinen Sohn raus. Wenig später wäre er erkrankt.

»Was fehlte Ihnen denn?«, wollte Ludger wissen.

Erbrechen, Durchfall, Schweißausbrüche und manchmal sogar Krämpfe. Ivo arbeitete ununterbrochen, trug jedoch immer schwerer an der Last. Zuerst wuchsen die Lieferzeiten, dann schlichen sich Mängel ein. Die Reklamationen belasteten den Jungen. Ein riesiger Strudel riss die Werkstatt unaufhaltsam in die Tiefe und das Wehrkreiskommando zwang Ivo in die Kaserne.

»Damit brach alles zusammen?«

»Meine Krankheit zog sich hin und im Dezember musste ich schließen.«

Den Rest der Geschichte kannte Ludger.

Paul Bigalke hockte auf seinem Sessel, den Kopf gesenkt.

»Was wollten Sie eigentlich von Ivo?«, fragte Ludger. »Ich meine, aus welchem Grund sind Sie gekommen?«

»Ich ... ich wollte ... falls Ivo?« Das herabhängende Augenlid zuckte nervös. »Ich wollte fragen, ob Ivo auch vorzeitig entlassen wird. Man liest ja überall in den Zeitungen über verkürzte Dienstzeiten.«

Seine Lügen holten Ludger ein. Er schämte sich, den alten Mann weiter anschwindeln zu müssen. »Warum wollen Sie das wissen? Sie mussten Ihren Betrieb schließen? Ich denke, da hätte Ivo sowieso keinen Arbeitsplatz?«

Das Gesicht von Paul Bigalke hellte sich auf. »Wir kriegen ja bald die Marktwirtschaft, danach kann ich bestimmt weitermachen. Dann braucht unsere Wirtschaft die kleinen Privatfirmen.« Seine Augen leuchteten, als rechne er bereits mit der florierenden Werkstatt. »Und dann brauche ich Ivo. Mein Herr Sohn treibt sich ja in der großen Politik rum.«

Dem Alten jetzt seine Hoffnung nehmen, nein, das brachte Ludger nicht fertig. »Ja, wie gesagt. Ivo ist gerade unterwegs.« Fieberhaft suchte er einen Ausweg. Welche Worte konnten den alten Mann trösten? Plötzlich fiel ihm die Karte des Freundes ein, der am liebsten heimkehren würde. »Vielleicht kommt er in den nächsten vier Wochen zurück. Und wenn Sie ihn wirklich brauchen, muss man mal sehen, was wir machen können.«

Paul Bigalke sprang von seinem Sessel auf und stürzte auf Ludger zu. »Danke, Herr Offizier. Ich bin ja so froh.« Er packte Ludgers Hand und schüttelte diese so heftig, als wolle er ihm den Arm ausreißen.

Ludger stand ebenfalls auf und verabschiedete seinen Besucher. Unverhofft entsann er sich einer Bemerkung des Alten: »Sie sagten eben, Sie erzählten die Geschichte noch einmal?«

Bigalkes Gesicht versteinerte. Er senkte den Kopf, ganz langsam, als bewegte ihn ein mechanisches Räderwerk. »Ivos Reise? Sie haben mir doch die Wahrheit gesagt? Oder?«

Ludger wurde heiß. »Warum? Warum sollte ich Sie belügen?«

»Sitzt Ivo im Gefängnis?«

»Nein! Behauptet das jemand?«

Paul Bigalke sah auf. »Vor drei Wochen, da besuchte mich ein eleganter Herr, in Zivil. Er trug einen Maßanzug. Der wollte alles über Ivo wissen. Er käme vom Marine-Sicherheits-Dienst und müsse Erkundigungen einziehen.«

»Wie hieß der Mann? Haben Sie einen Ausweis gesehen?«

Bigalke schüttelte den Kopf. »Hab' mich nich' getraut. Erst versuchte ich die Geschichte zu verdrängen. Aber jeden Abend, wenn ich im Bett liege, sorge ich mich um den Jungen. Und nach unserer Begegnung letztens, da habe ich mir ein Herz gefasst. Ich will wirklich meine Werkstatt wieder aufmachen.«

»Ivo sitzt bestimmt nicht im Gefängnis! Das schwöre ich Ihnen.« Wenigstens jetzt konnte er bei der Wahrheit bleiben. »Sagen Sie, der Mann vom Marine-Sicherheits-Amt, erinnern Sie sich an sein Aussehen?«

»Wie sah der aus?« Bigalke hob die Schultern. »Elegant, schmaler Kopf, dunkelblondes Haar, so, wie viele Männer Mitte 50. Ach ja! Er hatte hier zwei tiefe Falten.« Bigalke fuhr sich mit Daumen und Zeigefinger von den Nasenflügeln zu den Mundwinkeln. »Und gezischelt hat er, nich' gelispelt, richtig gezischelt, wie eine Schlange, doch nur bei den S-Lauten.«

*

Am Samstag zog es Ludger mit aller Macht in den Fahrradkeller. Die Temperaturen erinnerten eher an den Winter; vereinzelt fielen auch einige Schneeflocken vom Himmel. Aber immer wieder blinzelte die Sonne durch die Wolken. Kein Fahrradwetter, dennoch wollte Ludger unbedingt eine Runde mit seinem Drahtesel drehen, um im Keller nach dem versteckten Dokument zu sehen.

Aus der Wohnung nahm er eine defekte Schmelzsicherung, seine Arbeitshandschuhe und eine lange Kunststoffpinzette mit und ging hinunter. Im Kellergang überzeugte er sich, allein zu sein, und lief dann schnell in den Fahrradraum. Gut zehn Fahrräder lehnten hier teilweise an den Wänden oder baumelten in den vorgesehenen Halterungen. Ludger schloss die Tür und öffnete den Stromkasten, der gleich daneben hing. Im Schatten der Tür konnte er seine Tarnung einrichten, ohne in den entscheidenden Sekunden entdeckt zu werden. Der Stromkasten enthielt einen Zähler und zwölf Schraubkappen für die Sicherungen. Darunter klebten Schildchen mit der Bezeichnung der Stromkreise. In neun der Kappen blinkte der metallische Boden einer Sicherung, während drei Kappen leer waren. Mit geübtem Griff schraubte Ludger die Sicherung für die Beleuchtung des Fahrradkellers heraus und steckte seine fehlerhafte hinein. Der Raum lag nun im schummrigen Dunkel. Das kleine Fenster an der Außenwand spendete nur wenig Helligkeit. Falls jemand kam – er würde eben das defekte Licht reparieren.

Ludger drehte die mittlere der leeren Kappen los, zog seine Handschuhe an und langte mit der Pinzette hinter die Verkleidung. Leises Rascheln ließ sein Herz schneller schlagen. Nach vier Versuchen fischte er eine dünne Papierrolle hervor. Das Versteck war unversehrt.

15

Mühselig schob Svenja ihren Einkaufswagen durch das Gedränge. Alle Leute aus dem Wohngebiet schienen heute einzukaufen. Fast in jedem Korb türmten sich die Lebensmittel. Die Regierung in Berlin hatte die Abschaffung der Subventionen in die öffentliche Diskussion gebracht. Eine Maßnahme, die von allen Seiten gefordert worden war, zumindest theoretisch. Aber in der Praxis wetterten die braven Bürger und rannten zum Hamstern in die Kaufhallen.

Sie bog in die Regalreihe mit den Backwaren ein und stand auf einmal vor Christian.

»Svenja?« Er lächelte, freute sich wohl über die Begegnung.

Instinktiv wanderte ihr Blick auf die Uniformjacke des Schwagers: An der Ordensspange fehlte die bronzene Treuemedaille. Er deutete auf ihren vollen Einkaufswagen. »Kaufst du auch die Regale leer?«

»Wie jeder, falls die Subventionen gestrichen werden. Ich muss ja mehr auf die Preise achten als ihr Großverdiener.«

Er winkte ab.

Um die Unterhaltung in Gang zu halten, fragte Svenja nach ihrer Schwester und den beiden Nichten. Christian erzählte in knappen Worten. Verzweifelt suchte sie eine Möglichkeit, das Gespräch auf die Putschpläne zu lenken.

»Komm doch mal wieder vorbei«, lud er sie mit einem Lächeln ein.

»Würde ich schon gern, aber die viele Arbeit bei Robert im Büro. Das Wetter soll auch wieder schlechter werden. Insiderkreise rechnen mit Schneefall am Wahlabend.«

Das Lächeln verschwand aus seinem Gesicht. »Ach nee?«

Christians Hand ging wie von selbst zur Ordensspange und nestelte daran herum. »Woher hast du denn diese Weisheit?«

»Einfach so gehört. Weißt du was darüber? Oder Romy?«

Als beschäftigte ihn eine komplizierte philosophische Frage, fixierten seine hellen Augen einen imaginären Punkt in Svenjas Rücken. Plötzlich schaute er auf seine Uhr. »Mensch! Ich muss ja los.« Er verabschiedete sich hektisch. »Also, komm mal wieder vorbei. Dann können wir uns unterhalten.«

*

Am nächsten Vormittag hockte Svenja allein im Büro. Robert war am frühen Morgen nach Rostock gefahren, die Chefs des Parteivorstands hatten ihn sehen wollen. Sie saß an seinem Schreibtisch und sortierte die Post.

Nebenan klappte die Tür. »Wo kann man sich hier beschweren?«, ertönte kurz darauf eine Frauenstimme.

Svenja rollte mit den Augen. Hörte das nie auf?

»Sauladen!«, klang es erneut aus dem Sekretariat herüber. »Keiner da?«

»Doch! Ich komme sofort«, rief Svenja, legte die wichtigsten Briefe in eine Unterschriftenmappe und lief ins Vorzimmer.

»Zu spät, Bambi. Du bist entlassen.«

»Andrea! Was willst du denn?« Svenja freute sich.

Andrea Schneider zeigte ihr breites Lachen, kam auf Svenja zu und umarmte sie herzlich; erdrückte sie fast, wie damals, während der gemeinsamen Zeit im Sportverein. Die beiden Mädchen hatten zusammen Handball gespielt, Andrea mit ihrer Körpergröße von gut 1,70 Meter im Tor und Svenja als Kreisläuferin. Nach jedem Sieg waren sie sich in die Arme gefallen und hatten gejubelt.

Andrea löste sich aus der Umarmung und musterte Svenja. »Na du, als Betthupferl des Politstars meidest du neuerdings wohl den Kontakt zu deiner alten Freundin?«

»Quatsch, du Doofe.« Svenja plagte das schlechte Gewissen. Seit ihrem Ausflug zur Stasizentrale, knapp zwei Monate zuvor, hatte sie Andrea tatsächlich beinahe vergessen. »Ich hetze nur noch von Termin zu Termin. Aber du hättest dich auch melden können.«

»Ja, ja. Die anderen sind wieder schuld.«

Die Freundin hatte Zeit mitgebracht; also kochte Svenja schnell Kaffee. Als die Tassen mit dem duftenden Getränk auf dem Tisch standen, begann Andrea zu fragen, schließlich wäre Robert Bigalke ihr bekanntester Parteifreund. Sie wollte schlichtweg alles wissen. Während Svenja erzählte, huschten die braunen Augen der Freundin aufmerksam hin und her; sie lachte oft und zog des Öfteren ihre Brauen hoch. Die kurzen kastanienbraunen Haare und ihre athletische Figur gaben ihr fast ein männliches Aussehen, zumal sie sich stets in Jeans und weiten Pullover kleidete.

Nebenan klingelte das Telefon.

»Entschuldige mich bitte«, sagte Svenja und lief hinüber. Robert selbst rief an. Er klang wütend und aufgebracht. Inzwischen wäre er aus Rostock zurück, auf einen Sprung zu Hause vorbeigefahren und werde nachher ins Büro kommen, möchte aber für niemanden zu erreichen sein. Svenja möge alle heutigen Termine absagen. Abrupt beendete er das Gespräch; sie hörte förmlich den Knall beim Auflegen des Telefonhörers. Was schadete dem denn? Svenja starrte auf den Hörer in ihrer Hand, schüttelte den Kopf und hängte ebenfalls ein. Im Nebenraum erklangen Stimmen. Svenja ging bis zur Tür, blieb verdeckt stehen und lauschte dem Gespräch.

»Verzeihung, wie war Ihr Name?«, fragte Andrea.

»Rotgerber. Ludger Rotgerber«, antwortete eine sympathische Männerstimme.

»Und Sie wollen den Abgeordneten sprechen?«

»Der will ja erst Abgeordneter werden.«

»Spielt das eine Rolle?«, entgegnete Andrea mit ironischem Unterton.

»Ja, schon. Eigentlich sollte der Herr Bigalke sich um seinen Vater kümmern, anstatt den Berufsrevolutionär zu mimen.«

»Sie können den Herrn Bigalke wohl nicht leiden?«

»Nein«, sagte Rotgerber zögerlich. »Allerdings, ich kenne ihn kaum, nur indirekt, über seinen Vater und der braucht jetzt die Hilfe des Sohnes.«

»Deshalb kommen Sie extra her?«

Svenja schmunzelte hinter der Tür. Andrea bewies Geschick, den Mann auszufragen.

»Ja, ich wollte wissen, ob ihm die Zukunft seines Vaters egal ist. Angeblich kümmert er sich doch um die Sorgen der Menschen, oder?«

»Keine Ahnung.«

»Wie?«, fragte Rotgerber ungläubig.

»Ich weiß nicht, ob Herr Bigalke den Leuten hilft. Ich kenne ihn auch nur aus den Treffen unserer Partei und aus der Presse.«

»Was? Und dann arbeiten Sie hier?«

»Nein«, sagte Svenja und ging zu den beiden. »Ich sitze eigentlich in diesem Büro. Meine Freundin hat mich rasch vertreten.«

Der junge Mann blickte verdutzt von einer zur anderen und fuhr sich mit den Fingern durch die kurzen rotblonden Haare. Sein schmales Gesicht zierten unzählige Sommersprossen. Das Kinn ragte ein wenig vor und hatte ein tiefes Grübchen.

Andrea stand auf und reichte ihm die Hand. Sie überragte ihn um einige Zentimeter.

»Entschuldigen Sie. Ich fand es rührend, wie Sie sich um den Vater sorgen.«

Rotgerber lächelte. »Mein Freund hat bei Paul Bigalke gearbeitet, musste im Herbst aber zur Armee. Zu allem Übel wurde der alte Herr Bigalke auch noch krank, und dann musste er seine Werkstatt schließen. Da sollte der Sohn sich eigentlich um ihn kümmern.«

»Sollte er!«, sagte Andrea und sah Svenja vorwurfsvoll an.

»Ich werde es ausrichten«, versprach die dem jungen Mann. Wenn er Herrn Bigalke sprechen wolle, müsse er leider ein andermal wiederkommen, sie vereinbare gern einen Termin.

Rotgerber schüttelte den Kopf. »Schade, ich hätte mit mehr Verständnis gerechnet.« Er ging langsam zur Tür.

»Warten Sie, ich begleite Sie«, rief ihm Andrea nach. »Nachher störe ich den hohen Herren noch.« Sie umarmte Svenja und tuschelte ihr ins Ohr. »Da hast du ja einen schönen Chef.«

»Und ihr seid in einer Partei«, protestierte Svenja halblaut.

»Du siehst ihn jeden Tag.« Andrea trat einen Schritt zurück. »Also, mach was!« Sie drehte sich um und lief Ludger Rotgerber hinterher.

Ärgerlich sah Svenja ihnen nach. Jetzt hatten die beiden ihr ein schlechtes Gewissen eingeredet.

*

»Die haben mich abserviert!«, polterte Robert wenig später beim Hereinkommen. »Stell dir das vor! Die haben mich von der Wahlliste gestrichen.« Er riss sich den Hut vom Kopf und knautschte ihn zusammen. Das Leder knarrte. Wütend warf er sein Markenzeichen auf den Boden. Svenja lief hin und hob den Hut auf. Eine der vier Nieten, die die rote Spange an der Hutschnur festhielten, fehlte. »Dein Hut ist kaputt.«

»Lass doch diesen blöden Hut.«

Sie legte das gute Stück auf ihren Schreibtisch. »Warum haben die dich gestrichen?«

»Warum? Warum? Um mich zu schützen, wie es offiziell heißt. Irgendjemand möchte mir ein Ding anhängen. Und das müsse der Vorstand erst prüfen, wofür die Knallköppe angeblich mehr Zeit brauchen. Die haben in Rostock kalte

Füße bekommen und stellen mich in der Zwischenzeit aufs Abstellgleis.« Robert stiefelte in sein Büro hinüber. Svenja folgte ihm, blieb aber im Türrahmen stehen.

Zielstrebig lief er zu seinem Countdown-Kalender und starrte auf die große 11. »So kurz vorm Ziel«, schnaufte er und fetzte die Blätter von der Wand. »Ich soll aus der Schusslinie genommen werden. Natürlich vertraut man mir, na klar!« Er warf sich in den Bürosessel, der unter seinem Gewicht ächzte.

Svenja dachte an Roberts Vater, der den Sohn vor drei Wochen zur Rede gestellt hatte. Was war Robert für ein Mensch?

Du siehst ihn jeden Tag. Also mach was!, hatte Andrea vorhin gesagt.

Wie ein Boxer, der in zwölf Runden nach Punkten verloren hatte, hing Robert in seinem Sessel, die Augen mit der Hand bedeckt. »Ich wäre ein toller Landtagskandidat im Herbst. Scheiße!«

»Kannst du mir vielleicht mal erklären, was vorgefallen ist?«, herrschte sie ihn an und setzte sich auf den Besucherstuhl vor seinem Schreibtisch.

Langsam zog er die Finger zurück und blinzelte sie an.

»Ich glaube, ich habe ein Recht darauf.«

»Da gibt's nicht viel zu erzählen«, begann Robert. »Die detaillierten Vorwürfe ersparen die Chefs mir, solange die Untersuchung läuft. Danica Pinter hat die Sache übernommen.«

»Die Danica, die …«

»Genau diese Danica. Die soll sich lieber um ihren Scheiß kümmern!« Robert stand auf und ging nach nebenan. Im Kühlschrank klapperten Flaschen.

Gotte hatte ebenfalls Danica Pinter erwähnt. Und Gotte verdächtigte Robert, ihn denunziert zu haben.

Robert kam mit der Wodkaflasche und einem Kognakschwenker zurück. »Die Pinter hätte einen Fachmann engagiert, einen aus dem Westen, und der würde am Ende des Monats Ergebnisse liefern. Bis dahin müsse ich mich gedulden.« Er fiel wieder in seinen Sessel und stürzte das halb volle Glas hinunter. »Ich bin irgendjemandem zu groß geworden. Die lassen mich langsam austrudeln und sortieren mich anschließend aus.«

Gotte – Pinter – Robert; diese drei Namen kreisten in Svenjas Kopf. Auf einmal verspürte sie keine Lust mehr, über die Zusammenhänge nachzudenken, wollte nichts mehr wissen von Politik, Misstrauen und Verrat. Göran – Gegenwende – Christian gesellten sich zu den kreisenden Namen. Wie kam sie aus diesem Irrsinn heraus?

Zögernd stellte Robert den Kognakschwenker auf dem Tisch ab. »So sieht's aus, junge Dame.«

Sie überlegte einige Sekunden. »Dann brechen wir die Zelte hier ab?« Hoffentlich nickt er, flehte sie in Gedanken. »Ich kann sofort wieder bei meinem Vater anfangen.« Der wird in zwei Wochen alle Hände voll zu tun haben, wenn die Welt nicht in Scherben liegt.

»Was?« Robert blickte sie an und schüttelte den Kopf. »Nein, wir machen weiter. Ich lass mir etwas einfallen. Zuerst muss ich jedoch wissen, wer mir da ans Bein pissen will.« Er nahm die Brille von der Nase und begann, seine Jacketttaschen abzutasten. »Und dafür brauche ich den totalen Durchblick.«

Gleichgültigkeit und Lethargie breiteten sich in Svenja aus. Sie stand auf. Irgendwie bringe ich die letzten elf Tage hier auch noch rum. Dass Robert einen zerknüllten Briefumschlag aus der Innentasche seines Jacketts herausfischte und die Brille wieder aufsetzte, interessierte sie nicht mehr. Sie verließ sein Büro.

Zurück am eigenen Schreibtisch packte Svenja ihre Sachen. Sollte ihr Chef doch allein nach einem Ausweg suchen.

Auf einmal erklang nebenan ein Schrei. »Ich hab's!« Nur

Sekunden später polterte Robert aus seinem Zimmer, an ihrem Platz vorbei, zum Ausgang. Dort verharrte er und schwenkte triumphierend ein hellgrünes Blatt über seinem Kopf. »Ich hab' die Lösung. Wir bleiben im Geschäft!« Ausgelassen schleuderte er mit der anderen Hand eine Papierkugel in die Luft. »Es bleibt dabei – wir beide gehen nach Berlin!« Übertrieben verbeugte er sich in ihre Richtung, warf ihr eine Kusshand zu und stürmte hinaus.

Svenja bückte sich, hob das Papierknäuel auf und faltete es auseinander. ›Persönlich/Vertraulich – Herrn Robert Bigalke‹ stand in Maschinenschrift auf dem Umschlag, der aufgerissen und leer war. Das Kuvert besaß dieselbe hellgrüne Farbe wie der eben von Robert herumgewirbelte Zettel. Es war der Brief, den dieser Lars gebracht hatte.

*

Auf den Besucherstellplätzen vor dem Haupttor parkte ein einziger Trabant. Hinter dem Lenkrad saß Bigalke – mit seinem massigen Körper fast den gesamten Innenraum ausfüllend. Sogar in dem engen Fahrzeug trug er den schwarzen Cowboyhut auf seinem Kopf. Der Kerl schrieb unentwegt. Ludger sollte ihn auf Weisung des Diensthabenden zum Gefechtsversorger von Kapitän Koschak begleiten. Er hatte sich gegen den Auftrag gewehrt, hatte wichtige Arbeiten vorgeschützt, hatte dem Menschen nie wieder begegnen wollen. Aber der Diensthabende war unnachgiebig geblieben, Befehl vom Stabschef.

Ludger ging auf das Auto zu und klopfte an die Seitenscheibe. Bigalke erschrak.

»Herr Bigalke? Ich soll Sie zu Fregattenkapitän Seeger bringen.«

Bigalke nickte, vermerkte noch einige Worte in seinem Notizheft, steckte einen Zettel zwischen die Seiten und verstaute das Buch im Seitenfach der Fahrertür. Dann stieg er aus und folgte Ludger durch das Tor. Am liebsten hätte Ludger ihn nach seinem Vater gefragt und ob er ihm inzwischen half. Eine solche Frage konnte freilich als Bumerang zurückkommen, wenn der Kerl nachher Ludgers Verhalten beim Stabschef monieren würde.

»Wir müssen dort hinüber«, sagte Ludger, als sie am Wasser ankamen, »zu dem Versorger.« Das große graue Schiff lag an der gegenüberliegenden Pier, sodass sie das gesamte Hafenbecken umrunden mussten.

»Sagen Sie«, unterbrach Bigalke nach einigen Schritten das Schweigen, »Sie hatten mich Anfang Februar auch begleitet, oder?«

»Ja, warum?«

»Uns sind damals drei Schnellboote, KTS, auf Tiefladern begegnet. Liegen die jetzt hier?«

»Nein! Genauer gesagt, das weiß ich nicht. Ich gehöre zur Wachkompanie und erhalte keine Informationen zu Schiffsbewegungen.«

»Aber Sie als Marineoffizier müssen sich doch mit den einzelnen Schiffsklassen auskennen. Was ist mit den KTS?«

»Warum fragen Sie danach?« Ludger kam die Neugier des Besuchers langsam komisch vor.

»Ach, wissen Sie. Christian schwärmte damals so von den Windhunden der Ostsee, da habe ich mich ein wenig mit den KTS beschäftigt. Sind ja wirklich beeindruckend.«

»Passen Sie auf«, warnte Ludger seinen Begleiter vor einem prallen Wasserschlauch, der quer über die Pier verlief. Beide stiegen darüber.

»Ich habe Sie unterbrochen«, nahm Ludger das Gespräch wieder auf.

»Ich meine, wenn die Boote noch hier liegen, dann könnte ich mir vielleicht mal eins ansehen?«

»Das lohnt sich kaum. Die Boote haben inzwischen das Ende ihrer Einsatzzeit erreicht und werden außer Dienst gestellt. Bestimmt sind die drei Einheiten, die Sie vor vier Wochen gesehen haben, schon längst dem Schneidbrenner zum Opfer gefallen.«

Bigalke nickte. Er schien enttäuscht.

Die beiden bogen um die letzte Ecke des Hafenbeckens. Vom Wasser wehte eine Windbö den Geruch von Salz und Seetang herüber. Bigalke zog seinen Hut fest auf den Kopf und stapfte schweigend neben Ludger her.

Auf halber Strecke zu ihrem Ziel durchschnitt ein fünf Meter breiter Graben die Pier. Über diesen Slipkanal gelangten Barkassen und Verkehrsboote in ein kleines Nebenbecken mit den Abmessungen eines Fußballfeldes. Aus dem Wasser heraus liefen verrostete Gleise. Sie gehörten zur Slipanlage, verzweigten sich an Land und reichten hinauf bis zu den großen Toren der Reparaturhalle.

Eine stählerne Brücke führte über den Kanal. Ludger ging voraus und Bigalke folgte ihm. Ihre Schuhe hallten laut auf den Metallplatten. Plötzlich verstummten Bigalkes Schritte. Ludger drehte sich um. »Kommen Sie. Wir haben's gleich geschafft.«

Bigalke stand da und starrte auf die Pier des Nebenbeckens, auf der ein Tankwagen hielt. Im Wasser lagen, notdürftig mit Persenningen abgedeckt, drei KTS, die offensichtlich betankt werden sollten.

»Zum Verschrotten brauchen die Dinger doch wohl keinen Sprit? Oder?« Bigalke sah Ludger herausfordernd an.

Der zuckte die Schultern. »Was weiß denn ich? Ich gehöre zur Wache.«

»Die KTS können bestimmt auf Binnengewässern fahren?«

»Sicher, sie sind ja kaum größer als eine Motorjacht. Aber die Antriebsanlage, die wäre viel zu stark.«

»Auch auf der Spree? In Berlin?«

Ludger gab sich unwissend. »Bitte fragen Sie nachher Kapitän Seeger, der gibt Ihnen gewiss eine präzise Antwort.«

»Das werde ich.« Bigalke strahlte, als würde ihm eine Kreuzfahrt auf einem Luxusschiff bevorstehen.

Wenig später erreichten sie den Versorger. Der Posten an der Gangway wusste Bescheid und begleitete sie an Bord in die Offiziersmesse, wo der Stabschef und der Kommandant des Schiffes saßen. Ludger erstattete Meldung und deutete seinem Vorgesetzten an, ihn sprechen zu wollen.

Seeger begrüßte Bigalke und wandte sich an Koschak. »Einer unserer zukünftigen Volksvertreter wollte unbedingt einmal ein Kampfschiff sehen.«

»Zukünftiger Volksvertreter?«, fragte Koschak. »Herr Bigalke kandidiert überhaupt nicht mehr.«

»Woher weißt du das denn?«, stieß Bigalke hervor.

Koschak schmunzelte unverhohlen. »Meine Schwägerin arbeitet für dich.«

»Wie dem auch sei«, unterbrach Seeger das Geplänkel. »Jetzt sind wir hier und besichtigen das Schiff.«

»Entschuldigen Sie, ich müsste Sie ebenfalls dringend sprechen.« Bigalke hüstelte. »Unter vier Augen.«

»Aber gern, nachher«, lächelte Seeger und wandte sich an den Kommandanten. »Gehen Sie mit unserem Gast bitte voraus, ich komme sofort nach.«

Koschak und Bigalke verließen die Offiziersmesse.

»Was gibt's?«, fragte der Stabschef, als die Tür hinter den beiden leise ins Schloss fiel.

Ludger berichtete von der Begegnung mit den KTS und Bigalkes merkwürdigen Fragen.

»Danke.« Seeger überlegte einige Sekunden. »Sie warten draußen an Oberdeck. Vielleicht brauche ich Sie noch.«

Tief hängende Wolken zogen über den Hafen. Der Wind hatte zugenommen und zauberte kleine Schaumkronen auf die Wellen. Ludger lehnte an der Reling, gleich neben der Gangway. Bereits eine halbe Stunde harrte er der Dinge, die da kommen würden. Immer wieder sah er auf die Uhr. Während er hier rumlungerte, blieb die Arbeit auf seinem Schreibtisch liegen. Die meiste Zeit seines Lebens wartet der Soldat vergebens, betete er gerade eine alte Militärweisheit im Kopf runter, als auf der Gangway Schritte ertönten. Hauptmann Janning, heute in Zivil, kam herauf. Ungeachtet seines Alters wirkten die Bewegungen sportlich und voller Energie.

Oben angekommen sprach er Ludger an. »Ist Fregattenkapitän Seeger mit dem Gast noch drin?« Er nickte zu den Aufbauten hinüber.

Ludger nahm Haltung an. »Jawohl!«

»Sie warten.« Janning drehte sich um, lief in Richtung Deckshaus und verschwand im Schott des Hauptverkehrsgangs.

Wenige Minuten später tauchte er wieder auf, gefolgt von Bigalke, Seeger und Koschak.

»Sie begleiten mich und Herrn Bigalke zum Stabsgebäude«, befahl Janning, als die Gruppe bei Ludger ankam.

»Ich komme nach«, sagte Seeger zu Janning. »In einer viertel Stunde in Ihrem Dienstzimmer. Fangen Sie in der Zwischenzeit an.«

In diesem Augenblick sprang Bigalke auf Janning zu und versetzte ihm einen Stoß. Der stürzte auf das Oberdeck. Gleichzeitig rempelte der schwarze Hüne auch Ludger beiseite und stürmte die Gangway abwärts.

»Los, hinterher!«, schrie Janning, der immer noch am Boden lag.

»Der kommt nicht weit«, besänftigte Seeger mit seiner großväterlichen Stimme.

»Aber wenn der sich irgendwo versteckt!«, brüllte der MSA-Offizier. »Los hinterher, Rotgerber!«

Ludger, der sich nach Bigalkes Schubs auf den Beinen hatte halten können, hastete die Gangway hinunter. Bigalke lief bereits in Richtung Slipkanal davon. Auf der viertletzten Stufe sprang Ludger ab, landete geschmeidig auf dem Beton der Pier und folgte dem Flüchtenden. Der Abstand zwischen den beiden verkürzte sich stetig – der Dienstsport hielt Ludger in Form, während Bigalke anscheinend von seiner Körperfülle behindert wurde.

Schon polterte Ludger über die Stahlbrücke des Slipkanals, Bigalke nur mehr zehn Meter vor ihm.

»Stopp, bleiben Sie stehen!«

Bigalke zerrte seinen Hut vom Kopf und versuchte, schneller zu laufen.

»Stehenbleiben!«, schnaufte Ludger.

Bigalke drehte sich um, strauchelte im selben Augenblick, ruderte mit den Armen, als könne er in der Luft Halt finden, und schlug der Länge nach hin. Der prall gefüllte Wasserschlauch schlängelte sich noch immer quer über die Pier.

Ludger hastete zu dem Gestürzten, stemmte sein Knie auf dessen Rücken und hielt ihm die Arme fest. Obwohl er nicht wusste, was vorging, empfand Ludger Genugtuung für Bigalkes missliche Lage. Der Kerl hätte seinen Vater unterstützen sollen, anstatt hier rumzuschnüffeln und blöde Fragen zu stellen.

Nur Minuten danach kam Hauptmann Janning angelaufen. In seiner Hand glänzten Handschellen, die kurz darauf mit metallischem Klicken das Schicksal des Gefangenen besiegelten.

*

Am späten Nachmittag saß Ludger über seinem Papierkram. Die Aktion mit Bigalke ging ihm nicht aus dem Kopf. Warum der wohl festgenommen worden war? Wegen irgendwelcher Nichtigkeiten kümmerten sich Stabschef und MSA kaum um ihn. Und was die Fragerei nach den KTS und nach Berlin sollte?

Plötzlich wurde von außen die Bürotür geöffnet. Ludger stand automatisch auf. Hauptmann Janning kam herein. Immer noch in Zivil, diesmal allein.

»Sie müssen mitkommen.«

Eine Hitzwelle flutete durch Ludgers Körper. Gleichzeitig drückte ihm ein stählerner Panzer die Brust zusammen. Bin ich auch verhaftet?, fragte er sich und riskierte instinktiv eine Verteidigung: »Aber … ich meine … nachher, die Abendroutine in meiner Kompanie?«

Janning winkte ab. »Erledigt Ihr Hauptfeldwebel. Ich brauche Sie.«

Der Druck auf Ludgers Brust ebbte ab. Ihn erwartete keine Verhaftung.

Janning ging zur Tür, öffnete sie und deutete mit dem Kopf hinaus. »Kommen Sie. In einer Stunde sind Sie zurück.«

Erleichtert folgte Ludger. Auf der Objektstraße stand ein Lada, in den sie einstiegen.

Mit überhöhter Geschwindigkeit raste das Auto auf der F105 in Richtung Rostock. Vor dem Ortsausgang bog der Fahrer nach Grünhufe ab. Das kleine Dorf am Rande der Bahnstrecke war inzwischen eingemeindet worden. Das jüngste Stralsunder Neubaugebiet, kaum 500 Meter entfernt, trug denselben Namen. Zu Ludgers Erstaunen fuhr der Wagen nicht bis zu den Plattenbauten, sondern hielt stattdessen vor einem Haus an der Hauptstraße des Dorfes. Das flache Gebäude mit grauem Putz duckte sich hinter einem ungepflegten Garten, etwas weiter von der Straße zurückgesetzt als die übrigen Bauten.

»Aussteigen!«, befahl Hauptmann Janning.

Sie passierten ein klappriges Gartentor und liefen um das Haus zu einem alten Holzschuppen. Janning öffnete die Tür. Der Geruch von modriger Erde stieg Ludger in die Nase. Überall lagen verrostete Gartengeräte, dreckige Blumentöpfe und zerrissene Campingmöbel herum.

»Schauen Sie sich das an«, sagte Janning und deutete auf ein Regal. Neben anderem Gerümpel stand dort eine Büchse mit der Aufschrift ›E605 forte‹. »Sie wissen, was das ist?«

»Ja.« Ludger nickte. »Ein Schädlingsbekämpfungsmittel.«

»Richtig. Und wissen Sie, wer hier wohnt?«

»Nein.«

»Der Herr Bigalke, den wir heute verhaften mussten.«

»Und?« Ludger verstand nicht, worauf Janning anspielte.

»Sie kennen Paul Bigalke, den Vater?«

»Ja. Ich habe ihn ab und zu getroffen.«

»Das erste Mal zu Weihnachten – zusammen mit dem später fahnenflüchtigen Matrosen aus Ihrer Kompanie.«

»Hm.« Ludger senkte den Kopf.

»Wir haben erfahren, dass Sie weiterhin mit dem Fahnenflüchtigen in Kontakt stehen. Wo hält er sich auf?«

»Ich habe nur eine Postfachnummer in Bremen.«

Janning nickte. »Das reicht.« Er schob Ludger aus dem Schuppen heraus. »Kommen Sie mit.«

Sie gingen zum Auto zurück und nahmen auf der Rückbank Platz. Der Fahrer blieb draußen.

»Paul Bigalke hat Ihnen von seiner Krankheit erzählt?«

»Ja?«

»Robert Bigalke hat seinen Vater vergiftet. Das E605 hier im Garten bestätigt unsere Ermittlungen. Außerdem hat Bigalke ein Teilgeständnis abgelegt.«

»Hatten Sie ihn deshalb im Auge?«

»Nein, wir wollten ihm nur auf den Zahn fühlen, aufgrund seiner Fragerei. Aber mit der Flucht hat er sich verdächtig gemacht. Während der Vernehmung kam dann die Geschichte mit dem Vater heraus.«

»Und jetzt?«

»Leider reicht das bisherige Material nicht. Man wird Handfestes von uns verlangen. Der Herr ist ja Bürgerrechtler. Wir brauchen die Aussage des Fahnenflüchtigen, der einige Jahre bei Paul Bigalke gearbeitet hat.«

»Aber Bigalke ist Zivilist und sein Vater auch. Da muss doch die Polizei ermitteln?«, fragte Ludger.

»Schreiben Sie einfach diesen Text ab«, sagte Janning, ohne

auf den Einwand einzugehen. Er schob Ludger einen Schreibblock samt Kugelschreiber auf den Schoß und legte einen beschriebenen Zettel dazu:

›Hallo Ivo, Ich hoffe, es geht Dir gut. Erst kürzlich habe ich den alten Bigalke, Deinen ehemaligen Chef, getroffen. Gesundheitlich befindet er sich auf dem Weg der Besserung. Weißt Du eigentlich, dass sein Sohn ihn vergiftet hat? Aus Rache. Weil der Alte ihn rausgeschmissen hatte und Dir die Werkstatt zuschanzen wollte. Eine fürchterliche Geschichte. Die Polizei macht um den Schuft, dem Herrn Bürgerrechtler, einen Bogen. Leider haben sie wenig gegen ihn in der Hand. Der läuft immer noch frei herum.

Ich würde Dir gern mehr erzählen. Können wir uns treffen? Komm am 18. März zum Brandenburger Tor, abends um sieben. Wir knöpfen uns den Bigalke vor. Der will in Berlin seinen Wahlsieg feiern.

Melde Dich. Dein Ludger!‹

Langsam ließ Ludger den Zettel sinken und sah Janning an. »Ich soll meinen Freund in eine Falle locken?«

»Jetzt hören Sie mal gut zu. Sie begünstigen eine Fahnenflucht und klauen ein geheimes Dokument. Sollte der Militärstaatsanwalt zusätzlich Ihre erst zwei Jahre zurückliegende Havarie berücksichtigen, wandern Sie für einige Jährchen ab.« Jannings Nase-Mund-Falten gruben sich tief in die Haut ein, während er die Lippen zusammenpresste. Die nächsten Worte würde er mit seinem unerträglichen Zischen herauspressen.

»Zehn Jahre mindestens«, zischelte Janning wie erwartet. »Zehn Jahre Strafkompanie in Schwedt. Es sei denn, Sie schreiben den Brief. Dann bleiben Sie verschont.«

Wie komme ich aus der Sache heraus?, dachte Ludger. Ich kann Ivo unmöglich verraten. Andererseits: Noch nie hatte jemand über Schwedt gesprochen, wenn er im Anschluss an seine Strafverbüßung zurückkehrte. Dennoch kursierten die schlimmsten Gerüchte um die Militärhaftanstalt.

Und beuge ich mich? Könnte ich Ivo warnen? Bestimmt! Ludger sah Janning an, zögerte einige Sekunden, ergriff den dargebotenen Kugelschreiber und schrieb den Text ab.

»Na also«, triumphierte Janning, als Ludger das Blatt unterschrieb. »Wir behalten Sie im Auge. Bitte denken Sie gar nicht erst an irgendwelche Tricks. Am 18. März fahren wir gemeinsam nach Berlin.« Er las die Mitteilung an Ivo und steckte sie ein.

Ludger fühlte sich ausgepumpt wie im Ziel eines Marathonlaufs. Um wenigstens eine Spur von Selbstachtung zu retten, fragte er: »Warum haben Sie Ivo so plötzlich zur Armee einziehen lassen? Dieser Paul Bigalke hätte ihn gebraucht.«

Mit seinem durchdringenden Blick sah Janning ihn an. »Irgendwann muss jeder Mann seinen Wehrdienst ableisten. Und für Ivo war die Zeit reif.«

»Falsch!« Ludger raffte all seinen Mut zusammen. Er wollte einfach Jannings Reaktion sehen. »Sie haben Ivo einziehen lassen, um ihn an die Kette zu legen. Er sollte weder zur Bürgerbewegung noch in den Westen überlaufen.«

Jannings Mundwinkel zuckten, als kämpfe er einen Wutausbruch nieder. »Ach ja, Sie Schlauberger?« Sogleich setzte er die gewohnte Maske aus Unnahbarkeit und Strenge auf. »Selbst wenn es so wäre, was geht Sie das an? Kümmern Sie sich um Ihre eigenen Probleme, da haben Sie genug zu tun.« Er nahm Ludger Kugelschreiber und Schreibblock ab. »Sie können jetzt aussteigen. Und denken Sie daran: Falls der Fahnenflüchtige den vereinbarten Termin versäumt, in Schwedt hält man jederzeit eine Zelle für Sie bereit.«

16

»Schön, dass Sie meiner Einladung folgen konnten«, sagte der ältere Herr mit sächsischem Dialekt. Er saß am Kamin in einem bequemen Ohrensessel. Neben ihm stand ein kleines Tischchen mit einem Kännchen Kaffee darauf. »Kommen Sie, setzen Sie sich zu mir.« Er deutete auf den zweiten Sessel ihm gegenüber. Sein rundes Gesicht strahlte Freundlichkeit aus. Svenja begrüßte ihn und nahm Platz. Nein, sie wolle nichts, habe gerade gegessen.

Eine viertel Stunde zuvor hatte Roberts Telefon geklingelt. Eine nette Frauenstimme hatte Svenja ins Haus der Armee gebeten – Fregattenkapitän Seeger wolle sie dringend im Kaminzimmer sprechen. Es wäre wichtig. Svenja kannte den Stabschef der Flottille, nicht persönlich, aber alle Bestimmungen für die Fotogemeinschaft und auch die Genehmigungen zum Fotografieren in der militärischen Einrichtung trugen seine Unterschrift. Sie war neugierig geworden und hatte zugesagt.

»Woher wussten Sie, wo ich arbeite?«, fragte Svenja als Erstes.

»Ach, wir sind gern darüber informiert, was in der Stadt passiert.« Seeger beugte sich vor und verriet mit lächelnder Miene: »Insbesondere über die jungen Leute, die mit Macht in die große Politik drängen.«

Der Überwachungsstaat funktioniert also noch, dachte Svenja und erschrak gleichzeitig. Ihr gegenüber saß möglicherweise einer jener Offiziere, die in drei Tagen putschen wollten. Ihr Blick wanderte zu seiner Uniformjacke. Eine dreireihige Ordensspange zeugte von der langen Dienstzeit des Fregattenkapitäns. Rechts unten schimmerte schwarzrot-gold auf grünem Grund – die Treuemedaille in Bronze. Svenja entspannte sich. Warum beteiligte sich dieser Mann nicht am Umsturz? War er zu alt? Oder bedeuteten ihm Demokratie und Wahlen etwas?

»Wenn Sie wissen, wo ich sitze, hätten wir auch in meinem Büro sprechen können«, wandte sie ein. »Wäre einfacher gewesen. Zumal ich die letzte Woche bloß rumgesessen habe.«

Seit Roberts Freudenausbruch über die Rückkehr in die große Politik und seinem Verschwinden hatte er nur am vorigen Freitag noch einmal angerufen: Ihm gehe es gut, er habe rund um die Uhr zu tun und sei zurzeit in Bonn. Am Wahlsonntag würde er in Berlin feiern. Sie sollte gleichfalls kommen. Ohne eine Antwort abzuwarten, hatte er aufgelegt. Svenja scherte sich wenig um den Verbleib ihres Chefs. Sie hatte viel nachgedacht. Inzwischen war sie von Roberts Schuld an Gottes schrecklichem Schicksal überzeugt. Liebend gern wäre sie nach Rostock gefahren, um mit Gotte darüber zu reden, einzig sie traute sich nicht. Wie konnte sie ihm unter die Augen treten? Gotte war unter Aufbietung aller Kräfte zu ihr gekommen und hatte um Hilfe gebeten. Und sie? Sie hatte ihn mit einer bequemen Lösung abgespeist.

Ungeachtet ihrer Einsicht versah Svenja weiterhin ihren Dienst im Büro. Roberts Gegenwart entledigt, saß sie dort die Zeit ab. Leute und Anrufe kamen keine mehr. Die Republik holte Atem, für das Spektakel der ersten freien Wahl in drei Tagen.

»Hier sitzen wir aber viel behaglicher.« Seeger prostete ihr mit seinem Kaffee zu. »Außerdem wäre ich in aller Munde gewesen, wenn ich als ranghoher Offizier zum Bürgerrechtler Bigalke in die Sprechstunde gehe.«

Der kleine Lars fiel Svenja ein. Der hatte diesen ominösen Brief gebracht, von einem ranghohen Offizier. Ging das Schreiben, das Robert so in Euphorie versetzt hatte, auf Seeger zurück? Svenja schenkte ihrem Gegenüber ein abwartendes Lächeln, das Frauen gemeinhin einer Antwort enthob.

»Sie werden überlegen, worauf unser Gespräch abzielt.« Seeger zupfte sich an der Nase. »Unser Gespräch wird etwas delikat werden. Ich möchte mit Ihnen über Ihren Schwager sprechen.«

»Über Christian?«

»Ja. Und Sie sollten jetzt abwägen, ob Sie reden wollen. Wenn ich meine Fragen gestellt habe und Sie verweigern die Auskunft, denke ich mir meinen Teil. Keine Antwort ist auch eine Antwort. Sie verstehen?«

»Wie beim Quiz. Da muss man sich ebenfalls vorher entscheiden.«

»Genau. Einen Hinweis noch: Herr Koschak befehligt unseren modernsten Gefechtsversorger. Und dieses Schiff schicken wir im Juni zu einem Flottenbesuch nach Großbritannien. Wussten Sie das?«

»J…« Warnlampen blitzten hinter Svenjas Stirn. Die Sache mit der Englandreise hatte ihr Göran erzählt. »Nein, das heißt ja. Ich meine, ich weiß, dass Christian einen Versorger kommandiert. Aber von dem Flottenbesuch in Plymouth höre ich zum ersten Mal. Findet die Reise denn statt? Ich meine, im Juni, da wird eine andere Regierung in Berlin sitzen. Oder?«

»Richtig. Und deshalb suche ich auch das Gespräch mit Ihnen. Der Besuch in Großbritannien ist seit zwei Jahren vertraglich vereinbart. Er wird stattfinden. Um dem zu erwartenden Regierungswechsel Rechnung zu tragen, wollen wir nur erfahrene und zuverlässige Offiziere dafür vorsehen.«

»Die kann man doch immer noch auswählen, wenn in der nächsten Woche die Wahlergebnisse vorliegen?«, wandte sie ein.

»Nein, leider nicht. Bei der Vielzahl der Parteien, die in die Volkskammer einziehen werden, rechnen wir mit längeren Koalitionsverhandlungen. Anschließend ist die Armeeführung zu übergeben. Das wird dauern. Die Teilnehmer der Reise müssen aber bereits Anfang April benannt werden.« Er nahm erneut einen Schluck Kaffee und beugte sich in seinem Sessel vor. »Also, stellen Sie sich meinem Kreuzverhör?«

Svenja überlegte: Zu Christian pflegte sie kaum Kontakt. Was sie von ihm wusste, konnte jeder wissen. Andererseits war sie gespannt, worauf Seegers Fragerei hinauslief. »Ja.«

Das Gesicht des Alten hellte sich auf. Er zupfte wiederum an seiner Nase und lehnte den Oberkörper zurück. »Danke. Kommen wir gleich zur Sache: Herr Koschak hat Sie im letzten Herbst in Leipzig besucht?«

Diese Frage hätte Svenja niemals erwartet. Jetzt bereute sie, an Seegers Quiz teilzunehmen. Nicht wegen Christian, da gab's keine Geheimnisse. Aber vielleicht kam Seeger auch auf die Umstände des Besuchs zu sprechen?

»Ja, und?«

»Herr Koschak hatte nach seiner Rückkehr einen Westkontakt gemeldet – zu einer gewissen Imke Zaiser. Seinem schriftlichen Bericht zufolge«, Seeger langte unter den Tisch und zog ein Blatt hervor, »sollten Sie etwas dazu wissen.«

»Wenig.« Svenja berichtete, wie Christian damals zu ihr gekommen war, pünktlich zur Messezeit. Um im Anschluss an das Studium ein paar Mark zu verdienen, arbeitete sie auf dem Messestand eines westdeutschen Verlages und fand kaum Zeit für ihren Gast. Christian kam dennoch öfters vorbei, vermied aber jegliche Begegnung mit ihren Arbeitgebern – um halt keinen Westkontakt zu bekommen.

Seeger nickte, zupfte sich an der Nase und tippte auf sein Papier. »Genau so steht es hier.«

»Ich musste mich ja um meine Arbeit kümmern«, erzählte Svenja weiter. Christian hatte die Gelegenheit genutzt und war durch die Messehallen gezogen. Bereits am zweiten Tag kehrte er begeistert zurück. In einer Nachbarhalle hätte er eine Studentin kennengelernt, die Seeverkehr und Hafenwirtschaft studierte. Mit der konnte er sich richtig gut unterhalten, über Häfen, Meere und Seefahrt. Christian ging immer davon aus, diese Imke stammte aus der DDR und jobbte ebenso wie Svenja. Erst am vorletzten Tag hatte er gemerkt, dass Imke in Niedersachsen die Hochschule besuchte. »Danach hat er sich von ihr verabschiedet und sie nicht wieder getroffen«, schloss Svenja ihren Bericht und überlegte. »Ja, wo Sie den Namen erwähnen, diese Imke hieß tatsächlich Zaiser.«

»Sehr schön«, sagte Seeger und lächelte freundlich. »stimmt alles mit Herrn Koschaks Meldung überein.« Seeger stand auf, zog die Uniform glatt und reichte Svenja die Hand. »Ich muss leider zurück in die Dienststelle. Vielen Dank noch einmal für Ihre Offenheit. Ihr Herr Schwager ist der perfekte Mann für den Besuch in Plymouth. Sie haben mir wirklich geholfen. Wenn Sie irgendwann Hilfe benötigen – ich revanchiere mich gern.«

*

Gegen sieben verließ Svenja das Büro. Donnerstags musste sie länger als an den anderen Tagen ausharren. Zum Glück heute das letzte Mal. Am Sonntag wählte das Volk und danach würde sie bei Robert aufhören, egal, welchen Posten er ergattern konnte. Die Sonne war bereits untergegangen, der blaugrüne Schein der Laternen überstrahlte die Dämmerung und beleuchtete die Straße. Jetzt wollte Svenja schnell nach Hause. Sie lief an der Häuserfront entlang, um die erste Querstraße in Richtung Knieper Wall zur Bushaltestelle zu nehmen. Plötzlich stürzte ein Schatten hinter der Hausecke hervor. Sie erschrak und blieb mit pochendem Herzen stehen.

»Halt. Warte!«

Im schummrigen Licht erkannte Svenja ihre Schwester. »Romy?«

»Wo bleibst du denn?«, fragte die vorwurfsvoll. »Ich hänge schon ewig hier rum.«

»Muss ich mich neuerdings bei dir abmelden?«

»Komm mit.« Romy zog Svenja in eine Lücke zwischen den Gebäuden. »Du kannst nicht mehr nach Hause«, wisperte sie leise, als würde ihnen jemand zuhören können.

Svenja verstand kein Wort. »Was erzählst du?«

»Dieser Hauptmann Janning, du kennst ihn?«

Svenja nickte. Ihr Herz schlug schneller.

»Der ist hinter dir her. Du sollst irgendetwas über eine Gegenwende rausgefunden haben. Dieser Janning will dich einbuchten, bevor du deine Entdeckungen an die Öffentlichkeit bringst.«

»Woher weißt du das?«

»Kapitän Seeger, der Stabschef, hat mich angerufen.«

Wenn Sie irgendwann Hilfe benötigen – ich revanchiere mich gern, hatte Seeger am Nachmittag zum Abschied versprochen. Svenja zwang sich zur Ruhe, musste klare Gedanken fassen. Sie nahm die Schwester bei den Oberarmen und versuchte, in der Dunkelheit in ihrem Gesicht zu lesen. »Was hat Seeger gesagt?«

»Wenig.« Dieser Hauptmann Janning vermute eben, Svenja wisse von dieser Gegenwende, und er befürchte, sie würde damit an die Öffentlichkeit gehen. Deshalb wolle er sie in Gewahrsam nehmen, bis die Gefahr vorüber sei.

»Und du, weißt du Bescheid?«, fragte Svenja und ließ Romy los.

»Nein. Woher?«

»Von Christian?«

»Ach der. Der erzählt nie etwas über seinen Dienst. Erst recht seit unserem Streit letzten Herbst.« Romys Augen tasteten Svenja ab. »Was geht hier vor?«

Was geht hier vor?, echoten Svenjas Gedanken. Hatte sie sich beim Gespräch mit Seeger verraten? Wie denn? Über die Putschpläne war kein Wort gefallen. Im Gegenteil, Seeger schien unbeteiligt zu sein. Plötzlich kam ihr ein fürchterlicher Gedanke – Göran! Göran hatte ihr vom Putsch berichtet. Und jetzt wusste dieser Janning davon. Hatte Göran sich verplappert? Hatte er sie absichtlich verpfiffen? Wollte er ihr schaden? Aus Rache, dass sie ihn verlassen hatte? Egal! Görans Rolle konnte sie später klären.

Wenn Janning wirklich von ihrem Wissen erfahren hatte, dann würde er auch ihrer habhaft werden wollen. Und da Seeger als Stabschef für die Sicherheit zuständig war, musste Janning ihn informieren. Aber warum ließ Seeger sie warnen? Weil sie offen mit ihm gesprochen, weil sie ihm geholfen hatte?

»Was geht hier vor?«, fragte Romy erneut.

»Das kann ich dir nicht sagen. Oder willst du gleichfalls in die Schusslinie geraten?« Svenja überlegte kurz. »Hat Seeger noch etwas gesagt?«

»Du sollst auch deine Wohnung meiden – am besten die Stadt verlassen und untertauchen. In der kommenden Woche erwartet er dich in der Flottille. Irgendwann.«

Svenja nickte. Nächste Woche wäre alles vorbei, so oder so. »Und sonst?«

Romy schien zu grübeln. »Ach ja: Du darfst auf keinen Fall in den Westen abhauen. Janning hat deine Beschreibung an die Grenzübergänge gegeben. Außerdem würde man das zu deinen Ungunsten auslegen.«

Klar!, dachte Svenja. Aber was unternehme ich? Nach Leipzig gehen? Da sucht der Kerl mich ebenfalls.

»Warum warnt Seeger mich?«, überlegte Svenja laut. »Und warum über dich?«

Romy zuckte die Achseln. »Weil er dich kennt. Du leitest doch die Fotogruppe. Und mich kennt er gleichfalls – Seeger war Christians erster Kommandant. Ich habe ihn einige Male getroffen.«

Kann sein, sann Svenja. Genießt mein Schwagerherz das Vertrauen des Stabschefs, erklärt sich auch unser Gespräch heute Nachmittag.

»Und jetzt?«, fragte Romy.

»Keine Ahnung. Aber wenn ich untertauchen muss, brauche ich Klamotten.«

»Du darfst keinesfalls in deine Wohnung gehen!«

»Nicht nötig. Bei Papa und Mama stehen noch Kartons vom Umzug. Holst du mir meine Sachen?«

»Was soll ich ihnen sagen?«

»Mensch, Romy! Niemals, dass das MSA mich jagt. Erfinde einfach eine Notlüge.« Sie überlegte kurz. »Wir treffen uns in zwei Stunden, draußen am Lüssower Berg. Du kommst mit dem Bus und läufst in die Siedlung hinein. Ich passe dich da ab. Und achte auf Verfolger. Nachher dürfte der Bus ziemlich leer sein.«

*

Svenjas Atem ging schwer und sie schwitzte. Die Temperaturen lagen deutlich höher als noch vor einer Woche. Bis zur Verabredung mit Romy verblieb ihr genügend Zeit. Sie wollte sich davon überzeugen, ob Seeger die Wahrheit gesagt hatte oder ob er irgendein Spielchen mit ihr spielte. Um das festzustellen, musste sie nach Hause. Im Bus konnten unliebsame Überraschungen warten und so hatte sie sich zu Fuß auf den Weg ins fünf Kilometer entfernte Grünhufe gemacht, wo ihre Wohnung lag.

Gegen acht erreichte Svenja das Wohngebiet. Dunkelheit hatte inzwischen die Dämmerung abgelöst. Das fahle Licht der Straßenbeleuchtung bot ihr eine gute Deckung. Sie hastete die Straße entlang, bog in eine Seitenstraße ein, lief die 200 Meter hinunter und blieb am letzten Block vor ihrem Haus stehen. Das Gelände zwischen den beiden Hochhäusern lag völlig leer vor ihr. Auf den zwei langen Reihen von Parkplätzen standen zahlreiche Autos, wie immer am Abend. Bestimmt ließ Janning ihr Haus überwachen. Sollte sie die Fahrzeuge entlanggehen und nach Beobachtungsposten suchen? Nein. Das wäre viel zu gefährlich. Für einen Schnüffler in einem der Wohnblocks ringsum würde sie sich wie auf einem nächtlich verwaisten Marktplatz präsentieren. Nein, diese Möglichkeit schied aus.

Vorsichtig ging Svenja den Weg zurück und schlich in der Deckung eines quer stehenden Blocks zur Rückseite ihres Hauses. Durch ein niedriges Gebüsch erreichte sie schließlich den Durchgang, der zur Vorderseite führte. Sie blieb im Schutz der Hausmauer stehen und lugte bedächtig hinter der Wand hervor. Der Gehweg, wenige Meter entfernt, lag völlig verlassen da. Ansonsten bot sich dasselbe Bild wie zuvor: eine leere Straße und belegte Parkplätze. Um wirklich herauszubekommen, ob man sie abfangen wollte, müsste sie sich wohl aus ihrem Versteck herauswagen und sehen, was passierte. Dann brauchte sie aber eine Fluchtmöglichkeit. Suchend sah sich Svenja um. Ihr Block befand sich am Rande des Wohngebiets. Nach hinten dürfte sie kaum entkommen können, denn da standen garantiert Posten, die den Hintereingang bewachten. Und auf der anderen Straßenseite? Im Anschluss an die Baustelle der Kirche erstreckte sich bis zum Dorfrand von Grünhufe nur Wildnis. Sie stutzte. Natürlich! Die Baustelle, die nachts verwaist dalag, ohne schützenden Zaun. Und dahinter Büsche, Hecken und Bäume. Wie ein undurchdringlicher Urwald musste die Gegend für jeden Fremden wirken. Sie hingegen hatte dort fotografiert, kannte das Gelände, könnte auf dem Anwesen untertauchen. Dummerweise verlief das Fluchtgebiet jenseits der Straße. Wenn sie sich hier aus der Deckung wagte, zur Haustür ging und die Häscher sie dann aufhielten … sie käme nie zwischen den parkenden Autos hindurch, um über die Fahrbahn zu entkommen. Erst recht nicht, falls die Kerle den Rückweg auf die Straße versperrten. Svenja suchte nach einer Lösung. Verließ sie die Durchführung und rannte zur gegenüberliegenden Straßenseite, hatte sie die Baustelle in unmittelbarer Nähe. Aber das wäre kein normaler Nachhauseweg. Die Männer vom MSA würden misstrauisch werden und entsprechend reagieren. Verdammt. Ihr Blick wanderte den Gehweg entlang. Na klar, der Ausweg lag oft direkt auf der Hand. Svenja zog sich in den Durchgang zurück, kroch durch die Büsche auf der Rückseite des Hauses zur nächsten Querstraße, schlenderte den kurzen Weg zur Bushaltestelle und kauerte sich in einem günstigen Augenblick an die Rückwand des Wartehäuschens. Als ein Bus eintraf und die ersten Fahrgäste ausstiegen, sprang sie hervor und mischte sich unter die Menschen, als wäre sie eben angekommen. Svenja ging betont gemächlich und blieb bald hinter den anderen zurück. In der direkten Verlängerung der Straße lag ihr Wohnblock, der gut zu sehen war. Nach 500 Metern würde sie wissen, welches Spiel die spielten.

Plötzlich hörte sie Schritte in ihrem Rücken. Ihr Herz raste. Am liebsten hätte Svenja sich umgesehen, aber sie bezähmte den Drang und marschierte weiter. Die Schritte folgten. Den Zebrastreifen, den die Leute normalerweise überquerten, ließ sie rechts liegen. Die Schritte folgten. Sie beschleunigte. Die Schritte folgten. Sie wurde langsamer. Die Schritte folgten. Sie stoppte. Die Schritte verstummten. Schnell bückte sich Svenja und nestelte an ihren Schuhbändern herum. Hinter ihr blieb es ruhig. Zweifellos – sie beschattete jemand. Ohne sich umzublicken, stand sie auf und lief weiter. Die Schritte folgten. Svenja hämmerte der Puls in den Ohren; die Nervosität wuchs bis zur Unerträglichkeit. Noch 100 Meter, dann kommt sie auf der Höhe ihrer Haustür an. Was, wenn sich niemand rührte? Sie lief weiter. Die Schritte folgten. Noch 50 Meter, noch 20, noch 10. Jetzt hätte sie die Straße überqueren müssen, um zu ihrem Haus zu gelangen. Mechanisch setzte sie einen Fuß vor den anderen, versuchte, locker zu wirken, und musterte die Umgebung aus den Augenwinkeln. Nichts tat sich. Nur die Schritte in ihrem Rücken folgten. Verfluchte Scheiße! Was mach ich? Svenja zögerte. Von hinten bedrängten sie die Schritte. Also ging sie weiter.

Da öffnete sich einige Parkplätze vor ihr die Beifahrertür eines Ladas und ein Mann im langen dunklen Mantel stieg aus. Die Schritte hinter ihr kamen näher. Der Mann aus dem Lada sah sie an. Svenja erkannte das maskenhafte Gesicht. Sie würde es immer wiedererkennen, selbst bei Kerzenlicht in einem U-Bahn-Tunnel. Verzweifelt kämpfte sie gegen ihre Nervosität an, lief möglichst gleichmäßig weiter und hielt sich am äußersten linken Rand des Gehwegs. Hier versank die Baustelle im Dunkel des Abends und Janning wartete rechts neben seinem Auto. Der Lada stand günstig. Auf dessen Höhe verlief ein Trampelpfad vom Fußgängerweg zum Bauplatz. In Svenjas Herz keimte Zuversicht. Janning rechts und links der freie Fluchtweg. Hoffentlich schloss der Verfolger nicht zu dicht auf.

»Wo wollen Sie denn hin, Frau Windisch?«, fragte Janning, als sie ihn erreichte. Sein Zischeln erinnerte sie an das schreckliche Verhör um Gottes Verhaftung.

»Eine Freundin besuchen. Aber das dürfte Sie kaum etwas angehen.«

»Vorher unterhalten wir uns allerdings.«

»Ich wüsste nicht warum.«

»Dann sag ich's Ihnen – wegen der Operation Schneefall.« Janning öffnete die Fondtür des Ladas. »Mich interessiert, wer Ihnen davon erzählt hat und was Sie mit Ihrem Wissen angefangen haben.«

Svenja drehte sich um. Ihr Verfolger stand gute fünf Meter entfernt und trug ebenso einen dunklen Mantel wie Janning, genau wie in einem Nazifilm, in dem die Häscher in Ledermänteln ihren Opfern nachstellten. Sie wandte sich wieder dem Lada zu. »Und wenn ich keine Zeit habe?«

»Sie werden«, sagte Janning und machte einen Schritt auf sie zu.

Den Augenblick nutzte Svenja. Sie schnellte vor. Mit der Wucht des Sprungs und all ihrer Kraft versetzte sie dem MSA-Offizier einen Stoß gegen die Brust. Sein Gesicht erstarrte – Ungläubigkeit, Panik und Schmerz verzerrten seine Züge zu einer Fratze. Er prallte gegen die Heckklappe seines Autos und sackte in sich zusammen. Svenja warf den Kopf herum. Ihr Verfolger verweilte unverändert in sicherer Distanz zu ihr. Er nestelte an seiner Manteltasche. Sie drehte sich nach links und rannte wie eine Sprinterin den Trampelpfad zur Baustelle entlang.

»Halt! Nicht schießen!«, hörte sie eine Stimme in ihrem Rücken. »Hinterher!«

Im schnellen Lauf schlängelte sich Svenja den Weg entlang. Nur einige blaugrüne Lichtflecke der Straßenlaternen drangen bis hierher und beleuchteten den Boden. Hau ab, spornte sie sich an, fort aus dem Baustellenbereich. Da hinten im Gestrüpp finden die dich nie. Das Trampeln mehrerer Verfolger lag Svenja in den Ohren. Sie schlug einen Haken, tauchte in den Schatten des Rohbaus, machte noch fünf Schritte, sprang einen kleinen Hang hinunter und verschwand im Dickicht mannshoher Büsche. Sie warf sich auf die Erde und verschnaufte schwer atmend. Wenig später knackten Äste. Die Verfolger schlichen jetzt unmittelbar neben ihr durchs Unterholz. Svenja hielt den Atem an.

»Verfluchte Scheiße! In dem Dschungel sieht man ja nichts!«, rief eine tiefe Männerstimme.

»Aua!«, kam ein Schrei von der anderen Seite, schrecklich nah.

Svenja erschauderte. Warum bin ich hier vorn liegen geblieben?, schimpfte sie innerlich und lauschte sofort wieder den

Geräuschen um sich herum. Drei oder vier Verfolger mussten hinter ihr her sein. Mal raschelte es etwas näher und mal etwas weiter entfernt. Ständig flammten kurze Schimpfkanonaden auf.

»Herkommen!«, hörte sie auf einmal Janning rufen. Voller Hoffnung wagte Svenja kaum Luft zu holen. Wenn die sich jetzt versammelten, könnte sie entkommen. Laub und trockenes Gras knisterte unter schweren Schritten, die sich von ihr fortbewegten. Für wenige Sekunden herrschte Ruhe, bevor undeutlich Stimmen erklangen. Sie hätte die Männer gern belauscht. Aber sie sollte aus dem Gefahrenbereich verschwinden. In gebückter Haltung kroch sie in die Wildnis hinein, weg aus dem Bereich ihrer Verfolger.

Seegers Warnung hatte sich als wahr erwiesen.

*

Svenja drückte noch einmal auf die Klingel mit der Aufschrift ›Andrea Schneider‹. Dann wartete sie und schaute nach oben zu den Fenstern im zweiten Stock, die jedoch dunkel blieben.

»Verfluchte Scheiße!«

Auf dem Weg zum Lüssower Berg hatte Svenja überlegt, wohin sie gehen konnte. Als einzige Möglichkeit war ihr Andrea eingefallen. Bestimmt würde die sie beherbergen. Und da die beiden Freundinnen sich in den letzten Wochen so gut wie nie getroffen hatten, dürften die Verfolger sie kaum bei ihr vermuten. Um nicht aufzufallen, anständige Leute belauerten spät abends kein Haus, ging Svenja um die Hausecke und setzte sich auf ihre Reisetasche. Das Treffen mit ihrer Schwester hatte vorhin problemlos geklappt. Ausgerüstet mit Sachen für einige Tage, war Svenja in die unweit gelegene Tribseer Vorstadt aufgebrochen und hockte jetzt hier rum. Plötzlich horchte sie auf. Vor dem Gebäude tuschelten

Stimmen. Sie erhob sich, blickte um die Ecke und entdeckte Andrea. Vorsichtig spähte Svenja hinter der Hauswand hervor. Die Freundin unterhielt sich an der Haustür mit einem kleineren Mann. Ihre Gesichter wirkten geisterhaft im trüben Schein einer Funzel über dem Eingang. Um die beiden besser zu verstehen, rückte Svenja im Schutz der Dunkelheit näher heran.

»Vielen Dank noch einmal für den schönen Abend«, sagte der Mann. Er trat einen Schritt zurück. In dem Moment erkannte Svenja ihn; es war dieser junge Offizier, der sich um Roberts Vater gesorgt hatte.

»Ja«, erwiderte Andrea, »unser Essen war wirklich nett. Schade, dass du am Wochenende in Berlin bist. Der Wetterbericht sagt herrliches Wetter voraus. Wir hätten ans Meer fahren können.«

Er zuckte mit den Achseln und sah auf den Boden. »So ist das dummerweise mit dem Dienst.«

Andrea zögerte, schien zu überlegen. »Wenn du am Sonntag unterwegs bist, quatschen wir heute noch ein bisschen. Ich koche uns oben einen Kaffee.«

Nein, dachte Svenja und kam hinter der Ecke hervor. »Nein«, sagte sie laut.

»Svenja? Was machst du hier?«, fragte Andrea überrascht.

Svenja entschuldigte sich, die beiden belauscht zu haben, und erklärte Andrea, sie müsse sie dringend sprechen. Ihr tue es leid, aber der junge Mann solle nun gehen.

»Na hör mal«, protestierte Andrea. »Wie gehst du mit Ludger um?«

Svenja blieb hart; ihre Unterredung mit der Freundin unter vier Augen duldete keinen Aufschub.

»Lass«, entgegnete Ludger, »es ist auch schon spät. Wir können uns nächste Woche wieder treffen.«

»Vielen Dank für Ihr Verständnis, junger Mann«, sagte

Svenja und schob die perplexe Freundin in den Hausflur. »Auf Wiedersehen. Andrea meldet sich.«

In der Wohnung erklärte Svenja in wenigen Worten ihre Situation. Das MSA sei hinter ihr her, wegen der Arbeit für Robert. Er muss irgendwie der Marine in die Quere gekommen sein.

»Na und? Dann klärst du das eben«, antwortete Andrea in ihrer typischen Naivität.

»Du spinnst. Die wollten mich gerade vor meiner Wohnung verhaften.« Svenja schwieg einen Augenblick, um ihre Schilderung wirken zu lassen. »Und dieser Janning. Der hat mich bereits damals zu Gottes Festnahme durch die Mangel gedreht. Vergiss es! Ab kommenden Montag jagen die Arschlöcher niemanden mehr und bis dahin tauche ich unter.« Plötzlich erschrak sie. »Dein Ludger, der dient doch ebenfalls als Offizier? Der kennt nun meinen Aufenthaltsort.«

»Jetzt reicht's mir«, empörte sich Andrea. »Erst jagst du ihn fort und obendrein stempelst du ihn zum Verräter.«

»Wenn ich die Verfolger nicht selbst erlebt hätte, ich würde gleichfalls abgeklärter reagieren. Aber so?« Svenja sah die Freundin an. »Wie lange kennst du ihn?«

»Seit letzter Woche.«

»Na siehst du. Er mag ein lieber Kerl sein, bleibt dennoch ein Unsicherheitsfaktor. Ich muss einfach bis kommenden Sonntag verschwinden und wollte bei dir unterkommen. Und nun?«

Auf einmal zog ein breites Grinsen auf Andreas Gesicht. »Weißt du was? Wir fahren nach Berlin.«

17

»Wir können keinen Einzigen mehr unterbringen«, sagte der Senatspräsident von Bremen, der zu den Polizeibeamten sprach. »Die Lager sind voll!«

Beifall brandete auf.

»Völlig richtig!« Löfflers Nachbar zur Linken, ein Anhänger des SPD-Senats, nickte und klatschte in Richtung Rednerpult. »Sollen die Ossis drüben bleiben. Hoffentlich unternehmen die Herren in Bonn bald mal was.«

Noch vor Wochen hätte Löffler der Meinung des Kollegen zugestimmt. Aber heute? Er dachte an Ivo. Wäre der Junge nur gleich in das Aufnahmelager gegangen, besäße er längst seine Papiere. Heute konnte es zu spät sein.

»Der Sozi hat keine Ahnung«, meldete sich der Kollege rechts von Löffler, der sich stets als Sympathisant und Kenner der CDU zeigte. »Wir müssen die Leute weiter aufnehmen, um die Zone auszubluten.«

»Quatsch«, widersprach der Senatsanhänger. »Die Kriminalität wird in die Höhe schießen und wir schieben Überstunden.«

»Das Problem löst sich im Selbstgang«, entgegnete der CDU-Kenner. »Der Kanzler schießt die Zone sturmreif und übernimmt sie anschließend zum Nulltarif. Laufen die Akademiker und Facharbeiter weg, schwimmen denen ganz schnell die Felle davon.«

Auf einmal erhoben sich die Zuhörer um sie herum. Der Senatspräsident hatte seine Rede beendet. Löffler verabschiedete sich von den Kollegen und lief in Richtung Ausgang.

Hoffentlich ließ sich Ivo rechtzeitig einbürgern. Wenn er nur wüsste, wo der Junge steckte.

*

Spät am Abend saß Löffler noch an seinem Schreibtisch im Präsidium. Seit seine Lisbeth zurückgekommen war, musste er sich immer wieder ihre Vorwürfe anhören – er hätte den Jungen aus dem Haus getrieben. Und so schützte er manche Überstunde vor, um ihren Anklagen zu entgehen.

Lustlos blätterte er in den Akten; da klingelte sein Telefon. Ein gewisser Ivo Janning wolle ihn sprechen. Löfflers Herz stockte für einige Sekunden und überschlug sich im nächsten Augenblick. »Schicken Sie ihn her! Aber schnell!«

Löffler raffte seine Papiere zusammen, da stand Ivo in der Bürotür. »Hallo, Onkel.« Er reichte Löffler verlegen die Hand. »Entschuldige, dass ich mich in den letzten Wochen so rargemacht habe.«

»Red kein Blech und komm rein.«

Die beiden setzten sich an den Besuchertisch und schwiegen, ebenso wie bei ihrer ersten Begegnung. Löffler genoss das Glücksgefühl, über die Rückkehr des Jungen.

»Nun erzähl schon, was hast du die ganze Zeit getrieben?«

»Gearbeitet.« Ivo sah Löffler offen an. »Ich gehe zurück nach Stralsund.«

»Du spinnst! Die jagen dich da, wegen Fahnenflucht. Dein Herr Vater tauchte eines Tages in meiner Wohnung auf und wollte dich abholen.«

Ivo senkte den Kopf.

»Eigentlich war ich froh, dass du mir dein Geheimnis verschwiegen hast. Wer weiß, wie ich reagiert hätte?«

»Entschuldige bitte. Aber ich hatte Angst, du würdest mich rausschmeißen.«

»Wäre möglich gewesen. Doch nun Schluss mit den alten Geschichten. Erzähl lieber. Gefällt's dir nicht bei uns? Warum willst du zurück?«

»Nachdem ich euch verlassen hatte, bekam ich bereits zwei Tage später einen Job und schmiedete an meinen Zukunftsplänen.« Ivo berichtete über seine Arbeit in einem Sanitätshaus. Der Chef hatte seine Handfertigkeit gelobt und seine Tricks erfahren wollen. Ivo lachte: »Tricks? Ich möchte bloß wissen, was die gedacht haben. Tricks? Versteht man sein Handwerk, kommen auch ordentliche Schuhe raus.«

»Prima«, freute sich Löffler, »hast du also schnell Fuß gefasst?«

»Nein. Solange ich ohne Murren mein Zeugs fabrizierte, ließ der Boss mich rackern. Als ich jedoch merkte, dass die mich mit Trinkgeld abspeisten und ich ein wenig mehr verlangte, kamen Bedenken und Ausreden.« Ivo faltete die Hände vor sich auf dem Tisch. »Mit vier Mark die Stunde haben die mich nach Hause geschickt, während bei den Kollegen 2.500 Märker in der Lohntüte klimperten. Und dann fielen die über mich her. Die Ostler würden mit ihrer Schwarzarbeit den ehrlichen Bremern die Arbeitsplätze wegnehmen.«

»Schwarzarbeit vernichtet tatsächlich Arbeitsplätze.«

»Ach? Klingeln den Herren Arbeitgebern die Moneten in der Kasse, da geht's. Die hätten mir ja eine reguläre Anstellung geben können.«

»Du musst halt erst in ein Aufnahmelager.«

»Vergiss es!« Die braunen Augen des Jungen funkelten. »Zwei Tage habe ich es ausgehalten, in der Wilhelm-Kaisen-Kaserne in Lesum. Heulende Weiber, randalierende Kerle und brüllende Kinder gehören da zur Normalität. Zehn Leute in einer Stube, Gemeinschaftsduschen und Behelfsklos, das bietet das Land Bremen meinen Landsleuten. Nicht einmal in Ruhe umbringen darf man sich. An meinem einzigen Abend dort wollte sich eine Frau am Fensterkreuz in der Toilette erhängen. Die Sanitäter des Roten Kreuz konnten sie gerade noch abnehmen.«

»Es kommen einfach zu viele.« Löffler dachte an die Diskussion vom Nachmittag.

»Nein, ich gehe zurück. Zu Hause achten die Kollegen wenigstens ehrliche Arbeit. Ich habe manches gelernt. Vielleicht kann mein Chef seine Werkstatt wieder flottmachen, wenn wir auch die Marktwirtschaft haben?«

»Und dein Vater? Der jagt hinter dir her.«

»Der soll mal schön auf sich selbst aufpassen. Gewinnt die Allianz für Deutschland die Wahlen, kriegen die ihn am Arsch.«

Löffler erinnerte sich an Gottes Schicksal, das Arno verschuldet hatte. Mit einem Wahlsieg der Konservativen würde seine kleine Erpressung viel besser wirken und den Neffen schützen.

»Warte wenigstens bis kommende Woche«, gab Löffler zu bedenken. »Dann sind die Würfel gefallen und wir kennen die Lage.«

Ivo schüttelte den Kopf. »Ich muss am Sonntag nach Berlin. Mein Kumpel Ludger, mein ehemaliger Kompaniechef, hat geschrieben. Wir wollen uns treffen.«

»Wer?«

»Ludger, der Einzige, der zu mir gehalten hat.«

Ein Fahnenflüchtiger trifft sich mit seinem Kompaniechef? So einen Quatsch hatte Löffler nie zuvor gehört. »Zeigst du mir den Brief mal?«

»Na klar, hier.«

›Hallo Ivo‹, stand da. ›Ich hoffe, es geht Dir gut …‹ Löffler las die wenigen Zeilen. Bei dem Namen Bigalke stutzte er. Schon wieder dieser Kerl. Jetzt soll der auch noch den Vater vergiftet haben. Das stank, und zwar gewaltig. Löffler sah den Neffen an und gab ihm das Blatt zurück.

Ivos Augen funkelten. »Mensch, Onkel, ich muss hingehen und mir das Schwein vorknöpfen. Sein Vater hat mich immer gut behandelt.«

»Wenn das eine Falle ist? Aus Arnos Trickkiste?« Löffler deutete auf das Schreiben in Ivos Händen.

»Warum? Dann hätte sich Ludger kaufen lassen. Nein, so etwas macht der keinesfalls.«

»Und falls doch?« Löfflers Bauch kribbelte, wie in Untersuchungen in denen er einem falschen Alibi hinterherjagte.

»Otto! Ich habe mich erkundigt. Die Fahnenfluchten der letzten Wochen interessieren keinen der Bonzen mehr. Niemand wurde verhaftet oder gar bestraft.«

Löfflers Zweifel blieben. »Dieser Bigalke – ich habe schon von ihm gehört.«

»Was?«

»Es gibt da eine unbewiesene Anschuldigung. Bigalke soll jemanden denunziert haben und Arno hat das Opfer in den Knast gebracht. Und nun beschuldigen die den Bigalke auch noch seinen Vater vergiftet zu haben? Ist ja ein richtiger Schwerverbrecher, der gleichzeitig für euer Parlament kandidiert. Mensch. Das stinkt! Meilenweit. Und du willst dich an ihm vergreifen? Du machst dich unglücklich.«

Ivo blickte auf seine Hände. Dann sah er auf und kniff die Augen zusammen. »Warum hasst ihr euch so?«

»Wer?« Löffler wusste genau, wen der Junge meinte; ihn überraschte die Frage allerdings.

»Komm, hör auf.« Ivo knallte die Faust auf den Tisch, als wolle er alle weiteren Ausflüchte erschlagen. »Vater verschweigt mir jahrelang deine Existenz und du beschützt mich vor ihm, mich, einen Straftäter, den du kaum kennst.«

»Ich denke«, wandte Löffler nach einigen Augenblicken ein, »die Fahnenfluchten interessieren niemanden mehr?«

»Bei uns drüben, wo Chaos herrscht. Doch du bist Polizist. Genau genommen hast du dich auch strafbar gemacht. Und das nur, um deinem Bruder eins auszuwischen.«

Löffler schüttelte den Kopf. »Nein, das habe ich für dich getan. Aber hör zu, ich erzähle die Geschichte.« Er hüstelte und räusperte sich, als würde er eine Rede halten wollen. »Im Herbst 1960 bin ich 17-jährig voller Enthusiasmus in die Volkspolizei eingetreten – Erfahrungen sammeln. Ich wollte unbedingt zur Humboldt-Uni und Kriminalistik studieren. Dafür brauchte ich allerdings Geld. Die paar Piepen, die ich mit meinem Streifendienst verdiente, reichten kaum zum Leben. Die Rücklagen für das Studium wuchsen nur langsam, zu langsam. Also beschloss ich im Sommer '61, nebenbei zu arbeiten.«

»Im Rotlichtmilieu, wie die Bullen heute.« Ivo grinste.

»Fast«, Löffler lächelte. »Nein, nicht im Rotlichtmilieu, aber auch außerhalb der Legalität: Ich kellnerte in Westberliner Biergärten. Der August präsentierte sich in bester Wetterlaune. Tagelang war kein Tropfen Regen gefallen und die Sonne schien von einem wolkenlosen Himmel. Florierten die Geschäfte, zeigten sich die Wirte großzügig und ließen uns Kulis das gesamte Trinkgeld. An der Sektorengrenze in Ostmark getauscht, brachte ich jedes Wochenende eine erkleckliche Summe nach Hause. Doch ich musste hart schuften, kenne also Sklavenarbeit.«

»Ich hau trotzdem ab.«

Löffler nickte. »Schließlich kam dieser verhängnisvolle Samstagabend. In unserem Biergarten drängten sich die Menschen. Um die Kaffeezeit aufzupeppen, hatte der Kneipier zwei Musiker mit Fiedel und Schifferklavier engagiert. Die beiden liefen gegen Abend zu Hochform auf und spielten Wildwestklamotten. Die Leute tobten auf der Tanzfläche; der Chef rieb sich die Hände, zapfte Fluten an Bier und wir schleppten hunderte von Krügen zu den Tischen, das Knistern der Geldscheine im Hinterkopf.

Plötzlich stand Arno vor mir und forderte: Komm mit nach Hause, nach Potsdam. Ich erschrak – war etwas passiert? Nein. Was ich daheim solle? Das würde er mir später sagen. Ich zeigte Arno den Vogel und arbeitete weiter. Mein Herr Bruder blieb zuerst ruhig, lehnte sich an einen Baum und behielt mich im Auge. In einem günstigen Moment, ich war hinter Büschen zum Pinkeln verschwunden, schlug er kurz und präzise zu. Als Judoka kannte er die Stellen am Körper, mit denen man einen außer Gefecht setzte.

Knattern und Dröhnen eines altersschwachen F8 weckten mich. Ich saß auf dem Beifahrersitz, während Arno mit starrem Blick dem schmierigen Licht der Scheinwerfer folgte. Im Halbschlaf versuchte ich, die Umgebung zu identifizieren. Plötzlich traf es mich wie ein Blitz: Ein großes fahles Schild tauchte vor uns auf. Es markierte die Zonengrenze. Mit einem Mal erinnerte ich mich an die Szene im Biergarten, an meine Entführung durch Arno. Unbändige Wut überwältigte mich, ließ mich hochschießen und den Kerl neben mir packen. Ich zerrte und schüttelte ihn, krallte mich in seinem Hemd fest und schlug zu. Das Auto geriet ins Schleudern und wir rasten auf einen Baum zu.« Löffler verstummte und sah seinen Neffen an. Der hockte regungslos am Tisch und lauschte, wie ein kleiner Junge, dem der Großvater ein Märchen erzählte.

»Und?«

»In einem Krankenwagen kam ich wieder zu mir. Die Männer in den weißen Kitteln beachteten mich kaum. Sie hingen im Fenster zum Fahrerhaus und am Autoradio. Ich hörte nur den aufgeregten Reporter, der unverständliches Zeugs schrie.«

»Der Mauerbau am 13. August 1961?«

Löffler nickte. »Arno hatte von der Operation erfahren und mich zurückholen wollen, wie mir Mutter Wochen danach schrieb.«

Ivo schluckte und fragte mit krächzender Stimme: »Vater hatte dich einfach liegen lassen?«

»Hatte ich zuerst geglaubt, mich aber geirrt. Einige Tage später besuchte mich ein Polizeibeamter in der Klinik. Wer denn der Verrückte gewesen sei, der zusammen mit zwei Vopos versucht hatte, mich aus dem Autowrack zu ziehen. Wie ein Besessener, mit einer stark blutenden Platzwunde am Kopf, habe der Kerl auf die Krankenwagenbesatzung eingedroschen und die Westberliner Polizei bedroht. Ich hatte vorgegeben, den Mann nicht zu kennen.«

»Warst du schlimm verletzt?«

»Wie man's nimmt – zehn Wochen Krankenhaus, vier Wochen Reha und heute noch manchmal Schmerzen im Knie, wenn das Wetter wechselt.« Löffler lächelte. »Aber mein Unfall hatte auch sein Gutes. Während der Reha traf ich meine Lisbeth, die mich seit damals bemuttert.«

»Was macht sie?«

Löffler lehnte sich zurück und winkte ab. »Aus Protest gegen deinen Auszug war sie für etliche Zeit zu ihrer Schwester gefahren. Und jetzt verpasst sie mir täglich meine Abreibung. Wie ich dich nur aus dem Haus jagen konnte?«

Ivo grinste. »Da werde ich wohl einiges klarstellen müssen.« Auf einmal blickte er wieder ernst. »Und warum hasst ihr euch nun? Weil er dich zurückholen wollte?«

Löffler schüttelte den Kopf. »Nein. Anfangs vielleicht? Ja, in den ersten Jahren mit Sicherheit. Und danach? Ich habe meine Lisbeth, darf meinen Wunschberuf ausüben und komme zurecht.« Mit Daumen und Zeigefinger rieb er sich das Ohr. »Hättest du mich vor sechs Wochen gefragt,« Löffler hob die Schultern, »ich wäre um eine Antwort verlegen gewesen. Und heute? Heute hasse ich ihn, weil er dich hasst.«

»Das ist doch Quatsch. Vater steckt halt in seiner Haut. Mit dem Wahlergebnis am Sonntag verliert er seine Macht und muss dann ganz kleine Brötchen backen.«

Löffler überlegte; er wollte den Neffen nicht wieder verlieren, auch entgegen dessen Entschlossenheit. Plötzlich dämmerte ihm eine Idee. »Ich würde dich gern hierbehalten. Aber wenn du unbedingt nach Hause willst? Und vielleicht solltest du wirklich reinen Tisch machen, denn weglaufen hilft nie.« Löffler räusperte sich. »Nimm bitte mein Auto für die Fahrt nach Berlin. Du lässt es im Westteil der Stadt stehen. Bei Gefahr gehst du einfach wieder rüber, steigst ein und drehst deinem Alten eine lange Nase.« Mit dem Fahrzeug in der Hinterhand kommt er unter Umständen zurück, hoffte Löffler im Stillen. Laut sagte er allerdings: »Und falls du tatsächlich deinem Kompaniechef nach Stralsund folgst, rufst du mich an, dann hole ich den Wagen ab.«

Ivo schraubte sich von seinem Stuhl hoch, kniete neben Löffler nieder und umarmte ihn. »Danke.«

In Löfflers Bauch kribbelten tausend Grashüpfer. Ivo drückte ihn erneut. »Weißt du was? Ich bleibe zwei weitere Tage.«

»Quatsch.«

»Ich muss doch Tante Lisbeth besänftigen.«

18

Wehmütig dachte Ludger an Andrea. Sie hätten tatsächlich einen schönen Ausflug machen können. Die Sonne brach durch die Wipfel der Bäume am gegenüberliegenden Ufer des Flusses. Die Temperaturen kletterten unaufhaltsam auf frühlingshafte Werte. Ein wolkenloser Himmel überspannte diesen 18. März. Und er verbrachte diesen Tag ausgerechnet im Dienst, hier in Berlin. Warum nur? Um Unruhen vorzubeugen, mussten die Offiziere und Mannschaften der 3. Flottille den Palast der Republik von der Spreeseite her absichern. So ein Quatsch! Das Wahlergebnis lag bereits jetzt außerhalb jeglichen Zweifels. Wie Heuschrecken waren die Wahlkämpfer aus dem Westen über die Städte und Dörfer hergefallen. Allen voran der Titan aus Bonn, der blühende Landschaften, Westgeld und Wohlstand für alle versprach. Die Leute wählten die Allianz für Deutschland. Wer sollte da protestieren oder gar Krawalle vom Zaun brechen?

Na ja, Ludger erfüllte seine Pflicht und sicherte mit der Wachkompanie den Einsatz. Der Rest war ihm egal. Allerdings: Bei jedem Gedanken an den kommenden Abend krampfte sich sein Herz zusammen. Ivo würde am Brandenburger Tor auf ihn warten und in eine Falle laufen. Zum Glück konnte Ludger seinen Dienst weitestgehend selbst planen. Irgendwie musste er den Freund warnen.

Sonnenpunkte glitzerten auf den Wellen. Einige Meter entfernt lagen die drei KTS an einem von Pionieren eingerichteten Landungssteg. Jetzt wusste Ludger auch, warum die Boote in Stralsund gelegen hatten; sie waren für diese Aktion vorbereitet worden. Sie hatten einen weißen Anstrich bekommen, und ein großes zusätzliches Deckshaus aus Sperrholzplatten verbarg die Kanonen auf dem Achterdeck. Man wolle den Westmedien, die zahlreich aus dem Palast berichteten, keinen Anlass für negative Kommentare bieten, lautete die offizielle Begründung für die Verwandlung. Gestern waren die KTS auf Tieflader verladen und in der Nacht hierher, in den Südosten von Berlin, transportiert worden. Ein Autokran hatte die Boote dann in Niederlehme zu Wasser gelassen. Vor dem Einsatz im Zentrum der Hauptstadt sollte der Verband gegen Mittag zur letzten Zwischenstation in den Rummelsburger See verlegen.

Ludger sah auf seine Uhr: 11.28 Uhr – Zeit, wieder einmal seinen Gefangenen zu kontrollieren. Langsam lief er zu dem Kleinbus hinüber, in dem Robert Bigalke mit Handschellen gefesselt saß. Warum schleppten die den mit? Für versuchten Mord am eigenen Vater gehörte der in den Knast nach Rostock. Aber Hauptmann Janning kümmerte sich weiterhin um ihn.

»Oberleutnant Rotgerber!«

Aufgeschreckt aus seinen Gedanken, blieb er stehen. Korvettenkapitän Koschak kam auf ihn zu. »Der Arrestant fährt nachher auf meinem Boot mit.« Koschak befehligte das Führungsboot und war damit Chef des kleinen Verbandes.

»Zu Befehl!«, erwiderte Ludger. Er freute sich, den unliebsamen Gast loszuwerden. Die beiden Offiziere gingen zum Kleinbus, der abseits der Liegeplätze stand.

»Du fährst jetzt bei mir mit«, sagte Koschak, als Ludger die Seitentür öffnete. Bigalke blinzelte unter seinem Hut hervor.

»Warum das denn?«, fragte er und hielt seine in Handschellen gefesselten Hände hoch. »Wollt ihr mich so ins Wasser schmeißen und ersaufen lassen?«

Ludger fasste den Gefangenen am Oberarm, half beim Aussteigen und drängte ihn zu Koschak hinüber.

»Red kein Blech und komm endlich«, entgegnete der und schob Bigalke in Richtung Fluss. »Dir krümmt niemand ein Haar. Im Gegenteil.«

Habe ich richtig gehört?, dachte Ludger. Was meinte Koschak mit: im Gegenteil? Nachdenklich sah er den beiden hinterher, wie sie zum Führungsboot hinunterliefen. Dort angekommen löste Koschak die Handschellen und sie kletterten auf das Boot, um kurz darauf durch die Luken im vorderen Teil der Aufbauten zu verschwinden.

Was ging hier vor? Koschak und Bigalke kannten sich. Sie waren zuletzt im Streit auseinandergegangen. Na und? Warum kümmerte sich Koschak jetzt um den Gefangenen? Hatte der mit der Leitung der Operation nicht genug zu tun? Die Fragen ließen Ludger keine Ruhe. Wie von Geisterhand geführt, lenkten ihn seine Schritte auf den Landungssteg. Am Führungsboot täuschte er eine Kontrolle vor. Er griff nach einer der Festmacherleinen, zerrte daran herum, drückte seinen Körper an das warme Aluminium des Bootskörpers und lauschte. Die Luken standen alle offen, sodass jedes Geräusch im Innern zu hören war.

»Sag endlich – was habt ihr mit mir vor?«

»Du bekommst deine Chance.«

»Wirklich? Eine echte Chance?«

»Ich bringe dich spät abends zum Grenzübergang Brandenburger Tor und lasse dich abhauen.«

»Damit du mich auf der Flucht erschießt?«

Koschak lachte trocken auf. »Und die Westgermanen mich dabei filmen können? Zwischen Palast und Siegessäule herrscht heute Nacht die größte Kameradichte der Welt. Hältst du mich für einen Idioten?«

»Ihr schiebt mich in den Westen ab, wo ich eure Putschpläne ausplaudern kann.«

Ludger zuckte zusammen. Bigalke darf abziehen? Und was redet der da? Putsch? Was für ein Putsch? Erschrocken rückte er vom Boot ab.

»Langsam, langsam, mein Lieber«, drohte Koschak. »Du solltest gut überlegen, welche Informationen du der Westpresse in die Stenoblöcke diktierst. Du kannst aber auch bleiben und in irgendeinem Knast verschimmeln.«

Im Innern des Bootes herrschte Schweigen. Die aufgeschnappten Worte schwirrten in Ludgers Kopf umher.

»Ihr lasst mich wirklich gehen?« Bigalkes Stimme klang auf einmal unterwürfig.

»Ja. Und wenn du die Schnauze hältst, lassen wir dich auch zukünftig in Ruhe.«

»Und falls nicht?«

»Erspar mir die Antwort.« Im Boot raschelte es. »Ich muss mich jetzt um das Auslaufen kümmern.«

Ludger wandte sich schnell vom Anleger ab, blieb aber nach einigen Schritten stehen und sah zurück. Koschak sprang von Oberdeck herunter und kam in seine Richtung. Ludger zögerte, ging dann Koschak entgegen und sprach ihn an: »Bigalke darf in den Westen abhauen?«

»Wie kommen Sie darauf?« Koschak blickte sich um, als befürchte er unliebsame Zuhörer. »Sie haben gelauscht!«

»Ich habe die Boote kontrolliert und dabei ein paar Worte aufgeschnappt. Sie hätten die Luken schließen müssen.«

»Warum interessiert Sie Bigalke?«

»Hauptmann Janning hatte mir vor einigen Tagen erklärt, dass der Kerl seinen Vater vergiften wollte. Ich musste sogar helfen, einen Zeugen zur Aussage zu bewegen.«

»Ach nee? Und nun glauben Sie, ein solcher Mann verdient eher eine Strafe, anstatt nach Westberlin abhauen zu dürfen?«

»Ja.«

Koschak kam bis auf wenige Zentimeter an Ludger heran und legte ihm den Arm auf Schulter. »Was denken Sie? Soll ein aufgebrachter Gefangener auf meinem Boot herumkrakeelen?«

»Nein, warum?«

»Sehen Sie: Ich habe dem Kerl eine nette Geschichte erzählt

und der wiegt sich nun in Sicherheit. Mit dem haben wir vorerst keine Sorgen mehr. Hauptmann Janning hat alles bis ins Detail geplant. Der Bigalke bekommt seine gerechte Strafe. Verlassen Sie sich darauf! Ich kümmere mich darum.«

Ludger nickte bedächtig. Koschaks Erklärung klang plausibel. Da hing allerdings noch das Wort Putsch in der Luft.

»Sie glauben mir nicht?«

»Doch, doch! Aber der Bigalke sprach vorhin von Putsch.«

»Der Blödmann. Der hat da was Falsches aufgeschnappt. Wir rechnen heute Abend mit gewalttätigen Ausschreitungen. Das MSA sagt hohe Stimmenanteile für SPD und PDS vorher. Die Allianz des Bundeskanzlers wird keine Chance haben.«

»Das habe ich anderes gehört.«

»Die Daten unseres MSA sind geheim. Stellen Sie sich nur die Aufruhr der Landeskinder vor, wenn solche Meldungen den Weg in die Öffentlichkeit gefunden hätten.« Erneut rückte Koschak an Ludger heran und flüsterte: »Und außerdem: Entgegen bisheriger Verlautbarungen plant die SPD eine Zusammenarbeit mit der PDS. Die beiden Parteien haben Geheimgespräche geführt und sich auf eine gemeinsame Regierung geeinigt. Da wird die Volksseele explodieren. Deshalb sind wir auch mit so starken Kräften hier.«

19

»Scheiße!«, rief eine aufgeregte Männerstimme. »Seht euch diese Scheiße an!«

Alle Augenpaare richteten sich auf die Leinwand. Dort wuchsen die farbigen Säulendiagramme der ersten Prognose in die Höhe und verkündeten den Willen des Volkes.

»Die blöde CDU …«

»… über 40 Prozent …«

»… die ganze Allianz fast 50 Prozent!«

Eine der letzten Säulen quälte sich auf gerade mal fünf Prozent. Ein Aufschrei des Schreckens schwappte durch die Menschenmenge in der Parteizentrale.

»Wir sind auf die Straße gegangen und jetzt treten die Leute uns in den Arsch«, klagte Andrea, die neben Svenja die Übertragung auf der Großbildleinwand verfolgte.

Nach der lähmenden Bestürzung des Augenblicks erhob sich das Raunen wilder Diskussionen. Überall standen Gruppen von Menschen, redeten aufeinander ein, prosteten sich zu und stürzten ihre Getränke hinunter. Der Frust der hier versammelten Bürgerrechtler musste tief sitzen. Aus jeder Richtung flogen Svenja Wortfetzen der Wut, der Enttäuschung und des Selbstmitleids entgegen, aber ebenso Ausbrüche ungetrübter Schadenfreude. Die SPD, seit vielen Wochen als Favorit gehandelt, landete bei mageren 20 Prozent.

»Mit dem Ergebnis hätte es dein Robert keinesfalls geschafft. Auch wenn er auf der Liste geblieben wäre«, sagte Andrea mit nüchterner Stimme. Irgendwie schien sie den ersten Schock bereits überwunden zu haben.

»Na und!«, konterte Svenja. »Und nenn ihn bitte nicht meinen Robert!«

»Entschuldige.« Andrea sah sich im Raum um. »Ich gehe da hinten was essen. Du bist mir zu maulig.«

»Ja, ja, geh' nur.« Svenja blieb stehen und betrachtete ihre Nachbarschaft. Die Reihen der Schaulustigen bröckelten. Sie holte einen Stuhl, nahm mitten im Saal Platz und verfolgte das Geschehen auf der Leinwand. Dort drängte die Politprominenz vor die Kameras und gierte nach allem, das einem Mikrofon ähnelte. Keiner von denen ahnte, dass ihre Freude lediglich kurz währen würde. Wann wollte die Armee eigentlich zuschlagen?

Die Streitkräfte hatten sich wirklich einen guten Zeitpunkt für ihren Schlag ausgewählt. Die alte Regierung, eh schon längst ohne Legitimation, war abgewählt und eine neue bislang nicht im Amt. Und heute Abend feierte das Land, freute sich auf D-Mark, Kanzler und Wiedervereinigung, und im Palast saßen die Politgrößen zusammen wie eine Schafsherde im Stall. Die Militärs brauchten lediglich die Türen schließen und hätten die ganze Bagage gefangen. Svenja lief eine Gänsehaut über den Körper; sie fröstelte. In den kommenden Stunden stand eine Entscheidung bevor – Krieg oder Frieden.

Gleich am Freitagmorgen waren sie aus Stralsund weggefahren. Andreas Vater hatte die beiden Frauen mit dem Trabbi nach Greifswald gebracht, wo Svenja angeblich noch etwas an der Uni zu erledigen hatte. In Wirklichkeit scheute sie sich, in Stralsund den Bahnhof zu betreten; den kontrollierte das MSA bestimmt auch. In Berlin kamen sie bei Andreas Tante unter. Die hatte volles Verständnis für ihre Nichte, die den Wahltag zusammen mit ihrer Freundin in der Hauptstadt verbringen wollte. Für die zwei Tage bis zum Sonntag arbeitete Andrea ein umfangreiches Ausflugsprogramm aus. Als reiße man Berlin demnächst ab, absolvierten sie ausgedehnte Streifzüge. Am liebsten wäre Svenja auf der Couch liegen geblieben, um sich ihren düsteren Gedanken hinzugeben. Heute zollte sie Andrea Dank, dass die sie von ihren Grübeleien abgelenkt hatte.

Wie in einem schlecht besuchten Stundenkino saßen nur noch vereinzelt Leute um Svenja herum und starrten mit ihr auf die Leinwand. Die Bilder der ausgelassenen Wahlparty wurden ihr immer unerträglicher. Sie musste hier raus. Svenja holte ihre Jacke und informierte Andrea über ihren Ausflug an die frische Luft. Andrea sollte ruhig bleiben, sie käme nachher zurück.

*

»Prost, Ivo! Auf dein Wohl!« Otto Löffler stürzte den Wodka in einem Zug hinunter. Langsam bahnte sich das scharfe Getränk seinen Weg in den Magen. Er spülte mit einem Schluck Bier nach. »Alles Gute – zu Hause. Meinen Segen hast du.« Wirklich? Wehmütig dachte Löffler an die wenigen Tage, die der Neffe erneut die Wohnung mit Leben erfüllt hatte. Selbst seine Lisbeth hatte den Jungen umhegt, wie es Löffler nie für möglich gehalten hätte.

»Halt die nächsten Stunden deine Augen offen und dann werd' ein fleißiger Schuhmacher.« Löffler prostete dem Fernsehapparat zu und trank seine Flasche aus.

»Musst du so viel trinken?« Lisbeth war ins Wohnzimmer gekommen und stand jetzt neben Löfflers Sessel. »Wir essen nachher gleich.« Sie blickte zum Bildschirm. »Wie sieht's aus?«

»Ivo kommt nicht zurück.«

Lisbeth klimperte mit den Augen, als kämpfe sie gegen Tränen an. Umständlich räumte sie den Tisch ab und hielt Löffler die leere Bierflasche entgegen. »Willst du noch eins?«

*

Irgendwo schlug eine Kirchturmuhr: erst vier und dann sechs Mal. Jetzt erschien die entscheidende Prognose auf den Bildschirmen. Wenn Koschak recht behielt, würde sich bald der Unmut der Bevölkerung entladen. Ludger lief den schmalen Uferweg entlang und kontrollierte seine Posten. Die Marine hatte die Spitze der Stralauer Halbinsel abgesperrt. Hier lagen keine Häuser und die bis ans Ufer reichenden Bäume boten gute Deckung. Sieben Matrosen aus Ludgers Kompanie sicherten den Sperrbereich ab.

Vor wenigen Minuten war die Operation Schneefall ausgelöst worden. Die Verlegung der Boote und der sicherstellenden Einheiten zum Palast der Republik standen unmittelbar bevor. Nachdem Ludger das Codewort am Nachmittag das erste Mal gehört hatte, musste er sofort an das Geheimdokument in seinem Fahrradkeller denken. Das stammte vom vergangenen Dezember. Wie hatte man damals diesen Einsatz vorhersehen können? Die Wahlen und deren Ergebnis lagen zu jener Zeit noch in weiter Ferne. Und wenn es um einen Marineeinsatz ging, warum trug das Papier keine gewöhnliche Geheimhaltungsstufe – wie Geheime Verschlusssache; stattdessen Top Secret? Ludger schüttelte den Kopf, als ließen sich so die blöden Gedanken verscheuchen.

Inzwischen dämmerte es. Die Lichter am gegenüberliegenden Ufer strahlten immer heller in die herabsinkende Dunkelheit hinein. Ludger näherte sich dem letzten Postenbereich am Anleger der KTS. Die Boote hatten ihre Ankerlichter gesetzt, die sich im Wasser spiegelten. Ihre Motoren brummten und der Gestank von Abgasen drang herüber. Auf dem Weg vor den KTS herrschte emsige Geschäftigkeit.

»Halt, stehen bleiben! Bleiben Sie stehen! Oder ich schieße!«

Der Warnruf kam genau von dem Posten, auf den Ludger zulief. Ihm selbst konnte die Aufforderung kaum gelten, denn er befand sich noch viel zu weit entfernt.

»Bleiben Sie stehen!«, erklang erneut der Ruf aus der Dämmerung.

Panik befiel Ludger. Hoffentlich behält der Kerl die Nerven!, dachte er und stürmte los.

»Ich schieße!«, rief der Posten abermals. Wenige Augenblicke später hörte Ludger das metallische Klacken des Durchladens einer Kalaschnikow.

»Nicht schießen!«, schrie er in das schummrige Halbdunkel und lief schneller. Dann stand er vor dem Matrosen, der die Maschinenpistole im Anschlag hielt.

»Was ist passiert?«, fragte Ludger und leuchtete sich mit der Taschenlampe ins Gesicht, damit der Mann ihn erkannte.

Der Posten erstattete Meldung. Ihn hätte jemand in den Rücken gestoßen und wäre anschließend landeinwärts zwischen den Bäumen verschwunden. Er zeigte in Richtung Tunnelstraße. Ludger war über die Uferpromenade gekommen und hatte so den Flüchtenden in der Mitte der Halbinsel verfehlt.

»Haben Sie ihn gesehen?«, wollte er wissen.

»Woher denn? Der Kerl kam von hinten, von den Booten her.«

»Ist Ihnen etwas aufgefallen? Vielleicht vor dem Angriff?«

»Nein.« Der Matrose schien zu überlegen. »Oder doch? Der Bursche hat gekeucht, als er vorbeirannte. Und als er mich umstieß, hatte ich einen blöden Geruch in der Nase, … Schweißgeruch, ja Schweißgeruch wie in der Umkleidekabine unserer Sporthalle.«

Ludger zog sein Notizbuch aus der Tasche und notierte die Beobachtungen. Danach lief er zu seinem Befehlsstand im Kleinbus. Er setzte sich an den Behelfstisch und trug den Zwischenfall mit allen Details in sein Wachtagebuch ein.

»Zeigen Sie her!« Das giftige Zischeln verriet Ludger, wer neben ihm stand. Er erhob sich und musterte Janning. Der ignorierte ihn und langte nach dem Wachbuch. Ludger wollte

Meldung erstatten, aber der Abwehroffizier gebot ihm zu schweigen. Aufmerksam las der die Eintragung.

»Wenigsten verschleiern Sie das Vorkommnis nicht.« Jannings Augen trafen Ludger wie Lichtblitze. »Wissen Sie, welcher Posten den Fremden in das Sperrgebiet gelassen hat?«

»Nein, ich kam gerade erst von der Postenkontrolle zurück.«

»Dann sehen Sie mal zu, dass Sie den Idioten finden. Der Vorfall wird Ärger geben. Großen Ärger.«

Ludger schwieg und wischte sich die Hände an den Hosenbeinen ab. Der Schweiß floss ihm den Nacken hinunter.

»Korvettenkapitän Koschak wurde die Pistole gestohlen.«

Ludger drohten die Beine zu versagen. Unauffällig lehnte er sich an die Wand des Kleinbusses. Ein Waffenverlust während eines aktiven Einsatzes wog schwer. Man würde ihn zur Verantwortung ziehen.

»Sie machen den Verlust aktenkundig und geben an Kapitän Koschak eine neue Pistole aus. Hier ist seine alte Waffenkarte.« Janning warf ein giftgrünes Kärtchen auf den Tisch; groß wie eine Spielkarte, in Plastik eingeschweißt, mit zwei braunen Fettflecken am oberen Rand. Darunter standen die Waffennummer, ›B8058‹, und die Angaben zum Besitzer der Waffe: ›Korvettenkapitän Christian Koschak – 3. Flottille – 3. Hilfsschiffs- und Bergungsdienstabteilung – Stralsund‹.

»Bei nächster Gelegenheit befragen Sie Koschak und Grewe. Grewe wollte seinem Kommandanten helfen, kam aber zu spät. Und klären Sie, welcher Ihrer Posten gepennt hat.«

»Jawohl!« Ludger straffte seinen Körper.

»Ihr Einsatz hier in Berlin sollte ohne weitere Pannen ablaufen. Sonst wird's eng für Sie.« Hauptmann Janning reichte das Wachbuch zurück und wandte sich zum Gehen. »Ach ja. Die Nachforschungen werden Ihnen alles abverlangen und keine freie Minute lassen. Konzentrieren Sie sich darauf. Das Treffen mit diesem Fahnenflüchtigen werde ich übernehmen.«

Ludger erschrak. Warum öffnete sich nicht die Erde und verschluckte ihn? Seine Knie gaben nach. Wie ein Kartoffelsack sank er auf den Sitz.

*

Eine halbe Stunde später lehnte Ludger am Stamm eines Baumes in der Nähe des Wassers. Völlig überraschend war das Ablegen der KTS vorhin abgebrochen worden. Beinahe ausgestorben lagen sie jetzt am Ufer der Stralauer Halbinsel. Nur das gleichmäßige Dröhnen der Hilfsdiesel, die die Boote mit Strom versorgten, drang zu ihm herüber. Zwei von seinen Matrosen patrouillierten unmittelbar neben dem Liegeplatz. Fast die gesamte Einsatzgruppe saß in einer Besprechung am Ende der Landzunge. Lediglich die Motorenmeister sicherten den Hafenbetrieb auf den KTS. Ludger behielt seine beiden Posten und die Boote im Auge, damit ja kein neues Vorkommnis sein Schuldkonto belastete.

Grewe war offensichtlich ebenfalls zurückgeblieben, er kletterte gerade aus einer Luke im Vorschiff des mittleren Bootes, lehnte sich an die Aufbauten und zündete eine Zigarette an. Ludger sollte ihn als Augenzeugen im Fall des Pistolendiebstahls befragen. Vielleicht jetzt? Wenn er Hinweise auf den Täter ermitteln konnte, würde Janning ihm seinen Eifer gegebenenfalls positiv anrechnen. Ludger wollte es probieren und ging zum Liegeplatz hinüber. Grewe zeigte zwar wenig Begeisterung, lenkte aber ein und bat Ludger, an Bord zu kommen. Sie setzten sich in den Maschinenleitstand und der Ingenieur erzählte in knappen Worten: Während des Seeklarmachens hätte er einen Schrei gehört und wäre auf die Pier gelaufen. Christian, Kapitän Koschak, lag bäuchlings auf der Pier, sodass Grewe sofort die leere Pistolentasche an dessen Koppel entdeckte. Christian sei dann aufgestanden und zusammen mit ihm zu Hauptmann Janning gegangen, um den Vorfall zu melden.

Ludger notierte alle Angaben. »Was geschah danach?«

»Nichts. Hauptmann Janning hat uns zu den Booten geschickt. Das Auslaufen stand ja unmittelbar bevor.«

Ludger überflog noch einmal seine Aufzeichnungen, bedankte sich für die Auskünfte und ging nach draußen auf das Achterdeck. Seine Armbanduhr zeigte genau sieben Uhr. Hoffentlich kamen die Besatzungen bald zurück, damit er seine Posten wieder abziehen konnte. Ludger starrte auf die Pier. Die Posten? Wo sind die Posten? Sein Herz schlug schneller und der Schweiß trat ihm aus sämtlichen Poren. Wo sind die Scheißkerle? Er sah Jannings unnahbares Gesicht vor sich und dessen Worte hallten in seinen Ohren: Ihr Einsatz sollte ohne weitere Pannen ablaufen.

Ludger sprang vom Oberdeck des KTS auf die Holzpier. Die Bohlen federten und ließen ihn straucheln. Er rappelte sich auf und begann zu suchen; irgendwo mussten die beiden Idioten ja stecken. Zuerst kontrollierte er die Boote – nichts; dann zwischen den Bäumen – nichts; auf der Uferpromenade – nichts; auf der Tunnelstraße – nichts. Nichts, nichts, nichts. Die Angst betäubte seine Sinne. Ob die Posten zur Einsatzbesprechung befohlen worden waren? Er blickte zu den Booten hinüber. Zwei der Motorenmeister liefen am Liegeplatz umher. Die passten bestimmt auf. Ludger rannte los.

Am Anfang des Sperrgebiets hockten die Männer der gesamten Einsatzgruppe im Halbkreis und folgten einem unsichtbaren Redner.

Ludger sah sich nervös um; aber seine beiden Matrosen blieben verschwunden. »Scheiße!«, fluchte er und machte sich auf den Rückweg. »Vielleicht patrouillieren die Blödmänner inzwischen wieder vor dem Anleger. Die können sich auf was gefasst machen«, schwor er sich und jagte zurück. Plötzlich hörte er einen Pistolenschuss. Ludger hielt inne, lauschte und stürmte durch die Bäume hindurch zum Ufer. Die KTS lagen 50 Meter entfernt. Auf dem Deckshaus des Führungsbootes stand eine Gestalt in gebückter Haltung.

»Hey, runter da!«, schrie Ludger und stürzte in die Richtung des Liegeplatzes; mehr am Stolpern als am Laufen. Die Gestalt auf dem Boot richtete sich auf, starrte zu ihm herüber und sprang schließlich auf das Achterdeck.

»Bleiben Sie stehen!«, brüllte er aus Leibeskräften, rannte weiter und riss seine Pistole aus der Tasche. »Stehenbleiben!«

Die Gestalt machte einen Satz vom Boot auf den Holzsteg, schlug mit lautem Poltern auf, strauchelte und hastete auf allen vieren vorwärts. Ludger preschte dem Kerl hinterher. Sein Rückstand verringerte sich schnell.

»Bleiben Sie stehen oder ich schieße!«

Der Flüchtende sah sich um. Eine Kapuze verdeckte sein Gesicht; nur das helle Kinn blitzte auf. Er schlug einen Haken und hetzte zwischen den Bäumen davon. Ludger folgte ihm. Als er die Tunnelstraße in der Mitte der Landzunge erreichte, fehlte von dem Unbekannten jede Spur. Unschlüssig irrte Ludger inmitten der Sträucher am Straßenrand umher.

»Ludger?«, flüsterte eine Stimme plötzlich neben ihm. Er erkannte sie augenblicklich. »Ivo?«

»Ja«, drang die Antwort aus dem Dunkeln.

Ludger drehte sich herum, und da stand er, sein Freund Ivo. Sie umarmten sich. Tausend Gedanken schossen Ludger durch den Kopf. »Du musst weg! Sofort! Dein Vater«, sprudelte es aus ihm heraus.

»Den habe ich abgehängt.«

Zusammen traten die beiden auf die Straße und gingen einige Schritte. Ludger atmete auf; sein Brief hatte keinen

Schaden angerichtet. Aber warum kam Ivo hierher; in das Lager seines Häschers? Würde er Rechenschaft verlangen? Für den Lockbrief?

»Wann kannst du hier verschwinden?«, fragte Ivo.

Plötzlich erklang aus dem Hintergrund ein Zuruf: »Herr Janning?«

Ludger und Ivo drehten sich um. Vor ihnen standen zwei Uniformierte – ihre Kalaschnikows auf sie gerichtet. Die Mündungsmuttern blitzten im Mondlicht.

»Ja?«

»Sie sind festgenommen.«

Jetzt erkannte Ludger die beiden Knalltüten, die er vorhin gesucht hatte.

»Sie spinnen wohl!«, entrüstete er sich. »Erst verlassen Sie …«

»Ganz ruhig«, zischelte eine scharfe Stimme hinter den Rücken der Matrosen. Wie an Fäden gezogen, rückten sie auseinander, behielten die Waffen aber im Anschlag. Zwischen ihnen tauchte Hauptmann Jannings unnahbares Gesicht auf.

»Ganz ruhig, Oberleutnant. Die Männer handeln auf meinen Befehl. Ich habe sie abgezogen, um das kriminelle Subjekt zu beschatten.« Er gab den Wachen ein Handzeichen. Die legten Ivo Handschellen an und führten ihn ab.

»Was war das für ein Schuss, vorhin, bei den Booten?«, fragte Janning.

Ludgers Augen hingen an Ivo, den die Posten über den Anleger geleiteten.

»Antworten Sie«, zischte Janning.

Von ihm würde der Kerl nichts erfahren. Ludger presste die Lippen zusammen. Dieser Verbrecher hatte seinen Freund in eine Falle gelockt und festgenommen.

»Wollen Sie sich dem da anschließen?« Janning nickte in die Richtung, in der Ivo fortgebracht worden war.

Ludger besann sich und erstattete in kurzen Worten Bericht zu seinen Beobachtungen. Danach schickte ihn der MSA-Offizier zum Führungsboot, um es abzusichern, bis er zurückkäme. Ludger leistete dem Befehl Folge und machte sich auf den Weg. Unterwegs hielt ihn Grewe auf. Was los gewesen wäre? Er hätte mit den drei Motorenmeistern im Maschinenraum des mittleren Bootes zu tun gehabt und einen Schuss gehört.

»Das heißt«, fragte Ludger, »auf dem Führungsboot ist zurzeit keiner?«

»Nein, warum?«

»Da vorn sitzt ein Gefangener.«

»Na und?«

»Jeder Motorenmeister sollte sich auf seinem Boot aufhalten«, verkündete Ludger. »Der Inhaftierte durfte niemals allein gelassen werden!«

Grewe winkte ab. »Der Kerl ist gefesselt. Wo soll der hin? Wir mussten eine Störung beseitigen, um die Boote einsatzbereit zu halten.«

Ludger wollte Grewe ignorieren und weitergehen. Aber der hielt ihn am Arm fest. »Ich komme mit. Ich muss nach drüben, den Hilfsdiesel kontrollieren.«

»Niemand betritt das Boot«, sagte Ludger, entzog sich dem Griff und lief weiter. »Befehl von Hauptmann Janning!«

Vor dem Führungsboot blieb er stehen und lauschte. Der Hilfsdiesel ratterte gleichmäßig.

»Herr Bigalke?«, rief er vorsichtig.

Keine Antwort.

»Herr Bigalke? Melden Sie sich!«

Wieder keine Antwort.

Was war mit Bigalke? Was hatte die dunkle Gestalt auf dem Deckshaus gemacht? Und der Schuss? Ein Schauer lief ihm über den Rücken, so, als hätte ihm jemand eiskaltes Wasser in den Kragen gekippt. Hatte der Unbekannte in die Luke geschossen? Auf Bigalke? Am liebsten wäre er hochgeklettert, um nachzusehen. Aber Janning hatte befohlen: Niemand darf rauf.

Um seine Nervosität zu zügeln, begann Ludger, am Liegeplatz auf und ab zu gehen. Plötzlich stieß sein Fuß gegen etwas Hartes, das daraufhin einige Zentimeter die Bohlen entlangrumpelte. Er bückte sich und hielt eine Pistole in der Hand. Er schnupperte an der Mündung. Pulverqualm. Ludger überlegte: Bei seiner Flucht war der Fremde auf dem Steg gestolpert. Dabei musste er die Pistole verloren haben. Er stand auf und drehte den Lauf ins Licht der Straßenbeleuchtung.

»Scheiße!«

›B8058‹ blinkte die feine Gravur auf dem glänzenden Stahl. Ludger erschrak: Koschaks Knarre – genau die, die vor Stunden gestohlen worden war. Unwillkürlich wanderte sein Blick wieder hinauf zum Deckshaus mit der offenen Luke. Lag da eine Mordwaffe in seiner Hand? Im selben Moment ergriff ihn panische Angst. Am Griff klebten jetzt seine Fingerabdrücke. Völlig aufgelöst versuchte er, seine Gedanken zu ordnen. Wohin mit der Pistole? In den See? Einfach hinein und weg. Nein. Wenn wirklich was mit Bigalke passiert war, nahmen Taucher den See unter die Lupe. Und auf dem Boot verstecken? Nein. Das würden sie auch auf den Kopf stellen, ebenso wie die Umgebung des Liegeplatzes. Also blieb nur eine Möglichkeit: Ludger schob das Ding unter seine Uniformjacke.

20

Wann schlagen sie zu? Diese Frage quälte Svenja jetzt schon seit einer Stunde. Rastlos wanderte sie durch das Zentrum Berlins und achtete auf jedes Geräusch, auf jeden Lichtblitz, auf jeden Windhauch. Worauf wartete die Armee? Die Elite aus Politik und Gesellschaft gab sich im Palast ein Stelldichein. Zögerte man den Anschlag weiter hinaus, entkamen die Ersten bereits wieder aus der Mausefalle.

»Svenja?«

Erschrocken fuhr sie herum. Vor ihr stand Gotte – noch ausgemergelter als an jenem Sonntag in Stralsund, als er ihr den verhängnisvollen Brief zeigte. Sie lächelte. Ihr schlechtes Gewissen ihm gegenüber legte sich wie eine eiserne Klammer um ihren Magen. »Mensch, Gotte. Du hier?«

Im fahlen Licht der Straßenbeleuchtung schimmerten seine Augen aus zwei finsteren Höhlen hervor und ein starker Schweißgeruch umgab ihn. »Du bist in Berlin?« Seine Stimme klang verändert, als würde ihn eine schwere Grippe plagen. Zwischen den Worten atmete er mit rasselnden Lauten. Sein Elend weckte ihr Mitgefühl und die Scham über das eigene Versagen drohte sie zu ersticken. Sie musste ihm jetzt alles erklären, musste ihre Lügengeschichte, aus falscher Rücksicht und Bequemlichkeit geboren, endlich offenbaren. Vielleicht gingen sie gemeinsam ein Stück. Sicher kam Gotte selbst noch einmal auf seinen Verdacht gegen Robert zu sprechen; dann konnte sie reinen Tisch machen.

»Also, was unternehmen wir an diesem herrlichen Abend?«, fragte Svenja, kämpfte den Ekel vor seinem Äußeren nieder und hakte sich bei ihm ein. »Begleitest du mich in den Palast? Dort feiern die Leute bestimmt.«

»Nein!«

»Warum?«

Gotte sah zum Prachtbau hinüber, der wie ein hell erleuchtetes Monument hinter den Bäumen des Marx-Engels-Forums hervorragte. »Die kommen nicht mehr.«

»Wer kommt nicht mehr?«

Gotte atmete tief durch. »Der Schneefall … du wartest doch auf Schneefall? Der ist abgesagt.«

Svenja taumelte, ließ Gotte los und fiel auf eine Bank. Ungläubig schaute sie ihn an. »Woher … woher weißt du?«

»Ist egal. Im Umgang mit Robert Bigalke erfährt man manches.«

Wie ein Stichwort weckte der erwähnte Name Svenjas Schuldgefühl. »Du, Gotte, ich muss dir was sagen. Damals, als du Robert verdächtigt hast …« Sie zögerte.

»Er war es.«

»Ich habe es mir zu einfach gemacht«, gestand sie. »Ich hoffte, die Schuld an dem Brief liege bei jemand anderem.«

»Ich weiß.« Gotte strich ihr übers Haar. »Hätte ich die Suppe nur allein ausgelöffelt, ohne dich mit reinzuziehen. Aber reden wir nicht mehr darüber.«

Svenja sah ihn an. Sie wusste, er hatte ihr verziehen. Überglücklich fiel sie ihm um den Hals und drückte ihn. Unter seiner Jacke spürte sie einen harten Gegenstand. Svenja löste sich von ihm, tastete nach der Stelle und öffnete seinen Reißverschluss. Ein schwarzer Pistolengriff schimmerte im Hosenbund.

»Was soll das?«, stieß sie hervor und packte ihn am Revers. »Was willst du mit dem Ding?«

»Wenn ich dir verzeihe – dem Schwein nie.«

»Was hast du gemacht? Hast du ihn umgebracht?«

Gotte verzog den Mund. Beinahe wirkte es wie ein Grinsen. Dann verdrehte er die Augen und sackte zusammen. Svenja ließ seinen Kragen los, fing den schlaffen Körper ab und stützte ihn. Einige Augenblicke später kam Gotte wieder zu sich. Er nestelte an seiner Hose herum und zog eine Pille aus der Tasche. Schließlich spannte er den Oberkörper, richtete sich auf und lächelte sie an. »Bringst du mich zum Bahnhof?«

Svenja nickte.

*

Seit einer Stunde trank Otto Löffler nur noch Orangensaft; morgen begann pünktlich um acht wieder ein Bürotag. Gelangweilt starrte er auf den Bildschirm. Wie auf einem Jahrmarkt der Sensationen sprangen die Sender unverdrossen von Ostberlin nach Bonn, von dort nach Hamburg und Mainz in die Sendezentralen und erneut zurück nach Ostberlin. Bestimmt würde Ivo drüben sein Glück machen. Arno konnte ihm nichts mehr anhaben.

»Komm, wir gehen ins Bett«, sagte Lisbeth und stand auf. Ihre Augen zeigten deutliche Spuren des Kummers. Mit der Gewissheit, Ivo an seine alte neue Heimat verloren zu haben, hatte sie lange allein in der Küche gesessen. Danach war sie zurückgekehrt, hatte sich neben Löffler gesetzt und den ganzen Abend kein Wort gesprochen.

Löffler schaltete den Fernsehapparat aus, während Lisbeth seine Flaschen vom Tisch räumte und in die Abstellkammer brachte. Die Uhr an der Wand zeigte inzwischen kurz nach eins. Löffler stöhnte. Das Präsidium würde heute einem Bienenstock gleichen. Na egal – fünf Stunden Schlaf mussten reichen.

Da klingelte es an der Wohnungstür. Ging der Zirkus etwa jetzt schon los?

»Die müssen doch spinnen«, brubbelte Lisbeth, schüttelte den Kopf und stieg die Treppe ins Obergeschoss hinauf. »Mach nicht so laut, Otto, wenn du wiederkommst.«

Normalerweise riefen die Kollegen vorher an, falls sie ihn tief in der Nacht zum Einsatz holten. Gleichgültig schlurfte er in den Korridor und sah durch den Spion. Ihm stockte das Herz und das Blut drohte, aus dem Kopf zu weichen. Grelle Sterne tanzten vor seinen Augen. Mit zitternden Fingern versuchte er, die Sicherheitskette zu lösen, die ihm ein ums andere Mal entglitt. Schließlich schlug sie klimpernd gegen das Holz und Löffler riss die Tür auf.

»Ivo!«

»Hallo, Onkel.« Ivo lächelte und hielt einen Autoschlüssel hoch. »Ich bringe dein Auto zurück.«

Löffler fiel dem Jungen um den Hals. Tränen rannen ihm über die Wangen. Mitten in seine Freude hinein packten Löffler zwei Hände an der Hüfte und zerrten ihn beiseite. Lisbeth strahlte. »Ivo, mein Kleiner, dass du wieder da bist!«

21

Hauptmann Janning blätterte in den Schriftstücken zum Pistolendiebstahl, die Ludger ihm mitgebracht hatte. Genau vor einer Woche, am Dienstag nach der Wahl, waren sie aus Berlin zurückgekehrt. Ludger hatte in seiner Wachkompanie von morgens bis in den späten Abend hinein zu tun gehabt und keinen Gedanken an diesen blöden Fall verschwendet. Als Janning eben anrief und ihn zwecks Berichterstattung zu sich beorderte, hatte Ludger die Unterlagen zusammengerafft und war in das Dienstzimmer des MSA-Offiziers geeilt. Jetzt harrte er des Urteils über seine Detektivarbeit und ließ den Blick umherwandern. Das Büro hatte er sich anders vorgestellt – weiträumiger, moderner, repräsentativer. Gleich neben der Tür füllten ein schmuckloser grauer Aktenschrank aus Stahl und ein ebenso ausladender Panzerschrank die Wand. Auf der gegenüberliegenden Seite standen drei einzelne Stühle. Schreibtisch und Besprechungstisch ergänzten das Mobiliar. Hinter Janning fand nur noch ein kleines Sideboard mit Kaffeegeschirr Platz. An den Wänden hingen Landschaftsbilder mit Aufnahmen von Rügen. Ludger hätte das Porträt eines Karl Marx oder das des ersten KGB-Chefs Felix Dserschinski erwartet.

»Hm, gute Arbeit, die Sie da abliefern«, murmelte Janning, während er vor- und zurückblätterte, als suche er etwas. »Wo haben Sie das Protokoll zu Koschaks Befragung?« Die Frage klang sachlich. Janning sah auf und lächelte; seine sonst schmalen Lippen waren breiter und schimmerten freundlich. Die beiden Nase-Mund-Falten schienen fast verschwunden.

»In Berlin konnte ich mit Korvettenkapitän Koschak nicht mehr reden, er war ständig unabkömmlich.«

»Ja, ja, die Herren Kommandanten sind zu Höherem berufen.«

»Und hier die Verpflichtungen in meiner Kompanie. Ich hatte bisher einfach keine Gelegenheit.«

»Sie holen die Vernehmung schnellstmöglich nach. Anschließend ist der Fall für Sie erledigt.«

»Selbstverständlich.« Ludger atmete innerlich auf, blieb aber misstrauisch. Würde er die blöde Sache wirklich loswerden? So leutselig und sanft hatte er Janning noch nie erlebt – worauf wollte der hinaus? Kam er gleich auf Ivo oder auf Svenja Windisch zu sprechen?

Als Ludger gestern aus Berlin zurückgekommen war, hatte er eine Karte seines Freundes im Briefkasten vorgefunden. Ivo sei seinem Vater entkommen und nach Bremen zurückgekehrt. Ihm gehe es gut. Sosehr sich Ludger für Ivo freute; wie nahm Janning diese neuerliche Niederlage hin? Zu allem Unglück erwähnte am selben Abend Andrea ebenfalls den MSA-Mann. Ludger hatte sich derart auf das Wiedersehen gefreut; zumal sie ihn in ihre kleine Wohnung eingeladen hatte. Mitten in ihre zwanglose Unterhaltung hinein berichtete Andrea von ihrem Ausflug nach Berlin, zusammen mit dieser Svenja Windisch. Dabei erzürnte sie sich, wie ein gewisser Hauptmann Janning ihrer Freundin nachstellen konnte. Wer der überhaupt wäre? Ludger hatte sich erschrocken. Drohte da ein weiterer Konflikt mit dem Geheimdienstoffizier?

Janning schlug die dünne Akte zu, legte die Unterarme auf den Schreibtisch und beugte den Oberkörper vor. »Sie werden es noch nicht wissen: Demnächst gehen wir getrennte Wege.«

Ludger erschrak. Was kam nun?

»Sie haben in Berlin gute Arbeit geleistet. Am Pistolendiebstahl scheinen Ihre Leute keine Schuld zu tragen. Als Anerkennung neigt sich Ihre Verbannung in die Wachkompanie dem Ende zu. Ab August werden Sie eine zweite Chance bekommen und zur See fahren. Die Grenzbrigade braucht Offiziere.«

Er durfte wieder die Planken eines Schiffes betreten, sich den Seewind um die Nase wehen lassen und im Kartenraum stehen? Ludger wollte den vernommenen Worten kaum glauben. Gewaltsam rang er die aufkommende Euphorie nieder. Janning gehörte keinesfalls zu den Menschen, die frohe Botschaften verbreiteten. Warum jetzt? Welche Gemeinheit heckte er aus? Oder suchte er eine Brücke in die Zukunft, wandelte er sich vom Schafe reißenden Wolf zum dienstbaren Spürhund? Ludger fuhr sich mit den Fingern zwischen Kragen und Hals.

»Die nächsten Tage kümmern Sie sich aber um Koschaks Befragung und bringen mir das Protokoll. Falls Sie keine Fragen mehr haben, dürfen Sie gehen.«

Ludger blieb sitzen und kämpfte seine Nervosität nieder.

»Ist noch was?«

»Ich hätte da eine Sache, wenn Sie erlauben.«

Janning lehnte sich zurück und verschränkte die Arme vor der Brust. »Dann schießen Sie mal los.«

»Meine Freundin …« Ludger glitten die Worte kaum über die Lippen; er fühlte sich wie ein Junge, der den Vater um einen unerfüllbaren Gefallen bat. »Also die Freundin meiner Freundin, Svenja Windisch, es soll Probleme mit Ihnen gegeben haben. Ich wollte das nur ansprechen, falls ich erneut in Verdacht geraten sollte.«

»Vergessen Sie's! Aber es spricht für Sie, dass Sie die Geschichte melden. Sie haben wirklich dazugelernt.«

»Was ist mit Frau Windisch?«

»Ja, ich beabsichtigte tatsächlich, sie vor dem Einsatz in Berlin zu befragen. Frau Windisch hatte schließlich für diesen Bigalke gearbeitet, gegen den wir ermitteln mussten. Sie haben das ja teilweise mitbekommen.«

Ludger nickte.

»Ich wollte wissen, ob Frau Windisch sachdienliche Hinweise zum Verhalten ihres Chefs geben konnte. Sie muss die Sache überbewertet haben. Na, jedenfalls hat sich das inzwischen erledigt. Oder behelligt irgendjemand die Freundin ihrer Freundin erneut?«

»Nein, nein. Nicht, dass ich wüsste.«

»Na, sehen Sie.«

»Gestatten Sie noch eine Frage?«

Mit einem Grinsen sah Janning auf seine Armbanduhr. »Aber die letzte! Ich habe zu tun.«

»Was wurde aus Bigalke? Ich meine, Sie hatten ihn eines schweren Verbrechens verdächtigt.«

»Daran hat sich kein Deut geändert. Im Gegenteil. Bigalke wollte wirklich seinen Vater vergiften. Er sollte sofort nach der Operation Schneefall an die Polizei übergeben werden. Anders ging es leider nicht, aus Geheimhaltungsgründen, er kannte die Militäraktion. Kaum auszudenken, wenn der Kerl vor dem Einsatztag Sicherheitsbehörden und Politik verrückt gemacht hätte.«

Ludger nickte. »Verstehe.«

»Wie soll ich sagen? Bigalke ist uns entkommen. Irgendjemand muss ihn befreit haben. Genau in der Zeit, als die Boote unbewacht waren.«

Das Blut stieg Ludger in den Kopf und Schweiß trat ihm auf die Stirn. Jetzt brachte er sich selbst in Erklärungsnot.

»Ich mache Ihnen keinen Vorwurf. Im Gegenteil: Ich hätte Sie über den Abzug der Posten informiert, Sie aber vergebens gesucht.«

»Ich hatte Korvettenkapitän Grewe befragt.«

»Ich mache Ihnen keinen Vorwurf.« Janning hob beschwichtigend die Hände. »Jedenfalls war der Bigalke weg. Ihr Freund Ivo ist übrigens auf ähnlich mysteriöse Weise verschwunden. Vermutlich befreite ihn der gleiche Kerl, der auch Bigalke rausgeholt hatte.«

Ludger zögerte. Aber volle Offenheit schien jetzt angeraten. »Ivo ist wieder in Bremen. Ich habe eine Karte bekommen.«

»Ich weiß.«

Natürlich, dachte Ludger und nickte. Froh, die Post von Ivo erwähnt zu haben, erhob er sich umständlich vom Stuhl. »Ich bringe das Protokoll noch diese Woche.«

»Sehr schön«, lächelte Janning.

Ludger verabschiedete sich und ging zur Tür. »Null – Null – Acht – Acht – Schrägstrich – Acht – Neun vom dreißigsten zwölften neunundachtzig«, hörte er da in seinem Rücken. Wie ein Schlag trafen ihn die Worte. Er verharrte in seiner Bewegung. Janning hatte ihn einlullen wollen. Blitzschnell ordnete Ludger seine Gedanken. Sein Gegner hatte aber einen Fehler gemacht: Hätte er ihm die Zahlen direkt entgegengeschleudert, Ludger hätte sich verraten.

»Wie bitte?«, fragte er und drehte sich langsam um. Jannings Gesicht verbarg sich hinter der gewohnten Maske: dünne zusammengepresste Lippen, zwei tiefe Nase-Mund-Falten und ausdrucklose Augen.

»Sie haben mich genau verstanden«, zischte er, stand auf, kam zu Ludger heran und baute sich vor ihm auf. »Falls Sie das Dokument haben, sollten Sie es ebenfalls diese Woche abliefern. Lassen Sie den Termin verstreichen und man findet es später bei Ihnen, dann …« Janning zeichnete ein Kreuz in die Luft.

»Ich weiß nicht, wovon Sie reden«, antwortete Ludger mit dem Mut zur Selbsterhaltung.

Janning nickte. »Natürlich.«

*

Ein starker Nordostwind jagte Wolken über den grauen Himmel, setzte den Wellen Schaumkronen auf und würzte den böigen Wind mit Salz. Der Sonnenschein des Tages hatte einem herbstlichen Abend weichen müssen.

Auf dem Versorger von Kapitän Koschak feierte das Berlin-Kommando den erfolgreichen Abschluss der Operation Schneefall. Ludger hatte sich gewundert, warum ein abgebrochener Einsatz als Erfolg gefeiert wurde, war aber hingegangen. Unzählige Gäste bevölkerten das Schiff – grauhaarige Herren in steifen Anzügen, junge und reife Damen in eleganter Abendgarderobe, sogar Pastoren, wie sie neuerdings zu hunderten in der Politik arbeiteten. Und ein paar ausländische Uniformierte, aus England und Frankreich, liefen über das Deck. Die Vielzahl der Besucher hatte die Besatzung zum Umdisponieren gezwungen: Alle Räume auf dem Schiff reichten für den Ansturm nicht aus und so musste das Büfett an Oberdeck aufgebaut werden – zum Leidwesen der Damen, die in ihren viel zu dünnen Abendkleidern besonders unter den Unbilden der Witterung litten. Dennoch amüsierten sich die Gäste, standen in kleinen Gruppen zusammen, unterhielten sich und genossen die Köstlichkeiten.

Ludger hielt sich abseits, lehnte einsam an der Reling und blickte in das aufgewühlte Wasser. Als er sich wieder der Gesellschaft zuwandte, kam Kapitän Koschak auf ihn zu. Er balancierte ein Sektglas vor sich her, grüßte mit einem knappen Hallo und fragte ohne Umschweife nach neuen Ergebnissen im Fall des Pistolendiebstahls.

»Ich habe keine, warum?«

»Nur so. Irgendwie bleibt der Vorfall ein dunkler Fleck in meiner Personalakte. Und dann fühlt man sich durchaus schuldig. Wozu der Dieb die Pistole wohl brauchte?«

»Im Anschluss an Ihre Befragung habe ich die Untersuchungen gleich am letzten Dienstag abgeschlossen. Bestimmt weiß Hauptmann Janning inzwischen mehr?«

»Vielleicht? Aber alle Einzelheiten, die Sie zukünftig vom Verbleib der Waffe erfahren, melden Sie doch? Oder?«

Ein zwiespältiges Gefühl beschlich Ludger, als würde man ihn in eine finstere Straße schicken, in der hinter jeder Ecke

Unheil lauerte. Kein Mensch wusste davon, dass er die Pistole hatte. Was sollte die Fragerei?

»Ja, sicher«, bekundete Ludger.

Koschak nickte. »Na dann noch viel Vergnügen bei unserem schönen Fest.« Er tätschelte Ludger die Schulter und ließ ihn stehen.

Erneut allein, wandte sich Ludger dem Meer zu und starrte grübelnd auf die Schaumkämme der Wellen.

»Haben Sie Glühwein?«

Glühwein? Ludger drehte sich herum und sah in zwei opalgrüne Augen unter einer schwarzen Lockenpracht. Die arabisch wirkende Schönheit lächelte ihn an. Ihre spitze Nase und die schmalen Lippen zeugten von den unwirtlichen Temperaturen des Abends.

»Haben Sie auch Glühwein?«, wiederholte sie ihre Frage.

»Nein, leider«, nahm er ihren Faden auf und spann ihn weiter: »Einen Wintereinbruch konnte niemand vorhersehen.«

»Das sollten Sie aber, bei dem Wetter.« Die Frau lachte. Die Grübchen auf den Wangen verliehen ihr einen hinreißenden Ausdruck.

»Ich heiße Ludger Rotgerber – Oberleutnant Rotgerber.«

»Angenehm. Ich bin Imke Zaiser aus Bremerhaven.«

Erschrocken hielt Ludger den Atem an. Eine Frau aus dem Westen, hier auf ihrem modernsten Gefechtsversorger?

Als hätte sie seine Gedanken erraten, fügte sie lächelnd hinzu. »Keine Angst, ich spioniere nicht. Die Herren der britischen Navy haben mich als Dolmetscherin engagiert. Allerdings sprechen Ihre Kollegen perfekt Englisch und so bin ich arbeitslos.«

»Von wegen. Die Jungs bemühen sich. Ihr Kompliment gebührt den Gästen, die stümperhaftes Englisch tolerieren.« Er beugte sich vor. Ihr Parfüm roch blumig-feminin. »Selbst mit Russisch sieht's schlecht bei uns aus«, flüsterte er. »Aber niemandem weitersagen.«

Sie lachte.

Ihre Art gefiel ihm. »Da ich Ihnen Glühwein verwehren muss, darf es ersatzweise Sekt sein?«

Sie bejahte. Ludger holte die Getränke und sie stießen an, auf ein formloses Du, auf Imke und Ludger. Die Gläser klimperten und der Wind wehte ihr eine Locke in die Stirn. Ihr Charme nahm ihn gefangen. Verbissen suchte er nach einem Gesprächsthema, verzweifelte beinahe, fand aber dennoch keins. Imke erlöste ihn und begann zu erzählen: über ihr Studium, über ihre Heimatstadt an der Weser, über ihre Hobbys.

»Kommst du mich mal besuchen?«, fragte sie schließlich.

»Mich lädst du vorher ein.« Koschak stand auf einmal neben ihnen.

Imke starrte ihn an, als ragten aus seinem Hemdkragen zwei Köpfe. Dann breitete sich ein zauberhaftes Lächeln auf ihrem Gesicht aus. »Christian? Du?« Sie fiel ihm um den Hals, küsste ihn flüchtig auf die Wange und löste sich wieder. »Ich habe dich überhaupt nicht gesehen?«

»Ich bin der Kommandant hier und musste die Gäste umsorgen.«

»Ach, und jetzt?« Sie blickte sich um und deutete auf das Deck voller Menschen. »Jetzt schickst du alle weg?«

Koschak lächelte. »Würde ich gern. Ist jedoch unnötig. Den offiziellen Teil habe ich geschafft und die Herrschaften sind versorgt. Die kommenden Stunden kümmere ich mich um dich.«

»Und deine Frau?«

»Die ist zu Hause.«

»Dann zeigst du mir erst einmal dein Schiff«, quengelte Imke wie ein kleines Mädchen. »Ich friere.« Mit sachter Gewalt zerrte sie ihn in Richtung der Aufbauten. »Tschüs, Ludger«, winkte sie, ergriff Koschaks Hand und zog ihn davon.

Woher kannte Koschak diese Imke?, fragte sich Ludger. Sie mussten sich bereits zuvor kennengelernt haben. Traurig über das abrupte Ende der netten Unterhaltung mischte er sich unter die anderen Gäste. Aber er fand keine zweite Imke, blieb einsilbig und sehnte sich plötzlich nach einem ruhigen Plätzchen. Ludger nahm sich ein Bier und stieg zur Brücke hinauf. Vielleicht konnte er sich zwischen all den nautischen Geräten dem Gefühl seiner zukünftigen Seefahrerkarriere hingeben.

Die Dunkelheit des Abends und die Ruhe des verlassenen Kommandostands ließen ihn den Ausblick auf die Stadt und den Strelasund genießen. Auf einmal hörte er Imkes Stimme im Verkehrsgang.

»Hier wohnst du?«, fragte sie.

»Ja. Die Kommandantenkammer liegt gleich hinter der Brücke. So kann ich schnell eingreifen, wenn's brenzlig wird«, erklärte Koschak mit der Inbrunst eines Regierungschefs, der ausländischen Gästen seine Bedeutung demonstrierte.

»Wie spannend. Darf ich hinein?«

»Sicher.«

»Gemütlich hast du's«, schwärmte Imke; dann klappte die Tür zu.

Ludger schüttelte den Kopf nahm seine leere Flasche und ging. Auf einmal zog es ihn einzig zu seiner Andrea.

22

»Erinnerst du dich noch an unser Gespräch im Februar?«, fragte Svenja ihren Vater. Genau wie damals stand auf dem Tisch eine Kanne mit duftendem Pfefferminztee. Die Mutter war zu Romy gegangen und so konnten sich die beiden ungestört unterhalten.

Frieder nickte. »War auch ein Montag.«

»Sogar Rosenmontag.« Svenja überlegte. »Und? Bist du heute traurig?«

»Traurig? Nein. Wir hätten zwar gern unsere Konzepte umgesetzt, aber wenn's die hohen Herren drüben halt wollen, stürzen wir uns eben in die Abenteuer Währungsunion und Marktwirtschaft.«

Frieder, der ewige Optimist, dachte sie. Der geht ohne Pause zur Tagesordnung über.

Svenja hatte sich die vergangenen Wochen treiben lassen, ab und zu dem Vater geholfen, ansonsten jedoch Müßiggang geübt. Von Robert fehlte seit seinem Verschwinden jede Spur und so schloss die Stadtverwaltung sein Bürgerbüro. Svenja hatte es nach der Rückkehr aus Berlin nur einmal betreten, um alle Unterlagen an seine Parteifreunde zu übergeben. Als letztes Überbleibsel des Robert Bigalke fand die Polizei sein Auto auf einem verlassenen Parkplatz und übergab es den Eltern. Die Mutter hatte darin sein Notizbuch gefunden und es Svenja geschenkt – ihr Name stünde so oft in den Aufzeichnungen. Sie hatte sich bedankt und das Buch weggelegt, um die Erinnerungen zu begraben.

Wie an jenem Rosenmontag suchte Svenja auch diesmal Rat beim Vater. Die Operation Schneefall war am Wahlabend tatsächlich ausgefallen. Der Schneefall ist abgesagt, hatte Gotte damals prophezeit und recht behalten. Was hatte die Militärs umgestimmt? Eine Panne kann es kaum gegeben haben, kein Mensch sprach heute über die Aktion, weder in Svenjas Umgebung noch in der Öffentlichkeit. Das Schweigen und die daraus resultierende Ungewissheit ängstigten sie. Drohte ihr als Eingeweihte irgendeine Gefahr? Um gegebenenfalls Antworten zu erhalten, hatte sie das Gespräch mit Frieder gesucht.

»Ich muss so manches Mal an den Abend denken«, sagte Svenja. »Deine Zuversicht hatte mir geholfen.«

»Tja, und du hast mir seinerzeit große Angst eingejagt, meine Kleine.«

»Warum? Weil ich vom Schneefall im März erfahren hatte?«

»Woher eigentlich?«

Mit zitternden Händen führte Svenja die Teetasse zum Mund und trank einen Schluck. »Woher? Was nützt dir dieses Wissen?«

»Vielleicht … Lass es mich so sagen: Bei meinen Nachforschungen, die ich damals einfach anstellen musste, wurden mir gewisse Gerüchte unter die Nase gerieben.«

»Ach ja?«

»Du sollst dich in einem Gespräch mit Kapitän Seeger verraten haben.«

Als liege diese Plauderei am Kamin erst Stunden zurück, erinnerte sich Svenja daran. »Wir haben in unserer Unterhaltung die Putschpläne überhaupt nicht berührt.«

»Ich weiß. Aber Seeger ist ein alter Luchs – ihm entgeht kein Wort. Du hättest Plymouth als Zielhafen des Flottenbesuchs erwähnt. Seeger sprach wohl nur allgemein von England. Die Herren fragten sich also, wer da geplaudert hatte. Es gab kaum Personen, die davon wussten.«

»Na und?« Svenjas Kribbeln im Bauch begann, sie zu nerven. Und sie ärgerte sich über ihren Fehler.

»Anschließend hast du alles richtig gemacht – hast geschwiegen und bist untergetaucht. Dein abgebrühtes Verhalten rettete dir den eigenen Hintern und den deines Informanten. Und jetzt frage ich mich, wem hast du geholfen?«

»Weil es auch dein Schwiegersohn sein könnte?«

Frieder zuckte mit den Schultern. »Ja, er gehört zur Familie. Romy liebt ihn und die Kinder brauchen ihren Vater.«

»Ach, und ich?«

»Mädchen, du weißt, ich liebe dich, so wie du bist. Und den besonnenen Umgang mit deinem Wissen vergesse ich dir nie.«

Svenja stand auf und ging ans Fenster. Am westlichen Himmel leuchtete jetzt, um halb elf, noch immer ein schmaler orangeroter Streifen.

»Was hat eigentlich den Schneefall im März verhindert?«, fragte sie, ohne sich umzudrehen.

»Die Details blieben mir leider verschlossen. Aber die Aktion soll sich erübrigt haben. Heute schweigen eben alle und segnen die Öffentlichkeit mit Unkenntnis.«

»Warum lassen die Herren vom MSA oder von der Armee oder wer auch sonst – warum lassen sie mich in Ruhe? Schließlich gehöre ich zu den Mitwissern.«

»Zum Glück nur durch Hörensagen. Du könntest nichts beweisen. Außerdem habe ich Sicherungen eingebaut.«

»Ansonsten?«

»Ansonsten träfe ein Tornado dieses Land und gegen die folgende Hexenjagd würde die Auflösung der Stasi als harmloses Räuber-und-Gendarm-Spiel verblassen.«

Freude wollte Svenja keine empfinden. Sie schützten lediglich die Beziehungen des Vaters. Langsam drehte sie sich um. »Du hast dich umgehört?«

Der Vater nickte.

»Was ist aus Robert geworden?«

»Er soll im Westen sein – allerdings tot.«

»Also doch.« Sie schüttelte den Kopf. Nicht, dass es sie schmerzte, bei ihrem heutigen Wissen. Aber sie hätte die Wahrheit über Gottes Schicksal gern von ihm selbst erfahren.

»Seit wann? Ich meine, wann und wie kam er um?«

»Keine Ahnung. Darüber hüllen sich meine Quellen in Schweigen.« Frieder führte seine Tasse an die Lippen und schlürfte vernehmlich. »Svenja? Auch dieses Mal gilt: Halte bitte deinen Mund. Bigalkes Tod unterliegt der höchsten Geheimhaltungsstufe.«

»Ihr kotzt mich an!«, stieß sie hervor und stürmte mit zusammengekniffenen Augen auf den Vater zu. »Ein Staatsgeheimnis löst das andere ab.« Sie stützte sich auf die Armlehnen seines Sessels und fixierte ihn mit ihren Blicken. »Reichen dir deine Beziehungen als Lebensversicherung für mich? Oder muss ich befürchten, irgendwann als wunderschöne Leiche in einer Gosse zu enden?«

Frieder verzog keinen Gesichtsmuskel.

»Mensch rede!«

»Was soll ich sprechen, während du deinen Auftritt genießt?«

Dieser Scheißkerl, dachte sie, der hat sich stets im Griff. Sie beugte sich zu ihm vor und küsste ihn auf die Stirn. »Ach, Papa. Warum können wir nicht in ganz normalen Zeiten leben?«

»Jetzt überraschst du mich! Du bist doch in unserer Familie für die Weltverbesserungen zuständig – und beschwerst dich?«

»Ich gehe.«

Frieder schmunzelte. »Ist auch schon spät genug.« Er erhob sich aus seinem Sessel und stellte das Teegeschirr zusammen. »Ich will keinesfalls drängeln, aber du solltest dir eine geregelte Arbeit suchen.« Er lächelte, als wolle er sie aufmuntern.

Das Herz wurde ihr schwer – sie musste sich erklären, hier und in diesem Augenblick. »Ich verlasse Stralsund in Richtung Leipzig. Um das Glück nicht überstrapazieren zu müssen, verschwinde ich aus dem Dunstkreis gewisser Leute.«

»Warum bleibst du im Osten?«

»In den Westen abhauen, sieht wie Flucht aus.« Sie ging zum Vater und drückte ihn, wie eine brave Tochter, die um Verständnis schnurrte. »Bitte kein Wort zu Mama, ich sag's ihr lieber selbst.«

*

»Danke, dass du gekommen bist«, flüsterte Gotte, und versuchte, den aufgesprungenen Lippen ein Lächeln abzuringen.

»Sprich nicht so viel, du musst dich schonen«, antwortete Svenja und setzte sich an den Bettrand.

Gottes Gesichtshaut schimmerte wie die bleiche Farbe des Kopfkissens. Die Pusteln hatten sich zu einer schmutzig-roten Kruste vereint. Von seinem Körper verliefen etliche Kabel zu elektronischen Geräten auf einem Ständer neben dem Bett.

Er schüttelte den Kopf. »Meine Zeit läuft ab. Der morgige Sonnenaufgang findet ohne mich statt. Morgen und in alle Ewigkeit.«

Svenja kämpfte mit den Tränen. Was veranlasste einen Menschen, dem eigenen Tod so ungerührt entgegenzusehen?

»Ehe ich es vergesse. Ich möchte hier in Rostock begraben werden.« Er atmete schwer. »Stralsund hat mir nur Unglück gebracht.«

»Ist gut.«

Erneut versuchte Gotte ein Lächeln und schloss die Augen, als könne er nicht sprechen und müsse erst Kraft schöpfen.

Mitten in ihre Vorbereitungen für den Umzug nach Leipzig hatte Svenja am Vormittag ein Anruf aus der Uni-Klinik Rostock erreicht. Herrn Fürchtegott Schmidt gehe es sehr schlecht. Er wolle sie sehen. Svenja hatte alles stehen und liegen gelassen und war in die Klinik gefahren.

»Du? Gotte?«, fragte sie flüsternd.

Er schlug die Augen auf. »Ja?«

»Woher wusstest du eigentlich, ich meine, von den Vorgängen in Berlin? Und wer hat dir die Pistole besorgt?«

Kaum erkennbar schüttelte er den Kopf. »Wozu? Wozu willst du das wissen? Der Bigalke hat seine Strafe bekommen. Der Kerl musste vor mir abtreten …«

»Du weißt es?«

Er nickte.

»Hast du ihn erschossen?«

Zwei gebrochene Augen blickten sie an.

»Gotte?«, fragte sie leise.

Sein Blick versuchte, zu antworten, die Augenlider senkten sich jedoch. Ein lautes Summen erklang. Die Geräte neben seinem Bett blinkten hektisch. Svenja sprang auf und sah Hilfe suchend in die Runde. Im selben Augenblick kam eine Schwester herein. »Sie müssen jetzt gehen, junge Frau.«

Svenja sah zu Gotte, der nur noch flach atmete. Sie bückte sich und streichelte ihm die Wange. »Mach's gut, Fürchtegott Schmidt. Komm gut oben an.«

Im Korridor setze sich Svenja auf einen Stuhl. Sie würde ihn nicht wiedersehen. Aber in seinen letzten Minuten wollte sie ihm nahe sein.

Juli 2007

23

»Ich kenne das Ding«, wiederholte Svenja und deutete auf das Foto mit der glänzenden Spange. Die ausgefransten Reste einer Kordel hingen links und rechts herunter. Die Jahre im Wasser hatten dem Teil zugesetzt. Aber die vier Löcher, in denen einst die Niete gesessen hatten, waren noch deutlich zu erkennen.

»Sind Sie sicher?«, fragte Oberkommissar Marc Müller und spielte mit seinem Zopf.

»Die rote Farbe, wie Ahornblätter im Herbst, und die schwarze Kordel und die zerfaserte Öffnung. Da fehlte der Niet. Ich war dabei, als der herausfiel.«

»Wem gehörte der Hut?«

»Robert Bigalke. Und zwar dem Robert Bigalke, der 1990 spurlos aus Stralsund verschwunden ist.«

»Bigalke aus Stralsund? Sagt mir nichts.« Müller schien zu überlegen; er drehte seinen Zopf immer schneller und starrte auf das Foto. »Warten Sie hier«, bedeutete er ihr. »Ich hole Hauptkommissar Löffler. Dem können Sie dann alles erzählen, was Sie wissen.« Er lief zur Tür und sah zurück. »Sehen Sie sich ruhig die Fotos noch einmal an. Vielleicht kommen Ihnen auch andere Gegenstände bekannt vor?«

*

»Das sind mir ja gute Neuigkeiten«, meinte Löffler, als er hereinkam. Müller folgte ihm wie ein dienstbarer Schatten. »Setzen wir uns am besten hierher«, lächelte Löffler und deutete auf den kleinen Besprechungstisch, an dem Svenja vorhin bereits mit dem Oberkommissar gesessen hatte. Die drei nahmen Platz. »Erzählen Sie einfach!«

Svenja räusperte sich, begann den Bericht an dem Tag ihres ersten Zusammentreffens mit Robert und endete mit dessen Verschwinden. Die beiden Kommissare hörten zu. Löffler schmunzelte ab und zu aufmunternd und wischte sich regelmäßig mit seinem Taschentuch über den Kopf. Müller sah sie die ganze Zeit an. Er vergaß sogar, mit seinem Zopf zu spielen.

»Sehr schön«, beschied Löffler und blickte zu seinem Kollegen, der wie ein braver Sohn eifrig nickte.

»Gehen wir einmal davon aus«, wandte sich Löffler erneut an Svenja, »dass es sich bei dem Skelett tatsächlich um die sterblichen Überreste von Herrn Bigalke handelt. Wir müssen das noch überprüfen. Aber Ihre Version klingt zumindest logisch.« Er räusperte sich. »Diesen Vorwurf, den Ihr Freund Fürchtegott Schmidt gegen Herrn Bigalke erhob? Den haben Sie wirklich verneint?«

Svenja zuckte die Achseln. »Ich hatte keine Beweise. Da musste ich Robert glauben.«

»Ich dachte immer, in der DDR brauchte man nicht unbedingt Beweise, wie ihr Freund auf tragische Weise erfuhr.«

Unruhig rutschte Svenja auf ihrem Platz hin und her. Ihr stiegen Hitzewallungen in den Kopf und die Zunge klebte am Gaumen. »Vielleicht wollte ich Robert vertrauen – immerhin arbeiteten wir zusammen. Gotte war mir so fremd geworden.«

»Verstehe! Und weshalb Herr Bigalke bei seinen Parteifreunden in Ungnade gefallen war, ich meine, von der Wahlliste gestrichen wurde, das blieb Ihnen verborgen? Schließlich waren Sie seine rechte Hand.«

»Er hat nie darüber gesprochen. Warum auch? Wie hätte ich ihm helfen sollen?«

»Dann dieser hellgrüne Zettel. Was stand darauf?«

»Keine Ahnung. Er hatte ihn mitgenommen.«

»In seiner Begeisterung hätte Herr Bigalke den Text vorlesen können.«

Svenja überlegte, rief sich die Szene ins Gedächtnis und schüttelte den Kopf. »Nein. Er sagte nur, er ginge doch in die große Politik.«

»Sie haben nicht gefragt?«

»Nein.«

»Es betraf auch Ihre Zukunft.«

»Robert verschwand ja gleich.« Svenja atmete tief durch, wie nach einem schnellen Lauf. »Kann ich ein Glas Wasser bekommen?«

»Natürlich. Herr Müller holt Ihnen eins aus dem Automaten draußen.« Ein Blick genügte und der Oberkommissar erhob sich. Als er das Büro verließ, stand Löffler ebenfalls auf und stellte sich ans Fenster. Die Hände auf dem Rücken ineinandergelegt, wippte er auf den Zehenspitzen, sah hinaus und schwieg.

Verzweifelt grübelte Svenja. Roberts Notizen lagen bei ihr zu Hause. Sie hatte noch nie hineingesehen. Sollte sie das Buch erwähnen?

»Erinnern Sie sich an das Telefonat mit Bigalke?«, fragte Löffler plötzlich, ohne sich umzudrehen. »Ich meine, nachdem er verschwunden war.«

»Das liegt 17 Jahre zurück.«

»Überlegen Sie.«

Roberts Aufzeichnungen beantworteten bestimmt so manche Frage. Ob sie sie herausgab? Nein! Reichte sie jetzt der Polizei den kleinen Finger, rissen die ihr den ganzen Arm ab und beschlagnahmten ihre einzige Informationsquelle. Dann könnte sie ihre Seite-1-Story vergessen.

»Wie war das damals?«, grübelte Svenja laut. »Ich weiß nur noch, dass Robert zwei Tage nach seinem Verschwinden – ja, am übernächsten Tag – erneut anrief; ihm ginge es gut, er habe bis zur Wahl alle Hände voll zu tun und arbeite in Bonn. Den Wahlsonntag würde er in Berlin feiern.« Svenja rekapitulierte in Gedanken abermals und bestätigte: »Genau so war's. Robert hatte mich sogar eingeladen, ich sollte ebenfalls hinkommen.«

»Das haben Sie geglaubt?«

»Warum nicht?«

Löffler drehte sich zu ihr um. Im selben Augenblick kehrte Müller mit dem Wasser zurück und stellte es vor ihr auf den Tisch. Svenja trank es in einem Zug leer und fühlte sich für den Rest der Befragung gestärkt.

»Und dann?«, fragte Löffler. Seine dunklen Augen schienen die Antworten aus ihr heraussaugen zu wollen.

»Dann war Funkstille. Ich habe kein Wort mehr von ihm gehört.«

Löffler nickte, stieß sich mit dem Rücken an der Fensterbank ab und kam zum Besprechungstisch, blieb aber stehen. »Hast du bis hierher Fragen?«, wandte er sich an Müller. Der spielte schon wieder mit seinem Zopf, den er unter den Blicken seines Kollegen losließ. »Nein.«

»Danke, Frau Windisch. Zunächst haben Sie uns sehr geholfen.« Löffler zog das Kinn kraus und blickte zu Svenja herunter. »Da bleiben jedoch zahlreiche Fragen offen, die wir zu klären haben. Na ja, dafür bezahlt uns schließlich der Senat. Wenn Ihnen noch was einfällt, rufen Sie mich bitte an, zu jeder Tages- und Nachtzeit.« Er legte seine Visitenkarte auf den Tisch.

*

Zu Hause angekommen lief Svenja sofort auf den Dachboden, um nach Roberts Notizbuch zu suchen. Fast eine Stunde später, der Staub der Vergangenheit klebte an ihren Händen, betrachtete sie das Schulheft mit dem schwarzen Einband. Das minderwertige Papier schimmerte schmutziggelb und roch muffig, aber die Schrift war gut erhalten. Sie blätterte die Seiten durch. Mitten im Buch lag ein kleiner Zettel zwischen den Blättern; ein kleiner Zettel in hellem Grün. Svenjas

Herz pochte. Mit zittrigen Fingern faltete sie ihn auseinander. In den krakeligen Buchstaben einer alten Schreibmaschine stand da:

›Dies ist der Hilferuf eines besorgten Bürgers an einen aufrechten Politiker. Die Marine plant eine Militäraktion gegen die neu gewonnene Demokratie. Die Retter des Vaterlandes von der 3. Flottille wollen mit drei KTS in Berlin das Volk unter ihre Stiefel zwingen. Suchen Sie die Boote und Sie werden die Wahrheit finden.‹

Svenja hielt den Brief in der Hand, den damals dieser Junge gebracht und der wohl Roberts Schicksal besiegelt hatte. Sie las abermals die wenigen Zeilen. Danach ging sie hinunter ins Wohnzimmer, holte eine Flasche Wein, kuschelte sich auf das Sofa, nahm das schwarze Buch und begann zu lesen. Die Eintragung auf der ersten Seite stammte vom 14.11.89. Robert hatte anfangs nur kurze Anmerkungen und Termine eingetragen. Ab Mitte Januar gewannen die Aufzeichnungen an Umfang, erreichten beinahe die Ausmaße eines gut geführten Tagebuchs.

Kurz nach Mitternacht legte Svenja die Notizen beiseite. Wie ein Dokumentarfilm hatte Roberts Niederschrift die Vergangenheit ablaufen lassen, mit all den Details, die ihr längst entfallen waren. Unschlüssig hielt sie den Schicksalszettel in der Hand. Wer hatte den Brief geschrieben? Wer hatte den Jungen geschickt? Wie hieß er eigentlich? Sie hatte den Namen vergessen. Hatte sie ihn überhaupt gewusst? Bestimmt. Schließlich hatte der Knabe eine Quittung bekommen.

Je intensiver sie überlegte, umso mehr verschwammen die alten Zeiten, als würde sich ihr Kopf weigern, über die damaligen Ereignisse nachzudenken. Svenja schlug den letzten Eintrag auf. Robert hatte ihn in fast unleserlicher Schrift hingeschmiert. Unter dem Datum 08.03.90 lauteten die abschließenden Sätze:

›Gleich holt mich ein Oberleutnant Rotgerber ab. Wir gehen auf irgendein Schiff. Wenn die KTS immer noch hier im Hafen liegen, ich werde sie finden. Und dann gnade denen Gott.‹

Der Name Oberleutnant Rotgerber elektrisierte Svenja: Sie erinnerte sich genau an die Szene, als dieser schmächtige Jüngling Andrea kennengelernt hatte. Wenige Jahre später standen die beiden vorm Traualtar. Andreas Mann musste etwas von Bigalkes Schnüffeleien in der Flottille wissen, vielleicht sogar dessen Verhaftung miterlebt haben. Für sie stand fest: Bigalke hatte die KTS entdeckt und war anschließend in die Fänge der Militärs geraten.

Plötzlich stockte ihr der Atem. Ein ähnliches Schicksal hätte ihr ebenso widerfahren können. Göran hatte sie seinerzeit in die Putschpläne eingeweiht. Hatte er sie wirklich vor dem Umgang mit den falschen Leuten schützen wollen? Je länger sie darüber nachdachte, umso stärker wuchsen ihre Zweifel. Er selbst hatte sich mit seinem Tipp in ihre Hände begeben. Und was Svenja außerdem verwunderte: Im Anschluss an seine Warnung hatte er nie mehr Kontakt zu ihr gesucht; hatte weder nach ihren Schlussfolgerungen gefragt, noch eine Gegenleistung für seine Rettungsaktion verlangt, nicht einmal den kleinsten Annäherungsversuch gestartet. Das widersprach dem Wesen des Göran von damals, ebenso wie dem des Göran von heute.

Nach ihrem Umzug in die Messestadt Leipzig, 1990, hatten Svenja ihn völlig aus den Augen verloren. Erst, nachdem sie dann in den Westen kam, hatte sie ihn seinerzeit bei einer Veranstaltung der mittelständischen Unternehmer in Bremen wiedergetroffen; er als der Star der Runde, als einer der erfolgreichsten Geschäftsmänner in der Region, und sie als

Reporterin, die man eben duldete. Danach kreuzten sich ihre Wege hie und da, höchstens zweimal im Jahr. Selbst wenn sie seine Mobilnummer besaß, rief sie nie an.

»Warum hast du mir die Story derzeit erzählt?«, fragte sich Svenja laut. Sie würde ihn fragen und griff nach ihrem Handy. Nein. Ein persönliches Gespräch wäre besser – Göran wohnte ja nur eine halbe Autostunde entfernt.

24

Schritte stürmten die Treppe herunter. Ludger blinzelte zum Wecker: kurz vor acht. Der hat ja lange gebraucht, dachte er und drehte sein Gesicht zur Wand. Jetzt musste er sich schlafend stellen, damit Görans erste Angriffsspitze ins Leere lief.

»Du pennst noch?«, dröhnte die Stimme des Hausherrn durch den Partykeller. »Wach auf! Los!«

Im nächsten Augenblick spürte Ludger zwei kräftige Hände, die sich um sein Schulterblatt schlossen und ihn durchschüttelten. »Mensch, wach auf!«

Langsam wälzte sich Ludger herum. Görans Auftritt könnte einen Kranken aus dem Koma reißen. »Was gibt's denn? Ich bin spät schlafen gegangen.«

»Was gibt's? Was gibt's? Was ist mit deiner Frau?«

»Warum? Du wolltest sie heute herbeordern.«

»Scheiße ist! Deine Andrea ist nicht zur Arbeit erschienen. Sie hätte einen Unfall gehabt und sei beim Arzt.«

Ludger schluckte die aufkeimende Freude herunter. Sein Plan hatte funktioniert. Jetzt musste er auf der Hut sein. Er spannte alle Muskeln an, sprang mit einem Satz aus dem Bett und griff nach Görans Kragenaufschlägen. Den Auftritt hatte er in der Nacht dreimal geübt. Hoffentlich wirkte er realistisch. »Was sagst du? Was ist mit Andrea?«

»Das weiß ich doch nicht«, schimpfte Göran und machte sich unwirsch frei. »Sie soll am Telefon nur gesagt haben, dass sie zum Arzt müsse. Kein Wort weiter. Geschweige denn, wann sie in die Firma kommt.«

Ludger war erleichtert. Andrea hatte jede seiner Anweisungen beherzigt und war von der Bildfläche verschwunden.

Auf dem Weg zur Telefonzelle hatte Ludger spät abends darüber nachgedacht, wie er Andrea aus der Schusslinie bekommen könne. Görans Vorschlag, seiner Frau das Versteck des Dokuments 0088/89 zu verraten, damit sie es nach Verden brachte, hielt Ludger für brandgefährlich. Aber er konnte Göran auch nicht brüskieren. Glücklicherweise war ihm dann die Idee mit dem Unfall und dem spontanen Arztbesuch eingefallen. Als er Andrea anrief, hatte sie ihn zunächst mit Vorwürfen überschüttet: Warum er sich erst jetzt melde? Wo er überhaupt stecke? Ob alles geklärt wäre? Wann er zurückkomme? Er hatte den Hörer einige Zentimeter vom Ohr gehalten und sie reden lassen. Anschließend hatte er ihr kurz und knapp die wichtigsten Verhaltensregeln erklärt und letztendlich eingeschärft, unbedingt in Stralsund zu bleiben – egal, was passieren würde. Diese Warnung hatte einen abermaligen Wortschwall ausgelöst: Was eigentlich passiert sei? Wieso diese Tricks? Was Göran verlange? Am Ende hatte sie gedroht, sich nur an Ludgers Anweisungen zu halten, wenn er ihr die Geschichte erzählte. Also hatte er ihr die verfahrene Situation beschrieben, das Dokument 0088/89 erwähnt, dessen Versteck aber verschwiegen. Zum Schluss hatten sie einen neuen Telefontermin vereinbart. Mitten in der Nacht war Ludger zurückgekehrt, hatte noch seinen Auftritt geübt und sich danach schlafen gelegt.

Göran hielt ihm das schnurlose Telefon hin. »Los, ruf sie an.«

»Wo?«, fragte Ludger verwundert.

»Na, auf dem Handy.«

»Hat sie keins – aus Protest. Auf ihrem Privathandy rief früher ja nur die Firma an, ein Firmengerät war deinen Managern allerdings zu teuer.«

Görans Gesicht verriet den Ärger, der in ihm kochte. »Dann, bei ihrem Arzt?«

»Bei welchem?«

»Was weiß denn ich? Wo sie immer hingeht.«

»Meinst du wirklich«, entgegnete Ludger vorsichtig, um seinen Chef nicht zum Platzen zu bringen, »Ehemänner wissen, zu welchem Arzt ihre Frauen gehen?«

»Jetzt habe ich aber die Schnauze voll!«, schrie Göran und schleuderte das Telefon wie einen Diskus an die Wand, das dort scheppernd zersprang. Dann stürzte er sich auf Ludger und packte ihn am Kragen. »Glaubst du, wir spielen hier Verstecken? Wir sitzen bis zur Oberkante Unterlippe in der Scheiße.«

Du vielleicht, dachte Ludger und schwieg.

»Du baust den Mist und ich reiße mir den Arsch auf, damit wir da rauskommen. Währenddessen schweigst du. Erzähl mir mal, wie wir die Situation in Stralsund retten.«

»Da gibt's wenig zu retten. Du wirst die Einspritzpumpen zurückrufen müssen.«

»Vergiss es. Bei einem Rückruf geht die Firma den Bach runter. Du kennst die Zahlen.«

Ludger nickte. Die VDMW, die Verdener Dieselmotorenwerke, die Grewe gehörten und für deren Betriebsstätte in Stralsund Ludger arbeitete, mussten 500 Dieselmotoren zurückrufen, um schadhafte Einspritzpumpen auszuwechseln. Pro Motor ein Schaden von 1.000 Euro.

»Aber die halbe Million verkraftet das Unternehmen doch.«

»Wenn's nur das Geld wäre«, sagte Göran. Er schüttelte den Kopf und lief zum Tresen hinüber. Ludger zog sich seinen Jogginganzug an und folgte ihm.

»Hier.« Göran schubste ein gut gefülltes Whiskyglas über die blanke Holzplatte, das Ludger im letzten Moment greifen konnte.

»Prost.« Göran setzte an und stürzte das scharfe Getränk in einem Zug hinunter. Ludger nippte an seinem Glas.

»Die Automobilisten werden den Vorfall für gepfefferte

Knebelverträge ausnutzen und deren Einkäufer lutschen uns anschließend wie Blutsauger aus.« Er seufzte und goss sich einen neuen Whisky ein, dieses Mal randvoll.

Ludger verstand ihn. Er war auch nicht stolz darauf, lediglich die Mängel der billigen Einspritzpumpen aus Vietnam aufgezeigt zu haben. Er hätte handeln, Lieferungen sperren, die Betriebsleitung bedrängen und Göran warnen müssen. Er kannte das Geschäft doch, gehörte zu den Männern der ersten Stunde. Gleich nach der Wiedervereinigung war Ludger aus der Grenzbrigade ausgeschieden und bei der Weißen Flotte untergekommen. Mehr schlecht als recht hatte er sich all die Jahre durchgeschlagen, bis Göran ihn im Jahr 2000 zur VDMW holte. Er hatte die Betriebsstätte in Stralsund mit aufgebaut, die Pionierzeit genossen, und war inzwischen zum obersten Qualitätsbeauftragten aufgestiegen. Ludger seufzte. Nachdem vor wenigen Wochen die Probleme hochkochten, hatte Göran ihn für die finanziellen Verluste verantwortlich gemacht, eine halbe Million verlangt und ihn mit dieser Forderung ein ganzes Wochenende schmoren lassen. Danach war Göran mit seiner Idee herausgerückt: Ludger hätte doch seinerzeit im Umfeld des Bigalke-Mordes herumgeschnüffelt; handfeste Beweise ließen sich zu Geld machen, gegebenenfalls zu viel Geld. Aber Bigalkes Leiche sei nie aufgetaucht, sein Tod wäre nicht einmal bekannt geworden, hatte Ludger eingewandt. Wenn man den Bullen Fakten präsentierte und die zu schnüffeln anfangen würden, war Görans einfache Antwort, könnten überraschend die Pläne zur Operation Schneefall in die Öffentlichkeit gezerrt werden. Und genau das fürchteten gewisse Kreise wie die Vampire das Sonnenlicht. Göran hatte ihn beschworen: Er hätte sich umgehört, für eindeutiges Beweismaterial bezahlten die gewissen Kreise eine mittlere sechsstellige Summe. Ludger war eingeknickt und hatte alles erzählt – von seinen Beobachtungen während des Einsatzes in Berlin, vom Pistolenfund, von der Schießerei auf dem Führungsboot, von Bigalkes Verschwinden und von Koschaks Interesse an dem Fall. Göran hatte aufmerksam zugehört und für die ersten Julitage das Geschäft auf Helgoland eingefädelt.

Göran leerte mittlerweile das vierte Glas Whisky. Er rülpste, drehte sich zu Ludger und stierte ihn mit ausdruckslosen Augen an. »Hättest du dieses blöde Dokument gleich mitgebracht, wären wir heute raus, fein raus.«

Diese idiotische Tabelle mit ihren unzähligen Städtenamen, gestempelt als Geheimdokument, dessen Verlust strafrechtlich geahndet werden sollte, dessen Nummer 0088/89 seit Jahren durch seinen Kopf geisterte, hatte anfangs niemanden interessiert. Warum jetzt? Ludger überlegte. Das vermaledeite Blatt Durchschlagpapier enthielt verschlüsselte Informationen zur Operation Schneefall. Was fürchteten die Kerle, die sie angeblich massiv bedrohten?

Göran nahm einen tiefen Zug aus der Whiskyflasche und drohte Ludger mit dem Zeigefinger. »Wenn du das Papier nicht ranholst, dann gnade dir Gott.« Er lehnte sich über den Tresen, holte einen Briefumschlag hervor und streckte ihn Ludger entgegen. »Hier packst du das Scheiß-Dokument rein.« Göran richtete sich auf, sprang vom Barhocker und schwankte auf Ludger zu. »Besorg das Papier, sonst lass …« Seine Zunge ging schwer. »Sonst lass, sonst lass ich dich hochgehen.« Langsam, als würde sein Arm erschlaffen, rutschte die Hand herunter. »Lars … lass dir das gesagt sein.«

Ludger blinzelte – hielt das Déjà-vu fest. Er sah Lars, er sah Göran, er sah die beiden am Rathaus, sah Göran dem Neffen einen Umschlag geben, an jenem nasskalten Nachmittag. Diese Szene im Kopf fragte er vorsichtig: »Du, sag mal?«

»Ja?« Göran glotzte aus großen Augen.

»Komm, wir trinken noch einen.« Ludger führte seinen Chef zum Tresen und füllte ihm einen vierstöckigen Whisky ein. »Prost!«

Göran stürzte den Schnaps in einem Zug hinunter.

»Du, sag mal. Damals, während der Wende, was hattest du da mit dem Bigalke zu schaffen?«

»Wa… Warum?«

»Na, du hattest ihm doch einen Brief geschickt.«

»Woher weißt du denn davon?«

»Mein Neffe Lars war dein Bote.«

Als hätte Ludger einen guten Witz erzählt, schlug sich Göran auf die Schenkel und grinste. Der Alkohol zeichnete sein Gesicht. »So klein ist die Welt.«

»Was wolltest du von Bigalke? Worüber hast du dich beschwert?«

Mit einer schwerfälligen Handbewegung wehrte Göran ab. »Diese Pfeife.« Er deutete Ludger, näher zu kommen. Eine Wolke Alkoholdunst empfing ihn. Göran legte den Arm um Ludger und flüsterte. »Ich wollte den Schneefall verhindern.«

»Was?«

»Ja. Bigalke bekommt einen Tipp und … und posaunt die Sache aus … dachte ich.« Göran formte seine Hände zu einem Trichter, hielt ihn vor den Mund, pustete wie ein Dreikäsehoch hinein und winkte ab. »Pustekuchen … der Idiot … zu blöd … lässt sich hopsnehmen.«

Auf einmal verstand Ludger auch die Umstände um Bigalkes zweiten Besuch in der Flottille. Aber welchen Zweck hatte Göran verfolgt? »Warum wolltest du die Operation Schneefall verhindern?«

Göran strahlte übers ganze Gesicht. Mit einem Schwung warf er den Arm in die Runde. »Wegen dem hier … mein Onkel … mein Onkel … das Erbe …« Er beugte sich vor, stürzte fast vom Barhocker, griff jedoch rechtzeitig nach Ludgers Schulter und flüsterte ihm ins Ohr: »Ich sollte den Laden kriegen.«

»Die VDMW.«

»Genau.«

Lars und Göran hatte Ludger schon im Februar gesehen. Bigalke wurde aber erst drei oder vier Wochen später festgenommen. Er fragte danach.

Göran richtete sich auf, trank einen Schluck aus der Whiskyflasche und machte erneut eine wegwerfende Handbewegung. »Der Idiot … musste nachhelfen … hab's seinem hübschen Betthupferl …« Er formte in der Luft die Kurven einer Frau und freute sich diebisch. »Die hat's kapiert … hat ihm 'nen geblasen.« Göran leerte die Flasche, ließ sie fallen und bettete seinen Kopf auf die Tischplatte des Tresens.

Ludger stieß ihn an. »Welches Betthupferl? Göran!«

Der rappelte sich hoch. »Na die S… die Sv …«

»Svenja?«

Göran nickte und senkte sein Haupt erneut auf den Tresen.

Ludger rückte von ihm ab. Diese Skrupellosigkeit! Der Kerl opferte zwei unschuldige Menschen, um beim Westonkel in der Firma unterzukriechen. Ebenso würde das Schwein Andrea und ihn opfern, wenn er dadurch seinen Arsch retten könnte. Am liebsten wäre Ludger sofort abgehauen. Aber er durfte Göran nicht unterschätzen, noch musste er sein Spiel mitspielen. Heute ging er ihm erst einmal aus dem Weg und sah dann weiter, je nach Situation.

Göran schnarchte. Ludger rüttelte ihn, goss ihm einen Eiskübel voll Wasser über die Haare und schleppte danach den schlaffen Körper ins Wohnhaus hinüber.

25

Löffler stand auf seinem Lieblingsplatz, am Fenster des Büros, und starrte in Richtung Haupttor, das er von hier gut sehen konnte. Das Bremer Polizeipräsidium belegte ein großflächiges Areal in der Vahr. Die alten Backsteingebäude bildeten einen Innenhof, in dem einige Bäume wuchsen, die im Frühjahr und Sommer herrlich dufteten, an heißen Tagen angenehmen Schatten spendeten, aber im Herbst und Winter mit ihren kahlen Ästen das Grau trüber Tage verstärkten. Für morgen sagte der Wetterbericht bereits wieder ein Ende der Wärmeperiode voraus – nach nur einer halben Woche. Mir soll's recht sein, dachte Löffler und wischte sich den Schweiß von der Stirn.

»Die Windisch ist wieder weg«, hörte er Müller III in seinem Rücken, der wohl eben ins Büro trat. »Das Protokoll hab' ich.«

»Sehr schön.« Löffler drehte sich um.

Müller III ging zum Besucherstuhl vor dem Schreibtisch und wollte sich setzen.

Löffler schüttelte den Kopf. »Lohnt sich nicht – du musst los.«

Mitten in der Bewegung hielt Müller III inne und schaute fragend zum Fenster.

»Die Angaben der Windisch überprüfen. Dazu benötigen wir DNA-Material. Am besten von diesem Bigalke selbst. Sollte keins mehr aufzutreiben sein, dann von den Eltern – eine Verwandten-DNA-Untersuchung dürfte auch reichen. Das leierst du über die Kollegen in Stralsund an. Aber schön freundlich, wenn ich bitten darf.«

»Warum das denn?«

»Mensch! Wenn du die Kameraden bekniest, beeilen die sich vielleicht.«

Müller III nickte und ging zur Tür.

»Und schau beim Doktor vorbei: Wir brauchen den Todeszeitpunkt, egal ob das Skelett im Wasser lag oder sonst wo. Die sollen sich mal ein bisschen anstrengen.«

»Jawohl, Chef.«

»Ich bin dann für zwei Stunden außer Haus.«

*

Der Name Bigalke hatte Löffler vorhin wie eine Sünde aus uralten Tagen getroffen. Schon als Müller III damit ankam, war ihm sein Einsatz in der Rolle eines Privatdetektivs wieder eingefallen, ebenso wie der Name Svenja Windisch, den er in diesem Zusammenhang gelesen haben musste. Nur wie die junge Dame hieß, die ihn seinerzeit beauftragt hatte, wollte ihm weiß Gott nicht mehr einfallen. Er konnte sich lediglich an ihre rötlich schimmernden blonden Haare und ihr hübsches, nordisch wirkendes Gesicht erinnern. Um seine Verlegenheit zu verbergen, hatte er am Morgen erst einmal den neugierigen und unvoreingenommenen Kommissar gemimt. Durch sein Taktieren hatte er die Gelegenheit erhalten, sich die alte Geschichte anzusehen. Zu Hause lag garantiert irgendwo noch diese Akte aus der damaligen Zeit. Die würde sein Gedächtnis auffrischen.

Ohne Umweg über seine Wohnung, Lisbeth hätte ihn mit quengelnden Fragen bloß aufgehalten, lief Löffler zielstrebig in den Keller. Dort unten stand ein Ungetüm von Kleiderschrank aus der Gründerzeit, den der Vormieter einfach hatte stehen lassen. Um das Monstrum sinnvoll zu nutzen, bewahrte Löffler darin abgelegte Dokumente auf. Und so brauchte er nicht lange zu suchen, um den betagten Ordner zu finden, der auch die Berichte dieses Stasimannes aus

Bitterfeld enthielt. Am oberen Rand des Aktendeckels hing, mit einer Büroklammer befestigt, die Visitenkarte der Schönen mit dem nordischen Gesicht: Danica Pinter. Natürlich. Löffler überflog die Unterlagen und fand ebenso den Namen Svenja Windisch wieder. Sein Bruder Arno hatte sie im Fall des Verdächtigen Fürchtegott Schmidt vernommen und als Hauptbelastungszeugin aufbauen wollen. Der Versuch war ihm misslungen. Konzentriert blätterte Löffler in dem Hefter. Die Papiere gaben jedoch wenig in Bezug auf Bigalkes Tod her. Er ärgerte sich, damals kaum etwas in Richtung von Frau Pinters Auftrag unternommen zu haben. Heute hätte ihm das geholfen. Andererseits, eventuell wusste die Dame nach den vielen Jahren selbst mehr? Garantiert lohnte ein Besuch bei ihr, aber allein; wer weiß, was sie über ihre erste Begegnung alles ausplauderte. Dann musste er Müller III die Verbindung zwischen Danica Pinter und Robert Bigalke auf andere Weise erklären. Die Zugehörigkeit beider zu dieser Initiative für Freiheit und Frieden reichte sicher nicht. Möglicherweise half ihm Svenja Windisch, wenn er sie völlig unvoreingenommen zu einflussreichen Parteifreunden ihres früheren Chefs befragte?

*

Gut gelaunt kehrte Löffler ins Präsidium zurück. Der Anruf bei Svenja Windisch hatte sich als Volltreffer erwiesen. Sie kannte zwar kaum jemanden aus der damaligen Führung von Bigalkes Partei, aber an eine Danica Pinter erinnerte sie sich genau, weil sie diese Frau während ihrer ersten Begegnung mit Robert Bigalke in Berlin kennengelernt hatte. Die Pinter war ’88 in den Westen ausgebürgert worden und lebte heute irgendwo in Norddeutschland. Bigalke schien sie näher gekannt, sogar bewundert zu haben.

Löfflers Glückssträhne hielt an: Der Name Danica Pinter tauchte in einer der polizeilichen Datenbanken auf; sie wohnte im Land Bremen, in Bremerhaven-Weddewarden, Burgstraße 16. Er notierte die Anschrift, verließ sein Büro und schaute bei Müller III vorbei.

»Ich fahre nach Bremerhaven, zu einer Danica Pinter«, sagte er von der Tür aus.

Müller III blickte verwundert auf. »Wer ist das?«

»Eine erste Spur«, erwiderte Löffler und erwähnte Svenja Windischs Auskunft. Dass er diese Frau Pinter bereits kannte, verschwieg Löffler.

Müller III erhob sich.

»Ich fahre allein«, beschied Löffler.

»Allein?«

»Du hast ja wohl genug zu tun. Trete den Medizinern auf die Füße und erinnere die Kollegen im Osten an ihre Amtshilfe. Wir brauchen endlich Gewissheit über Todeszeitpunkt und Identität.«

Müller III nickte und setzte sich wieder. Er schöpfte bestimmt keinen Verdacht. Und überhaupt, redete Löffler sich ein, mussten sie überall zu zweit hinfahren? Schließlich sollte gespart werden.

*

Eine halbe Stunde später erreichte er ein schmuckes kleines Einfamilienhaus unter der ermittelten Adresse im Norden von Bremerhaven. ›Danica Pinter‹ stand auf einem schmucklosen Schildchen am Zaun. Er klingelte. Hoffentlich traf er die Dame des Hauses auch an; normale Bürger saßen zu dieser Zeit im Büro – Politiker ebenfalls? Falls Danica Pinter weiterhin in der Politik mitmischte. Plötzlich bewegte sich eine der Gardinen im Erdgeschoss. Zumindest glaubte Löffler, ein Wackeln der Stores wahrgenommen zu haben. Sein Herz pochte; er fühlte sich wie ein Jüngling vor dem ersten

Rendezvous. Dann öffnete sich die Tür. Er erkannte die Frau sofort wieder: Noch immer trug sie das lange rotblonde Haar offen und ihre blasse Haut erinnerte auch heute an eine nordische Schönheit.

»Herr Kommissar?«, rief sie erstaunt, lächelte und kam auf ihn zu. Ihre grünen Augen musterten ihn und im Näherkommen entdeckte Löffler das Grübchen direkt auf ihrer Unterlippe. Ihrem Gesicht zufolge lag die letzte Begegnung keine 17, sondern höchstens fünf Jahre zurück. Ein paar Fältchen um die Augen und auf der Stirn ließen sie gereifter aussehen. Sie entriegelte das Gartentor und reichte Löffler die Hand zur Begrüßung.

»Bitte, kommen Sie herein«, sagte sie. Im selben Augenblick verschwand ihr Lächeln. »Obwohl ich eigentlich böse mit Ihnen sein sollte.«

»Ach ja? Warum das denn?«

»Sie haben mich seinerzeit hintergangen. Sie sind nur zum Schein auf meinen Auftrag eingegangen und haben Ihr eigenes Süppchen gekocht.«

»Tatsächlich?«

»Nach Ihrer dürftigen Auskunft musste ich persönlich recherchieren.« Sie drohte mit erhobenem Zeigefinger wie eine erwachsene Tochter dem eigensinnigen Vater. »Na, wenigstens haben Sie sich als Gentleman erwiesen und auf eine Rechnung verzichtet.«

»Sehen Sie.« Löffler grinste. Diese Danica Pinter besaß Charme und Köpfchen. Steckte sie wirklich hinter Bigalkes Tod, würde er sich anstrengen müssen.

Wenig später stellte sie eine Kanne Tee auf den Küchentisch und setzte sich zu ihm.

»Sie leben allein?«, begann Löffler das Gespräch. Er wischte sich mit dem Taschentuch über den Kopf. »Ich meine, ich fand in der Meldedatei ziemlich schnell Ihren Namen.«

Danica Pinter hielt die rechte Hand mit einem Ehering hoch. »Mein Mann musste akzeptieren, dass ich meinen Mädchennamen behielt. Ist besser für den Job.«

»Sind Sie noch immer in der Politik aktiv?«

»Ja. Ich arbeite für Lutz Schmalstieg.«

»Der Lutz Schmalstieg?«, versicherte sich Löffler, ob der streitfreudige Volksvertreter aus Bremerhaven gemeint war, der mit viel Engagement für die Bürger und seine Karriere kämpfte.

»Ja, für den Lutz Schmalstieg. Aber seinetwegen kommen Sie wohl nicht?«

»Nein. Sie hatten damals in dieser Geschichte der Denunziation an Fürchtegott Schmidt eigenständig recherchiert? Mit welchem Ergebnis eigentlich?«

»Mit keinem. Jedenfalls mit keinem handfesten, was den Verdacht gegen Robert betraf. Sie hatten uns auf einen Zeitpunkt nach der Wahl vertröstet und so mussten wir ihn von der Kandidatenliste streichen. Wenig später verschwand er spurlos. Also schlossen wir den Fall ab.«

»Bigalkes Verrat blieb unbewiesen?«

»Ja! Fürchtegott Schmidt hielt zwar bis zu seinem Tod an Roberts Schuld fest; ihm fehlten allerdings auch die Beweise.«

»Wann starb Herr Schmidt?«

Danica Pinter stand auf, verließ die Küche und kam mit einem kleinen Notizbuch in der Hand zurück. »Am 4. April 1990, an den Folgen seiner Quecksilbervergiftung.«

Löffler pfiff durch die Zähne. »So kurz nach der Volkskammerwahl?«

»Ist das wichtig?«

Löffler ging nicht auf ihre Frage ein. »Wenn Bigalke wirklich für die Verhaftung von Fürchtegott Schmidt verantwortlich gewesen wäre und der das Gefängnis nur ein paar Wochen überlebt, dann hätte das für einen Bigalke in so exponierter Stellung und auch für Ihre Partei richtig peinlich werden können. Oder?«

»Was wollen Sie damit sagen?« Die Pinter kniff ihre Augen zusammen. Dabei wölbten sich ihre Brauen nach unten. »Warum sind Sie hier?«

»Ihr Robert Bigalke ist wieder aufgetaucht; als Leiche, als Skelett. Den Todeszeitpunkt ermitteln wir noch.« Löffler wischte sich über den Kopf und schob eine kleine Spekulation hinterher: »Er dürfte aber im Frühjahr 1990 gestorben sein.«

»Warum kommen Sie zu mir?«

»Na ja, vielleicht kannten Sie, oder Ihre Partei, doch die ganze Geschichte und Bigalke hat Sie erpresst. Was weiß denn ich? Jedenfalls …«

Danica Pinter erhob sich und kam langsam auf ihn zu. »Reden Sie ruhig weiter.«

»Jedenfalls haben wir Bigalkes Überreste in Bremen gefunden.«

»Und da Sie mich sowieso kennen, sonst keinen Verdächtigen zur Hand haben, da dachten Sie, Sie klopfen bei mir mal auf den Busch. Nehmen Sie mich auch gleich mit?«

Löffler stand jetzt ebenfalls auf. »Nein! Das können Sie so nicht sagen. Ich ermittle in alle Richtungen.«

»So? In welche? Wenn man fragen darf?«

»Na … in alle eben. Aber irgendwo muss ich ja anfangen.«

»Dann viel Glück.« Die Pinter trat einen Schritt zurück und deutete auf die Tür. »Bitte gehen Sie. Mein Chef erwartet mich im Büro. Kommen Sie ruhig wieder, insofern Sie Beweise vorzuweisen haben.«

Löffler fühlte sich wie ein ungebetener Gast, den der Portier aus einem Fünfsternerestaurant hinauskomplementierte. »Sie verhalten sich unklug«, zischelte er im Aufbrechen. »Wenn Sie nichts zu verbergen haben, lassen Sie uns reden.«

»Damit Sie mich aushorchen und anschließend über den Tisch ziehen.« Danica Pinter folgte ihm bis in den Garten, öffnete das Tor und schob Löffler hinaus. »Aber ich gebe Ihnen gern zwei Tipps. Sie wollen doch wirklich in alle Richtungen ermitteln. Also: Roberts Opfer, Herr Schmidt, hatte die ihm verbliebenen Kräfte zusammengenommen, um den Verräter zu bestrafen. Die Pistole dazu hatte ihm Ihr Herr Bruder besorgt. Von dem wusste er auch, dass Bigalke am Wahltag in Berlin sein würde.«

»Wer behauptet das?« Löffler staunte.

»Das will ich Ihnen sagen: Bernd, Bernd Forner, hat Herrn Schmidt in seinen letzten Lebenswochen unterstützt und gepflegt. Vielleicht erinnern Sie sich? Ich hatte ihn während unserer ersten Begegnung erwähnt.«

Löffler nickte. Er erinnerte sich schwach. Eben dieser Forner hatte 1990 Schmidts Verdacht an die Parteizentrale weitergeleitet und so die damaligen Nachforschungen ausgelöst.

»Herr Schmidt hatte vor Bernd keine Geheimnisse. Im Gegenteil, er erzählte ihm alles.«

»Danke für den Tipp. Und der zweite?«

»Denken Sie bei den Ermittlungen auch an Ihren Neffen Ivo!«

Der Name versetzte Löffler einen Hieb. Als wäre ein Damm gebrochen, fluteten Erinnerungen in sein Bewusstsein: Ivos Entschlossenheit, nach Hause zurückzukehren; dieser blöde Brief des Kompaniechefs; der Vorwurf gegen Bigalke, den eigenen Vater vergiftet zu haben; die Wut in Ivos Augen.

»Wie kommen Sie auf ihn?«, fragte Löffler reserviert.

»Der Hinweis stammt von einem anderen Freund, aus dem engsten Umkreis Ihres Bruders. Übrigens: Das Märchen über Paul Bigalkes Vergiftung hatte Ihr Bruderherz inszeniert.«

Also doch, dachte Löffler. Arno wollte Ivo in eine Falle locken. Er hatte es geahnt.

Danica Pinter schloss das Gartentor. »Sie sollten wirklich in alle Richtungen ermitteln, und zuerst einmal in Ihrer Familie, bevor Sie unbedarfte Leute belästigen.«

Löffler nickte gedankenverloren. Wie ein geschlagener Schachspieler, der dem Sieger per Handschlag gratuliert, reichte er der Pinter die Hand. »Danke.«

*

Mit schlechtem Gewissen saß Löffler an seinem Schreibtisch und starrte auf den Monitor. Zum Glück hatte er Danica Pinter allein besucht. Hätte er sich ihre Worte in Müllers Beisein anhören müssen, sein Ruf im Präsidium wäre für alle Zeiten ruiniert gewesen. Und das zu Recht. Wie konnte er Ivos Hass auf Bigalke vergessen? Jenen Hass, der im März '90 so tief gesessen haben musste, dass der Junge völlig verändert nach Bremen zurückgekehrt war: Er hatte kaum geredet, zurückgezogen in seinem Zimmer die Tage gefristet und war sogar Lisbeth aus dem Weg gegangen. Ivos Distanziertheit verhinderte seinerzeit jede Frage zu den Vorgängen in Berlin, zu den Ursachen für seinen Sinneswandel, zu den Gründen für seine Rückkehr nach Bremen. Die Wandlung des Neffen hatte Löffler geschmerzt. Beinahe erleichtert nahm er deshalb zwei Wochen später Ivos Auszug zur Kenntnis. Der Junge wollte sich irgendwo in Norddeutschland eine eigene Existenz aufbauen. Löffler hatte ihn widerspruchslos gewähren lassen. Mit polizeilichen Hilfsmitteln würde er ihn jederzeit wiederfinden, hatte er damals geglaubt. Sporadische Versuche in diese Richtung waren in den Folgejahren jedoch stets gescheitert.

Heute suchte Löffler ernsthaft. Wiederholt klickte er sich durch behördliche Datenbanken und Informationsquellen. Aber Ivo hinterließ keine Spuren: Im Anschluss an die Abmeldung seines Wohnsitzes in Brake/Unterweser zum Ende 1990 verlor sich seine Fährte. Der Junge schien kein

Auto zu fahren, kein Telefon zu benutzen, keine EC- oder Kreditkarte zu besitzen und auch kein Konto zu führen. Nicht einmal Kundenkarten benutzte er, beteiligte sich an keinen Gewinnspielen und ignorierte das Internet. Er schien kein Geld zu verdienen und nie krank zu sein. Atmete er überhaupt? Löffler erschrak. Quatsch – unmöglich! Wenn Ivo gestorben wäre, hätte er wahre Leuchtspuren im engmaschigen Netz der Überwachungsmaschinerie hinterlassen. Allerdings blieb Bigalke ebenso 17 Jahre verschwunden, ohne ein Anzeichen seines Ablebens zu hinterlassen.

»Du? Otto?«

Erschrocken sah Löffler zur Tür seines Büros. Günter Pelzer, ebenfalls ein Urgestein der Kriminalpolizei, stand dort mit einem Blatt in der Hand. Löffler wischte sich über die Augen und rutschte im Bürosessel zurück.

»Hab' ich dich geweckt?«, fragte Pelzer mit breitem Grinsen.

»Du fliegst gleich wieder raus. Darf man nicht einmal mehr nachdenken?«

»Doch. Natürlich. Ich stör auch nur kurz.« Pelzer kam näher und legte das mitgebrachte Papier auf den Tisch. »Lies mal bitte.«

Die vertrauliche Hausmitteilung bestand lediglich aus einigen Zeilen:

›In einer Außenstelle des Bundesbeauftragten für die Stasi-Unterlagen (BStU) sind die Mitarbeiter der Behörde auf Hinweise zu einem im Frühjahr 1990 geplanten Militärputsch gestoßen. Verdichten sich die Anhaltspunkte zu einem Anfangsverdacht, muss mit umfangreichen Ermittlungen gerechnet werden.‹

»Und?«, fragte Löffler.

»Weißt du was davon?«

»Ich? Ich gehöre traditionell zu den Letzten, die etwas erfahren.«

»Aber du ermittelst doch in dem Skelett-Fall. Gibt's da einen Zusammenhang?«

Löffler sah erneut auf das Blatt, schüttelte den Kopf und reichte es dem Kollegen zurück. »Nein. Keine Ahnung. Wir stehen noch am Anfang und suchen erst einmal den Todeszeitpunkt, um Kausalitäten zu erkennen.« Plötzlich fiel Löffler sein Bruder ein, der beim Marine-Sicherheits-Amt gearbeitet hatte. Wenn Bigalkes Tod tatsächlich mit der Marine oder gar mit einem geplanten Putsch zusammenhing? Bloß nicht! Er nahm sein Tuch aus der Tasche, wischte sich den kalten Schweiß von der Stirn. »Tut mir leid.«

Pelzer ging zur Tür. »Solltest du was aufschnappen: Du weißt, wo ich sitze!«

*

Grauer Beton füllte den Krater vollständig aus, in dem die Windisch gestern das Skelett gefunden hatte. Löffler stapfte durch den losen Sand der Autobahnbaustelle. Kaum hatte Günter Pelzer vorhin im Präsidium sein Büro verlassen, war Löffler ein grausiger Gedanke in die Glieder gefahren: Wenn Ivos Leiche ebenfalls hier verscharrt worden war – zusammen mit der von Bigalke? Er hatte alles stehen und liegen gelassen und war losgefahren, um auf der Baustelle noch einmal zu suchen. Aber zu spät. Die Baumaschinen hatten ihr Terrain längst zurückerobert. Bereits am gestrigen Abend waren die Arbeiten wieder angelaufen, wie er per telefonischer Nachfrage erfuhr. Die ganze Nacht hatten Bagger und Betonpumpen durchgearbeitet, um den Rückstand aufzuholen; der Bauherr erwartete eine pünktliche Fertigstellung der Autobahn.

Die Betonplatte des Fundaments strahlte hell im Sonnenlicht. Löffler wischte mit dem Taschentuch über seinen

Kopf. Er fühlte sich wie ein Außenstehender, an dem sämtliche Fäden dieses Falles vorbeiliefen. Sogar diese Danica Pinter wusste mehr als die Bremer Polizei. Er kletterte auf den Betonsockel und sah in den blauen Himmel. In Kürze würde hier ein gewaltiger Pfeiler stehen und jede Erinnerung an den grausigen Fund begraben. Wäre Svenja Windisch nur einen Tag später auf der Baustelle herumgesprungen, das Skelett hätte auf ewig seine Ruhestätte gefunden. Hoffentlich hatte man den Fundort nicht zu früh freigegeben.

Enttäuscht und voller Ratlosigkeit sprang Löffler vom Sockel des zukünftigen Brückenpfeilers herunter und stapfte durch den tiefen Sand zurück zum Abhang, der zur Straße hinunterführte. Wie bekam er irgendeinen Zipfel des Falls zu fassen? Am Rande der Böschung setzte er sich auf einen Kieshaufen. Sollte er sich die Pinter abermals vorknöpfen? Aber was fragen? Wusste sie etwas von Ivo? Wo er steckte? Warum hatte sie ihn erwähnt? Um Löffler einzuschüchtern? Weil er einen Verdächtigen aus der eigenen Verwandtschaft unbeachtet ließ? Löffler schüttelte den Kopf. Zu Danica Pinter konnte er erst wieder gehen, wenn er mehr in der Hand hatte.

Unten auf der Fahrbahn hielt ein Auto, nur 50 Meter entfernt. Löffler wunderte sich, denn an dieser Stelle herrschte absolutes Halteverbot. Nicht umsonst stand sein Fahrzeug ein ganzes Stück weiter hinten. Die Fahrertür sprang auf und ein Mann im eleganten Anzug stieg aus. Er beugte sich noch einmal in das Innere des Wagens und kam mit einer Kamera um den Hals erneut zum Vorschein. Auf der rechten Seite erschien eine Frau. Im Gegensatz zu ihrem Begleiter trug sie für einen Baustellenbesuch zweckmäßige Kleidung: einen Pullover, Jeans und Gummistiefel. Sogar einen Helm klemmte sie sich unter den Arm. Die beiden überquerten die Straße und sahen den Abhang hinauf. Jetzt erkannte Löffler die Frau. Ihre langen brünetten Haare, der lichtbraune Teint und ihre arabisch anmutenden Gesichtszüge bezauberten jeden Mann.

Selbst wenn sie sich ärgerte, wie gestern im Präsidium, strahlte sie Charme und Attraktivität aus. Frau Imke Dorfner arbeitete im Stab des Verkehrssenators und war für die Straßenbauprojekte verantwortlich. Sie hatte Druck auf Kriminaldirektor Herzog ausgeübt und so wahrscheinlich einen schnellen Fortgang der Bauarbeiten erreicht.

Was suchte sie mit dem Kerl hier? Löffler huschte um den Sandhügel herum und versteckte sich vor den Blicken der Ankömmlinge. Der Mann, im dunklen Einreiher, mit weißem Hemd und schwarzen Schuhen, wirkte an diesem Ort so deplaziert wie ein Pinguin in der Wüste. Die zwei nahmen Anlauf und hasteten die sandige Böschung hoch. Während die Dorfner zügig hinauflief, musste der Pinguin schon nach wenigen Schritten auf allen vieren kriechen. Löffler amüsierte sich; bestimmt rieselte der Sand in die Schühchen des Knabens. Oben angekommen atmete er tief durch und strich sich eine Locke aus der Stirn. Wer war der Mann? Löffler prägte sich sein Aussehen ein: große Statur, gewellte dunkelbraune Haare und eine auffallend kräftige Schulterpartie mit muskulösem Hals.

Imke Dorfner drängte zum Weitergehen. Sie marschierten in Richtung Pfeilerfundament. Unterwegs blieb der Mann immer wieder stehen und fotografierte die Baustelle. Schließlich umrundeten sie die Betonplatte und auch hier knipste er unentwegt.

Löffler verlor das Interesse. Sicherlich präsentierte Frau Dorfner irgendeinem Großkopf den Erfolg ihrer Bemühungen – die Arbeiten gingen voran und man hielt die Pläne ein. Er wandte sich ab und rannte den Abhang zur Straße hinunter. Verschmitzt sah er sich das abgestellte Auto an. Was Frau Dorfner wohl zu einem Knöllchen sagen würde? Instinktiv schaute er auf das Nummernschild: HST-XX 35. Der Wagen kam von drüben, aus Stralsund. Zufall? Mehr aus Gewohnheit notierte Löffler sich das Kennzeichen und lief dann zu seinem Fahrzeug.

Unterwegs klingelte das Handy. Müller III meldete sich. Sie beide sollten bei Kriminaldirektor Herzog erscheinen.

»Was? Jetzt?«, fragte Löffler und blickte auf die Uhr, die kurz vor halb drei anzeigte. Der Bericht an den Herrn Direktor wäre erst um sechs fällig. Das sei egal, erwiderte Müller III, er solle kommen.

*

»Sie besitzen immer noch keine Beweise für die Identität des Toten?«, entrüstete sich 30 Minuten später der Kriminaldirektor in seinem Büro. Löffler und Müller III standen mitten im Zimmer, wie zwei Soldaten zum Rapport, während Herzog hinter seinem Schreibtisch thronte. »Das dauert alles.«

»Das DNA-Material für den Abgleich befindet sich auf dem Weg zu uns«, erklärte Müller III. »Wir mussten es aus Stralsund anfordern.«

»Verschonen Sie mich mit Einzelheiten.« Herzog sah Löffler an. »Welche Spuren verfolgen Sie?«

Löffler hatte diese Frage befürchtet. Die Pinter wollte er zunächst unerwähnt lassen, die blamable Befragung vom Vormittag ging keinen etwas an. Vielleicht gab sich der Chef mit einer Light-Variante seiner Ergebnisse zufrieden?

»Die erste Zeugenaussage deutet auf einen gewissen Fürchtegott Schmidt hin«, berichtete er. »Robert Bigalke hatte ihn seinerzeit denunziert, woraufhin er unschuldig verhaftet wurde.«

»Wer ist dieser Schmidt? Wo steckt er?«

»Er starb am 4. April 1990.«

»Na bravo. Ein toter Beschuldigter. Der kann sich wenigstens nicht wehren. Wann segnete denn dieser Bigalke das Zeitliche?«

»Die Leiche lag im Wasser, da tun sich die Mediziner schwer mit dem Todeszeitpunkt.«

Herzog brach in hämisches Lachen aus. »Klasse! Wirklich klasse! Mit ein wenig Pech verschied das Opfer Bigalke später als ihr Verdächtiger Schmidt.«

Scham und Wut kämpften in Löfflers Brust; er schämte sich seines Auftritts vor dem jüngeren Kollegen und empfand unbändige Wut gegen seinen Chef, der ihn so abkanzelte.

»Entschuldigen Sie bitte«, meldete sich Müller III vorsichtig zu Wort.

»Was gibt's?«, fauchte Herzog.

»Robert Bigalke starb früher.«

»Ach nee?« Herzog lehnte sich in seinem Bürosessel zurück. Verwundert sah er erst auf Löffler und anschließend auf dessen Kollegen. »Dann erzählen Sie mal.«

»Die Mediziner schätzen Bigalkes Todeszeitpunkt auf maximal zwölf bis vierzehn Wochen nach seinem Armbruch. Er hatte sich einen handnahen Speichenbruch des linken Unterarms zugezogen und die Leiche zeigt entsprechende Heilungsmerkmale. Ich konnte vor wenigen Minuten mit Frau Windisch telefonieren – sie hat früher mit Bigalke zusammengearbeitet und die Verletzung bestätigt. Einige Zeit vor Weihnachten war Bigalke bei Glatteis gestürzt. Der Gips soll im Januar abgenommen worden sein.«

»Hilft uns das weiter?«, fragte Herzog.

»Kaum«, antwortete Löffler, der sich über Müllers Alleingang ärgerte. »Zwischen Mitte Dezember und Anfang April liegen 14 Wochen. Fand Bigalke tatsächlich in den ersten Apriltagen den Tod, könnte er später als Herr Schmidt gestorben sein.«

»Na und?«, konstatierte der Kriminaldirektor. »Wann präsentieren Sie endlich Ergebnisse? Oder wenigstens halbwegs brauchbare Ansätze?«

»Wir ermitteln mit allen Kräften. Aber der Mord liegt Jahre zurück.« Löffler sah zu Müller III, der mit hängenden Schultern neben ihm stand, wie ein Angeklagter vor dem

Staatsanwalt. »Dieser Schmidt bleibt derzeit unser einziger Verdächtiger.«

»Immer dieselben Ausreden!«, schimpfte Herzog. »Nächstens beschweren Sie sich noch, dass die Verbrecher zu schlau respektive zu gut ausgerüstet sind.«

Das könnte passieren, dachte Löffler.

Herzog erhob sich und kam auf die beiden Kommissare zu. »Ich wage kaum daran zu denken, was hier abgeht, wenn die Presse Wind bekommt? ›Ostdeutscher Bürgerrechtler erschossen – Polizei hilflos!‹ Ich seh die Schlagzeile bereits.« Herzog musterte Löffler, als erwarte er eine Antwort. Der schwieg. »Und der Bausenator erst.«

»Der Bausenator?«, fragte Löffler. »Auf der Baustelle wird wieder gearbeitet.«

»Die Frau Dorfner hat eben angerufen, direkt von dort. Sie wäre mit dem Senator draußen und möchte garantiert haben, dass wir die Bauarbeiten keinesfalls erneut unterbrechen.«

»Wann genau rief Frau Dorfner an?«, fragte Löffler mit lauerndem Unterton.

»Na vorhin«, Herzog schaute auf die Uhr, »kurz nach zwei. Ja, ich hatte gerade Herrn Müller gebeten, sie herzubeordern.« Er schüttelte den Kopf. »Ist das wichtig?«

»Nein, nein, nur so eine Frage.« Den Bausenator kannte Löffler aus Hochglanzprospekten; der war nicht mit der Dorfner durch den Sand gestapft.

»Wie dem auch sei. Machen Sie Tempo. In dieser Woche will ich Ergebnisse sehen. Andernfalls …«, Herzog sah auf Müller III, »… wird das Konsequenzen haben.« Er verharrte wenige Sekunden und wandte sich schließlich seinem Schreibtisch zu.

»Was ist mit Danica Pinter?«, zischelte Müller III.

»Wer?« Der Kriminaldirektor merkte auf, fuhr herum und stand wie aus dem Boden gewachsen wieder vor den beiden Kommissaren.

Scheiße, dachte Löffler.

»Was ist mit wem?«

»Otto?« Müllers Stimme klang weinerlich. »Danica Pinter? Du hast sie doch gesprochen?«

Nun gab's kein Zurück. Blitzschnell überlegte Löffler: Sollte er den ersten Kontakt zur Pinter ebenfalls erwähnen? Besser wär's. Die Beziehung Pinter–Bigalke existierte, konnte sogar relevant sein. Wenn er jetzt schwieg und Herzog erfuhr später davon, würde der ihn als Dorfpolizist auf eine ostfriesische Insel schicken, und das zu Recht. Also begann er zu berichten, von der heutigen Danica Pinter, von ihrer Arbeit, von ihrer Verbindung zu Bigalke und erwähnte das damalige Treffen in der Kneipe lediglich als rein dienstliche Verabredung. Herzog ging der Geschichte schwerlich nach, weil sie zu lange zurücklag. »Ich habe der Dame seinerzeit nur sagen können, sie möge sich anderweitig bemühen«, schloss Löffler seine Schilderung.

Der Kriminaldirektor saß inzwischen wieder an seinem Tisch und hörte aufmerksam zu. »Das klingt ja sehr interessant. Die rechte Hand von Herrn Schmalstieg. Wirklich sehr interessant. Beschatten wir die Dame?«

»Nein.«

»Das sollten wir vielleicht?«

»Zu viel Aufwand«, gab Löffler zu bedenken. »Ich glaube kaum, dass sie etwas mit Bigalkes Tod zu tun hat.«

»Glauben Sie, Herr Hauptkommissar? Aber die gute Frau Pinter verdächtigte damals den Bigalke.« Herzog sah zu Müller III. »Richtig?«

»Ja«, antwortete dieser.

»Und sie kümmerte sich um den Aufbau der Partei im Osten? Richtig?«

Müller III tat gleichgültig. »Jaha.«

»Ein Bigalke mit echtem Dreck am Stecken stört da doch. Stört gewaltig. Und die Polizei rührt keinen Finger. Da kümmert sich die Dame eben selbst.« Jetzt starrte Herzog zu Löffler. »Richtig?«

Löffler schwieg.

»Ist mir auch egal«, sagte Herzog in einem Ton, als würde er die Kriminalstatistik von 1950 kommentieren. »Herr Müller, Sie leiten alles in die Wege. Wir kümmern uns um diese Frau. Ohne Diskussion. Da kann die neue Überwachungstechnik gleich mal zeigen, was in ihr steckt. Und für Sie, Herr Löffler: Am Montagmorgen um acht präsentieren Sie Ergebnisse! Handfeste Ergebnisse! Vielen Dank.« Herzog schlug demonstrativ eine Akte auf und blätterte darin.

Die beiden Kommissare verließen das Büro.

»Entschuldige«, sagte Müller III draußen auf dem Flur. »Das mit dem Todeszeitpunkt, ich hatte keine Zeit mehr, mit dir darüber zu sprechen.« Wie ein ertappter Sünder senkte er den Kopf. »Die Pinter? Ich kapierte nicht, warum du sie verschwiegen hattest.«

Löfflers Ärger über den Kollegen legte sich. Wenigstens wusste Müller III, welchen Schaden er angerichtet hatte. »Mit dem Kümmern um Frau Pinter, da solltest du vorsichtig sein. Ich sehe bei ihr kaum eine Verbindung zu unserem Fall.«

Müller III sah wieder auf. »Tut mir leid. Aber den strikten Befehl des Kriminaldirektors muss ich befolgen.« Er zuckte entschuldigend die Schultern. »Mein Schutzschild aus Dienstjahren ist mir noch zu dünn.« Müller III verabschiedete sich und ging. Löffler schaute dem jungen Kollegen lange hinterher. »Hoffentlich geht das gut?« Dann lief er in sein Büro. Unterwegs kramte er den kleinen Zettel mit dem Autokennzeichen hervor. Die Halterabfrage lieferte binnen Kurzem ein Ergebnis: HST-XX 35; Fahrzeughalter: SSK – Stralsunder Sicherheitsdienst und Kurierfahrten; Geschäftsführer: Christian Koschak. Löffler öffnete den Internetexplorer und fand die Seite des SSK, mit einem Bild des Chefs: Vom Foto auf dem Monitor lächelte ihn genau der Kerl an, der heute mit der Dorfner über die Baustelle gestakst war – zu einer Zeit, als sie mit dem Bausenator dort gewesen sein wollte. Das konnte alles reiner Zufall sein. Vorsichtshalber druckte sich Löffler aber die Daten des Christian Koschak aus.

26

In der ruhigen Sackgasse fand Svenja am frühen Nachmittag schnell einen Parkplatz gegenüber von Görans Grundstück. Hoffentlich war er zu Hause und nicht im Büro. Sie atmete tief durch, stieg aus und ging über die Straße.

»Was gibt's?«, erklang eine unfreundliche Männerstimme in der Wechselsprechanlage, nachdem sie geklingelt hatte.

»Svenja! Soll ich lieber wieder gehen?«

»Nein, warte.« Der Lautsprecher knackte und die Haustür sprang auf. »Mensch, Svenja! Einen Augenblick, ich komme und mache auf.« Er stürmte ans Gartentor und öffnete. Seine dunklen Augen strahlten sie an und das breite Lächeln präsentierte eine weiße Zahnreihe, die sich kontrastreich von der gebräunten Haut abhob. Aber graue Augenringe und ein alkoholgeschwängerter Atem mischten Nuancen eines Lebemanns in sein Gesicht.

»Buh! So früh schon Alkohol?«

»Hör auf, ich hatte eine schwere Nacht. Manche Geschäftsfreunde müssen's immer übertreiben.«

Kurz darauf saß Svenja auf der Terrasse. Obwohl sie das Angebot einer Erfrischung abgelehnt hatte, war Grewe in die Küche geeilt, um Kaffee zu holen. Sie musterte den weitläufigen Garten, der bestimmt 1.500 Quadratmeter maß. Eine übermannshohe Hecke aus Lebensbäumen schirmte ihn gegen neugierige Blicke von außen ab. Drei stattliche Linden spendeten reichlich Schatten. Es roch förmlich nach Sommer. Ein perfekter Rasen, der jedem Bundesligastadion zur Ehre gereicht hätte, vervollständigte den Eindruck von Geld.

Der hat's richtig gemacht, anerkannte sie neidlos. Görans Werdegang überblickte sie lediglich soweit, dass er während der Wende zu seinem Onkel nach Verden gegangen war und einige Jahre später dessen Firma geerbt hatte. Zwei Ehefrauen waren gekommen und wieder gegangen. Das sprach eher für die Damen, wie sie selbst den Hausherrn kannte.

»So, da haben wir den Kaffee.« Göran stand mit einem Tablett in der Tür und zeigte sein breites Lächeln.

Die meiste Zeit hast du wohl im Bad zugebracht, dachte Svenja. Die Augenringe schimmerten nur noch schwach und sein markantes Kinn leuchtete frisch rasiert. Die schwarzen, gegelten Haare funkelten in der Sonne.

»Wir sollten öfters zusammen Kaffeetrinken«, sagte er und stellte das Geschirr auf dem Tisch ab.

Svenjas Blick wanderte erneut umher. Hier könnte sie auch wohnen, wenn sie im Frühjahr '90 nicht nach Leipzig, sondern zu Göran gezogen und mit ihm zum Traualtar gegangen wäre. Aber an seiner Seite hätte sie als wohlhabende Bittstellerin Almosen von ihm erbetteln müssen. Und wer weiß, wie lange die Ehe gehalten hätte. Nein, sie lebte gern ohne Saus und Braus und schätzte dafür ihre Freiheit, wie damals in Leipzig. Nach ihrem Umzug dorthin hatte Svenja schnell eine Anstellung in einem Kunstverlag gefunden. Die Arbeit und vor allem die Atmosphäre in dem kleinen Betrieb gefielen ihr. Leider flossen die Geldmittel immer spärlicher und 1999 hockte der Pleitegeier auf dem Dach.

Svenja arbeitete in der Folgezeit als freie Journalistin und Fotografin. Eine ihrer wenigen Reportagereisen, faktisch die einzige, führte sie eines Tages nach Bremen, wo sie Peter Itzig, genannt Pit, von der Weserzeitung traf. Die beiden saßen oft bis spät in die Nacht zusammen und fachsimpelten. Pit nannte sie schließlich Bambi und erzählte viel von sich selbst, gab sogar seinen Ehrentitel Ente preis. Den hatte er sich Jahre zuvor verdient, als er einer Falschmeldung aufgesessen war. Pit hatte Svenja so für sich und die Stadt an der Weser begeistert, dass sie 2002 dorthin gezogen war.

»Dir scheint's prächtig zu gehen«, sagte Svenja und dachte noch einmal an Pit. Warum war aus ihnen eigentlich kein Paar geworden?

»Ach, weißt du. Ich hatte auch ein wenig Glück; das Erbe, eine Konjunktur zur passenden Zeit, gütige Ehescheidungen …, du verstehst.« Er schenkte Kaffee ein. »Was kann ich für dich tun?«

»Kanntest du Robert Bigalke?«

Göran lachte glucksend. »Du scherzt. Der Kerl bandelt mit dir an, nimmt dich mir weg und ich soll ihn kennen?«

»Du verwechselst da was«, stellte Svenja richtig. »Du selbst hast dafür gesorgt, dass unsere Beziehung zerbrach. Aber lassen wir das. Kanntest du ihn?«

»Nein, vielleicht indirekt. Ich hatte vom Möchtegernpolitiker Bigalke in Stralsund gehört und ich kannte einen Gefangenen Bigalke, der mit uns in Berlin war.«

»Während eurer Operation Schneefall?«

Göran kniff die Augen zusammen und schien einen Augenblick zu überlegen. »Der Einsatz war rechtzeitig abgebrochen worden und niemandem wurde ein Leid zugefügt.«

»Was wurde aus Robert?«

»Keine Ahnung. Offizielle Verlautbarungen berichteten von seiner Flucht in den Westen. Gerüchte behaupteten, er wäre bei der Aktion in Berlin ums Leben gekommen.«

»Und was glaubst du?«

Göran zuckte die Achseln. »Nichts. Mir war der Kerl egal.«

»Jetzt auf einmal«, setzte Svenja nach. »Gerade eben spürte ich so etwas wie Eifersucht.«

»Besuchst du mich wegen dieses Arschlochs?« Göran rutschte auf die Kante seines Stuhls vor, als ob er aufstehen wollte. »Eigentlich habe ich kaum Zeit für solche alten Kamellen. In der Firma wartet meine Arbeit.«

»Eine Sache bewegt mich noch.«

»Und?«

»Warum hast du mir damals vom bevorstehenden Schneefall erzählt?«

Ein kleines Zucken, wie ein flüchtiger Schatten, huschte über sein Gesicht. »Das fragst du heute, nach so vielen Jahren?«

»Ja! Warum? Bisher fehlte immer die Gelegenheit.«

»Aber das hatte ich dir an jenem Abend erklärt. Ich wollte dich vor dem Umgang mit den falschen Leuten warnen, damit du später keine Probleme bekommst.«

»Wirklich?«

»Was soll das eigentlich? Was willst du?«

»Das kannst du wissen.« Svenja beugte den Oberkörper über den Tisch und sah Göran in die Augen. »Roberts Skelett ist vorgestern aufgetaucht, hier in Bremen. Alles deutet darauf hin, dass deine Vermutung stimmt. Er muss während eures Einsatzes oder kurz danach umgekommen sein. Und weißt du, wie er in die Fänge der Militärs geraten ist?«

Die braune Farbe in Görans Gesicht bekam helle Flecken, so als hätte er eine ungleichmäßige Hauttönung aufgetragen. »Nein«, krächzte er.

»Ein netter Brief hat ihn auf die Spur irgendwelcher KTS-Boote gehetzt. Irgendjemand wollte ihn auf die Putschpläne aufmerksam machen, so wie du mich.«

»Ach, und dieser Brief stammt von mir?«

»Warum nicht?«

»Warum sollte ich vor diesem Arschloch die Pläne ausplaudern?« Seine Stimme zitterte, verriet größte innere Erregung. »Um mich selbst in Gefahr zu bringen?«

»Das Schreiben kam anonym, über einen Boten.«

»Na und?«

Svenja fühlte sich wie eine Tennisspielerin, die ihren Gegner an der Grundlinie festnageln konnte und gerade eben einen hohen Ball auf sich zukommen sah. Sie holte zum Schmetterschlag aus: »Weil du eifersüchtig warst und es heute noch bist. Dich quälte unsere Trennung. So wie du Robert mit dem Brief ins Feuer geschickt hast, so wolltest du mich hinterherjagen.«

»Weißt du, Svenja«, Göran stand auf, »es hat mich wirklich gefreut. Aber du entschuldigst mich jetzt, die Firma verlangt nach meiner Anwesenheit.«

»Keine Antwort ist auch eine Antwort«, entgegnete sie und horchte auf. Aus der Wohnung heraus erklang ein melodischer Gong.

Göran stutzte. »Warte bitte. Ich gehe schnell an die Tür.« Er verschwand im Wohnzimmer und ließ sie stehen.

Blödmann, dachte Svenja und ärgerte sich über das Gespräch. Entweder sie sah Gespenster oder Göran spielte den Unschuldsengel. Sie hätte klüger vorgehen müssen, vor allem beherrschter. Aus dem Haus drangen Worte. Vorsichtig ging sie hinein und lauschte durch die offene Wohnzimmertür.

»Hat sich Herr Rotgerber inzwischen bei Ihnen gemeldet?«, fragte eine junge Männerstimme gerade.

Svenjas Puls schlug schneller. Was war mit Andreas Ehemann?

»Nein.«

»Sie sollten eine Vermisstenanzeige aufgeben, damit die Polizei eingreifen kann.«

»Warum das denn?« Göran klang, als hätte ihm der andere die Anzeige eines Fahrraddiebstahls ans Herz gelegt. »Ein erwachsener Mann taucht von allein wieder auf.«

»Wie Sie meinen? Ich möchte mich verabschieden.« Schritte tappten übers Parkett. Svenja bekam feuchte Hände. Ludger Rotgerber wurde vermisst? Draußen fiel die Tür ins Schloss. Sie trat in den Korridor. Göran stand noch an der Haustür. Mit dem Blick auf Svenja verfinsterte sich sein Gesicht und er öffnete. »Du wolltest auch gehen.«

»Was ist mit Ludger Rotgerber?«

»Geht dich das irgendetwas an?«

»Wenn der Ehemann meiner besten Freundin verschwindet, wohl schon.« Jetzt übertrieb sie. Der Kontakt zu Andrea war bereits vor Jahren abgerissen. Aber auch in diesem Fall heiligte der Zweck die Mittel.

Göran verschränkte die Arme vor der Brust: »Damit du Ruhe gibst und abhaust: Ich habe ihn herbeordert, wegen riesiger Probleme in Stralsund, die er verantworten muss. Um ungestört reden zu können, fuhren wir raus, Dienstag vor einer Woche. Natürlich gab's Streit und plötzlich greift mich der Arsch an. Im Unwetter ging ich bei dem Handgemenge über Bord. Der Kerl ließ mich einfach im Wasser zurück. Ich konnte mich mit letzter Kraft auf Neuwerk retten. Von der Jacht und Rotgerber fehlen seitdem jede Spur. Ist mir auch egal.«

»Dir kommt dein Schiff abhanden und mit ihm einer deiner Mitarbeiter«, fauchte Svenja ihn an und fegte zur Tür. »Und dich kümmert das keinen Deut?«

»Hörst du nicht zu? Der Mistkerl hat mich in Not zurückgelassen!« Er deutete nach draußen. »Du wolltest gehen!«

Am liebsten hätte Svenja ihn angespuckt. Sie beherrschte sich und lief ins Freie. »Du kotzt mich an!«, schimpfte sie überlaut und verließ das Grundstück.

*

Verärgert knallte Svenja die Tür ihres Autos zu. Dieser Arsch! Aber ebenso ärgerte sie sich über sich selbst. Ihre Impulsivität hatte wieder einmal alles verdorben. Wenn sie jetzt darüber nachdachte – einfach lächerlich, Göran zu verdächtigen, er habe sich an Robert und an ihr rächen wollen. Sie massierte sich die Schläfen, um die blöden Gedanken wegzuwischen. Andererseits, wo steckte Ludger Rotgerber? Er muss hier in Verden gewesen sein. Und nun? War er wahrhaftig verschwunden? Mit der Jacht? Oder hatte er im Anschluss an den Streit mit Göran das Weite gesucht und war schnurstracks in Richtung Heimat zurückgefahren? Bestimmt. Sonst hätte Göran nervös reagiert. Sie würde Andrea anrufen. Svenja startete den Motor und fuhr nach Hause.

Die Telefonnummer der alten Freundin hatte sie schnell herausgefunden. Doch so oft sie anrief, am anderen Ende nahm niemand ab. Was jetzt? Svenja holte sich Roberts Notizbuch und las seine Eintragungen noch einmal. Sie überlegte: Wenn Göran wirklich keine Schuld an dem verräterischen Zettel trug, wer hatte den dann geschrieben? Plötzlich sah sie Gotte vor sich – Gotte mit einer Pistole im Gürtel. Im Krankenhaus hatte sie ihn gefragt, ob er an Roberts Tod beteiligt gewesen war. Wie hatte er eigentlich damals geantwortet? Nichts. Na klar. Auf diese Frage hatte er nicht mehr antworten können. Warum stromerte Gotte am Wahlabend durch Berlin? Wo hatte er die Waffe her? Wusste dieser Fotografenmeister in Rostock etwas?

Svenjas Blick fiel auf das schnurlose Telefon auf dem Tisch. Sie wählte erneut Andreas Nummer – wieder ohne Erfolg.

»Ich fahre hin«, beschloss sie. Und auf dem Weg besuche ich in Rostock Gottes Kumpel.

Die Uhr zeigte kurz vor vier. Sie musste sich beeilen, um heute noch Bilder und Texte von der Autobahnbaustelle bei Imke Dorfner abzuliefern, damit sie morgen früh aufbrechen konnte.

27

Den ganzen Tag hatte sich Ludger draußen herumgedrückt – immer an der Weser entlang bis nach Bremen und zurück. Das Leben als vogelfreier Landstreicher hatte ihn ungeachtet des schönen Wetters genervt. Bereits am Nachmittag hatte er sich nach seinem Partykeller gesehnt wie ein Zootier nach seinem Käfig. Und so war er mit Einbruch der Dämmerung zurückgekehrt. Kurz zuvor hatte er mit Andrea telefoniert und ihr ausgerichtet, sie solle morgen wieder zur Arbeit gehen. Auch um der Sicherheit seiner Frau zuliebe würde Ludger noch an diesem Abend mit Göran reinen Tisch machen. Er ging unter die Dusche, zog frische Sachen an und aß etwas. Schließlich lief er die Treppe hinauf und öffnete unternehmungslustig die Tür zur Garage, stockte jedoch mitten in der Bewegung. Von draußen klang metallisches Klappern herein, als würde ein Junge mit einem Stock an Görans Staketenzaun entlangrennen. Dann schepperte es, Motoren heulten auf und quietschende Reifen kamen näher. Ludger schlich zum Garagenfenster, das durch Staub und Spinnweben beinahe einer Milchglasscheibe glich. Zwei dunkle Limousinen rollten auf das Grundstück. Noch ehe sie hielten, sprangen aus jedem Auto drei Männer. Vier von ihnen rannten ins Haus, die anderen beiden verblieben auf dem Hof. Zaghaft wischte Ludger über die Scheibe, wich aber erschrocken zurück. Der Kerl, der die Aktion zu leiten schien, war der Seewolf, der Hüne vom Küstenmotorschiff, das sie entführt hatte. Vorsichtig schob Ludger den Kopf erneut ans Fenster und starrte ins Freie. Die Typen im Hof nahmen hinter den Fahrzeugen Deckung und behielten das Wohnhaus im Auge. Vor Blicken von der Straße aus dürften sie gut verborgen sein. In ihren Händen lagen schussbereit Maschinenpistolen.

Wie hatte Göran gesagt? Wenn er das Dokument 0088/89 nicht bis heute ablieferte, würden die sie plattmachen. Doch rücken die gleich mit einem Überfallkommando an? Ludger duckte sich. Was sollte er tun? Draußen erwischten ihn die beiden Wachen garantiert. Also musste er wieder runter in den Keller. Dort saß er zwar in der Falle, aber vielleicht galt der Überfall ja nur Göran. Nachdenklich schlich er in sein Reich zurück.

Unten angekommen sah sich Ludger um. Wo konnte er sich im Notfall verstecken? Systematisch strich er durch den Raum, fand allerdings keinen passenden Zufluchtsort. Er holte eine Cola aus dem Kühlschrank und setzte sich an den Tresen. Sofern sie kommen, werfe ich mit den Schnapsflaschen nach ihnen. Wenigstens sein Galgenhumor funktionierte noch. Er musterte das übervolle Regal. An der quadratischen Luke links daneben blieben seine Augen hängen. Der Lastenaufzug. Ludger sprang vom Hocker und ging hinüber. Die beiden Klappen ließen sich nicht öffnen – der Aufzugskorb befand sich in der oberen Position.

Er überlegte: Vier Leute sind bei Göran. Bestimmt stellen die das Haus auf den Kopf. Auch im Wirtschaftsraum?

Gleich nach seiner Ankunft gestern war er mit Göran dort gewesen, um einige Lebensmittel für sich auszuwählen. Die kleine Abstellkammer besaß einen Zugang von außen, vom Pkw-Stellplatz, und einen von der Küche aus. Sicherlich warfen die Männer einen Blick in den Raum, hoffentlich nur einen flüchtigen und nicht gerade jetzt.

Ludgers Finger wanderten zum Schalter, der den Aufzug herunterholte. Sein Herz wummerte und die Nervosität verdrängte das Blut aus seinem Gehirn. Er lehnte sich an die Wand und drückte den Knopf mit dem Abwärts-Pfeil. Hinter der Luke gab es einen Ruck, gefolgt von leisem

Surren. Der Lastenkorb kam. Durchwühlte derzeit jemand den Wirtschaftsraum, würden die Kerle in Kürze hier unten erscheinen. Ludger lief zur Treppe und lauschte zur Garage hinauf. Kein Laut. Er kehrte zum Aufzug zurück und öffnete die Klappen der Luke. Ob er da hineinpasste? Der kleine Kasten des Lastenkorbs maß lediglich einen Meter in jede Richtung. Er sah auf das Schild über dem Bedienkasten: ›Traglast 50 Kilogramm‹. Ludger wog 65 Kilo. Aber Fahrstühle hatten immer eine Sicherheitsreserve. Auch Lastenaufzüge? Er setzte sich in den Kasten, drehte sich herum und zwängte die Beine hinein. Es ging. Im Notfall musste ihn das Ding nur hochziehen und dann durfte oben niemand in der Nähe sein. Bei dem Gedanken, was alles schiefgehen konnte, krampfte sich sein Magen zusammen. Langsam kletterte er wieder heraus, ließ jedoch die Luke offen. Er nahm seine Cola vom Tresen, marschierte zur Treppe und setzte sich auf die unterste Stufe. Wenn sie kamen, wollte er das rechtzeitig hören.

Ludger brauchte nicht lange zu warten, da klappte die Garagentür. Jetzt galt es, zu handeln. Abzuwarten, ob die Kerle wirklich herunterkamen, war zu gefährlich. Schnell lief er zum Aufzug, betätigte den Knopf mit dem Aufwärts-Pfeil und quetschte sich in den Kasten. Sein Herz schlug heftig und in den Knien glibberte Pudding wie nach einem Marathonlauf. Hoffentlich zog ihn das Ding hoch. Hoffentlich stand kein Mensch im Wirtschaftsraum. Hoffentlich … Er zwang sich zur Ruhe und zerrte die beiden Klappen zu. Ein Schalter klickte, der Kasten ruckelte und bewegte sich empor. Langsam und gleichmäßig. Ludger trat Schweiß auf die Stirn. Er hielt den Atem an und achtete auf jedes Geräusch. Irgendwo surrte der Motor. Unendliche Sekunden später ruckelte der Kasten abermals und stoppte. Ludger wagte kaum, zu atmen. Er lauschte. Aber um ihn herum blieb es still. Niemand riss die Türen des Fahrstuhls auf.

Er zählte bedächtig bis 50, horchte erneut und drückte vorsichtig die Klappen auf. Die Vorratskammer lag verlassen da. Schnell kroch er aus dem Aufzug und schloss ihn. In dem Augenblick hallte ein Donnerschlag durchs Haus. Ludger erschrak. Ein Schuss? Er huschte hinter den Vorhang, der die Getränkekisten verdeckte. Die Luft war stickig und roch nach saurem Bier. Er konzentrierte sich, um ja keinen Laut zu verpassen. Jenseits der Mauern klappten Autotüren. Dann sprangen Motoren an. Ludger schob den Vorhang einen Spalt beiseite. Er spitzte die Ohren. Im Haus rührte sich nichts. Kurz entschlossen schnellte er zur anderen Wand hinüber und presste sich mit dem Rücken dagegen. Über die Schulter lugte er durch die Gardine, die die kleine Scheibe in der Außentür bedeckte. Inzwischen hatte die Dämmerung eingesetzt, aber die Straßenlaternen beleuchteten den Hof. Gerade eben hechteten die Kerle in die Limousinen, die bereits gewendet hatten. Der Seewolf warf einen abschließenden Rundblick über das Grundstück und verschwand als Letzter im zweiten Wagen auf dem Beifahrersitz. Motoren heulten auf und die Autos fuhren davon. Ludger versuchte die Nummernschilder zu erkennen, allerdings machte Dreck sie unkenntlich.

Er wartete noch einige Minuten. Im Haus blieb alles still. Schließlich wagte er sich in die Küche und von hier ins Wohnzimmer. An der Schwelle stockte er. Göran saß am Esstisch. Kopf und Arme hingen herab und der Oberkörper war in sich zusammengesunken. Man könnte meinen, er schliefe – verriet da nicht ein dunkelroter Fleck an der Schläfe den wahren Grund für die Körperhaltung. Ludger ging zur Essgruppe, bückte sich und betrachtete Görans Gesicht. Die Augen waren geschlossen und in einem Mundwinkel klebte Spucke. Ludger riss sich zusammen und hielt sein Ohr in die Nähe von Görans Nase. Kein Hauch, keine Atmung. Mit zitternden Fingern tastete er nach der Halsschlagader – kein Puls. Göran war tot.

Unter der rechten Hand der Leiche lag eine Pistole auf dem Fußboden, eine Makarow. Ludger blickte zweimal hin: Am Lauf blinkte eine silberne Schramme. Koschaks Waffe? Er hob die Pistole auf und äugte nach der Nummer am Verschluss: ›B8058‹. Als glühte das Metall, warf er die Waffe von sich. Ich muss hier raus, schoss es ihm durch den Kopf. Die haben Göran mit der Pistole aus unserer Erpressung erschossen. Weil das Dokument fehlte? Weil Göran Geld verlangte? Weil er Widerstand leistete? Egal – Ludger schwebte an diesem Ort in höchster Gefahr. Er rannte auf den Hof hinaus und weiter auf die Straße. Dort hielt er inne. Er würde sein Landstreicherdasein in den nächsten Tagen fortsetzen – da brauchte er ein paar Sachen. Ludger drehte um, ging in die Garage, lauschte und lief die Treppe zum Partykeller hinunter. Unten empfing ihn eine Dunstwolke aus Alkohol. Der Raum sah aus, als wäre eine Herde Pferde hindurchgelaufen: Die Möbel lagen kreuz und quer auf dem Boden, der Tresen war umgestürzt, fast keine der Flaschen stand mehr im Regal und seine Kleider verteilten sich über den Teppich. Ludger suchte schnellstmöglich einige Habseligkeiten zusammen, nahm sein Geld und stürmte wieder hinauf.

Oben blieb er wie angewurzelt stehen. Andrea! Wenn die Kerle ihn nicht fanden, vergriffen die sich an Andrea. »Scheiße!«, fluchte er. Diese Nacht verbarg sie sich noch in ihrem Versteck, aber morgen früh ging sie ahnungslos zur Arbeit. Wussten die, wo Andrea arbeitete? Egal, er musste sie warnen. Und dazu brauchte er ein Telefon. Vielleicht lag Görans Handy irgendwo herum.

28

Svenja zog die vertrockneten Blumen aus der Vase, die im Boden steckte, stellte frische hinein und harkte die feuchte Erde. Regen hatte in der Nacht den Sommer wieder vertrieben; so, als wolle Petrus das passende Wetter für ihren Besuch an Fürchtegotts Ruhestätte beisteuern. Svenja hielt inne und sah auf den Grabstein. ›Fürchtegott Schmidt – 6.11.1966 bis 04.04.1990‹ stand da in goldenen Lettern. »Hast du seinerzeit Robert in sein Verderben rennen lassen?«, fragte sie. »Hast du ihn erschossen? Bei dem, was er dir angetan hat, ich könnte dich vielleicht sogar verstehen.«

Langsam legte sie ihre Gerätschaften beiseite, richtete sich auf und klopfte den Schmutz von der Jeans. Mit einem letzten Blick auf das Grab wandte sie sich dem Ausgang des Friedhofs zu. Sie erwartete ein schwerer Gang. Die Neugier auf diese Reise, mit der sie am Morgen in Richtung Rostock aufgebrochen war, hatte sich in nervöse Anspannung gewandelt. Svenja fühlte sich wie damals, als Fürchtegott sie nach dem Urheber des Verräterbriefes gefragt hatte. Damals ging es um den Verdacht gegen einen Vertrauten, den sie achtete, und heute um das Andenken an einen Freund.

Mit dem Auto fuhr Svenja in die Innenstadt, wo Bernd Forner noch immer wohnte und auch sein Fotogeschäft führte. Über ihren gestrigen Anruf hatte er sich gefreut. Natürlich dürfe sie kommen – er erwarte sie zu Hause.

Auf ihr Klingeln öffnete jener schmächtige kleine Mann mit der Lesebrille auf der Nase, den ihre Erinnerungen mit dem Namen Bernd Forner in Verbindung brachten. Die Jahre hatten seine Haare ergrauen und die Falten tiefer werden lassen. Sein Gesicht wirkte abgespannter als zu Gottes Zeiten.

Aber die Augen leuchteten bis heute in diesem Himmelblau. Bei ihrem ersten Besuch in seinem Laden hatte er Svenja an den Lebensmittelhändler im Dorf ihrer Großeltern erinnert. Genau wie dieser Mann aus den Kindheitstagen war Forner in seinem Geschäft umhergewuselt, um seinen Kunden jeden Wunsch zu erfüllen.

Zusammen gingen sie ins Wohnzimmer, wo eine Kanne Kaffee und zwei Tassen auf dem Tisch standen. Die Unterhaltung zwischen den beiden kam schnell in Gang. Wie alte Bekannte plauderten sie über den Alltag und über die hohe Politik. Forner schien es gut zu gehen. Er beklagte sich kaum, denn das Leben lief in geordneten Bahnen und die Leute besaßen offensichtlich ausreichend Geld, um seinen Umsatz zu steigern.

Im Verlauf des Gesprächs versuchte Svenja, ihrer Nervosität Herr zu werden, aber vergeblich. Die Plauderei entfernte sich immer weiter von Gottes Schicksal, als würde Forner auch nicht darüber sprechen wollen. Während er schließlich Kaffee nachschenkte und beschäftigt war, nutzte sie die Gelegenheit und kramte den Lockbrief hervor, der Robert ins Unglück gestürzt hatte.

»Kann das Gotte geschrieben haben?«, fragte sie und schob das Blatt zu Forner. Der nahm es auf und las den Text.

»Was ist das?«

»Dieser Brief hat Robert wohl das Leben gekostet.«

Forner nickte. »Und Sie denken, die Zeilen hat Gotte verfasst.«

»Ich will es ausschließen. Stellt sich auch die Frage, woher er von den erwähnten KTS hätte wissen können?«

»Sagen Sie das nicht. Gotte wusste so manches. Aber der Reihe nach.« Forner wendete den Bogen hin und her, als würde er die Echtheit eines Geldscheins prüfen. »Hellgrünes Briefpapier? Hatte ich nie. Gab's früher aber in jedem Laden zu kaufen.« Er rieb sich das Kinn und starrte auf das

Schriftstück. »Der Wortlaut könnte von ihm sein. Ja, in der Art hatte er geschrieben und gesprochen.«

Svenja drang der Schweiß aus allen Poren. Sie hielt die Luft an. Forner betrachtete erneut den Text, schien ihn mit den Augen aufsaugen zu wollen. Plötzlich stand er auf, verließ das Zimmer und kehrte nach wenigen Augenblicken zurück, mit einer Lupe in der Hand. Er schüttelte den Kopf. »Der Brief dürfte schwerlich von Gotte stammen.«

»Warum?« Svenjas Hoffnung ließ ihr Herz schneller schlagen.

»Die Schrift passt nicht zu meiner Schreibmaschine.«

»Vielleicht hat er eine andere benutzt?«

»Wo denn? Gotte bewegte sich kaum aus der Wohnung und wenn, dann einzig in mein Geschäft. Nein, falls er was geschrieben hätte, nur mit meiner Erika.«

»Haben Sie die Maschine noch?« Sie sah sich um. »Irgendwo?«

»Ja.« Forner gab ihr das Schriftstück zurück und verließ das Zimmer. Wenig später stellte er einen schwarzen Koffer vor Svenja auf den Tisch, öffnete ihn und spannte ein Blatt in die Schreibmaschine ein. Sie legte den Originalbrief daneben und begann, langsam zu schreiben: ›Dieses ist der Hilferuf eines besorgten …‹

»Sie können aufhören«, sagte Forner.

»Warum?«

»Weil das schon reicht. Sehen Sie hier.« Er zeigte auf den Ursprungstext: »Der Fuß des t ist verschmutzt, o und n zeigen eine Dopplung und das b hängt.« Er zog den Bogen mit der getippten Zeile in der Schreibwalze hoch. »Keines der Merkmale stimmt überein. Na ja, vielleicht das o, das eine geringfügige Dopplung hat und der Fuß des t, der etwas Schmutz aufweist. Auf jeden Fall steht bei meiner Maschine das n klar auf dem Papier und das b, das hängt nicht, das tanzt eher nach oben aus der Reihe.«

Richtig, dachte Svenja, und freute sich. Aber sie wollte sichergehen. Sie drehte das Blatt wieder herunter und tippte den restlichen Wortlaut ab. Am Ende hielt sie die Zettel nebeneinander. Jetzt sah sogar sie auf dem ersten Blick, dass beide Texte auf unterschiedlichen Maschinen geschrieben worden waren. Als Beweismittel wanderten die Dokumente in ihre Handtasche.

»Wissen Sie etwas über Gottes letzte Wochen?«, fragte Forner.

»Nein.«

Er rutschte mit seinem Stuhl an den Tisch heran, lehnte sich vor und legte die Unterarme auf die Decke. »Nach Ihrer Auskunft damals, Bigalke hätte nichts mit dem Brief zu tun, war Gotte zutiefst enttäuscht gewesen.«

»Ich weiß.« Am liebsten wäre Svenja aufgestanden und gegangen, so sehr schämte sie sich.

»Er fuhr noch am selben Tag zu Robert und stellte ihn zur Rede. Aber vergeblich. Robert speiste ihn mit Ausflüchten ab.«

»Von Roberts Schuld habe ich erst kürzlich erfahren.«

Ohne auf ihre Worte einzugehen, nahm Forner seinen Faden wieder auf: »Die Reise zu Bigalke hatte Gotte so geschwächt, dass er kaum mehr Kraft für irgendwelche Rachepläne besaß.« Um ihm wenigstens ein wenig Genugtuung zu verschaffen, hätte Forner damals die Parteiführung angesprochen. Er kannte Danica Pinter. Ob Leute wie dieser Bigalke in ein neues Parlament gewählt werden dürften? Danica kümmerte sich darum, konnte jedoch ebenfalls keine Klärung herbeiführen. »Immerhin verschwand Bigalke dann wohl aus der Schusslinie.«

»Und von der Wahlliste«, ergänzte Svenja.

»Gotte hatte das geholfen, zumindest für einige Tage, bevor ihn seine Krankheit erneut in die Knie zwang.«

»Dennoch tauchte Gotte am 18. März mit einer Pistole in Berlin auf?«

»Ja, ich weiß. Anfang März erschien hier noch einmal der MSA-Mann, der Gotte im Januar über den Verrat an ihm informiert hatte.« Forner wusste nicht, was die beiden besprachen, aber bestimmt war Gotte gegen Bigalke aufgestachelt worden. Im Anschluss an das Gespräch lebte er regelrecht auf und arbeitete sogar wieder im Fotoladen mit. Dann fuhr er nach Berlin und kam als Wrack zurück. »Sie müssen ihm Aufputschmittel gegeben haben, denn er verfiel anschließend zusehends. Bisher fand ich keinen Grund, warum die Kerle Bigalke beseitigen wollten, aber wenn Sie mir diesen Brief jetzt zeigen: Bigalke hatte Wind von irgendwelchen Geheimplänen bekommen und musste deshalb verschwinden. Um die eigenen Hände keinesfalls mit Blut zu beschmutzen, sollte Gotte die Drecksarbeit übernehmen.«

In Svenja wuchs unbändige Wut. Gewiss steckte dieser Janning dahinter; zuerst hatte er Gotte unschuldig in den Knast gebracht und ihn schließlich wie einen menschlichen Torpedo eingesetzt.

»Hat Gotte es getan?«

Forner schüttelte den Kopf. »Nein. Aus welchem Grund fragen Sie? Ist Bigalke wirklich tot? Gotte behauptete es stets.«

»Ja. Sein Skelett ist in Bremen aufgetaucht.« Sie sah Forner offen an. »Wissen Sie, was Gotte in Berlin gemacht hat?«

»Nein, nur andeutungsweise.« Von den MSA-Leuten wusste Gotte, dass Bigalke als Gefangener bei irgendeiner Militäraktion in Berlin weilte. Das MSA hatte ihm ebenso die Pistole besorgt. Gotte hätte einen Mordversuch gestartet, sei aber durch einen Alarm überrascht und gestört worden. Die Gelegenheit zu einem zweiten Versuch blieb ihm verwehrt.

»Wie hat Gotte reagiert, als er seine Rache nicht bekam?«

»Gotte kam völlig niedergeschlagen aus Berlin zurück, weil sein Plan fehlgeschlagen war. Wenige Tage später flackerten seine Lebensgeister allerdings noch einmal auf –

er hatte von Bigalkes Tod erfahren.« Forner schmunzelte. »Er fand das ganz okay – Hauptsache, Bigalke war vor ihm gegangen.«

Svenja nickte; so hatte sie ihn in seiner letzten Minute erlebt.

*

Vor Freude über ihren Besuch bei Bernd Forner wäre Svenja am liebsten Schlangenlinien gefahren. Zum Glück hatte sie ihn aufgesucht. Jetzt besaß sie wenigstens Gewissheit: Gotte hatte zwar mit Robert abrechnen wollen, aber den Mord nicht begangen. Sie konnte ihn als guten Freund in Erinnerung behalten.

Am frühen Abend erreichte sie Andreas Wohnung in Stralsund; leider war niemand zu Hause. Irgendwie vermittelten die Fenster einen verlassenen Eindruck – alle Jalousien waren heruntergelassen. Eine Nachbarin, an deren Tür Svenja klingelte, wunderte sich über Andreas Abwesenheit. Der Mann, ja, der wäre schon seit mehr als einer Woche weg. Andrea dagegen? Svenja bedankte sich. Sie würde es am nächsten Morgen erneut versuchen.

Der unvermutet freie Abend kam ihr gerade recht, um die längst überfälligen Besuche bei Eltern und Schwester nachzuholen.

*

Am frühen Vormittag des Folgetags fuhr Svenja auf der Bundesstraße 105 in Richtung Rostock, um in das Industriegebiet zu gelangen. Sie war spät dran. Nach ihrer Stippvisite bei Mutter und Vater gestern Abend hatte sie Romy besucht. Die Freude war riesig gewesen, als Svenja vor der Tür stand. Und da der Herr des Hauses wieder einmal auf Dienstreise im Westen weilte, hatten die zwei Frauen bis tief in die Nacht hinein zusammengesessen und miteinander getratscht. Romy war dabei immer weiter in die Rolle einer stolzen Hausherrin geschlüpft und Svenja hatte sich wirklich für sie gefreut. Bereits vor Jahren hatte Romy den Lehrerberuf aufgegeben und zusammen mit ihrem Mann die eigene Firma, den SSK, Stralsunder Sicherheitsdienst und Kurierfahrten, gegründet. Das Unternehmen gedieh prächtig, besonders nachdem sie einen Großauftrag zur Sicherung des Tiefseehafens in Cuxhaven ergattern konnten. Erst gegen drei Uhr waren die beiden Schwestern ins Bett gegangen. Beinahe zwangsläufig hatte Svenja am Morgen verschlafen und Andrea um halb neun nicht mehr zu Hause angetroffen. So fuhr sie jetzt zum Werk der VDMW, wo Andrea arbeitete.

Wenig später stellte sie das Auto auf dem Parkplatz ab; der Pförtner händigte ihr einen Besucherausweis aus und schickte sie zur Disposition. Svenja folgte dem gewiesenen Weg. Das Betriebsgelände vermittelte einen modernen Eindruck: Zwischen den meist zweistöckigen Backsteingebäuden lagen große Rasenflächen, standen junge Linden und plätscherten immer wieder Springbrunnen. Svenja fühlte sich eher in ein Sanatorium versetzt als in einen Industriebetrieb. Nach einigen hundert Metern kam eine riesige Halle in Sicht. Am ersten Eingang hing ein Schild mit allerlei Abteilungsbezeichnungen, darunter auch die Disposition. Sie ging hinein. Links führte eine Treppe ins Obergeschoss, während der kurze Korridor in eine gläserne Schiebetür mündete, auf die sie zulief.

»Der spinnt, mein Alter«, hörte Svenja von oben eine Stimme. Augenblicke später tauchte Andrea auf. »Der soll sich mal überlegen, was er will. Ich bin doch nicht seine Magd, die er umherschubsen kann.«

»Andrea?«

»Svenja! Du hier?« Andrea stürmte die Stufen herunter, fiel Svenja um den Hals und drückte sie herzlich, erdrückte sie fast. Svenja löste sich aus der Umarmung und musterte die Freundin. Sie hatte sich in den fünf Jahren seit ihrem letzten Treffen wenig verändert. Die kastanienbraunen Haare trug sie nach wie vor kurz und benutzte kaum Make-up. Auch heute hatte sie Pullover und Jeans an. Lediglich die Fältchen um die Augen gruben sich tiefer als damals in die Haut.

»Siehst gut aus«, sagte Svenja. »Spielst du noch Handball?«

Andrea winkte ab. »Keine Zeit mehr. Einmal die Woche Joggen muss reichen.«

»Hast du eben über deinen Chef geschimpft?«

»Nein, hätte freilich ebenso gepasst. Man macht's den Herren Managern ja nie recht; Arbeit über Arbeit; ich könnte 24 Stunden am Tag schuften und sie würden mir den Schreibtisch noch voller knallen.« Andrea tippte sich mit dem Zeigefinger an die Stirn. »Jetzt spinnt mein Göttergatte. Ruft laufend an und schubst mich herum.«

»Ludger? Wo steckt er?«

»In Verden, beim großen Boss. Weshalb?«

Weil der ihn verleugnet, wollte Svenja sagen, besann sich jedoch eines Besseren. »Ach, nur so«, wiegelte sie ab. Wenn Andrea mit ihm telefoniert hatte, dann wird es schon stimmen. Aber aus welchem Grund macht Göran um Ludgers Aufenthaltsort solch ein Geheimnis?

Andrea legte ihren Arm um Svenjas Schulter und schob sie zur Tür. »Lass uns gehen. Ich muss hier abhauen, sagt mein Göttergatte.«

»Warum das denn?«

»Ist 'ne lange Geschichte. Erzähle ich dir unterwegs.«

Die beiden Frauen gingen auf der breiten Werksstraße den Weg zurück, den Svenja vor wenigen Minuten gekommen war. Andrea berichtete über billige Einspritzpumpen, die man aus Vietnam importiert und in die Serie eingeführt hatte. Natürlich war die Sache schiefgegangen. »Ludger soll jetzt der Dumme sein. Grewe, unser Firmenchef, will von ihm den Schaden ersetzt haben – eine halbe Million.«

»So viel Geld habt ihr doch gar nicht!«, sagte Svenja. Aber das passte zu Göran; er spekulierte und hielt sich an anderen schadlos.

Andrea starrte Svenja an, schüttelte den Kopf und begann zu weinen.

»Was hast du?«

»Entschuldige«, schluchzte Andrea. »Ich bin so durcheinander.« Langsam, als würde sie Zeit gewinnen wollen, trocknete sich Andrea die Augen und blinzelte Svenja an. »Ludger ist drüben, mit Grewe zusammen.« Erneut brach sie in Tränen aus. Svenja sah sich um und bugsierte die Freundin auf eine nahe Bank.

»Erst hat er sich eine Woche nicht gemeldet«, fuhr Andrea schluchzend fort, »dann kam ein Lebenszeichen, verbunden mit dem Befehl: ich müsse untertauchen, schleunigst abhauen. Ich sollte einen Unfall vortäuschen und mich krankmelden. Gestern Abend schließlich …« Andrea machte eine Pause, putzte sich die Nase und wischte die Tränen aus den Augenwinkeln. »Gestern Abend rief er an, es wäre alles gut und ich könne wieder zur Arbeit gehen. Und eben kam ein neuer Anruf, ich soll schnellstens verschwinden.«

»Was? Warum das denn?«

Andrea schluchzte, kämpfte aber gegen einen erneuten Tränenausbruch an. »Das wollte er später erzählen. Er hat nur gefragt, ob irgendwelche Gerüchte über unseren Firmenchef Grewe kursieren.«

»Gerüchte?«

»Er wartet heute Abend auf meinen Rückruf, unter der Nummer hier, da würde ich mehr erfahren.« Sie kramte einen Zettel heraus, auf dem eine Handynummer stand. »Er hätte das Gerät abgeschaltet, damit man ihn nicht ortet.«

»Ist das Ludgers Handy?«

»Nein.«

»Darf ich die Nummer haben? Falls ich ihn anrufen will. Vielleicht kann ich ihm helfen, wenn ich zurück bin.« Andrea nickte. Svenja holte ihr Mobiltelefon aus der Tasche und tippte die Ziffern ein. Sie stutzte. Die Nummer befand sich bereits im Speicher. »Das ist Görans Handy. Was macht Ludger mit Görans Handy?«

Erneut brach Andrea in Tränen aus. »Da ist was passiert. Warum fragt Ludger sonst nach Gerüchten über Grewe?«

Das stimmt, dachte Svenja. Wären die zwei zusammen, erübrigte sich eine Frage zu irgendwelchem Gerede. »Was wollte Ludger eigentlich drüben, bei Grewe?«

»Die halbe Million erpressen.«

»Wie bitte?« Svenja traute ihren Ohren kaum.

»Lass uns weitergehen? Ich soll doch verschwinden.«

Die beiden Frauen standen auf und liefen zum Tor, wo sich Svenja abmeldete. Dann fuhren sie in Richtung Rostock, bogen aber nach einigen Kilometern in eine Landstraße ab. Unterwegs erzählte Andrea weiter: Ludger hätte miterlebt, wie dieser Robert Bigalke von der Armee verhaftet wurde. Am Wahlabend im März '90 sei Bigalke erschossen worden und Ludger hätte den Mörder gesehen.«

»Was? Ludger kennt Roberts Mörder? Wer ist es?«

»Nein, Quatsch, entschuldige. Ludger hat nur einen Schatten beobachtet, der auf Bigalke geschossen haben soll. Jedenfalls fand Ludger damals die Tatwaffe.«

»Welche Rolle spielt Göran Grewe in der Sache?«

»Der benutzt jetzt die alte Geschichte, um daraus Kapital zu schlagen. Irgendwie muss er erfahren haben, dass Ludger die Waffe hat. Vor gut einer Woche wollten sie das Geschäft abwickeln – auf Helgoland. Zumindest ging bei der Geldübergabe etwas schief, denn seitdem kommen diese blöden Anrufe.«

»Weißt du, wen sie erpresst haben? Wer gibt 500.000 für die Mordwaffe – für eine angebliche Mordwaffe?«

»Keine Ahnung.« Andrea überlegte. »Das lief alles über Grewe. Ich erinnere mich nur, die Tatpistole gehörte einem Kapitän Koschak.«

Svenja trat auf die Bremse, hielt an und sah zur erstaunten Freundin. »Christian Koschak? Überleg! Gehörte die Pistole Christian Koschak?«

Andrea löste sich aus ihrer Starre, kramte in der Handtasche, holte eine Puderdose heraus und klappte sie auf. Umständlich fummelte sie daran herum und zog ein Stück Papier hervor. »Sollte ich gut verstecken.« Andrea faltete einen Zettel auseinander. »Ja, Korvettenkapitän Christian Koschak – steht hier. Kennst du ihn?«

»Mein Schwager. Christian Koschak ist der Mann meiner Schwester.« Svenja deutete auf das Blatt. »Darf ich das mal sehen?«

»Na klar.« Andrea reichte ihr den Bogen. »Hat mir Ludger vor seiner Abreise gegeben.«

Die obere Hälfte zeigte die Kopie einer Waffenkarte. ›Makarow – B8058‹ verriet die erste Zeile und darunter die zweite: ›Korvettenkapitän Christian Koschak – 3. Flottille – 3. Hilfsschiffs- und Bergungsdienstabteilung – Stralsund‹. Die untere Hälfte enthielt den Umriss einer Pistole. Sie war so kopiert worden, dass man die Waffennummer gerade eben erkennen konnte: ›B8058‹ stand auch hier.

»Mit der Waffe wurde seinerzeit auf Robert geschossen?«

»Ja.«

»Und damit wollten Ludger und Göran das Geld erpressen?«

»Ja. Ich glaube, ja.«

Svenja ließ den Zettel sinken und sah stur geradeaus.

Andrea legte ihr eine Hand auf den Arm. »Bitte, zieh keine falschen Schlüsse. Diesem Koschak ist die Pistole gestohlen worden. Der hat bestimmt nichts mit der Schießerei zu tun. Ludger hatte das damals ermittelt.«

Svenja nickte. Ihr Kopf wehrte sich, den schrecklichen Gedanken zuzulassen. Wenn Christian an Roberts Tötung beteiligt gewesen war, würde Romys glückliche Welt, die sie ihr gestern präsentiert hatte, in tausend Scherben zerspringen. Svenja dachte nach: Haben Göran und Ludger die Erpressung durchgezogen, tragen sie ihre Beweisstücke am Mann. Egal, welche Probleme bei der Aktion aufgetreten sind, warum sollte Andrea in Gefahr sein? Wollte man sie entführen? Um das Beweismaterial ohne Geld in die Hand zu bekommen? Der Erpressung mit einer Geiselname begegnen? »Weißt du, weshalb du verschwinden musst?«

Andrea schüttelte den Kopf. »Ganz gleich was passiert, ich soll auf jeden Fall in Stralsund bleiben.« Sie überlegte kurz. »Ach ja. Ludger sprach noch von irgendsoeinem blöden Dokument, wohl ein Geheimdokument, wie er behauptete.«

»Was für ein Dokument?«

»Lass mich überlegen. Das waren so komische Zahlen – 00... Nee, du, ich krieg das nicht mehr zusammen.«

»Wo ist es?«

»Keine Ahnung.« Als müsse sie sich entschuldigen, zuckte Andrea mit den Schultern.

Erst jetzt bemerkte Svenja, dass sie genau am Ortseingangsschild von Barth standen. Links vor ihnen lag eine Bushaltestelle. Svenja überlegte: Ludger wusste offensichtlich etwas über Roberts Tod. Und Ludger benutzte Görans Handy in Verden. Und Ludger hatte nach Gerüchten über den Firmenchef gefragt. Und Göran verheimlichte Ludgers Aufenthaltsort. Das stank zum Himmel. Sie musste dringend zurück. »Darf ich den behalten?«, fragte sie und deutete auf den Zettel mit der Waffenkarte. Andrea nickte. Svenja faltete das Blatt zusammen und steckte es in ihren BH. »Hast du ein sicheres Versteck?«

»Ich gehe wieder zu meiner Freundin nach ...«

»Halt! Nicht verraten. Wer weiß, was mir passiert?«

Andrea sah Svenja mit großen Augen an. »Ist die Sache so gefährlich?«

»Nein ... Quatsch. Ich mein ja nur. Wozu soll ich wissen, wo du hingehst. Ich muss nach Hause.«

»Du fährst?«, würgte Andrea hervor.

»Ja, ich muss. Kannst du von hier den Bus nehmen?« Sie deutete zur Haltestelle hinüber.

Mechanisch, wie eine Aufziehpuppe, nickte Andrea. Dann brach sie erneut in Tränen aus. Svenja versuchte, die Freundin zu trösten – sie würde in Bremen so manches mehr für Ludger tun können. Jetzt, da sie seine Telefonnummer hatte. Bestimmt fand sie ihn.

Andrea hielt inne und sah Svenja an. Ein dichter Schleier aus Tränen lag auf ihren Augen. »Meinst du wirklich?«

»Klar!«, bekräftigte Svenja mit möglichst viel Zuversicht in der Stimme. »Nun reiß dich mal zusammen. In ein paar Tagen komme ich zurück und bringe dir deinen Ludger.«

In Andrea schienen alle Dämme zu brechen. Sie fiel Svenja um den Hals und drückte sie, erdrückte sie fast – wie in den alten Zeiten nach einem Sieg ihrer Handballmannschaft.

29

Löffler fand Müller III im Kontrollzentrum, wo er mit Kommissar Tobler vor den Überwachungsgeräten saß.

»Na, schnüffelst du Danica Pinter hinterher?«, fragte Löffler. »Schön, wenn du dich so für die Erfüllung der Befehle unseres Chefs einsetzt. Da kannst du gleich mit nach Bremerhaven kommen.«

Müller drehte sich herum, spielte mit seinem Zopf, blieb aber sitzen.

»Na los«, mahnte Löffler, »auf uns wartet richtige Arbeit. Die Kollegen haben auf der Weser ein gestrandetes Geisterschiff gefunden. Da wir im Fall Bigalke sowieso nicht weiterkommen, möchte Herzog, dass wir uns die Bescherung ansehen.«

Müller III nickte, stand auf und legte Tobler die Hand auf die Schulter. »Wir machen anschließend weiter.« Tobler sah auf seine Uhr und stammelte irgendetwas von rechtzeitigem Feierabend. Müller III drohte ihm mit erhobenem Zeigefinger: »Untersteh' dich zu gehen.«

*

Löffler zog den Kragen seiner Jacke hoch, um Schutz vor dem Wetter zu finden. Hier am Wasser wehte ein kräftiger Wind, fiel der Regen fast waagerecht vom Himmel. Zusammen mit Müller III lief er zum Ufer der Weser, wo Polizisten in Uniform und Kriminaltechniker in weißen Overalls ein Segelschiff umlagerten.

»Ehe ich es vergesse«, sagte Müller III, »die Identität von Bigalke ist erwiesen. Die Verwandten-DNA-Analyse ergab eindeutige Ergebnisse. Die KTU hatte mich vorhin angerufen.«

Löffler nickte. »Hm, sehr schön.« Wenigstens ein kleiner Schritt in die richtige Richtung. Jetzt würden sie hoffentlich einen weiteren, größeren vorankommen. »Übrigens, dass wir uns hier umsehen sollen, hat nichts mit der Erfolglosigkeit im Fall Bigalke zu tun.«

»Ach nein?«

»Im Gegenteil. Die haben auf dem Schiff einen Schlüsselanhänger gefunden; gehörte wohl dem Opfer.«

Müller III brummte eine unverständliche Antwort, grinste und spielte mit seinem Zopf.

Die Jacht lag im Weddewarder Außentief ganz im Norden von Bremerhaven und sah völlig unbeschädigt aus, so als hätte sie gerade erst angelegt. Kreischend kurvten Möwen um den Mast. Zielstrebig steuerten die Kommissare auf einen langen Kriminaltechniker im weißen Overall zu, der ihnen entgegenblickte.

»Sind Sie Hauptkommissar Löffler?«, fragte er, als sie ihn erreichten. »Ich bin Achim Schulze, hier aus Bremerhaven.«

Löffler begrüßte den Mann und deutete Müller III, sich vorab allein umzusehen.

»Bitte! Deshalb sind Sie doch wohl gekommen?« Schulze reichte Löffler einen kleinen Kunststoffbeutel. Darin blitzte ein verchromter Klotz, groß wie eine Streichholzschachtel. ›Robert Bigalke‹ war auf der oberen Seite eingraviert und ›Mitglied der Volkskammer‹ auf der unteren.

»Haben wir an Bord entdeckt.«

Löffler nickte. »Lag aber nicht lange auf der Jacht. Oder haben Ihre Leute das Ding geputzt?«

»Ja, nein.« Schulze lächelte. »Sie haben recht. Das Teil ist minderwertig. Bereits nach wenigen Tagen hätte die Salzluft die Gravur angegriffen.« Er hob einen durchsichtigen Sack hoch. »Der Schlüssel steckte in dieser Reisetasche. Gehört einem gewissen Ludger Rotgerber. Der Name stand in der Waschtasche, die wir auch gefunden haben.«

»Wissen Sie schon mehr über den Mann?«

»Stammt aus Stralsund. War am 10. Juli morgens zusammen mit seinem Chef auf dieser Jacht in Richtung Helgoland ausgelaufen.«

»Eigner des Schiffes?«

»VDMW, Verdener Dieselmotorenwerke; Familienunternehmen; Geschäftsführer ist ein Göran Grewe. Er und der Rotgerber hatten gegen Mittag des Zehnten den Hafen verlassen. Am Abend waren sie von schweren Gewitterböen überrascht worden und dabei nach Südosten abgetrieben. Nahe Neuwerk wurde Grewe in der Nacht über Bord gespült, sagt er. Bei Ebbe habe er sich retten können.«

»Kann das stimmen?«, fragte Löffler. »Ich meine, wann war am 11. Niedrigwasser?«

»Kurz nach halb fünf.«

»Passt also?«

»Ja. Den Verlust des Schiffes hatte Grewe gemeldet, für seinen Mitarbeiter aber keine Vermisstenanzeige erstattet.«

Löffler nickte und wischte sich mit seinem Tuch über den Kopf. »Einen neuen Mitarbeiter bekommt man ja auch schneller als solch eine Jacht.« Er überlegte. »Dieser Rotgerber kam aus Stralsund und arbeitet für die Verdener Firma?«

»Die haben dort eine Produktionsstätte.«

Für Löffler war die Sache klar. Vorsichtshalber fragte er noch: »Hatte der Rotgerber etwas mit der Marine zu tun? Ich meine früher? Zu DDR-Zeiten?«

Schulze holte ein Notizbuch aus seinem Overall. »Keine Ahnung. Wissen wir nicht.«

»Danke.« Es mochte mehrere Rotgerber aus Stralsund geben. Aber mit dem Vornamen Ludger? Da kam nur einer infrage – Ivos ehemaliger Freund und Vorgesetzte. Genau der Ludger Rotgerber, der sich aus irgendeinem Grund von Arno hatte kaufen lassen und Ivo den Lockbrief schrieb. Wie dem auch sei; für Löffler stand fest, Rotgerber war früher Marine-Offizier gewesen und die Jacht hing mit Bigalkes Tod zusammen. Plötzlich kam ihm eine Idee: Wenn dieser Rotgerber sich überhaupt nicht von Arno hatte kaufen lassen? Wenn der für ihn arbeitete? Steckte Arno hinter Bigalkes Tod? Und hinter Ivos Verschwinden?

»Wollen Sie das Schiff sehen?«, fragte Schulze in Löfflers Gedanken hinein.

»Ja, natürlich. Und danke für Ihre Auskünfte.« Löffler hielt den Schlüsselanhänger hoch. »Darf ich den behalten? Notfalls bringe ich ihn in Bremen ins Labor.«

Schulze hob die Schultern. »Sofern Sie mir den Empfang quittieren.«

»Nachher, ja? Sie müssen bestimmt weitermachen? Ich schau mich mal allein um, bei Bedarf melde ich mich.«

Schulze nickte, entfernte sich und Löffler kletterte über die Reling an Bord in den Steuerstand. Die Jacht vermittelte den Eindruck, als hätte sie am Ufer angelegt. Nirgendwo deuteten Spuren auf einen Seenotfall hin. Die nautischen Armaturen funktionierten, soweit Löffler das einschätzen konnte. Zumindest zeigte der Kompass in die richtige Richtung, nach Nordwest. Er stieg den Niedergang in die Kajüte hinunter. Auch hier fand er keine Anzeichen einer Katastrophe. Sogar die Schwimmwesten hingen unversehrt in den dafür vorgesehenen Halterungen.

In seinem Rücken polterten Schritte die Stufen herunter.

»Komisch«, sagte Löffler, während Müller III neben ihn trat. »Selbst die größten Profisegler legen spätestens dann eine Schwimmweste an, wenn sie in eine Gewitterfront geraten. Oder?«

»Natürlich. Aber vielleicht stimmt die Geschichte von der Seenot überhaupt nicht?«

»Wie meinst du das?«

Müller III hielt eine Armbanduhr in einem Kunststoffbeutel hoch. »Die lag oben im Steuerstand, unter den Lattenrosten. Das Armband ist zerrissen. Deutet auf einen Kampf hin.«

»Könnte sein.« Löffler rieb sich nachdenklich das Kinn, nahm den Beutel mit der Uhr und betrachtete sie aufmerksam. »Grewe und Rotgerber bekamen Streit. Darum zeigte sich der Grewe auch völlig gleichgültig zum Verschwinden seines Kumpans.«

»Das wäre eine Möglichkeit.«

»Du denkst an eine andere?«

»Wo hat dieses eher große Schiff die letzten zehn Tage gelegen? Wie kommt es hierher, wenn es vorige Woche an Neuwerk vorbei in die Elbmündung trieb?«

»Strömungen, Gezeiten, Wind?« Löffler deutete auf den Niedergang. »Lass uns hochgehen und in die Karte schauen.«

An Oberdeck empfing sie das gleiche Schietwetter wie vorher. Wind und Regen schienen die Menschen von der Jacht vertreiben zu wollen. Löffler zog sein Tuch aus der Tasche, steckte es aber sofort wieder ein, ohne sich über den Kopf zu wischen. Der Stoff war inzwischen völlig durchnässt.

Müller III öffnete einen kleinen Schrank neben dem Ruder und kramte darin herum. Dann holte er eine Karte heraus und legte sie auf den Armaturen ab. Der Niederschlag konnte ihr nichts anhaben, da sie eingeschweißt war.

»Du hast recht«, sagte er. »Neuwerk liegt genau nördlich. Strömungen und Wind können die Jacht hierher getrieben haben. Dauert das zehn Tage? Für gerade mal 20 Seemeilen.«

»Und warum fällt das Schiff erst heute auf?«

Müller III klopfte auf die Seekarte. »Die Küste ist dünn besiedelt. Und wir hatten die letzte Zeit meistens Sauwetter. Wer stellt sich bei Regen an den Deich und hält nach Segeljachten Ausschau?« Sein Finger fuhr über die Karte, als würde er kleine Modellschiffe darauf bewegen. »Wenn ich mir die Sache überlege und alle Aspekte berücksichtige, könnte das passen, könnte die Jacht eine zehntägige Geisterfahrt hinter sich haben.« Er blickte fragend zu Löffler.

Der trat an die Reling und musterte das Deck bis zum Bug, wechselte zur anderen Seite und sah erneut nach vorn. »Aber bleibt das Schiff dann in solch einem Zustand? Hier sieht's aus, als wären die Herren nur mal schnell Bier holen gegangen.«

»Da hast du auch wieder recht«, bestätigte Müller III.

Löffler fiel sein Verdacht von vorhin ein. Sein Kopf spann den Faden weiter: Rotgerber arbeitet für Arno. Aus irgendeinem Grund gibt es Scherereien mit Grewe; Scherereien aus alten Marinezeiten; Scherereien in Grewes Firma? Scherereien wegen des Mordes an Bigalke? Steckte da etwa die Windisch mit drin? War der Skelettfund kein Zufall? Egal. Rotgerber sucht seinen Firmenchef auf und lockt ihn mit der Jacht auf See. Dort überfallen Arnos Leute die beiden. Grewe flieht und Rotgerber taucht unter.

»Woran denkst du?«, fragte Müller III.

»Ach, nichts.« Diese Räuberpistole erzähle ich ihm später, dachte Löffler. Wenn ich Anhaltspunkte dafür finde. Um überhaupt etwas zu sagen, fragte er: »Besteht nun ein Zusammenhang mit Bigalkes Tod?«

Müller III zuckte mit den Achseln. »Könnte sein. Wir sollten den Grewe befragen. Sicherlich kann der einige unserer Spekulationen aufklären. Eventuell hat er schon was von seinem Mitarbeiter gehört.«

Löffler tätschelte dem Kollegen die Schulter. »Gute Idee. Also fahren wir zu diesem Grewe.«

Die beiden wandten sich dem Deich zu und liefen zurück zum Auto, das sie dort abgestellt hatten. Am besten besuchte er diesen Grewe allein, überlegte Löffler, um seine Theorie zu überprüfen. Aber dieses Mal musste er es geschickter anstellen als bei Danica Pinter.

»Herr Hauptkommissar«, rief eine Stimme von hinten.

Löffler schreckte aus seinen Überlegungen auf. Er drehte sich um. Schulze kam angerannt.

Natürlich. Löffler schlug sich mit der Hand vor die Stirn. »Die Quittung. Sie brauchen eine Unterschrift für den Schlüsselanhänger, richtig?« Schwer atmend hielt Schulze ihm Blatt und Kugelschreiber hin. Löffler unterschrieb und entschuldigte sich.

»Vielleicht noch eine Kleinigkeit«, schnaufte der Kriminaltechniker.

»Was denn?«

»Wir haben einen Ölfleck im Wellentunnel des Hilfsantriebs entdeckt.«

Löffler sah verwundert auf Müller III und dann wieder zu Schulze. »Hilfsantrieb und Ölfleck? Für mich gehört das irgendwie zusammen.«

»An der Stelle, an der wir das Öl gefunden haben, dürfte aber keins sein.«

»Sie untersuchen das bestimmt. Schicken Sie mir dann einfach den Bericht«, sagte Löffler und klopfte Schulze aufmunternd auf den Oberarm. Er hatte es jetzt eilig. »Komm, Müller III, wir fahren zu diesem Grewe.« Er kramte in seiner Hosentasche und fühlte das feuchte Tuch. Diesmal ließ er es gleich stecken.

Als die beiden Kommissare einstiegen, zeigte die Uhr am Armaturenbrett zehn nach zwei.

»Um diese Zeit wird der Herr Chef wohl noch in seiner Firma hocken?«, bemerkte Löffler. Müller III nickte. Irgendwie muss ich ihn abhängen, überlegte Löffler und suchte verzweifelt nach einer Möglichkeit, während er langsam durch eine enge Straße fuhr. Plötzlich stutzte er. Erst letzten Dienstag hatte es ihn hierher verschlagen. Er bremste. »Verdammt. Nun sage einer, das wäre Zufall.«

»Was?«

»Na da drüben.« Löffler deutete auf das schmucke kleine Einfamilienhaus auf der anderen Straßenseite. »Da wohnt die Pinter.«

»Danica Pinter?«, fragte Müller III mit großen Augen. »Unsere Danica Pinter?«

Deine Danica Pinter, wollte Löffler korrigieren, aber er beherrschte sich, um nicht zu dick aufzutragen. »Ja!« Aus den Augenwinkeln heraus beobachtete er den Kollegen. Der saß nachdenklich auf seinem Platz. »Was ist los, Müller III? Wir haben den nächsten Anhaltspunkt. Lass uns durchstarten – zu diesem Grewe.«

»Könntest du allein fahren? Ich würde lieber mit Tobler an der Überwachung weiterarbeiten.«

Jah!, jubelte Löffler innerlich. Der Fisch hatte angebissen. Jetzt musste er nachhaken. »Vergiss die Pinter.« Er holte den Schlüsselanhänger aus der Tasche. »Hier haben wir eine heiße Spur.«

»Und wenn nicht? Wenn Kommissar Zufall mitmischt?«

»Na gut.« Löffler nickte. »Dein Wusch sei mir Befehl. Dann bring ich dich ins Präsidium.«

30

So schnell es ging, jagte Svenja ihren Lupo auf der linken Fahrspur an den Brummis vorbei. Mit Macht zog es sie nach Verden, um endlich zu erfahren, was Göran für ein Spiel trieb.

Plötzlich klingelte ihr Handy auf dem Beifahrersitz. ›Pit‹ stand auf dem Display. Sie steckte sich den kleinen Knopf der Freisprecheinrichtung ins Ohr und nahm das Gespräch an. »Na, Pit, alte Ente. Du rufst mich an? Gibt's in Bremen einen Großbrand oder eine Revolution?«

»Blöde Urlaubszeit«, schimpfte er. »Keine Sau hier. Alle unterwegs.«

»Ich soll dir aus der Patsche helfen?«

»Deine Skelett-Story verspricht bisher wenig.«

»Entschuldige, dass ich die Knochen nicht selbst versteckt habe.«

»Bleib nur ruhig, Bambi. In Bremerhaven gibt's wieder einen Fund; diesmal kein Toter, sondern eine Segeljacht – herrenlos angeschwemmt.«

»Kommt jeden Sommer vor.«

»Hör erst mal zu. Die Polizei bringt die Jacht irgendwie mit dem Skelett in Verbindung. Die beiden ermittelnden Kommissare hier aus Bremen mussten extra hin.«

Am liebsten hätte Svenja aufgelegt. Egal, was Pit jetzt vorbrachte, sie fuhr nach Verden. »Vergiss es, wenn ich da rauf soll. Außerdem bin ich überhaupt nicht in Bremen.«

»Aber kurz davor.«

»Wer sagt das?« Svenja blickte sich instinktiv um, als würde Pit sie beobachten.

»Ach, Bambi! Der Staat hat hervorragende Möglichkeiten, seine Bürger im Auge zu behalten, und ich habe hervorragende Kontakte. Im Moment fährst du auf der A1, 20 Kilometer vorm Bremer Kreuz.«

»Ich muss im Augenblick woandershin.«

»Fahr nach Bremerhaven. Du bekommst 200 Piepen extra.«

Das Geld hole ich mir woanders und nicht bei der blöden Jacht, wo mich eh keiner ranlässt. »Sorry, vielleicht ein andermal. Tschüs«, sagte sie, legte auf, zog den Stöpsel aus dem Ohr und schaltete das Telefon aus. Pit konnte verdammt hartnäckig sein.

Eine halbe Stunde später fuhr sie auf einen freien Parkplatz neben Görans Grundstück. Komisch, dachte sie, warum stand denn die Einfahrt offen? Der dicke BMW parkte auf seinem Stellplatz vor der Garage, genau wie gestern Morgen. Aber da hatte das Anwesen einem uneinnehmbaren Herrenhaus geglichen. Svenja stieg aus und betrachtete das Schloss des Tors, das aufgebrochen worden war. Ihr Blick wanderte suchend über den Innenhof. Die Seitentür der Garage und die Wohnungstür am Haus standen ebenfalls offen; einen winzigen Spalt, dennoch deutlich sichtbar. Was spielte sich hier ab? Sie schlich zur Garage und lauschte. Nichts. Vorsichtig schlüpfte sie hinein. Eine leere Halle und Dieselgeruch empfingen sie. Ihr direkt gegenüber lag eine weitere Tür – gleichfalls nur angelehnt. Sie ging hin und folgte der dahinterliegenden Treppe abwärts. Am Fuß blieb sie abrupt stehen – den Raum hatte jemand umgepflügt. Der Anblick schockierte Svenja; sie schüttelte sich. Ein schrecklicher Gestank von Alkohol hing in der Luft. Die Angst kroch ihr unter die Haut. Sie kehrte um, rannte nach oben und gleich hinaus auf den Hof. Sah es im Wohnhaus auch so aus wie im Kellerraum? Die Vorstellung flößte ihr Furcht ein. Hineingehen oder abhauen? Wäre sie bloß nach Bremerhaven zu dieser vermaledeiten Jacht gefahren. Pit hätte sich gefreut. Na klar! Svenja schlug sich mit der Hand an die Stirn. Das war die Lösung. Sie lief auf die Straße zum Auto, holte das Handy vom

Beifahrersitz und schaltete es ein. Die Notiz zu den versäumten Anrufen ignorierte sie und wählte Pits Nummer.

»Na, hast du's dir überlegt?«, fragte er, noch bevor das zweite Freizeichen erklang.

»Nein, pass auf.« Svenja berichtete, wo sie sich aufhielt und was sie beobachtet hatte. »Wenn ich mich in zehn Minuten nicht bei dir melde, rufst du die Polizei. Verstanden?«

»Warte, ich komme zu dir. Wir gehen zusammen rein.«

Damit du mir die Story klaust und mich hinterher lächerlich machen kannst. Vergiss es. »Denk dran: Ich gebe in spätestens zehn Minuten Entwarnung oder du alarmierst die Bullen. Aber erst dann.« Ohne eine Antwort abzuwarten, schaltete sie das Handy aus, steckte es ein und lief zurück auf Görans Hof. Vor den drei Stufen am Hauseingang hielt sie inne. Spielte jemand mit ihr Bilderrätsel? Die Tür stand doch jetzt weiter offen als vorhin? Langsam stieg Svenja die Außentreppe hinauf und horchte. Kein Laut! Sie starrte auf den Spalt, den die wuchtige Holztür freigab. Schließlich zwängte sie sich hindurch, vermied dabei jeden Kontakt mit Rahmen und Türflügel, als ob die unter Spannung stehen würden. Im Haus herrschte absolute Ruhe.

»Göran?« Svenja hauchte ihren Ruf, um das Unheil nicht zu wecken, tastete sich den Korridor entlang und verharrte an der Schwelle zum Wohnzimmer. Göran saß am Esstisch – unnatürlich zusammengesunken. Der Raum roch muffig. Svenja schnüffelte. Es stank irgendwie nach Schweißfüßen. Was war mit Göran? Auf Zehenspitzen ging sie zu ihm hin.

»Nur Mut«, hörte sie auf einmal in ihrem Rücken. Erschrocken fuhr sie herum. Als wäre er aus dem Boden gewachsen, stand da dieser Kerl. Sie erkannte ihn sofort, auch wenn ihre letzte Begegnung 17 Jahre zurücklag. Seine ausgeprägten Nase-Mund-Falten gruben sich tief ins Gesicht, klammerten den Mund regelrecht ein. Die kurzen dunkelblonden Haare zeigten keinerlei Grau. Den Kopf hielt er ein wenig nach links geneigt, wie damals, als er sie während des Verhörs aufmerksam beobachtet hatte.

»Sie erkennen mich wieder, wie ich sehe. Aber falls Sie meinen Namen vergessen haben: Arno Janning.«

»Ist er tot?« Svenja nickte zu Göran hinüber.

»Ja. Schon seit gestern.«

»Waren Sie das?«

»Was denken Sie von mir? Sagen wir mal so: Meine Leute wollten bei Herrn Grewe etwas abholen und dabei kam es zu Meinungsverschiedenheiten.«

»Ach? Und dann lynchen Sie ihn gleich?«

»Seine Strafe hatte der Herr Grewe längst verdient. Müssten Sie eigentlich wissen!«

»Wie das denn?«

Janning setzte erneut sein Grinsen auf: »Der Kerl war ein Verräter. Er hatte Ihnen damals unsere Pläne für die Gegenwende verraten. Sie sollten diese in die Welt hinausposaunen.«

Svenjas Herz gefror in der Brust. Unwillkürlich sah sie zu Göran hinüber.

»Grewe wollte Sie benutzen, um zu seinem Onkel in den Westen abzuhauen. Die Dieselmotorenwerke lockten den Helden. Die Gegenwende hätte seine Träume durchkreuzt. Um einfach so rüberzugehen, war er zu feige.« Janning kam auf Svenja zu. Sie wich zurück. »Übrigens, Freund Grewe hatte Sie für diese Aufgabe auserkoren, weil Ihr Chef Bigalke auf seinen Brief nicht reagiert hatte. Sie erinnern sich an den Jungen, der das hellgrüne Kuvert gebracht hatte und eine Quittung verlangte?«

Natürlich erinnerte sie sich an Lars und an den jubelnden Robert mit dem Papierfetzen in der Hand. Und sie erinnerte sich an Görans Gestammel, das er ihr vorgestern präsentiert hatte. Janning sagte die Wahrheit, das wusste Svenja. Dennoch antwortete sie möglichst gleichgültig: »Ihre Märchen mögen ja unterhaltsam sein, aber mich langweilen sie. Was wollen Sie von mir?«

Janning nickte in Richtung des Toten. »Sicherlich hat er Sie diesmal ebenso benutzt wie damals.«

Noch bevor Svenja antworten konnte, kam ein Hüne herein und ging auf Janning zu. Er überragte ihn um Hauptes-länge. Seine schwarzen Locken, der Vollbart und der kräftige Oberkörper erinnerten Svenja an das Musterexemplar eines Waldarbeiters. Er schüttelte den Kopf. »Nichts.«

»Danke. Ich komme gleich«, erwiderte Janning. Der Waldarbeiter machte kehrt und verschwand, während Janning langsam auf Svenja zukam. Sie wich weiter zurück, bis ihr Rücken die Wand berührte. Er blieb einen Schritt vor ihr stehen. »Ich will's kurz machen, die Zeit drängt. Falls Ihr Pit pariert, platzt bald die Polizei hier rein.«

»Sie wissen davon?«

»Gute Frau. Handys lassen sich seit deren Erfindung abhören. Doch zur Sache. Der Herr Grewe hatte uns versprochen, ein altehrwürdiges Dokument zu besorgen. Es trägt die Nummer Null – Null – Acht – Acht – Schrägstrich – Acht – Neun. Das kann man sich prima merken. Aber Grewe hielt uns zum Narren: Er wüsste nicht, wo es steckt; sein Mitarbeiter Rotgerber würde es verstecken. – Sie können mir folgen?«

Svenja nickte. Das war das Papier, von dem Andrea gesprochen hatte.

»Plötzlich tauchen Sie vorgestern auf, reden mit Grewe, fahren anschließend nach Stralsund und treffen sich mit Rotgerbers Ehefrau. Zufall? Nein! Wir mussten an die alte Geschichte denken. Grewe hat Sie ein zweites Mal eingespannt. Wie?« Er zuckte die Schultern. »Keine Ahnung. Ist auch egal. Sie hatten Kontakt zu Grewe, zu Rotgerber und zu dessen Frau. Sie besitzen das Schriftstück.«

»Nein!«

Seine Wangenknochen begannen zu mahlen. »In Ihrem

Auto haben wir nichts gefunden, also verstecken Sie das Papier woanders. Ich gebe Ihnen 24 Stunden.« Er sah auf die Uhr. »Bis Freitag um drei bringen Sie mir das Dokument Null – Null – Acht – Acht – Schrägstrich – Acht – Neun! Ansonsten?« Seine Augen wanderten für einen Augenblick zum Toten hinüber. »Gewiss sind Sie vernünftiger.« Er nickte.

»Was haben Sie mit Andrea gemacht?«, fragte Svenja voller Angst.

Janning zog das Kinn kraus. »Nichts. Ich muss zugeben, Sie haben uns ausgetrickst. Mit Frau Rotgerber wegzufahren und sie anschließend in der mecklenburgischen Pampa auszusetzen, wirklich gut. Bestimmt hätte Ihre Andrea einiges erzählt. Aber so? Halten wir uns eben an Sie. Lohnt sich sowieso mehr.«

Svenja atmete auf. Andrea war außer Gefahr. Doch wo sollte sie dieses verdammte Papier hernehmen? »Ich habe es nicht.«

»Dann besorgen Sie es. Und denken Sie daran: Erfährt irgendjemand von der Operation Schneefall, sehe ich schwarz für ihre Sicherheit. Einflussreiche Menschen werden Ihren Kopf verlangen. Also, einfach bis zum morgigen Freitag schweigen und mir spätestens um drei das Dokument aushändigen. Rufen Sie hier an.« Er reichte Svenja eine Visitenkarte. ›Institut für Entwicklungshilfe und Kooperation‹ stand auf der Vorderseite in blauer Schrift und darunter eine Bremer Nummer. Als Svenja wieder hochsah, fehlte von Janning jede Spur. Wie er aus dem Nichts erschienen war, war er verschwunden. Ohne die Visitenkarte in ihren Händen hätte Svenja an einen Traum glauben können. Sie schob das Kärtchen in ihre Jeans und überlegte: Vielleicht steckte dieses ominöse Dokument hier irgendwo im Haus, oder ein Hinweis darauf, oder ein Hinweis auf Ludger? Es schadete nichts, wenn sie sich einmal umsah.

*

»Ach, Frau Windisch.«

Svenja betrat gerade wieder das Wohnzimmer, da stand dieser Kommissar Löffler vor ihr. Verflucht! Sie hatte Pit ganz vergessen. Unwillkürlich wanderte ihr Blick zum Esstisch hinüber. Dort saß noch immer der tote Göran.

»Hier gab's einen Überfall und Göran wurde ermordet.«

»Ich weiß. Aber lassen Sie uns da rübergehen«, bat Löffler und wies auf die Couch. »Herr Itzig von der Weserzeitung hat mich verständigt. Aber ich war ohnehin auf dem Weg hierher. Ich habe auch die Kriminaltechnik informiert.« Als hätten sie nur auf dieses Stichwort gewartet, betraten einige Gestalten in weißen Overalls den Raum. Sie nickten in Richtung des Kommissars und wandten sich dem toten Göran zu.

Svenja setzte sich. Der Kommissar nahm ein Tuch aus der Tasche, knetete es kurz, schüttelte den Kopf und steckte es wieder ein.

»Irgendwie führt uns der Fall Bigalke andauernd zusammen«, sagte er. »Warum sind Sie eigentlich hier?«

Svenja sah erneut zu Göran. Was erzähle ich? Darüber hätte sie nachdenken sollen, anstatt im Haus umherzuschnüffeln. Leider war ihre Suche völlig erfolglos geblieben. Was erzähle ich? Sie musste einige Sekunden Bedenkzeit gewinnen und bat um ein Glas Wasser.

»Gern.« Löffler blickte sich um. Aber niemand stand in der Nähe, der ihm helfen konnte. »Ich komme gleich zurück.«

Was erzähle ich? Die Ausrede eines einfachen Freundschaftsbesuchs glaubte ihr kein Mensch. Erst recht nicht nach Pits Hilferuf.

Der Kommissar kam mit dem Wasser. »Bitteschön, die Dame.« Er stellte das Glas auf den Tisch und setzte sich wieder auf den Sessel. »Also erneut meine Frage: Warum sind Sie hier?«

Svenja trank einen großen Schluck. Na gut, beschloss

sie, dann versuche ich es mal mit der Version. »Ich wollte noch einmal mit Göran über Robert Bigalke sprechen.« Sie erzählte von ihrem ersten Besuch am Dienstag und Görans Auskunft, Robert kaum zu kennen. Gestern hätte sie in Stralsund Roberts Mutter besucht und von der ein altes Notizbuch bekommen. »In dem Buch lag ein Brief, der Robert ermuntert haben musste, bei der Marine rumzuschnüffeln.«

»Weshalb? Wie kommen Sie darauf«

»Weil der Brief Hinweise auf eine Militärübung enthielt.«

»Wo sind Brief und Notizheft?«

»Draußen, in meinem Auto. Soll ich sie holen?«

Der Kommissar nickte.

Svenja lief hinaus. Neben ihrem Lupo stand Pit in ausgewaschenen Jeans und mit abgetragenem Hemd. Seine roten Haare leuchteten. Das unrasierte Kinn schimmerte wie bei einem Sonnenbrand.

»Hallo«, begrüßte sie ihn. »Danke, dass du die Polizei angerufen hast.«

»Kein Problem. Sag mal, bist du in einen Wirbelsturm gekommen?«

»Warum?«

Ohne eine Antwort zu geben, deutete er auf ihr Fahrzeug. Svenja sah hinein. Augenblicklich traten ihr Tränen in die Augen. Ihr Lupo war total verwüstet: Die Wandverkleidungen hingen herausgerissen in der Luft und die Polster waren aufgeschnitten. Sämtliche Habseligkeiten, die sie im Auto mitführte, lagen bunt verstreut im Innenraum. Na klar, der Waldarbeiter hatte nach diesem Dokument gesucht, das sie angeblich besitzen sollte. Verzweifelt lief sie um den Wagen herum und öffnete den Kofferraum, der nicht mehr abgeschlossen war. Sogar ihre Wäsche hatte der Kerl aus der Tasche gerissen. Svenja wühlte in den Sachen und fand Roberts Notizbuch. Der hellgrüne Lockbrief klemmte zwischen den Seiten. Sie nahm beides heraus und schlug die Klappe zu.

»Was'n da drin los?«, fragte Pit. »Die Bullen lassen keinen rein.«

»Der Hausbesitzer ist tot. Die Polizei glaubt an einen Zusammenhang mit dem Skelettfund.«

»Hast du auch diese Leiche gefunden?«

»Genau.« Svenja ging auf Pit zu. »Du solltest dich vorsehen. Meine Bekannten leben zurzeit gefährlich.«

Pit grinste und tippte ihr mit dem Zeigefinger auf die Nasenspitze. »Gefahr belebt das Geschäft.«

»Bis später.« Sie ließ ihn stehen und stieg die Stufen zum Haus hinauf.

»Du, Bambi?«, rief er ihr hinterher. »Machst du uns 'ne schöne Geschichte, 'ne schöne Fortsetzungsgeschichte, bezahlen wir die Reparatur deines Autos.«

Svenja überlegte. Den Lupo in Ordnung zu bringen, würde sie ein Vermögen kosten. Sie drehte sich um. »Einverstanden. Doch ich brauche einen Ersatzwagen.«

»Wenn du mit meinem alten Golf zufrieden bist?«

»Kein Problem. Wir wickeln das nachher gleich ab.«

Drinnen saß der Kommissar unverändert auf dem Sofa und beobachtete seine Techniker. Svenja setzte sich wieder zu ihm. »Ich gebe Ihnen das Buch freiwillig«, betonte sie und hielt es ihm entgegen. »Den Brief auch. Aber ich will beides zurückhaben.«

»Selbstverständlich«, bestätigte Löffler. Er lehnte sich vor und langte nach dem Heft.

»Eins noch«, sagte sie. »Wir tauschen Information gegen Information.«

Löffler zog die Augenbrauen hoch und seine Hand zurück. »Sie besitzen relevante Beweismittel für unsere Ermittlungen. Sie kommen nicht umhin, die Unterlagen rauszugeben.«

»Darüber könnte man streiten.«

»Was verlangen Sie?«

»Fakten zu Ihren Nachforschungen. Natürlich keine Geheimnisse, jedoch ein wenig Hintergrundwissen. Ich muss schließlich auch leben.«

»Sie wollen eine Story schreiben, für die Presse.«

»Genau.«

Erneut holte der Kommissar das Tuch aus der Tasche, wischte sich über den Kopf und steckte es wieder ein. »Na gut. Unser Geschäft bleibt aber unter uns. Und Sie veröffentlichen erst, wenn wir den Täter haben.«

Svenja überlegte. Wann Pit seine Geschichte benötigte, hatte er nicht gesagt. Ihr Auto würde er trotzdem kurzfristig in Ordnung bringen, denn sie fuhr ja solange seins. »Einverstanden.« Sie reichte ihre Unterlagen über den Tisch.

Löffler schob das Büchlein in sein Jackett, sah auf das hellgrüne Blatt und begann zu lesen. Aufmerksam wanderten seine Augen im Takt der Zeilen hin und her. Auf einmal blinzelte er, hielt inne, blickte auf Svenja und vertiefte sich abermals in den Text. Schließlich schaute er auf. Seine Gesichtszüge wirkten blasser als zuvor, wie nach der Lektüre einer Mordschilderung. »Diese Militäraktion fand die statt?«

Svenja drohten die Nerven zu versagen. Mit zitternden Fingern ergriff sie das Wasserglas, führte es mit beiden Händen zum Mund und nippte daran. Erfährt irgendjemand von der Operation Schneefall, sehe ich schwarz für Ihre Sicherheit, hatte Janning vorhin gedroht. Sie trank erneut einen Schluck und zwang ihre Gedanken in geordnete Bahnen: Leugnen half nichts. Wie sollte sie ihre Bedrohung durch Grewe erklären. Also musste sie abwiegeln und ablenken, gleichzeitig aber möglichst nahe an der Wirklichkeit bleiben. Auf keinen Fall durfte der Schneefall zur Sprache kommen. »Keineswegs. Die Militäraktion existierte nur in Görans Kopf.«

Der Kommissar blickte auf Svenja, als überlege er, als zweifele er an ihrer Aussage und grüble jetzt an einer Erwiderung. »Warum verdächtigen Sie Göran Grewe, den Brief geschrieben zu haben?«, fragte er beinahe vorsichtig. »Steht das in den Aufzeichnungen?«

Eine Welle der Erleichterung durchflutete Svenjas Brust. Löffler hätte weitaus schärfer reagieren können. »Nein. Weil er mich ebenfalls hineinzog«, antwortete sie schnell und spann ihre Geschichte, die ihr Stück für Stück einfiel. Sie berichtete von Görans Eifersucht und von seinem Versuch, ihr gleichermaßen eine Operation des Militärs einzureden. Als Robert sich letztmalig telefonisch gemeldet hatte, die Partei habe ihn nach Bonn geschickt, sei sie davon ausgegangen, dass er die Sache vergessen hatte. Ihre Begegnung mit Janning hier im Haus verschwieg sie und stellte stattdessen erneut Görans Missgunst heraus.

»Und darüber wollten Sie mit Herrn Grewe reden?«

»Natürlich. Nach der Gewissheit über Roberts Tod konnte ich ihm einige Fragen nicht ersparen.«

Löffler nickte. Er schien das Märchen geschluckt zu haben, wie seine folgenden Worte zeigten: »Entschuldigen Sie, haben am Ende Sie Herrn Grewe getötet? Im Affekt? Sie schauten mich ziemlich verstört an, als ich kam.«

Die Klippen lagen hinter Svenja. Der Vorwurf des Kommissars berührte sie kaum. »Meinen Sie im Ernst, ich bringe jemanden um und warte hier auf die Polizei, die ich selbst alarmieren ließ?«

»Wer weiß?«

»Was haben Sie eigentlich gemacht?«

»Umgesehen. Wie Sie eben selbst bemerkten, arbeite ich als Journalistin und muss irgendwie an Geld kommen. Und da wollte ich die Gelegenheit nutzen. Leider ohne Erfolg.«

»Das soll ich glauben?« Löffler kniff die Lippen zusammen.

»Um Ihren Verdächtigungen ein Ende zu bereiten: Wie wurde Göran überhaupt umgebracht?«

»Erschossen.«

Sie streckte ihre Hände vor. »Dann sollten Sie die überprüfen lassen.«

Löffler rief einen Uniformierten, der Spuren auf Svenjas Fingern mittels Klebefolie sicherte und überdies Fingerabdrücke für den Spurenabgleich nahm.

Schweigend verfolgte Löffler die Prozedur und rutschte nach vorn auf die Kante des Sessels. »Wir dürften ja so weit fertig sein. Kommen Sie, ich bringe Sie hinaus.« Beide standen auf und verließen das Wohnzimmer.

»Herr Hauptkommissar?« Ein weiß eingehüllter Techniker kam hinter ihnen hergelaufen.

»Ja?« Löffler und Svenja blieben stehen.

»Die ersten Ergebnisse liegen vor – ich wollte berichten.«

»Ich komme gleich.« Löffler bedeutete Svenja weiterzugehen.

Sie hielt inne. »Information gegen Information.«

Der Kommissar sah Svenja mit zusammengekniffenen Augen an, holte sein Tuch aus der Tasche, wischte sich über den Kopf, schaute auf den Mann im Overall und nickte. »Also gut. Erzählen Sie – eine Kurzfassung.«

Der Techniker berichtete: Nach bisherigen Erkenntnissen sei Grewe mit der vorgefundenen Waffe erschossen worden, die wohl einem Ludger Rotgerber gehört.

Der Name versetzte Svenja einen Stich in die Brust. Hatte Ludger Göran umgebracht? Aber warum? Wenn das Andrea erfahren würde?

Dieser Ludger Rotgerber habe hier gewohnt, drüben in dem Partykeller unter der Garage. Der Techniker zeigte eine giftgrüne Karte, groß wie eine Spielkarte. »Die haben wir zwischen seinen Sachen aufgespürt.«

Löffler hielt sie so, dass Svenja mitlesen konnte. Darunter

stand in der ersten Reihe: ›Makarow – B8058‹ und etwas tiefer: ›Oberleutnant Ludger Rotgerber – 3. Flottille – Wachkompanie – Stralsund‹.

»Dann scheint ja alles klar zu sein«, bemerkte er schließlich. »Fahndung läuft?«

Der Techniker nickte. »Ja.«

Scheiße, dachte Svenja, die Bullen jagen hinter Ludger her. Plötzlich stutzte sie. »Darf ich die Karte noch einmal sehen?«

Löffler zeigte ihr erneut die Aufschrift.

B8058 – Ludger Rotgerber – Wachkompanie, prägte sie sich ein, und spielte die Eilige. »Vielen Dank, Herr Kommissar. Ich finde allein raus.« Schnell lief sie in den Korridor, stoppte im Schutz eines Schranks, holte den zusammengefalteten Zettel von Andrea heraus und blickte darauf. ›Makarow – B8058‹ stand da, jedoch dahinter Christians Name. Was ging hier vor? Hetzte jemand die Polizei auf Ludgers Spur? Dieser Janning? Aber warum, falls Ludger für ihn arbeitete? Oder Christian? Oder beide? Wie hatte Romy sich ausgedrückt? Ihr Mann wäre gerade in Cuxhaven? Cuxhaven lag eine Autostunde entfernt. Wusste Christian, wo Ludger steckte? Vielleicht sollte sie erst nach ihm suchen?

Svenja rannte weiter und überlegte: Wenn dieser Janning ihr Telefon abhörte, ließ er sie ebenso beschatten. Scheiße. Bestimmt konnte ihr der Autowechsel helfen? Mit Pits Golf blieb sie einige Zeit unentdeckt. Dann durften sie die Wagen keinesfalls sofort tauschen. Heute Abend – im Dunkeln – irgendwo in der Pampa. Auf dem Weg dorthin schüttelte sie spielend alle Verfolger auf den nachtleeren Straßen ab. Und bis dahin würde sie Christians Aufenthaltsort herausbekommen.

31

Der Regen nervte ihn. Ludger blickte in den grauen Himmel. Gestern hatte er sich bei ebensolchem Sauwetter zu Fuß nach Bremen durchgeschlagen und war am Nachmittag durch die Kaufhäuser der Innenstadt gezogen, um sich vor der Nässe zu schützen. In der Nacht unter einer Brücke hatte er dann den Entschluss gefasst, seine Flucht zu beenden. Der Weg zur Polizei verbot sich allerdings; die brachten ihn prompt mit Görans Tod in Verbindung. Nein, ihm konnte nur ein Vertrauter helfen – Edgar Nadler. Ludger hatte ihn zu Beginn seiner VDMW-Zeit während der Zusammenarbeit in einem gemeinsamen Projekt kennengelernt und in der Folgezeit öfter getroffen. Edgar hatte sich als Verehrer und Kenner der Insel Rügen gezeigt. Seine Familie stammte aus Binz und war im Vorfeld des Mauerbaus nach Bremen übergesiedelt.

Um Edgars Rückkehr von seiner Dienstreise mit Sicherheit abzuwarten, hatte Ludger den Vormittag in der Stadt verbracht und war erst am Nachmittag auf die Suche nach dem Institut für Entwicklungshilfe und Kooperation gegangen. Jetzt stand er vor dem Haus im Ostertorviertel in der Nähe des Weserstadiums. Das graue Gebäude lag in einer Straße mit alten Bürgerhäusern. Ludgers Herz schlug schneller und seine Handflächen begannen zu schwitzen. Hoffentlich würde ihm Edgar helfen können. Er atmete noch einmal tief durch, betrat die Eingangshalle und wandte sich gleich der Dame am Empfangstresen zu. Sie begrüßte ihn mit einem bezaubernden Lächeln. ›Verena Linke‹ verriet ein kleines Schildchen an ihrer Brust.

»Sie wünschen?«

»Äh, ja. Also, ich heiße Ludger Rotgerber und möchte zu Herrn Edgar Nadler.«

»Worum geht es denn?«

»Das möchte ich nur Herrn Nadler erklären.«

»Ach ja?« Die Frau legte eine hörbare Missbilligung in ihre Stimme, ohne ihr Lächeln abzulegen. »Normalerweise offenbaren mir die Gäste ihre Begehren, insofern sie den Geschäftsführer sprechen wollen«, erklärte sie im Ton einer Amtsperson, »insbesondere, wenn er gerade aus dem Ausland zurückgekehrt ist.«

»Frau Linke«, bettelte Ludger, »meine Geschichte ist wirklich zu kompliziert und ich bin ein alter Bekannter von Herrn Nadler. Sagen Sie einfach, Ludger wartet hier auf ihn.«

»Meinetwegen. Ich will sehen, was sich machen lässt. Einen Augenblick!« Sie telefonierte und meinte dann: »Nehmen Sie vorerst da hinten Platz. Herr Nadler wird Sie nachher rufen.«

»Danke, vielen Dank!« Ludger ging zu der Sitzgruppe neben dem Eingang, setzte sich und langte nach einer der Zeitschriften. Ohne Interesse blätterte er darin herum, betrachtete die Bilder und schielte unablässig zur Empfangsdame hinüber. Die schien hinter dem Tresen ihrer Arbeit nachzugehen.

Einige Minuten später öffnete sich die Eingangstür und eine Frau kam herein. Verena Linke schaute auf und begann zu lächeln; dieses Mal freundlicher und strahlender als vorhin. Die fremde Frau, Ludger sah nur ihren Rücken mit den langen rötlich-blonden Haaren, lief zielstrebig auf den Empfang zu.

»Hallo, Danica«, freute sich die Empfangsdame und herzte die Frau. »Du kommst aber oft zu uns.«

»Grüß dich, Verena. Na ja, es gibt halt immer was Neues.«

»Du weißt ja, wo's langgeht.« Verena Linke deutete mit einem Kopfnicken zur Treppe neben dem Tresen, wo sich die Schranke automatisch hob. Mit federnden Schritten entschwand diese Danica nach oben.

Ludger hatte seine Nase gerade wieder in die Illustrierte gesteckt, da öffnete sich die Tür erneut.

»Guten Tag«, grüßte eine dunkle Männerstimme im Vorbeigehen.

»Guten Tag.« Ludger erwiderte den Gruß instinktiv und lugte hinter seiner Lektüre hervor. Ihm gefror das Blut in den Adern. Das Profil des Hünen hatte er gestern auf Görans Hof mit einer Kalaschnikow in der Hand gesehen. Den Seewolf würde er mittlerweile auch im Dunkeln wiedererkennen. Am liebsten hätte er die Zeitschrift hochgerissen, aber damit wäre er bestimmt aufgefallen. Also verharrte Ludger regungslos, als könne er so unsichtbar werden. Der Seewolf schenkte ihm glücklicherweise keine Beachtung. Zielstrebig lief er auf den Empfang zu.

»Zurück vom Einsatz?«

»Ja, hoffentlich liegt nichts weiter an.« Der Seewolf begrüßte Verena Linke mit Handschlag und lümmelte sich auf den Tresen, mit dem Rücken zu Ludger. Die beiden tuschelten miteinander.

Ich muss hier weg!, schoss es Ludger durch den Kopf. Wenn der Kerl zu diesem Verein gehörte, durfte er Edgar keinesfalls seine Geschichte erzählen. Möglichst unauffällig legte er die Zeitschrift beiseite. Vom Ausgang trennten ihn nur drei Meter. Ludger erhob sich, schüttelte die Beine, als wären sie ihm eingeschlafen und schlenderte zwei Schritte in Richtung Haustür.

»Herr Nadler kommt gleich«, rief die Empfangsdame herüber.

»Ja, ja«, antwortete Ludger.

»Ich will auch weiter«, hörte er den Seewolf sagen. Der richtete den Oberkörper auf und verabschiedete sich.

Diesen Moment nutzte Ludger. Er trat zum Ausgang, riss

die Tür auf, stürmte hinaus, rannte durch die offene Gartentür, überquerte die Fahrbahn und stoppte wenig später. Parkende Autos boten ein wenig Deckung. Ludger duckte sich hinter einen Lieferwagen. Wo sollte er hin? Ohne Kenntnis der Gegend holten sie ihn schnell ein. Sein Vorsprung betrug höchstens Minuten. Er sah die Szene am Empfangstresen regelrecht vor sich: Verena Linke schüttelte den Kopf über den ungeduldigen Besucher. Der Seewolf drehte sich verwundert um und fragte nach dem Namen. Im selben Augenblick würde er wissen, wer da abgehauen war. Durch die Scheiben des Transporters starrte Ludger zurück zu dem grauen Eckhaus. Der Seewolf hatte sich tatsächlich an ihn erinnert. Gerade eben spurtete er mit zwei Kumpanen auf den Gehweg und blickte suchend nach links und rechts.

Wohin soll ich?, hämmerte es in Ludgers Schläfen. Er fühlte sich wie das von Weidmännern eingekreiste Wild bei einer Treibjagd. Die Straße hinunterzulaufen, dazu war es zu spät. Und wenn er sich hier irgendwo verstecken würde? In den Vorgärten grünten unzählige Büsche und Ranken. Drei Häuser weiter führte eine Treppe zu einem Kellereingang. Er lief hin und sprang die Stufen nach unten. Vielleicht saß er an dieser Stelle erst einmal sicher – vielleicht suchten sie ihn nicht in der Nähe des Instituts?

32

Bestimmt zum zehnten Mal warf Svenja an diesem Abend das Geld in den Münzfernsprecher. Dieser Janning sollte keines ihrer Handygespräche mehr abhören können. Das Freizeichen ertönte.

»Romy Koschak«, erklang schließlich die vertraute Stimme. Svenja atmete erleichtert auf. »Na endlich. Wo treibst du dich herum?«

»Hallo – erst einmal.« Romy klang genervt. »Mit 'ner eigenen Firma hat man ungeregelten Feierabend.«

»Entschuldige. Aber ich muss dich dringend sprechen: Göran Grewe wurde erschossen.«

»Wahas?«, rief Romy überrascht. »Christians ehemaliger Leitender Ingenieur?«

»Genau der. Und jetzt pass auf: Bei der Tatwaffe handelt es sich um eine Armeepistole, und zwar exakt um jene, die Christian 1990 während des Einsatzes in Berlin gestohlen worden war.«

»Was willst du damit sagen?«

»Vielleicht droht Christian ebenfalls Gefahr.«

»Wieso das denn? Ihm haben sie die Pistole geklaut und gut.«

»Romy, ich möchte nur sichergehen und mit Christian reden. Wie kann ich ihn erreichen? Hat er ein Handy?«

»Ja, aber abends schaltet er es stets aus, um seine Ruhe zu haben.«

Na klasse, dachte Svenja. Das ist mir ja ein Unternehmer. Und bis zum folgenden Tag konnte sie unmöglich warten. »Wo steckt er überhaupt?«

»Gestern hatte er eine Kurierfahrt nach Bremen, zu irgendsoeinem Institut. Danach wollte er nach Cuxhaven. Wo er immer hinfährt, alle vier Wochen.«

»So oft?«

»Ja«, sagte Romy. »Ein Großauftrag im Tiefwasserhafen. Wir bieten da das komplette Programm an. Das Geld von denen brauchen wir auch. Von den paar Kröten hier aus Stralsund kann ja keiner leben.«

»Und deswegen kommt Christian jeden Monat her? Seit wann eigentlich?«

»Seit sieben Jahren. Kurz nach unserer Firmengründung war er in Bremen auf einer Messe. Da hat er eine Frau Dorfner vom Bremer Senat kennengelernt. Die hat ihm den Auftrag in Cuxhaven vermittelt.«

Svenja stutzte. »Diese Frau Dorfner, heißt die mit Vornamen Imke?«

»Ja, genau, Imke Dorfner. Warum? Kennst du sie?«

»Ja, ich arbeite manchmal für sie – mache Fotos und so.« Svenjas Überlegungen schossen wie Stromstöße durch ihr Gehirn: Weswegen besorgte die Dorfner einen Großauftrag für Christian in Cuxhaven? Wenn er wirklich gut wäre, oder preiswert, oder beides, hätte die ihn nach Bremerhaven oder nach Bremen geholt. Aber doch nicht zur niedersächsischen Konkurrenz?

»Bist du noch dran?«, fragte Romy.

»Ja, ja. Ich habe nur nachgedacht. Demnach müssten die im Hafen wissen, wo er steckt? Oder?«

»Richtig.«

»Was fährt Christian für ein Auto?«

»Einen silbernen Toyota Landcruiser; so einen Geländewagen. Mit dem Nummernschild HST-XX 35.«

»HST-XX 35«, wiederholte Svenja und notierte das Kennzeichen. »Bis dann. Ich melde mich, wenn ich was weiß.« Sie legte auf. Das Display zeigte ein Restguthaben von fünf Euro zwanzig auf ihrer Zahlkarte. Sie holte ihr Handy hervor, schaltete es ein, suchte Pits Nummer, tippte die am Münzfernsprecher ein und stellte das Mobiltelefon wieder ab. Nach unendlich langer Zeit wurde am anderen Ende abgehoben.

»Peter Itzig, Weserzeitung, ja, bitte?«

»Ich bin's, Pit.«

»Bambi, was ist denn los? Kommst du nicht zum Autotausch?«

»Na klar. Ich brauche jetzt einen deiner Geistesblitze: Die Imke Dorfner, die kennst du doch? Oder?«

»Die Ziege vom Senat?«

»Genau die. Hat die einen Mädchennamen?«

»Du kannst Fragen stellen. Warte, ich leg dich kurz weg.« Im Hörer klapperte es und dann hörte Svenja Hintergrundgeräusche. Wenn die Dorfner früher einen anderen Namen hatte – Pit würde ihn herausbekommen! Pit besaß ein unergründliches Datenarchiv. Nach einiger Zeit kündete leises Scheppern von seiner Rückkehr. »Warum willst du das wissen?«, meldete er sich.

Svenja stöhnte deutlich hörbar. Sie beide hatten eine Abmachung: Wollte einer etwas erzählen, erzählte er es. Ansonsten behielt jeder seine Informationen für sich. Pit versuchte immer wieder, Svenja zu überlisten. »Der Name?«, fragte sie nachdrücklich.

»Zaiser; Imke Zaiser – bis sie 1997 einen Ingo Dorfner geheiratet hatte. Ist seit 1999 aber geschieden.«

Svenja nickte. Wie klein die Welt doch war! Eine Imke Zaiser hatte Christian 1989 in Leipzig auf der Messe kennengelernt. Was hatte sie studiert? Seeverkehr und Hafenwirtschaft in Niedersachsen. Da fügte sich eins zum anderen. »Seit wann ist die Dorfner in Bremen?«

»Seit 2000«, antwortete Pit, als hätte er ihren Lebenslauf vor sich liegen. »Davor hat sie in Cuxhaven im Tiefwasserhafen gearbeitet. Ist diplomierte Kauffrau für Seeverkehr und Hafenwirtschaft.«

»Das passt.« Svenja wusste, wo sie Christian suchen musste. »Wo wohnt sie?«

»In Oyten, Werrastraße 45. Ist in der Nähe des Oyter Sees.«

»Danke Pit. Ist übrigens alles für die Fortsetzungsstory, die ich dir schulde. Bis nachher. Ich werde pünktlich sein.« Ohne eine Antwort abzuwarten, legte sie auf und verließ die Telefonzelle. Am liebsten wäre sie sofort nach Oyten gefahren, aber mit ihrem eigenen Auto würde sie eine Spur wie eine Leuchtrakete am nächtlichen Himmel hinterlassen.

33

Die Uhr zeigte halb neun Uhr abends. Dennoch hatte Löffler seine Leute versammelt, um die letzten Ergebnisse zu besprechen. Dieser blöde Lockbrief, den Svenja Windisch ihm zusammen mit dem Notizbuch ausgehändigt hatte, ängstigte ihn. Schon beim Lesen des Briefs, war ihm Pelzer und die Hausmitteilung zum Fund bei der BStU eingefallen. Hoffentlich brachte der Fall keine politischen Verwicklungen. Frau Windischs Erklärung hatte ihn am Nachmittag erst einmal beruhigt. Andererseits boten ihre Unterlagen wichtige Anhaltspunkte über Bigalkes Ableben. Unmittelbar im Anschluss an die Vernehmung der Journalistin hatte er die Aufzeichnungen durchgesehen. Eins stand fest: Der Lockbrief hatte ihn in die Hände der Marine getrieben und am Ende das Leben gekostet. Jetzt sollten die Zusammenhänge der einzelnen Ermittlungsfälle ans Tageslicht befördert werden. Mit Löffler saßen Doktor Wallner, Müller III, Tobler und Achim Schulze von der Kriminaltechnik in Bremerhaven am Tisch.

»Vielen Dank, dass Sie so spät kommen konnten«, eröffnete Löffler die Zusammenkunft. »Wir wollen ein wenig Ordnung in unsere Untersuchungsgegenstände bringen.« Er räusperte sich und sah in die Runde. »Da wären ein Skelett, das 17 Jahre im Wasser lag, eine verlassene Jacht, die nach zehntägiger Geisterfahrt angeschwemmt wurde, und ein Toter, den wir heute in seiner Wohnung aufgefunden haben. Weisen diese Fälle Gemeinsamkeiten auf?«

»Ich denke schon«, sagte Müller III.

»Gut. Ich sehe auch einige Parallelen. Also tragen wir die Fakten zusammen und fangen bei Herrn Grewe an. Was wissen wir über sein Ableben?«

»Ist ziemlich eindeutig«, antwortete Doktor Wallner. »Der Schuss in die rechte Schläfe, aus nächster Nähe abgegeben, war tödlich. Die Selbsttötung ist nur amateurhaft vorgetäuscht. Der Tote hatte keinerlei Schmauchspuren an den Händen.«

»Alle Indizien deuten auf Grewes verschwundenen Mitarbeiter, auf diesen Ludger Rotgerber, hin.« Löffler sah Müller III an.

»Richtig«, bestätigte der. »Die Tatwaffe ist unbestreitbar die am Tatort gefundene Kurzwaffe: Makarow, Kaliber neun Millimeter, Hersteller Suhl/DDR 1970, Waffennummer B8058. Entsprechend der Angaben auf der Waffenkarte gehörte die Pistole Rotgerber. Wir haben auch seine Fingerabdrücke darauf festgestellt. Und Rotgerber hat bei Grewe gewohnt. Im Partykeller unter der Garage konnten wir massenhaft Gen-Proben gewinnen.«

»Was ist mit dieser Windisch?«, wollte Löffler wissen.

Müller III winkte ab. »Scheidet als Täterin aus. Ihre Hände waren sauber und der Tod bereits 20 Stunden zuvor eingetreten.«

»Gut!« Löffler sah zu Achim Schulze. »Grewe und Rotgerber sind am 10. Juli mit der Jacht ausgelaufen. Sagen zumindest die zuständigen Behörden.«

Schulze nickte. »Können wir bestätigen. Das an Bord sichergestellte DNA-Material stammt von den beiden. Aber da gibt es noch ein interessantes Detail. Erinnern Sie sich? Ich hatte einen Ölfleck im Wellentunnel des Hilfsantriebs erwähnt.«

»Ja«, bestätigte Löffler. »Was ist damit?«

»Der Ölfleck und das Öl auf der in Verden gefundenen Tatwaffe sind identisch. Die Pistole lag dort unten.«

»Das würde zu den anderen Spuren passen«, sagte Müller III. »Ich stelle mir das so vor: Grewe und Rotgerber laufen zusammen mit der Jacht aus. Grewe ist Firmeninhaber und Rotgerber einer seiner Manager im Werk Stralsund. Ich habe mich erkundigt.« Er sah in die Runde, als wolle er jeden Einzelnen auf eine gewichtige Enthüllung aufmerksam machen. »Die VDMW haben Probleme; sind auf mangelhafte Einspritzpumpen aus Vietnam reingefallen. Da steht eine Rückrufaktion ins Haus. Der Schaden geht in die Hunderttausende. Die Imageschäden nicht mitgerechnet. Grewe soll Rotgerber für all das verantwortlich gemacht haben.«

»Bitte keine Vorträge«, mahnte Löffler.

Müller III angelte nach seinem Zopf und drehte ihn zwischen den Fingern. »Also. Die beiden verlassen den Hafen und Rotgerber versteckt die Pistole im Wellentunnel. Später holt er sie heraus und will seinen Chef umlegen. Der merkt das und wehrt sich. Es kommt zum Kampf.«

»Die Uhr mit dem gerissenen Armband gehörte tatsächlich diesem Grewe«, warf Schulze in die Runde.

»Auf jeden Fall stürzt Grewe ins Meer. Entweder durch die Auseinandersetzung oder um zu fliehen.«

Löffler wischte mit seinem Tuch über den Kopf. »Könnte so gewesen sein.«

»Danach kreuzt Rotgerber mit der Jacht in den Küstengewässern«, fuhr Müller III fort, »und hört sich um, ob Grewes Leiche irgendwo auftaucht.«

»So würde sich auch der unversehrte Zustand des Schiffs erklären«, bestätigte Achim Schulze. »Das kann unmöglich zehn Tage unbemannt auf dem Meer getrieben sein. Dann hätten wir Zerstörungen und vor allem Wasser an Bord finden müssen.«

Müller III nickte. »Nachdem Rotgerber nichts erfährt, verlässt er die Jacht, fährt zu seinem Chef und erledigt ihn.«

»Aus Dankbarkeit«, wendet Löffler ein, »lässt Grewe seinen Mörder bei sich wohnen?«

»Vielleicht hatte sich Rotgerber von Grewe unbemerkt dort unten eingenistet. Um einen günstigen Zeitpunkt abzupassen?«

»Na gut.« Löffler überlegte. »Nehmen wir die Theorie vom Kollegen Müller mal als Arbeitshypothese und beleuchten die

Verbindung zum Fall Bigalke.« Er kramte in seinen Akten. »Es gibt hier einen Lockbrief, der Bigalke auf eine Militäraktion hingewiesen hatte, auf eine erfundene Militäraktion.« Löffler berichtete über die Aussage der Windisch und seine Informationen aus dem Notizheft: Als Urheber des Briefes trieb Grewe den Bigalke auf die Spur des Militärs, aus Eifersucht. Zu seinem Pech fiel Bigalke auf den Köder herein, um sich mit einer vermeintlichen Enthüllung auf die politische Bühne zurückzukatapultieren. Schließlich war er in seiner Partei gerade in Ungnade gefallen. Bei seinen Schnüffeleien wäre Bigalke wohl erwischt und später erschossen worden.

Löffler sah auf Doktor Wallner. »Konnten Sie das Kaliber der Todesschüsse ermitteln?«

»Nein, leider nicht.« Wallner blickte entschuldigend in die Runde. »Wir haben aber ein weiteres interessantes Detail entdeckt: Den Schuss durch die Stirn hatte der Täter zuerst abgegeben. Danach muss das Opfer definitiv tot gewesen sein. Dennoch schoss anschließend der Mörder ein zweites Mal aus einer völlig anderen Richtung in das Schädeldach.«

»Sie können die Reihenfolge der Schussverletzungen feststellen?«, fragte Löffler.

Doktor Wallner nickte. »Die Puppe'sche Regel: Mehrere Einschüsse an Plattenknochen, wie dem Schädel, verursachen radiale Bruchlinien. Die Linien einer nachfolgenden Wunde enden grundsätzlich an denen einer vorangegangenen. So auch bei dem gefundenen Schädel.«

»Was hilft uns das weiter?«, fragte Löffler. »Nichts. Zwischen Rotgerber und Bigalke gab es ebenfalls eine Beziehung. Sie müssen sich begegnet sein. Das geht aus Bigalkes Tagebuch hervor, das mir die Windisch heute gegeben hat. So wie Bigalke den Rotgerber beschreibt, dürften sie sich aber kaum gekannt haben.« Seinen Verdacht, Rotgerber könnte im Auftrag von Arno arbeiten und damals Bigalke ermordet haben, verschwieg er. Diese Frage ließ sich immer noch klären. »Dennoch sollten wir uns zunächst auf diesen Rotgerber konzentrieren. Er kommt als Grewes Mörder infrage, zumindest brauchen wir seine Zeugenaussage im Fall Bigalke.« Löffler sah die Männer am Tisch der Reihe nach an und jeder nickte, bis auf Kommissar Tobler, der schwieg. »Sie scheinen anderer Meinung zu sein?«, fragte Löffler und lehnte sich zurück.

»Selbstverständlich, viel deutet auf diesen Rotgerber hin«, antwortete Tobler mit ruhiger Stimme. »In meinen Augen zu viel. Das sieht nach gestellten Beweisen aus.«

»Sie haben demnach eine abweichende Theorie?«

»Ja, ich glaube, hier werden alte Rechnungen beglichen. Sie selbst, Herr Hauptkommissar, haben auf die Rolle von Frau Danica Pinter hingewiesen.«

»Das ist jetzt nicht Ihr Ernst?«

»Doch!« Mit seinen Worten schob Tobler ein eng beschriebenes Blatt zu Löffler. »Wir haben einige Daten zu dieser Dame gesammelt.«

Löffler nahm das Papier und las leise:

›PKZ (Ost) 070763501872; Blutgruppe B; Herzinfarktrisiko 14 Prozent; KV-Datensatz (Genanalyse) liegt vor; Krankenversicherung: Standard; Zusatzversicherung angeboten (Datei 23A18), Risikoklasse 4 (Nachuntersuchung steht aus – wahrscheinlich in Quartal 02/08: Verdacht auf Risikoklasse 3); Drogenkonsum: nicht aktuell; Alkoholkonsum: niedrig; Einkommen: 2.434 Euro; Kredit: DB – 40.000 Euro; Kontostand: 729 Euro; Zahlungsmoral: nachlässig – Versand auf Rechnung wurde eingestellt; Kundennummer: 393848, Punkte: 2930, Umsatzpotenzial nicht ausgeschöpft; Interessenprofil Musik/Buch/Film: liegt vor – nicht auffällig; Interessenprofil Reisen: liegt vor – auffällig und unter Beobachtung: 5 Reisen nach Kuba; Bürgerklasse 2 (Wiedervorlage 2009, ID-Code C89A839A).‹

Löffler sah Tobler an. »Von wem haben Sie das?«

»Von Direktor Herzog.«

»Aber das ist ja … Woher kommen all die Daten? Wer sammelt die?«

Tobler zuckte die Schultern.

Löffler las weiter:

›Familienstand: verheiratet mit Thorsten Nielsen seit 1995; Soziales Umfeld: Lutz Schmalstieg, Thomas Bräsig, Kerstin Alisch, Verena Linke (siehe Datensatz B33421).‹

Löffler tippte auf das Blatt. »Dieser Lutz Schmalstieg, ist das der Schmalstieg?«

»Ja, der Politiker Schmalstieg aus Bremerhaven.«

Löffler nickte und las die letzten Zeilen der Auskunft:

›Beruf: SH6645, Arbeitgeber K8273-23, Tätigkeit: B4567-909; Datenbankabgleich OK – Verspätungen: 4, Abmahnung: nein; Auto: Mercedes A160, Kennzeichen: HB-DP 4741, Maut-ID: HB38-92384, TÜV, Teilkasko, Verkehrsdelikte: 2 (leicht), 0 (schwer), Risikostufe: 3 (Tendenz fallend), Politische Auffälligkeiten: Anti-AK-Demo 2005 (Video #0232-4); keine Parteizugehörigkeit.‹

»Was bedeuten die Schlüssel für Arbeitgeber und Tätigkeit?«

»Arbeitgeber ist das Büro von Schmalstieg – Frau Pinter arbeitet als seine Privatassistentin.«

»Mal abgesehen davon, ob der ganze Quatsch hier rechtmäßig ist«, Löffler wischte über das Papier, »würde ich jetzt gern Ihre Theorie hören. Erzählen Sie bitte.«

Tobler räusperte sich: »Damals, im Wahljahr 1990, bekam die Bürgerbewegung mit dem Denunzianten Bigalke ein Problem. Frau Pinter kümmerte sich darum. Mit welchen Maßnahmen? Das wissen wir nicht. Und ob sie sich im Namen der Parteifreunde mit dem Fall Bigalke beschäftigte?« Tobler hob die Schultern.

»Wie meinst du das?«, fragte Müller III.

»In Frau Pinters Daten sind nur vier Kontaktpersonen verzeichnet – eine heißt Verena Linke, die seit fünf Jahren im Institut für Entwicklungshilfe und Kooperation arbeitet. Unsere jüngste Überwachung zeigt, dass Frau Pinter regelmäßig dort verkehrt.«

»Na und?«, fragte Achim Schulze. »Den Schmalstieg kennen wir in Bremerhaven als sozial engagierten Politiker. Dazu gehört unter anderem Entwicklungshilfe.«

Tobler schüttelte den Kopf. »Mag sein. Wir halten besagtes Institut allerdings für ein Sammelbecken ehemaliger Stasileute, beziehungsweise von Geheimdienstlern aus dem Osten. In diesen Zusammenhang passt auch Frau Pinters Vorliebe für das sozialistische Kuba. Warum soll sie 1990 nicht im Auftrag der Partei oder der Regierung oder für den MSA gearbeitet haben?« Tobler schwieg und schaute in die Runde. »Wir sollten die Dame im Auge behalten. Ist doch komisch: Sie wohnt in Bremerhaven und in Bremen taucht der Problemkandidat Bigalke von 1990 auf. Kurz darauf stirbt Grewe und Rotgerber verschwindet. Möglicherweise ist Rotgerber ebenfalls tot und man hat ihn verschwinden lassen, als Sündenbock.«

»Bemerkenswert, Ihre Theorie«, unterbrach Löffler die Ausführungen des jungen Kollegen. »Sie sitzen zu oft im Überwachungsraum.«

»Ich weiß, Sie lehnen diese Möglichkeiten ab. Vielleicht hat Frau Pinter nichts mit den Fällen hier zu tun, vielleicht aber doch. Schauen sie sich mal das Video von der Anti-Atomkraft-Demo an; die Dame kann ganz schön hinlangen.«

Löffler nickte. Er überlegte, wie er mit Toblers Hypothese umgehen sollte. Herzog würde sie mit großem Interesse aufnehmen. Mitten in seine Überlegungen hinein meldete sich das Telefon auf seinem Schreibtisch. Die Nummer auf dem Display verriet den Anrufer. Löffler nahm ab: »Ja?«

»Wie melden Sie sich eigentlich?«, fragte Direktor Herzog mit vorwurfsvollem Ton. »Bitte kommen Sie sofort in mein Büro und bringen Sie Kommissar Müller mit.«

»Ich sitze gerade mit mehreren Leuten zusammen, um die aktuellen Fälle zu besprechen«, wandte Löffler ein.

»Ja, ich auch. Beeilen Sie sich.« Herzog legte auf.

*

Wenige Minuten später klopfte Löffler an die Bürotür seines Vorgesetzten. Ohne Aufforderung trat er ein und blieb an der Schwelle abrupt stehen. Müller III lief ihm in den Rücken. Löffler traute seinen Augen kaum: Am Konferenztisch saß neben Herzog sein Bruder Arno.

»Kommen Sie endlich herein«, nörgelte Herzog.

Ohne einen Gruß betraten die beiden Kommissare den Raum und setzten sich.

»Herrn Janning kennen Sie ja«, sagte Herzog an Löffler gewandt. Müller III ließ er völlig unbeachtet. »Kommen wir gleich zur Sache.«

»Moment bitte«, unterbrach Löffler. »Ich kenne den Herrn, aber in welcher Funktion sitzt er eigentlich hier am Tisch? Vor Jahren hatte er mich einmal als bescheidener Privatdetektiv besucht.«

»Herr Janning ist Pensionär und arbeitete davor für den Bundesbeauftragten für die Stasiunterlagen.«

Löffler pfiff leise durch die Zähne. »Donnerwetter! Kennst du den Spruch vom Bock und dem Gärtner?«

Anstatt eine Antwort zu geben, sah Janning den Kriminaldirektor an. Der reagierte mit einem strafenden Blick auf seinen Mitarbeiter und wandte sich wieder an den Gast: »Bitte, Herr Janning.«

»Letzten Montag wurden bei Ihnen die skelettierten Überreste einer Leiche gefunden. Nach meinen Informationen handelt es sich dabei um Herrn Robert Bigalke.«

»Du bist gut informiert«, warf Löffler ein.

»Schluss jetzt!«, zischelte Herzog.

»Ich möchte Ihnen unsere Ermittlungsakten von damals zu diesem Fall übergeben. Die Fakten belegen, dass ein gewisser Ludger Rotgerber aus Stralsund als Todesschütze anzusehen ist.«

»Das passt ja«, sagte Löffler und verschränkte die Arme vor der Brust. »Noch mehr Hinweise auf diesen armen Kerl.« Ihm fielen Toblers Worte ein. »Wird langsam ein bisschen viel. Wen willst du decken?«

Herzog plusterte sich auf.

»Bitte, lassen Sie«, sagte Janning zu ihm. »Ich kenne meinen Bruder und weiß seine Reaktion einzuordnen.«

Löffler beschloss, seine ketzerischen Bemerkungen herunterzuschlucken. Wenn er interessiert tat, würde er vielleicht etwas erfahren.

»Einem Offizier war damals eine Pistole gestohlen worden. Oberleutnant Rotgerber, er diente als Chef der Wachkompanie, hatte sich verdächtig gemacht. Während eines Einsatzes in Berlin verschwand dann dieser Robert Bigalke. Wir mussten von einer Flucht ausgehen.«

Löffler zuckte zusammen. Über welchen Einsatz redete Arno? Über den, den die Windisch als Grewes Fantasterei bezeichnete? Glücklicherweise waren Herzog die Einzelheiten des Falls Bigalke unbekannt. Und Löffler wird den Teufel tun, um die Militäroperation anzusprechen.

»Aus Ihren Worten ergibt sich aber kein Verdacht gegen diesen Rotgerber«, übersprang der Kriminaldirektor erwartungsgemäß das heikle Thema.

»Deswegen haben wir die Akte damals auch geschlossen. Vor zwei Monaten meldete sich Herr Göran Grewe bei mir.

Herr Grewe war Gesellschafter der Verdener Dieselmotorenwerke. Jedenfalls behauptete er, er könne Beweise zum Mord an Robert Bigalke beibringen und würde den Täter Rotgerber ausliefern. Dafür verlangte er Beihilfen für seine Firma oder Bargeld, mindestens eine halbe Million Euro.«

»Haben Sie die Geschichte geglaubt?«, fragte Herzog. »Immerhin fehlte Anfang Mai noch jede Spur von Bigalkes Leiche, die tauchte erst im Juli auf.«

Janning nickte. »Einige Kameraden und ich wollten die Hintergründe des Angebots prüfen und gingen scheinbar auf die Forderung ein. Entsprechend Grewes Anweisungen fuhren wir zum Treffpunkt mitten auf der Nordsee.« Janning trank einen Schluck Wasser. »Als Rotgerber merkte, welches Spiel Grewe mit ihm spielte, kam es zur Auseinandersetzung. Grewe fiel über Bord und Rotgerber flüchtete. Unsere Leute kümmerten sich um den Schiffbrüchigen, während die Jacht bei stürmischem Wind davonsegelte. An Verfolgung brauchten wir nach Grewes Rettung nicht mehr denken.«

»Anschließend habt ihr ihn artig zu Hause abgesetzt?«, fragte Löffler und biss sich auf die Lippen. Er wollte seine ironischen Bemerkungen herunterschlucken.

»Ja, nachdem wir seine Aussage aufgenommen hatten.«

»Ist die Akte für uns?« Löffler deutete auf den dünnen Ordner, der vor seinem Bruder lag. Der bejahte und schob die Akte über den Tisch. Löffler schlug den Deckel auf, blätterte in den Papieren und fand auch das Protokoll zu Grewes Vernehmung: Er hätte den Mord beobachtet. Irgendjemand, wahrscheinlich Rotgerber selbst, habe damals zwischenzeitlich die Wachposten von den Schnellbooten abgezogen, wäre auf das Führungsboot geklettert und hätte durch die Luke an Oberdeck auf den vorderen Platz auf der Backbordseite geschossen. Schließlich brachte er die Leiche zusammen mit einem vermummten Helfer vom Boot. Die beiden verfrachteten sie in ein Auto, das zwischen den Bäumen parkte. Einige Zeit später kehrte Rotgerber mit den Posten zurück.

»Klingt plausibel«, sagte Löffler und lächelte Arno an. Nur mit Macht kämpfte er seinen Triumph nieder. Wie hatte Doktor Wallner vorhin erklärt? Beim zweiten Schuss ins Schädeldach war Bigalke bereits tot gewesen. Und wenn Rotgerber von oben geschossen hatte, dann in Bigalkes Schädeldach. Rotgerber konnte in dem Fall unmöglich der Mörder sein. Bevor Löffler seinem Bruder diesen Hieb beibrachte, wollte er ihn noch ein wenig in Sicherheit wiegen. »Gestattest du zwei Fragen?«

»Bitte.«

»Diesen vermummten Mittäter, den der Grewe hier erwähnt, den kennt ihr wohl nicht?«

»Doch.«

»Ach ja. Wie heißt er denn?«

Jannings Gesicht verfinsterte sich. Seine Falten zwischen Nase und Mund gruben sich tief ein. »Ivo Janning.«

Arnos Worte trafen Löffler wie Schüsse in den Kopf. Sein Herz krampfte sich zusammen und kalter Schweiß trat ihm auf die Stirn. Er presste die Hände auf dem Tisch ineinander.

»Ivo Janning?« Herzog blickte die beiden Brüder entgeistert an.

»Der Sohn meines Bruders«, krächzte Löffler wie ein heiserer Tenor.

»Und der Neffe meines Bruders, Herr Direktor. Genau der Kerl, der im Januar Fahnenflucht begangen und den der Herr Hauptkommissar vor Strafverfolgung geschützt hatte. Sagen Sie, Herr Direktor, Beihilfe zur Fahnenflucht steht doch auch bei Ihnen unter Strafe?«

»Natürlich«, plusterte sich Herzog auf und sah zu Löffler. »Stimmt das?«

»Ja, so ungefähr.«

»Zu dem Thema bekomme ich einen Bericht, wenn Sie die Fälle aufgeklärt haben.« Herzog machte sich eine Notiz. »Sie hatten noch eine weitere Frage, Herr Hauptkommissar. Stellen Sie die bitte, damit wir fertig werden.«

Am liebsten wäre Löffler aufgestanden und gegangen. Er kannte die Antwort längst, die er bekommen würde.

»Darf ich helfen, Herr Direktor?«, fragte Janning mit ernstem Gesicht. Herzog nickte. »Herr Löffler wollte wissen, wie der tote Bigalke in den ehemaligen Tümpel auf der Autobahnbaustelle kam. Aber mein Bruder kennt bereits die Zusammenhänge: Er hatte dem flüchtigen Ivo Janning seinen Pkw überlassen und dieser Ivo Janning kehrte in den Morgenstunden des 19. März 1990 nach Bremen zurück, mit der Leiche im Kofferraum.«

Herzog sah bestürzt auf Löffler.

»Verbleibt noch eine wichtige Frage: Warum hat Rotgerber diesen Bigalke erschossen. Wo liegt das Motiv?«

»Genau!«, bestätigte der Kriminaldirektor.

»Dieser Fahnenflüchtige arbeitete im Betrieb von Bigalkes Vater und verehrte seinen Chef aus tiefstem Herzen. Als er von dessen Vergiftung durch den Sohn erfuhr, wollte er Rache nehmen. Und da Rotgerber der Freund des Fahnenflüchtigen war, haben die beiden zusammen das Mordkomplott geschmiedet.«

Löfflers Kreislauf geriet in Aufruhr: vor Wut, vor Scham, vor Hilfslosigkeit. Arno präsentierte seine damalige Falle für Ivo als Tatsache. Am liebsten hätte Löffler diesem Intriganten dessen Machenschaften ins Gesicht geschrien. Aber damit verschlechterte er seine Position im Augenblick nur. Er musste zuerst diesen Rotgerber finden, koste es, was es wolle. Außerdem galt es Ivo aufzuspüren, wenn er denn noch lebte.

Arno erhob sich. »Ich habe Ihnen unsere Ergebnisse dargestellt. Nutzen Sie sie. Ich möchte mich verabschieden. Eventuell notwendige Fragen beantworte ich natürlich gern. Sie erreichen mich über das Institut für Entwicklungshilfe und Kooperation hier in Bremen.«

Direktor Herzog stand ebenfalls auf, bedankte sich überschwänglich für die Hilfe und begleitete Janning auf den Korridor.

Wieder zurück, baute er sich vor Löfflers Stuhl auf. »Ihr Neffe, der wohl in den Mordfall Bigalke verwickelt ist, wo steckt der?«

Löffler blieb sitzen und starrte auf seine Hände, die er gefaltet auf dem Tisch hielt. »Ich habe schon nach ihm gesucht. Ivo ist unauffindbar.«

Herzog ging zu seinem Platz und setzte sich. »Vielleicht sollten Sie«, sagte er zu Löffler im Ton eines energischen Schuldirektors, »das kommende Wochenende nutzen, um Ihre Verwicklungen in den Fall Bigalke darzustellen. Ich entscheide dann, wie es weitergeht – mit den Ermittlungen und mit Ihnen.« Herzog ließ von Löffler ab und wandte sich an Müller III, der die ganze Zeit schweigend auf seinem Stuhl gesessen hatte. »Kümmern Sie sich um diesen Ivo. Aber vorher: Was ist aus der Überwachung dieser …?«

»Danica Pinter«, half Müller III.

»Genau. Was ist daraus geworden?«

Müller III stellte die Ergebnisse dar und erläuterte Toblers Schlussfolgerungen.

»Hm«, brummte Herzog am Ende des Berichts. »Die Gedanken von Kommissar Tobler sind wirklich interessant. Demgegenüber, die Informationen dieses Herrn Janning weisen eindeutig in eine andere Richtung.« Er schien zu überlegen und sah dann auf seine Uhr. »Bitte, informieren Sie Herrn Tobler«, sagte er schließlich an Müller III gewandt, »er soll noch heute zu mir kommen – mit all seinen Unterlagen. Danke.«

Die Kommissare waren entlassen.

34

Der Autotausch mit Pit hatte prima geklappt. Er wollte Svenjas Lupo auch gleich in eine Werkstatt zu einem Bekannten geben; dann wäre der Wagen erst einmal von der Bildfläche verschwunden. Voller Tatendrang war Svenja anschließend nach Oyten an Bremens südöstlicher Stadtgrenze gefahren. Ohne lange zu suchen, stand sie jetzt neben dem bulligen Geländewagen mit Christians Kennzeichen, eine Straße vom Haus der Dorfner entfernt. Svenja parkte ihr Auto am oberen Ende der Straße und lief hinüber in die Werrastraße. Das weitläufige Grundstück mit der Hausnummer 45 krönte ein zweistöckiges Einfamilienhaus. Die Außenanlage vermittelte einen Eindruck vom Vermögen Imke Dorfners – beim Bremer Senat musste man gutes Geld verdienen.

Gleich mehrere Fenster des Eigenheims waren hell erleuchtet. Svenja schaute auf die Uhr, die bereits halb zwölf anzeigte. »Was soll's«, sagte sie sich, öffnete das Gartentor, ging zur schweren Haustür und klingelte.

Kurz darauf erschien Imke Dorfner. Das lange schwarz gelockte Haar hatte sie zu einem Zopf gebunden und ihr weißes, tief ausgeschnittenes T-Shirt betonte die frauliche Figur. Das Make-up zeigte selbst zu dieser Stunde noch keine Schwachstellen. Aber kein Wunder – schließlich hatte die Dame ja Herrenbesuch.

Dunkle Augen musterten Svenja verwundert. »Frau Windisch? Was suchen Sie denn hier, Mitten in der Nacht? Ist etwas passiert?«

»Guten Abend, Frau Dorfner. Nein, passiert ist nichts. Ich möchte Herrn Christian Koschak sprechen.«

Die Augenlider der Dorfner zogen sich zusammen. Ganz

kurz nur. Sie lehnte sich an den Türpfosten, legte die Fingerspitzen der rechten Hand auf ihren Brustansatz und sah Svenja mit einem unschuldigen Blick an. »Muss ich den kennen?«

Blöde Tussi, schimpfte Svenja innerlich, brauchst mich nicht für dumm verkaufen. Als Romys Nebenbuhlerin solltest du zuvorkommender sein; ich könnte ja plaudern. »Wenn meine Informationen stimmen, trafen Sie Christian erstmals vor 18 Jahren und pflegen zumindest im Moment engen Kontakt zu ihm.«

»Was wollen Sie?«

»Frau Dorfner, entweder Sie holen Christian an die Tür oder ich frage meine Schwester, ob sie von Ihrer Existenz weiß.«

Das Gesicht der schönen Dame versteinerte sich. Hinter ihr erschien im Dunkel des Korridors ein Mann, der sie sanft zur Seite schob.

»Du hast mich gefunden?«

Svenja lächelte. »Grüß dich, Schwager. Kannst du ein paar Minuten erübrigen – für die Schwester deiner Frau.«

»Na klar, komm rein.« Er schubste die Dorfner vom Eingang weg, begrüßte Svenja kurz mit Handschlag und bat sie theatralisch herein; so, als würde er hier wohnen und eine geliebte Verwandte nach Jahren wiedersehen. Er bugsierte Svenja in einen kleinen Raum neben dem Wohnzimmer, der wie ein Arbeitszimmer ausgestattet war: Schreibtisch mit PC und Monitor unter dem Fenster, lange Regale mit Büchern an den Längswänden und eine Sitzecke mit Couch, zwei Sesseln und einem runden Tisch neben der Tür.

»Möchtest du einen Drink?«, fragte Christian. Ein Zittern in der Stimme verriet seine Anspannung.

»Danke, lass mal. Ich will mich kurzfassen.« Svenja nahm auf dem Sofa Platz.

Christian hockte sich auf einen der Sessel.

»Kommen wir gleich zum Anlass meines Besuchs. Wo steckt Ludger Rotgerber?«

»Da bin ich überfragt. Ich habe ihn seit ewigen Zeiten nicht mehr gesehen. Warum fragst du?«

Svenja blickte Christian genau ins Gesicht, um jede seiner Regungen zu registrieren. »Das Skelett von Robert Bigalke ist diese Woche aufgetaucht.« Seine Augen weiteten sich und der Adamsapfel wanderte auf und nieder.

»Das ist noch nicht alles. Deinen ehemaligen Kumpel Göran Grewe traf gestern eine Kugel in die Schläfe. Er wurde regelrecht hingerichtet.«

Dieser zweite Schlag schien ihn gänzlich aus dem Gleichgewicht zu bringen. Er wischte sich mit der Hand über die Stirn und starrte auf den Tisch. »Was?«

»Ja. Göran und Ludger hatten, soviel ich weiß, die Pistole ausgebuddelt, mit der Robert seinerzeit umgebracht worden war. Sie wollten Geld erpressen, vom ehemaligen Hauptmann Janning. Den kennen wir ja beide recht gut.«

Christian stierte abwesend auf Svenja. »Und?«

»Göran wurde mit derselben Waffe erschossen wie Robert damals. Mit deiner Pistole, die man dir geklaut hatte. Das Ding liegt jetzt bei der Polizei. Und Ludger ist verschwunden. Ich dachte, du sagst mir, wo er steckt.«

»Wie kommst du darauf? Ich habe ihn seit Jahren nicht mehr gesehen.«

Irgendwie hatte Svenja das Gefühl, dass Christian sie belog. Sie musste den Druck auf ihn erhöhen. »Bei der Erpressung spielte außerdem ein Geheimdokument mit der Nummer Null – Null – Acht – Acht – Schrägstrich – Acht – Neun eine Rolle. Hast du davon gehört?«

»Nein.«

Seine Augen blieben ungerührt und nachdenklich. Sann er über Ludger nach? Svenja erhob sich. »Ich will dein Techtelmechtel keineswegs länger stören. Vielen Dank für deine Auskünfte.« Mal sehen, was du jetzt unternimmst, fügte sie in Gedanken hinzu. Du weißt mehr, als du zugibst. Svenja ging in den Korridor hinaus. Imke Dorfner schien nur auf ihren Aufbruch gewartet zu haben. Sie stand auf einmal neben ihr, schritt zur Wohnungstür und öffnete diese. Christian kam wie ein geprügelter Hund aus dem Arbeitszimmer.

»Gehen Sie?«, fragte die Dorfner, strich sich die Haare hinter die Ohren und verschränkte die Arme vor der Brust. »Einen Tipp noch: Überlegen Sie gut, was Sie Ihrer Schwester erzählen.«

»Ach ja? Ich weiß nicht, was Sie das angeht!«

»Immerhin bezahle ich Sie für die Dokumentation der Autobahn. Den Job haben Sie übrigens Ihrem Schwager zu verdanken. Oder denken Sie, ich übertrage sonst einer Gelegenheitsjournalistin diese wichtige Aufgabe?«

Unbändige Wut keimte in Svenjas Innerem. Gern hätte sie der Dorfner ins Gesicht geschlagen. Doch sie kämpfte ihr Verlangen nieder; diesem Flittchen wollte sie keine Schwäche zeigen. »Ich dachte immer, mich bezahlt der Bremer Senat. Aber so ist es halt – die Politiker können eigenes Geld kaum von dem des Steuerzahlers unterscheiden.«

Die hübschen Züge im Antlitz der Dorfner entgleisten. Ihre Lippen bewegten sich wie die einer Pantomimin.

»Sagen Sie lieber nichts.« Svenja tätschelte ihr den Oberarm. »Vielleicht würden Sie es später bereuen.« Svenja ging zu Christian. »Weißt du, was das Schlimmste ist? Meinen Herrn Schwager als Memme, als Pantoffelhelden zu erleben. Die gute Frau Dorfner hat dich ganz schön im Griff.«

Christian senkte den Blick.

»Kümmere dich bitte nie mehr um meine Angelegenheiten. Und bitte erkläre Romy alles. Bei nächster Gelegenheit.«

Svenja lief durch die geöffnete Wohnungstür, blieb an der Schwelle stehen und lächelte die Dorfner an. »Keine Sorge, meine Beste. In Zukunft können Sie mein Geld einsparen.«

Auf dem Weg zum Auto versuchte Svenja, ihre Gedanken in geordnete Bahnen zu lenken. Sie schalt sich eine eitle Pute. Bloß um ihrer Eitelkeiten willen, hatte sie Imke Dorfner gegen sich aufgebracht. Christian würde vor lauter Grübeln die ganze Nacht kein Auge zumachen und regelrecht danach gieren, etwas zu unternehmen. Aber wie reagierte seine Geliebte?

Verärgert stieg Svenja in ihren Wagen und knallte die Tür zu. Was sollte sie jetzt tun? Sie musste bleiben und auf Christian warten. Nur wenn sie sich an seine Fersen heftete, besaß sie überhaupt eine Chance, Ludger zu finden und dieses blöde Dokument bis morgen Nachmittag in die Hände zu bekommen. Svenja startete den Motor, fuhr in die Werrastraße hinüber und parkte unterhalb des Hauses der Dorfner.

*

Kurz vor halb fünf, am Himmel schimmerte das erste Licht des Tages, wurde Svenja für ihre Geduld belohnt – Christian verließ die Wohnung seiner Geliebten. Svenja duckte sich im Autositz, ließ ihren Schwager vorbeigehen, stieg dann aus und schlich ihm hinterher. Zu ihrer Verwunderung ging Christian nicht etwa zu seinem Wagen in der Nebenstraße; er nahm den Weg zum Oyter See. Er wird wohl kaum um diese Zeit schwimmen gehen, überlegte sie. Zumal es noch ziemlich dunkel war. Was wollte er an einem Badesee, der zu dieser frühen Morgenstunde leer und verlassen dem Sommertag entgegenschlummerte. Na klar. Hier konnte er ungestört jemanden treffen. Ludger? Hatte sie ihn aufgescheucht? Svenja beschleunigte ihre Schritte und folgte Christian in sicherem Abstand. Aus dem angrenzenden Wald erklangen Vogelstimmen und in der Luft hing der Geruch von feuchter Erde. Ihr Schwager hielt zielstrebig auf das Ufer des Sees zu. Svenja blieb in der Deckung eines Busches stehen. Wie ein Seidentuch lag der milchige Dunst auf der Wasseroberfläche. Plötzlich tauchte ein dunkler Schatten aus dem Nebel auf. Christian ging direkt auf ihn zu. Svenja orientierte sich, sprang nach links und hastete hinter einer Palisade aus Sträuchern zu dem Schatten vor. Bis auf zehn Meter kam sie an die Gestalten heran, die miteinander sprachen. Der Fremde trug einen schwarzen Filzhut, den er tief ins Gesicht gezogen hatte. Wenn sie ihn auch nicht erkannte, Ludger war es keinesfalls, Ludger war kleiner. Svenja überlegte, wie sie näher an die beiden herankam, um ihre Worte zu verstehen. Aber da liefen sie los, schwenkten in den bewaldeten Uferweg ein. Sie wartete, kreuzte den Pfad in sicherem Abstand hinter Christian und seinem Begleiter und folgte ihnen. Der Morgendunst und die Bäume, die zwischen Weg und Ufer standen, boten Svenja eine gute Deckung. Plötzlich zuckte sie zusammen. Im Wasser neben ihr plätscherte es. Die Männer waren ebenfalls stehen geblieben und schauten auf den See. Im zarten Licht der Dämmerung zogen dort zwei Stockenten ihre Bahn. Christian und der Fremde gingen langsam weiter. Wie ein Jäger auf der Pirsch richtete Svenja sich nur wenig auf und huschte den beiden hinterher. Schnell schloss sie zu ihnen auf und schlich vorsichtig bis auf Hörweite heran. Das Moos auf dem Boden verschluckte ihre Schritte.

»Keine Gefahr?«, fragte Christian eben. »Und wenn in dem Boot noch das Projektil steckt?«

»Vergiss es«, sagte der andere beschwichtigend.

Svenja hielt die Luft an. Sie erkannte die Stimme. Christian unterhielt sich mit Janning.

»Nein, da kannst du sicher sein«, fuhr der fort. »Bevor der Kahn ins Museum nach Hamburg ging, haben ihn unsere Leute gecheckt. Da ist nichts.«

»Und falls doch? Die haben heute schließlich ganz genaue Untersuchungsmethoden. Finden die eine Spur, bin ich am Arsch. Jetzt, wo die Polizei meine Pistole hat.«

»Was sollen die denn finden? Inzwischen sind tausende in den Museen über das Boot gekrochen, erst bei uns und derzeitig in Hamburg. Du solltest dir lieber Sorgen um 0088/89 machen. Wenn die Bullen das in die Hände bekommen, haben wir alle riesige Probleme.«

»Du hast gut reden«, schimpfte Christian. »Ich muss da hin und mich persönlich der Angelegenheit annehmen. Danach kümmere ich mich um meine Schwägerin.« Mit einem heftigen Fußtritt schoss er etwas weg und lief weiter. Janning folgte ihm.

Svenja erschrak. Christian und dieser Verbrecher hingen zusammen. Um Anschluss zu behalten, huschte sie den beiden hinterher. Plötzlich spürte sie einen Knüppel unter ihrem Fuß. Sie wollte noch zurückweichen, verlor aber das Gleichgewicht – das Holz knackte so laut wie ein Schuss.

»Was war das?«, rief Christian. »Ist da jemand?«

Svenja brauchte nur eine Sekunde, um sich von dem Schock zu erholen. Sie glitt zu Boden, kroch die zwei Meter den kleinen Wall hinunter und rutschte ins Wasser. Die Wellen plätscherten leise ans Ufer. Mit angehaltenem Atem tauchte sie unter und schwamm dorthin zurück, von wo sie gekommen war. Hoffentlich glaubten die beiden oben auf dem Weg an eine weitere Entenfamilie, die vor ihnen floh. Bereits wenige Augenblicke später wurde ihr die Atemluft knapp. Noch ein paar Meter musste sie schaffen. Noch fünf Armzüge. Ihre Lunge schien zu platzen. Svenja zog die Arme durch und zählte mit: eins – zwei – drei – vier – fünf. Sie widerstand dem Drang, sofort an die Oberfläche zu schießen. Langsam schob sie den Kopf aus dem Wasser, sog gierig die Luft ein und blickte ans Ufer, entdeckte aber niemanden. Vorsichtig sah sie nach rechts. Auch dort stand keiner mehr. Sie kroch an Land, schlich zum Weg und schaute in Richtung Eingang. Dort hinten liefen zwei Gestalten. Bestimmt verließen Christian und Janning das Naherholungsgebiet. Svenja überquerte den Waldweg, huschte auf der anderen Seite in den Wald hinein, und hastete zum Ausgang zurück. So kürzte sie einige Meter ab und vermied eine Begegnung mit den Männern.

*

Im Wohngebiet fehlte von Christians Geländewagen jede Spur. War er nach Hamburg gefahren? Er hatte vorhin davon gesprochen, dort eine Angelegenheit zu klären. Svenja setzte sich in ihr Auto und zermarterte sich den Kopf. Schon nach kurzer Zeit kroch die Kälte unter ihre durchnässten Sachen. Immer wieder kreisten ihre Gedanken um Christians Worte. Wovor hatte er Angst? Die Polizei hatte seine Pistole. Die Waffe, die Robert und Göran tötete. Von welchem Boot sprach Christian? Welche Projektile sollten darin stecken? Irgendetwas musste sie unternehmen. Mit jeder Minute vergrößerte sich Christians Vorsprung. Sie startete den Motor und fuhr an. Wenn sie erst einmal in Richtung Hamburg unterwegs war, würde ihr sicherlich etwas einfallen. Die Wagenheizung stellte sie auf Maximaltemperatur.

Was hatte Andrea gesagt? Robert war auf dem Führungsboot, damals in Berlin, erschossen worden. Meinte Christian dieses Boot? Gab es dieses Boot noch? Hinter Oytens Ortseingangsschild lag die Hauptstraße völlig verlassen da. Am Straßenrand glänzte die magenta-graue Lackierung einer Telefonzelle im Morgengrauen – wie eine Leuchtreklame, die Svenja förmlich ansprang. Na klar, schoss es ihr durch den Kopf. Sie hielt rechts auf dem Seitenstreifen, sprang aus dem Auto und lief zur Telefonzelle. Bestimmt konnte Pit helfen? Pit wusste auf jede Frage eine Antwort.

Minuten später stieg Svenja zufrieden in ihr Fahrzeug. Nach einem Blick in seine private Datenbank hatte Pit sich einen Reim aus Christians Sorgen machen können. Svenja sollte zur Raststätte Grundbergsee fahren und ihn dort auflesen. Am meisten freute sie sich aber auf den trockenen Jogginganzug, den er ihr mitbringen würde.

*

Müde und gerädert betrat Otto Löffler am Freitag gegen halb sieben sein Büro. Bis kurz vor dem Morgengrauen hatte er in der Nacht wach gelegen und über die Ereignisse der letzten Stunden und über Herzogs Vorwürfe nachgedacht. Müller III mit der Fahndung nach Ivo zu beauftragen, war genau die richtige Entscheidung gewesen. Löffler musste ihn unterstützen, schließlich wollte er zuallererst wissen, wo der Junge steckte. Der Gedanke entlockte ihm ein Schmunzeln – der Junge würde im August seinen 39. Geburtstag feiern; er konnte verheiratet und mehrfacher Vater sein. Löffler wischte den Gedanken weg. In seiner Erinnerung sah er den Ivo von 1990 und so blieb er sein Junge.

Löffler stellte seine Tasche neben den Bürostuhl und schaltete den PC ein. Auf einmal stand Müller III im Zimmer, eine dünne Akte unter dem Arm.

»Der Pförtner hatte mir gesagt, dass du schon da bist«, sagte er mit schüchterner Stimme.

»Wie könnte ich nach der gestrigen Standpauke in Ruhe schlafen?« Löffler deutete auf den Besucherstuhl vor seinem Schreibtisch. »Ich helfe dir natürlich bei der Suche. Wir müssen Ivo finden.«

Müller III setzte sich.

»Egal, was du herausbekommst, ich werde dazu stehen, keine Schwierigkeiten machen und gegebenenfalls auch die Konsequenzen tragen.«

Müllers Körper straffte sich, als wäre eine schwere Last von seinen Schultern genommen. Seine Finger angelten den

Zopf und ließen ihn kreisen. »Das freut mich. Übrigens: Die Fahndung nach diesem Ludger Rotgerber läuft seit gestern – bisher allerdings ohne Ergebnis.«

»Da können wir also vorläufig nichts weiter unternehmen«, schlussfolgerte Löffler. »Kümmern wir uns um Ivo. Ich beschreibe dir zunächst, wo ich bereits gesucht habe.« Löffler überlegte und berichtete dann. Müller III hörte aufmerksam zu, stellte Zwischenfragen und notierte sich die Details.

»Danke«, sagte er schließlich. »Aber vielleicht sollte ich mehr über Ivo wissen. Erzähl mir von ihm. Wie hast du ihn erlebt?«

Keine schlechte Idee, dachte Löffler, jede Information half. Er begann zu berichten; vom ersten Zusammentreffen; von Ivos Verschwinden; von seinem Wunsch in die Heimat zurückzugehen; von der Verehrung für seinen Chef Paul Bigalke; von der merkwürdigen Freundschaft zu diesem Rotgerber; von seiner überraschenden Rückkehr nach Bremen. »Wenn wir Ivo überhaupt finden«, schloss Löffler seine Ausführungen. »Ich würde mich wirklich freuen, egal, was danach kommt.«

»Wie meinst du das?«

»Ach, manchmal glaube ich, er liegt dort draußen, für immer unter dem Brückenpfeiler begraben.«

»Das darfst du nicht sagen.« Müller III erhob sich. »Wir werden ihn aufspüren. Ich fange gleich an zu suchen.« Er verließ das Büro.

Löffler stand auf, ging ans Fenster und öffnete es. Nach dem schlechten Wetter der letzten Tage versprach dieser Morgen etwas Sonne. Er atmete den Duft der Linden ein und strich sich übers Kinn. Hoffentlich fanden sie wenigstens einen von beiden – Ivo oder Rotgerber.

35

»Was macht dich so sicher?«, fragte Svenja, als sie wieder auf die Autobahn auffuhren. »Müssen wir wirklich zum Internationalen Maritimen Museum in Hamburg?«

Pit, der jetzt am Steuer seines Golfs saß, nickte. »Wenn ich's sage.«

Wie verabredet, hatte Svenja den Redakteur vor wenigen Minuten an der Autobahnraststätte Grundbergsee getroffen. Sie hatte sich umgezogen und dann waren beide weitergefahren.

»In ganz Hamburg gibt es seit einigen Monaten nur ein Kampfschiff der ehemaligen DDR-Kriegsmarine, und das ist ein KTS im Maritimen Museum.«

»KTS?«, erkundigte sich Svenja.

»Kleine Torpedoschnellboote; kleine, wendige und mit Kanonen bewaffnete Kampfschiffchen. Sehen aus wie zu groß geratene Motorjachten. Jedenfalls, eines der Boote von damals, das ein gewisser Korvettenkapitän Koschak befehligte …«

»Christian?«

»Richtig! Dein Schwager.«

»Aber Christian fuhr auf einem Versorger?«, warf Svenja ein. »Das weiß ich mit Sicherheit.«

»Kann ja sein. Im Frühjahr 1990 gab's irgendein Manöver, in dem drei KTS zum Einsatz kamen. Und als Chef dieses Verbandes agierte dein Koschak.«

Svenja erschrak. Erneut tauchte in einer Unterhaltung die Operation Schneefall auf. Sie musste Pit schnellstens in ein anderes Fahrwasser lenken. »Dieses kleine Kriegsschiff steht heute im Museum?«

»Korrekt. Koschaks KTS hatte die deutsche Wiedervereinigung überstanden, war erst in einem Museum in Rostock verstaubt und endete schließlich im Maritimen Museum in Hamburg. Und genau auf diesem Boot soll Robert Bigalke erschossen worden sein.«

»Na klar«, wandte Svenja ein. Glücklicherweise entfernte sich ihr Gespräch wieder von dem Militäreinsatz. »Christian befürchtet jetzt, das Projektil vom Todesschuss …« Sie verstummte plötzlich. »In dem Fall wäre Christian ja der Mörder?«

Pit nickte kaum wahrnehmbar. »Warum sonst veranstaltet er solch einen Aufstand um den Museumskahn?« Er legte Svenja eine Hand auf die Schulter. »Tut mir leid, Bambi, du hast einen Killer in der Verwandtschaft.«

Svenja sah zum Seitenfenster hinaus. Auf Christians Gewissen lastete ein Menschenleben? Sie versuchte, sich an die Zeit nach dem März '90 zu erinnern. Hatte Christian sich damals irgendwie verändert? Hatte sie ihn überhaupt noch einmal getroffen? Sie zuckte die Achseln. Ihr Gehirn lehnte die Grausamkeit des Gedankens ab. Dennoch hatte Pit recht: Aus welchem anderen Grund sollte sich Christian so verhalten? Sie presste die Stirn an die angenehm kühle Scheibe. »Arme Romy«, murmelte sie leise. Gab's denn keinen Ausweg? Svenja drehte sich zu Pit. »Und falls mein Schwager nicht nach Hamburg fährt?«, fragte sie schüchtern. »Ich meine nur, wir vermuten das zwar, aber …«

Pit streckte ihr sein Handy entgegen. »Der rollt geradewegs dorthin, verlass dich drauf.« Mit der Fingerfertigkeit eines Taschenspielers huschte sein Daumen über das Tastenfeld. Die Augen ließ er auf den zähflüssigen Verkehr vor ihnen gerichtet. Dann nahm er das Telefon ans Ohr, meldetet sich kurz, nickte zweimal, sagte ja, bedankte sich und legte auf. »Dein Herr Schwager sitzt zehn Kilometer vor uns in dem Stau fest, in den wir auch gleich kommen werden. Nimmt er eine Umleitung, erfahre ich es.« Erneut hielt er sein Handy hoch und steckte es in die Brusttasche seines Hemdes.

»Woher weißt du das?«

»Das Mautsystem lässt sich nicht nur zur Abrechnung der Autobahngebühren benutzen.«

*

Eine Dreiviertelstunde später verließen sie die Autobahn in der Nähe der Hafencity, wo sich das Museum befinden sollte. Als würde er den Weg jeden Tag fahren, kurvte Pit durch das Geflecht von Straßen, um kurz danach auf einem großen verlassenen Parkplatz zu halten.

»Sind wir hier richtig?«, fragte Svenja.

Pit wies mit einem Kopfnicken auf die beiden hohen Backsteingebäude vor ihnen. Jetzt sah sie auch die goldenen Buchstaben an der linken Fassade: »Maritimes Museum«.

»Komm«, forderte Pit sie auf und deutete zu dem Geländewagen auf der anderen Seite des Parkplatzes hinüber. Svenja wusste sofort, wem das Auto gehörte – HST-XX 35 lautete das Kennzeichen.

Pit trat an das Fahrzeug heran und horchte. Svenja lauschte ebenfalls. Aus dem Motorraum klang ein leises metallisches Klicken.

»Der Wagen steht erst seit Kurzem hier«, sagte Pit. »Der Motor ist noch heiß. Los, wir müssen sehen, was der Kerl vorhat.«

Gemeinsam rannten sie zum Museum. Die beiden Backsteingebäude lagen gut 15 Meter auseinander und dieser Zwischenraum wurde als Freigelände genutzt. Durch einen hohen Staketenzaun, der das Areal zur Straße abgrenzte, sah Svenja ein U-Boot und ein Schiffchen, das wie eine zu groß geratene Motorjacht aussah.

»Ist das dieses KTS?«, fragte sie.

Pit nickte. »Genau da will dein Christian hin.« Er lief vor der Einzäunung auf und ab, bückte sich immer wieder und schaute auf das Gelände dahinter. »Glücklicherweise ist er noch nicht da.«

»Aber sein Wagen stand ja schon vor uns auf dem Parkplatz?«

»Wahrscheinlich sucht er nach einem Zugang. Das Museum dürfte jetzt, gegen acht, kaum geöffnet haben.« Pit blickte am Zaun empor. Die Staketen ragten bestimmt drei Meter in die Höhe und wurden oben von scharfen Spitzen gekrönt. »Da kommt niemand rüber. Wir müssen wohl hinten rum.« Er deutete durch die Stäbe. Auf der anderen Seite des Ausstellungsgeländes glänzte eine Wasserfläche in der Morgensonne, ohne Absperrzaun davor. Pit winkte Svenja und rannte zur entgegengesetzten Schmalseite des Museumsgebäudes. Sie hastete hinterher. Hoffentlich nahm diese Treibjagd bald ein Ende, dachte sie und versuchte, Schritt zu halten. Neben der Eingangstür des Museums blieb sie stehen. Pit lief bis an die Ecke vor und verschwand dahinter. Außer Atem lehnte sich Svenja mit dem Rücken gegen die Tür, fand aber keinen Halt und stolperte rücklings in einen breiten Flur. Rechts führten mehrere Schwingtüren ins Museum und links lag ein gläsernes Restaurant. Abgesehen von ein paar Strahlen Tageslicht, herrschte um Svenja herum Dunkelheit.

»Wie kommst du hier rein?« Pit stand auf einmal in dem Durchgang.

»Da staunste, was?« Svenja tippte sich an die Schläfe. »Ich mach's mit Köpfchen.«

Pit rüttelte an den seitlichen Eingangstüren des Museums, die natürlich verschlossen waren.

»Die fangen erst um zehn an«, dozierte Svenja und deutete auf ein Schild mit den Öffnungszeiten. »Vielleicht versuchst du es mal da.«

Pit nickte und lief zur breiten Schwingtür am anderen Ende des Gangs. Und tatsächlich, auch dieser Eingang ließ sich öffnen. Er stürmte hinaus, wandte sich nach rechts in Richtung Freigelände und erstarrte mitten in der Bewegung, als wäre er zu Eis gefroren.

»Was ist?«, rief Svenja und hastete ihm hinterher. Jenseits der Tür lag eine Brücke, die über den Kanal an das gegenüberliegende Ufer führte. Svenja blieb neben Pit stehen, drehte sich ebenfalls nach rechts und erschrak. An der Rückseite des Gebäudes erstreckte sich eine Traverse, auf der Christian mit zwei Benzinkanistern zum Freigelände rannte.

»Der Kerl will das Boot abfackeln«, krächzte Pit.

Lass das, wollte Svenja ihm hinterherschreien, aber Pit hielt ihr den Mund zu.

»Halt die Klappe«, raunte er. »Solange der uns nicht bemerkt, sind wir im Vorteil.«

Svenja zog Pits Hand von ihrem Mund, warf ihm einen vorwurfsvollen Blick zu und trat an das Geländer der Brücke, auf der sie standen. Das Ende der Traverse lag zwar auf gleicher Höhe, aber bestimmt sieben Meter entfernt. Offensichtlich konnten die Besucher die Plattform lediglich aus der Eingangshalle im Inneren des Museums heraus erreichen. In die Lücke zwischen Traverse und Brücke ragte ein dreieckiger Stahlträger hinein; mit der Basis in der Mauer des Gebäudes verankert und an der Spitze von einem haushohen Pfosten gestützt. Wollte man hier auf die Traverse gelangen, galt es über das Geländer der Brücke zu klettern und sich auf den Stahlwinkel zu schwingen. Halt fand dort wohl nur ein Artist. Anschließend musste der Idiot, der den Stunt versuchte, auf dem schmalen Schenkel des Stahlträgers balancieren, auch wieder ein Kunststück, hinüber auf die Traverse springen, um letztendlich deren Balustrade zu überwinden. Trat er daneben oder verlor das Gleichgewicht, stürzte er in die Tiefe, auf eine zweite Plattform in Höhe der Wasserlinie. Von dort konnten dann die Rettungskräfte die sterblichen Überreste abkratzen.

Svenja wandte sich an Pit. »Ist Christian da rüber? Mit zwei Kanistern?«

Pit nickte und deutete hinab. »Ja. Er hatte sich aber zu helfen gewusst.«

Auf der unteren Plattform lagen zwei Bretter.

»Warum hat er die weggeräumt?«

»Um den Zugang für irgendwelche Verfolger oder die Feuerwehr zu erschweren. Er selbst kann ja ins Wasser springen.«

»Gibt's keinen anderen Weg hinüber?«

»Wohl nur durchs Museum.« Pit verzog das Gesicht und starrte in die Tiefe.

»Na los, dann ab«, sagte Svenja. »Christian wird sein Benzin bald ausgekippt haben.«

Pit schüttelte den Kopf. »Vergiss es! Ich habe Höhenangst. Mich kriegt da niemand rüber! Nicht mal, wenn ich Chefredakteur werden könnte.«

»Was? Und jetzt?« Svenja glaubte, sich verhört zu haben.

»Du gehst«, entgegnete Pit und trat an die Schwingtür, die in den Gang zurückführte. »Ich renne zur Straße und versuche den Kerl durch den Zaun hindurch vom Schlimmsten abzuhalten.« Er lächelte. »Du machst das schon. Und beeil dich.« Im selben Moment verschwand er hinter der Tür, die zweimal nachpendelte.

»Peter Itzig! Bleib hier!« rief Svenja, obwohl es sinnlos war. Sie starrte in die Tiefe. Ihr schauderte bei dem Gedanken, da unten zu zerschellen.

»Los, reiß dich zusammen.« Sie schlug sich auf die Wangen, als müsse sie die Angst aus dem Kopf vertreiben. »Das Bambi hatte doch immer glänzende Noten am Schwebebalken. Da wird die alte Ricke wohl diesen lächerlichen Abgrund schaffen.« Vorsichtig kletterte sie über das Geländer und fixierte den Stahlträger. Um hinüberzukommen, brauchte sie lediglich einen Schritt zu tun; aber dann klebte sie an der Gebäudewand, wo es für die Hände keinen Halt gab. An der Spitze des stählernen Dreiecks stand der Pfeiler, an den würde sie sich klammern können. Von dort trennten sie allerdings gut zwei Meter und der Landeplatz maß nur einige Zentimeter in der Breite.

Plötzlich lag Benzingestank in der Luft. Svenja schnupperte. Eine leichte Brise wehte vom Freigelände herüber. Christian hatte sein Zerstörungswerk begonnen. Sie musste sich beeilen, taxierte mit zusammengekniffenen Augen die Entfernung, sprang ab und spürte kurz darauf den schmalen Stahl unter ihren Füßen. Sie warf den Oberkörper vor und umklammerte den Pfahl mit beiden Armen. Als hätte sie diese Übung des Öfteren vollführt, stand sie sicher wie auf ebener Erde. Aber für einen Freudenausbruch blieb wenig Zeit. Der Benzingestank wurde immer stärker. Svenja rutschte um den Pfosten herum, balancierte die zweite Strebe des Trägers entlang, schwang sich zur Traverse hinüber und wälzte sich über das Geländer. Ohne innezuhalten, rannte sie zum Freigelände.

Das Benzin stank penetrant. Und jetzt hörte sie auch Pits Rufe: »Hör auf, du Idiot. Du stürzt dich ins Unglück. Was haben dir die armen Frauen getan, die im Moment überall sauber machen.«

»Halt dein Maul!«, schrie Christian und schleuderte den Kanister beiseite, der laut polternd auf die Bohlen aufschlug. »Halt dein Maul, du Arsch!«, rief er aus vollem Hals und holte ein Feuerzeug aus der Tasche.

»Neihein!«, brüllte Svenja.

Christian fuhr zusammen und warf sich so heftig herum, dass er beinahe hinschlug. »Svenja? Du hier?«

»Einer muss dich doch von deiner nächsten Dummheit abhalten.«

»Quatsch nicht. Ich fackele den Schrott ab, und dann gut.«

»Ach ja? Und die beiden Gebäude gleich mit? Hör auf Pit«, nahm sie dessen Bluff auf. »Die Putzfrauen schuften für ein paar Euro und du willst sie grillen?«

»Du redest Blödsinn.« Christian rückte an den Zaun und starrte auf die Straße. »Da steht kein einziges Auto. Ihr spinnt.«

Svenja lief einige Schritte vor und stellte sich in eine Benzinpfütze.

»Halt, was machst du da?« Christian riss seine Augen auf, als würden sie ihm jeden Augenblick herausfallen. »Geh' weg da!«

»Vergiss es. Wenn du dein Feuerchen anzündest, dann verbrenne ich mit. Kannst ja Romy schöne Grüße von mir bestellen. Und euren Kindern. Und meinen Eltern. Erzähl ihnen eine nette Geschichte über meinen Tod.«

Christian hielt sich die Ohren zu. »Hör auf!«

In dem Moment reagierte Pit blitzschnell; er langte durch den Zaun, fasste Christian am Kragen und zog ihn zurück. Der flog gegen die Stangen und fuchtelte mit dem Armen wie ein gestrandeter Krake. Svenja sprang hinzu und nahm ihm das Feuerzeug ab. Damit war die erste Gefahr gebannt.

»Hältst du ihn?«, fragte sie Pit.

»Stundenlang, wenn du willst.«

Svenja verschränkte die Arme vor der Brust. »Dann wollen wir mal sehen, wie lange du deine Freiübungen durchhältst?«

Christian beruhigte sich.

Sie ging zu ihm heran. »Was wolltest du im Museum?«

»Nichts!«

»Nein? Nichts?«, zischte Svenja. »Du fährst eben hier vorbei, weil du zwei Kanister Benzin übrig hast?«

Christian schwieg.

Pit zog von hinten stärker an seinem Kragen.

»Eh, du Arsch«, röchelte Christian.

»Spuck's aus«, schimpfte Pit. »Was hattest du vor?«

»Warte«, befahl Svenja. Sie hatte neben dem U-Boot einige Stricke entdeckt. Die holte sie und fesselte Christian damit Hände und Füße. Schließlich ließ Pit seinen Gefangenen los und Svenja bugsierte ihn in eine Ecke, wo er sich hinhocken musste.

»Eh, bleibt in der Nähe«, nörgelte Pit außerhalb des Zauns. »Ich will auch was hören.«

»Komm doch rüber«, frotzelte Svenja.

»Wie lustig«, gab Pit zurück und zog eine Grimasse.

»Pass lieber auf!«, rief sie ihm zu. »Falls jemand kommt und das Benzin riecht, haben wir ruckzuck die Bullen auf dem Hals.« Dann wandte sie sich an Christian, der wie ein Häufchen Elend neben ihr saß. »Bitte überleg genau, was du jetzt machst. Uns hört hier niemand. Erzählst du mir alles, unterstütze ich dich. Du wirst zwar nicht ungeschoren davonkommen, aber besser, als wenn die Kommissare dein Gewissen erleichtern.«

Er hob den Kopf und sah sie mit großen Augen an. »Du willst mir helfen?«

»So ich jedes Detail kenne.«

»Auch bei Romy?«

Svenja erschrak. Hatte Christian mehr Angst vor Romy als vor der Polizei? Sie nahm Platz und blickte ihn direkt an. »So ich kann, bettle ich auch bei meiner Schwester um gut Wetter für dich.«

Christian nickte, schaute kurz auf, als suche er dort die richtigen Worte. »Romy war meine Traumfrau.« Er blinzelte. Dann kullerten einige Tränen. »Ich war so stolz. Wann heiratet eine solche Frau schon einmal einen Deppen wie mich. Romy wusste stets, was zu tun war. Sie ist viel stärker als ich – seit wir uns kennen. Sie wollte mich in meiner Offizierskarriere voranbringen und sie hat jetzt in der Firma das Sagen. Selbst die Kinder besprechen ihre Sorgen mit Romy – ausschließlich mit Romy.« Er blickte Svenja mit glasigen Pupillen an. Sein lockiges Haar stand wirr durcheinander.

»Und was hat Romy mit Bigalke zu schaffen?«

»Erinnerst du dich an die Tage, an denen ich dich in Leipzig besuchen kam? Romy hatte mich über Beziehungen die Karriereleiter hochschubsen wollen. Bigalke hatte davon erfahren und mich in aller Öffentlichkeit als Pantoffelhelden hingestellt, vor jüngeren Kameraden.«

»Aber deshalb bringt man doch niemanden um!«

»Nein, bestimmt nicht. Obwohl ich ihm damals an die Gurgel hätte gehen können.« Er sah zum Schnellboot hinüber, das Ziel seines Brandanschlags. Sein Gesicht hellte sich auf. »Die Gegenwende war eine tolle Sache. Wir Offiziere sollten nach den chaotischen Wochen endlich wieder eine sichere Perspektive bekommen. Ich bin heute noch stolz darauf, dem innersten Kreis angehört zu haben.« Er blickte auf Svenja. »Bigalke wollte die Pläne an das Scheißvolk auf der Straße verraten, wollte uns um unsere Zukunft bringen. Was er ja wohl auch geschafft hat.«

»Wie meinst du das?«

»Weißt du überhaupt von der Operation Schneefall?«

Sie nickte. »Vermutlich genug, um deine Geschichte zu verstehen.«

»Unser Einsatz am Palast und damit die ganze Gegenwende war plötzlich abgesagt worden. Es kursierten mehrere Gerüchte über die Gründe. Ich hatte sofort an Bigalke und seine Schnüffeleien gedacht.«

»Und dann hast du ihn umgelegt?«

»Ja. Die Sache hätte klappen können. Ich habe den Diebstahl meiner Pistole vorgetäuscht, um eine Mordwaffe zu haben. Kamerad Zufall unterstützte sogar meinen Plan. Irgendein Depp war aus unserem Lager geflohen. Einer der Posten hatte den Kerl bei seiner Flucht fast erwischt. Jedenfalls erinnerte er sich an keuchende Atemgeräusche und an Schweißgeruch.«

Svenja nickte – Gotte.

»Das hatte ich später einfach ebenfalls zu Protokoll gegeben und so den Dieb meiner Waffe erfunden.« Christian schwieg für einige Sekunden. »Vielleicht wäre alles gut gegangen, wenn mir Rotgerber nicht in die Quere gekommen wäre. Wegen ihm habe ich die Tatwaffe verloren. Der Idiot hebt sie auch noch auf und macht daraus nach Jahrzehnten eine Erpressung.«

»Die Idee mit der Erpressung stammte von deinem Kumpel Göran«, berichtigte Svenja.

»Ja?«, fragte er ungläubig, winkte allerdings gleich ab. »Egal.«

»Warum bist du hierhergekommen?«

»Ich hatte schlichtweg Panik. Im Boot«, er deutete mit den Augen zum KTS hinüber, »steckt bestimmt irgendwo das Projektil. Jetzt, wo die Polizei meine Pistole hat, rechnen die doch eins und eins zusammen.«

»Sie können die Waffe identifizieren, wenn das Geschoss tatsächlich in einer Bordwand feststeckt. Der Schütze bleibt jedoch weiterhin im Dunkeln.«

Als hätte Svenja ihm einen Sack voller Geld versprochen, sah Christian sie an. Aber ebenso schnell fiel sein Gesicht ein. Er zog die Knie an und legte die Arme darauf. »Ist auch egal. Mit meiner Beichte hört wenigstens die ewige Angst auf.« Dann sackte sein Kopf nach vorn auf die Ellenbogen. Ganz leise begann er zu weinen.

Svenja ging zu Pit, der vor dem Zaun immer noch Schmiere stand.

»Was ist?«, zischelte er.

»Christian hat mir alles erzählt.«

»Na und?«

»Immer langsam. Wärst du mit hier drüben, wüsstest du es.«

»Ha, ha.«

»Dann musst du eben auf meine Fortsetzungsstory warten.«

»Klasse. Und jetzt?«

»Jetzt rufen wir die Polizei«, sagte Svenja. »Mal sehen, welche Weisheiten die rausbekommen. Mich interessiert, ob das Projektil aus Christians Mordwaffe wirklich noch im Boot steckt.«

»Und diese Sauerei im Freigelände?« Pit deutete mit dem Kopf auf das ausgeschüttete Benzin.

»Was können wir denn dafür, wenn die Ausstellungsstücke ihren Sprit verlieren«, beschwichtigte Svenja.

»Das glaubt uns kein Mensch.«

»Vielleicht doch, ich schrubbe einfach den Boden. Die Kanister gebe ich dir rüber, die lässt du verschwinden.«

»Da kommt mir eine Idee. Wir informieren die Bullen in Bremen. Die ermitteln sowieso in dem Fall und sind frühestens in einer Stunde hier. Inzwischen kannst du sauber machen.«

»Und du erfährst die Neuigkeiten der Ermittlungen aus erster Hand.« Svenja grinste. »Oder hast du in Hamburg auch jemanden sitzen?«

Pit sah auf seine Uhr. »Bis die Bremer Kripo hier ist, wird's neun beziehungsweise halb zehn. Was aber, wenn Passanten auftauchen?«

»Wir sichern den Tatort.« Sie boxte ihm gegen die Schulter. »Ruf endlich an.«

»Svenja!«, rief Christian aus seiner Ecke. »Kommst du mal?«

Da Pit ohnehin telefonieren wollte, ging sie zu ihrem Schwager. »Die Fesseln müssen leider dranbleiben.«

Christian schüttelte den Kopf. »Ist schon okay. Was ist mit 0088/89?«

Svenja erschrak. Sie hockte sich hin. »Was soll damit sein?«

»Hör auf, die Unschuldige zu spielen.« Christian sah sie flehend an. »Schaff es ran. Bis heute 15.00 Uhr.«

»Ich hab's nicht!«

»Das glaubt dir niemand. Entweder Arno erwischt Rotgerber und der hat das Ding oder Arno hält sich an dich. Ich habe versucht, ihn umzustimmen. Leider vergeblich.«

»Welcher explosive Inhalt verhilft dem Papier eigentlich zu seiner Brisanz?«

Christian schüttelte den Kopf. »Das willst du niemals wissen. Besorg das Dokument und gib es Arno. Nur in dem Fall bist du in Sicherheit.«

»Was soll ich machen? Ich habe keine Ahnung, wo ich das Schriftstück suchen muss.«

»Dann finde Rotgerber.«

»Ich dachte, du weißt, wo er steckt. Kennt er denn sonst jemanden hier im Westen?«

»Wüsste ich, wo er sich aufhält, ich würd's dir sagen. Dann könnte man ihn wenigstens anrufen.«

Svenja tastete nach ihrem Handy. Ludger sollte unter Görans Nummer erreichbar sein. Aber rief sie von ihrem Telefon aus an, hörte Janning mit. Sie sah zu Pit hinüber, der noch immer telefonierte. Na klar, sie tauschte mit ihm das Handy. Mit ein wenig Glück musste sie anschließend Ludger an die Strippe bekommen.

*

Zehn vor halb neun kam Müller III erneut. »Darf ich noch mal stören?«

Löffler sah von seinen Akten auf, die er sich wiederholt vorgenommen hatte.

»Du hattest recht – dein Neffe hinterließ die letzten Jahre

keine Spuren.« Müller III setzte sich. »Mir ist da so eine Idee gekommen.«

»Schieß los.«

»Du hattest vorhin erzählt, Ivo hätte sich damals selbst in Gefahr begeben, nur um seinen ehemaligen Chef zu rächen.«

»Jaha?«

»Wir sollten Ivo aus seiner Deckung locken. Dieser Rotgerber war doch sein Freund?«

»Ja, war. Inwieweit sie sich verkracht haben, weiß ich nicht. Schließlich hat Rotgerber den Lockbrief geschrieben.«

»Ich glaube, das ist auch egal. Wir verbreiten über den Rundfunk, der Doppelmörder Ludger Rotgerber sei verhaftet worden – die Polizei sucht den Zeugen Ivo Janning.«

Löffler atmete hörbar aus. »Du willst den Rotgerber in der Öffentlichkeit als Doppelmörder bezeichnen? Mit vollem Namen?«

Müller III beugte sich vor. »Was kann passieren? Hat er geschossen, soll er sich mal beschweren. Und wenn nicht? Wir suchen für ihn einen Entlastungszeugen. Hier in der Gegend kennt ihn außerdem niemand.« Er zuckte die Schultern.

Blitzschnell kalkulierte Löffler die verschiedenen Alternativen. Hatte Müller III alles bedacht? »Was, wenn Ivo selbst in der Sache drinsteckt?«

»Für deinen Neffen sehe ich drei Varianten. Erstens: Dein Bruder hat recht und Ivo steckt mit Rotgerber unter einer Decke. In dem Fall scheuchen wir ihn auf und er wird zwangsläufig Spuren hinterlassen. Zweitens: Hegt er weiterhin freundschaftliche Gefühle für diesen Rotgerber, wird er ihn raushauen wollen.«

»Und sollten sich die beiden verkracht haben?«

Müller III zuckte die Schultern. »Das wäre die dritte Möglichkeit. Dann brauchen wir ein wenig Glück. Aber so, wie du Ivo vorhin geschildert hast – er wird sich melden.«

Löffler wiegte den Kopf. Müller III war wirklich ein kluges Köpfchen. Sein Plan konnte gelingen. Ivo war damals wild entschlossen gewesen, sich diesen Bigalke vorzuknöpfen.

»Also gut. Wir probieren es. Unter einer Bedingung.«

»Eine Bedingung?«

»Gibt es Ärger, hast du nichts über die Aktion gewusst. Gelingt der Trick, gehören dir die Lorbeeren.«

»Nein, ich stehe allein für meine Ideen ein.«

»Schluss jetzt, keine Diskussion. Einer von uns beiden hat vor Kurzem erst behauptet, sein Schutzschild aus Dienstjahren wäre zu dünn.«

»Danke«, sagte Müller III mit rotem Kopf.

»Ich rufe gleich bei Radio Bremen und dem NDR an.« Löffler zog das Telefon heran, da klingelte es. Er nahm ab. »Ja?«

Am anderen Ende meldete sich Peter Itzig von der Weserzeitung. Löffler wollte ihn schon abwimmeln, hörte aber interessiert zu, als der Journalist neue Beweise zum Mord an Bigalke erwähnte.

»Alles klar. Wir kommen.« Löffler legte auf. »In Hamburg wartet Arbeit auf uns«, sagte er anschließend zu Müller. »Du suchst alle Akten der Fälle Bigalke und Grewe zusammen, besorgst aus der Fahrbereitschaft einen Wagen und wartest am Tor auf mich. Ich organisiere die Rundfunkdurchsagen und informiere die Telefonzentrale.«

*

»Pst!«, zischte Löffler, der am Steuer des Dienstwagens saß. »Ruhig jetzt.« Die Uhr zeigte neun Uhr und im Radio folgten die Nachrichten.

Was sie dann hörten, ließ die Kommissare zufrieden aufatmen. Gleich die Spitzenmeldung verkündete Rotgerbers Verhaftung und die Suche nach dem Zeugen Ivo Janning.

»Klasse«, sagte Müller. »Hoffentlich meldet sich dein Neffe auch.«

»Vorhin warst du noch davon überzeugt«, wandte Löffler ein und grinste. Er boxte Müller III auf die Schulter. »Klappt schon.«

Plötzlich horchten die beiden erneut auf. »Schmalstiegs Spionin enttarnt«, verlas der Nachrichtensprecher gerade die folgende Meldung. Danica P., Assistentin des bekannten Bremerhavener Politikers Lutz Schmalstieg, sei als Informantin für geheime Stasikreise enttarnt worden. Der Sprecher erwähnte ihre Kontakte zum Institut für Entwicklungshilfe und Kooperation, das als Tarnfirma für dunkle Kanäle diente. Die Motive ihres Handelns ergaben sich aus finanziellen Schwierigkeiten, die sich in einer nachlässigen Zahlungsmoral äußerten.

Müller III langte zum Armaturenbrett, schaltete das Radio aus und warf sich in seinen Sitz zurück. Er starrte stur geradeaus. Nur die Finger zwirbelten seinen Zopf.

Löffler konnte das Gefühl des jungen Kollegen nachempfinden. Er ließ ihn in Ruhe.

»Dürfen wir in Hamburg überhaupt ermitteln?«, fragte Müller III Minuten später.

»Eigentlich nicht. Aber ich rufe nachher einen alten Bekannten an – hat mit mir zusammen in den Sechzigern die Schulbank gedrückt. Ist ebenfalls bei der Mordkommission. Der bringt auch die KTU mit.«

Müller III nickte und verfiel erneut in sein Schweigen.

Auf einmal durchbrach das Klingeln des Autotelefons die Stille. Löffler nahm das Gespräch an. »Ja?«

Die Vermittlung im Bremer Polizeipräsidium verband zu einem Anrufer. »Wer spricht da?«, schrie eine aufgeregte

Stimme. »Welche Scheiße geht bei euch Bullen denn ab? Ludger tut keiner Fliege was zu Leibe! Von wegen Doppelmörder. Ihr spinnt …«

»Ivo«, unterbrach Löffler den Schwall an Worten.

»Otto? Onkel? Bist du das?«

Die Freude brannte in Löfflers Brust. Er bremste und hielt auf der Standspur. Die Sorgen um den Neffen, er könnte tot sein, fielen von ihm ab. Am liebsten hätte er Ivo mit Fragen überschüttet. Aber sie mussten ja weiter. Als der Junge erzählte, er lebe in Cuxhaven, gab es für Löffler nur eins: »Kannst du kommen?«

»Ja. Warum nicht? Nach Bremen?«

»Nein, nicht nach Bremen – nach Hamburg. Zum Internationalen Maritimen Museum.«

»Sicher interessant. Leider hab' ich kein Auto.«

»Nimm dir ein Taxi«, rief Löffler, »ich bezahl's.«

36

»Na endlich!« Svenjas Handy klingelte und auf dem Display stand der Name Göran. Immer wieder hatte sie dessen Nummer gewählt und auf die Mailbox gesprochen, Ludger möge dringend zurückrufen. Sie drückte die grüne Ruftaste. »Ludger?«

»Ja?«, erklang eine vorsichtige Stimme.

»Hier ist Svenja, Andreas Freundin.«

»Ah. Ludger hier. Du willst mir helfen?«

»Ja. Wo steckst du denn?«

Ludger schilderte bruchstückhaft einen Autodiebstahl und seine Fahrt in Richtung Hamburg. Er wolle zurück nach Stralsund. Im Gegenzug erwähnte Svenja ihre Begegnung mit Janning und sein Ultimatum. »Die Polizei sucht dich übrigens. Du sollst Göran umgebracht haben.«

»Kann ich mir denken, deswegen bin ich auch untergetaucht.«

Svenja fiel der eigentliche Grund ihres Anrufs ein. Sie fragte nach dem Geheimdokument 0088/89; ob Ludger es habe und wo es versteckt sei. Das Dokument müsse Janning am Nachmittag ausgehändigt werden. Am Ende der Leitung herrschte Stille. »Ludger? Bist du noch dran?«

»Ja. Ich überlege, wer das Geheimdokument rausholt. Erwischen mich die Bullen oder Janning, ist's zu spät. Und bis Stralsund brauche ich einige Zeit. Vielleicht rufe ich doch Andrea an?«

»Nein«, rief Svenja. »Andrea bleibt außen vor.«

»Das wollte ich auch«, bestätigte Ludger. »Wer sonst?«

»Wo steckt das Papier?«

»In Stralsund. Sicher verborgen.«

Svenja überlegte. Von Hamburg bis Stralsund fuhr sie gut zwei Stunden, zwei Stunden zurück, bis Bremen eine zusätzliche. Das konnte eng werden, bis 15.00 Uhr. Aber sie musste es versuchen. Sie würde mit Pits Golf fahren und Pit kümmerte sich um Ludger, beschützte ihn vor Polizei und Janning. Das weitere Vorgehen entschied sie halt am Nachmittag, je nachdem wie sich die Situation entwickelte.

»Wo finde ich das Dokument?«, fragte sie. »Ich hole es.«

Ludger klang erleichtert. Er nannte ihr die Adresse des Verstecks und beschrieb den Fahrradkeller mit dem Sicherungskasten. Zur Not könne sie ja noch einmal anrufen. Schließlich beorderte sie ihn zu einem Treffpunkt mit Pit, legte auf und ging zu ihm, um alles zu erklären. Er sollte Christians Auto nehmen. Danach erklärte sie Christian ihren Plan.

Der atmete befreit auf. »Aber beeil dich. Und denk dran: Du darfst das Papier ausschließlich Arno aushändigen. Nur ihm! Andernfalls bringst du dich, Ludger und andere in Gefahr.«

*

Zweieinhalb Stunden später stand Svenja vor dem Plattenbau in Stralsund. Das Haus verströmte einen Hauch von Mief und Zerfall, obwohl jede Wohnung bewohnt schien. Die Betonplatten schimmerten blass und verwittert und die Fenster hätten einen neuen Anstrich gebrauchen können. An den Balkons blätterte die Farbe ab.

Svenja holte einen langen Schraubendreher aus dem Kofferraum, schloss Pits Golf ab und ging zum Eingang. Die Haustür war nur angelehnt und so gelangte sie ohne Schwierigkeiten in den Keller. Der Gestank einer Müllkippe schlug ihr entgegen, als sie die Tür des Fahrradraums aufstieß. Die Bewohner mussten hier den Sperrmüll der letzten Jahre lagern. Svenja überwand ihren Ekel und zwängte sich in den Raum. Gleich neben der Tür hing der Stromkasten. Sie öffnete ihn: zwölf Sicherungskappen – genau, wie Ludger es beschrieben hatte – drei davon leer.

Svenja blickte auf den Schraubendreher in ihrer Hand. Damit sollte sie hinter der Plastikverkleidung herumstochern? Wo Kabel verliefen? Sie sah sich um – ein beschädigter Stromkasten würde niemanden in der Rumpelkammer wundern. Sie setzte den Schraubendreher am unteren Rand der Verkleidung an und drückte; die Plastikplatte wölbte sich; Svenja drückte weiter; schließlich knallte es und der Kunststoff sprang in tausend Stücke.

Eine schäbige Papierrolle fiel auf den Boden. Svenja hob sie auf und wickelte sie auseinander. Ihr Herz schlug schneller – sie hielt das gesuchte Dokument in den Händen. ›Operation Schneefall – 0088/89 Ausfertigung 5‹ stand links oben, und auf der rechten Seite: ›30.12.89 – Top Secret – Bei Verlust Strafverfolgung!‹ Das Blatt aus dünnem Durchschlagpapier verzeichnete sechs eng geschriebene Spalten mit Städtenamen. Was diesen lumpigen Bogen so wertvoll machen mochte, dass Janning und seine Schergen solch eine Treibjagd veranstalteten? Svenja zuckte die Schultern, faltete das raschelnde Papier zusammen und steckte es in ihre Handtasche. Mit einem verschmitzten Blick auf ihr Zerstörungswerk verließ sie die Müllhalde.

Auf dem Rückweg begegnete ihr kein Mensch. Sie stieg die Treppe hoch, öffnete die Haustür und blieb verblüfft stehen. Neben Pits Golf wartete ein alter Mann, so als würde er das Auto bewachen. Seine weißen Haare glänzten wie Schnee in der Sonne. Hatte doch jemand ihre Missetat im Keller beobachtet und wollte sie jetzt zur Rede stellen? Langsam trat sie aus dem Hausflur und lief auf den Parkplatz zu.

Der Alte drehte sich zu ihr um. Sein rundes Gesicht, um viele Jahre gealtert, strahlte aber immer noch jene Freundlichkeit aus, die Svenja mit dem Namen Fregattenkapitän

Werner Seeger verband. Er zupfte sich an der Nase und lächelte ihr entgegen.

»Ah, Frau Windisch. Schön, Sie zu sehen«, sagte er in seinem unverwechselbaren Sächsisch.

Svenja sah wieder das Kaminzimmer ihrer ersten Begegnung vor sich. Sie ging zu Seeger und reichte ihm zur Begrüßung die Hand.

»Heute kann ich Ihnen keinen Platz anbieten. Lassen Sie uns ein Stück gehen.«

»Gern.«

Am Anfang liefen sie schweigend nebeneinander her.

»Haben Sie mich erwartet?«, fragte Svenja schließlich.

»Vielleicht erinnern Sie sich: Für gewöhnlich bin ich gut informiert. Ich genieße zwar seit einiger Zeit den Ruhestand, aber meine Quellen sprudeln noch.«

»Warum wollten Sie mich damals unbedingt sprechen?«, fiel Svenja plötzlich ein. »Ging es wirklich um diese Englandfahrt?«

Seeger schüttelte den Kopf. »Nach Bigalkes Verhaftung schwebten Sie in Gefahr. Arno suchte nach einer schnellen Lösung, entsprechend seiner üblichen Vorgehensweise. Ich bestand auf einem Gespräch mit Ihnen, um zu erfahren, was Sie wussten.«

»Und ich habe mich verquatscht. Haben Sie mich deshalb über meine Schwester warnen lassen?«

Seeger hob entschuldigend die Arme. »Mehr konnte ich nicht tun.«

»Das war Hilfe genug. Die kleine Jagd mit Janning habe ich provoziert; ich musste einfach wissen, ob Ihre Warnung stimmte. Vielen Dank.«

»Sie sind mir eine.« Seeger grinste und drohte ihr mit dem Zeigefinger. »Ich hätte mich schon längst zur Ruhe setzen wollen, aber eine Sache quält mich. Eine Sache blieb die letzten 17 Jahre unerledigt.«

»Null – Null – Acht – Acht – Schrägstrich – Acht – Neun.«

Seeger hielt in seinen Schritten inne und sah sie an. »Richtig. Haben Sie es?«

»Was hat es mit dem Dokument auf sich?«

»Sie arbeiten als Journalistin.« Seeger lächelte. »Ich muss leider vorsichtig sein. Haben Sie das Schriftstück?«

»Ja. Doch ich soll es Herrn Janning aushändigen.«

Seeger nickte. »Wenn das Papier in die falschen Hände gerät, werden Sie sich zeitlebens Vorwürfe machen. Bedenken Sie das.« Er drehte sich um. »Wir sollten zurückgehen.«

Nachdem sie am Golf ankamen, fragte Seeger: »Das Skelett dieses Bigalke ist aufgetaucht?«

»Ja. Die Polizei verdächtigt Ludger Rotgerber des Mordes. Aber Christian hat heute Morgen die Tat gestanden.«

Ein flüchtiges Lächeln huschte über das Gesicht des alten Mannes, flüchtig wie das Licht eines Leuchtfeuers. »Zweimal verkehrt. Rotgerber hat mit der Sache überhaupt nichts zu tun. Und Christian hat einen Toten erschossen. Robert Bigalke starb fünf Minuten vorher durch meine Hand.«

Svenjas Herz schlug schneller. »Warum?«

»Robert Bigalke war falsch, hinterhältig und machtbesessen. Und er wusste zu viel.« Seeger zupfte sich an der Nase. »Kurz nachdem das Wahlergebnis am 18. März 1990 feststand, gab es eine Einigung zwischen uns Militärs, den Wahlsiegern und den Partnern im Westen über die Zukunft der Armeeangehörigen. Eine stufenweise Auflösung der verschiedenen Truppenteile und Übergangsreglungen, bis hin zur Übernahme unserer Offiziere in die Bundeswehr, all das wurde uns zugesichert.«

»Deshalb haben Sie die Operation Schneefall abgesagt?«

»Ja. Wir hatten alle Ziele erreicht.« Seeger sah Svenja in die Augen. »Gleichzeitig sollten die Pläne der Gegenwende vor der Öffentlichkeit geheim bleiben – das hatten sogar die Herren aus Bonn verlangt.«

»Und darum musste Robert sterben.«

»Richtig. Und darum dürfen Sie 0088/89 nur Arno Janning aushändigen.«

»Das Dokument lag so viele Jahre in dem Versteck«, sagte Svenja. »Warum jetzt diese Jagd danach? Weil ich Bigalkes Skelett gefunden habe?«

»Nein, das war reiner Zufall. Unsere Probleme begannen früher. Ende April stießen Mitarbeiter der Stasiunterlagenbehörde auf Hinweise zu unserer Gegenwende. Arno Janning erfuhr davon und kam zu mir. Das Problem in der Behörde ließ sich beheben, aber das verschwundene 0088/89 bereitete uns Kopfschmerzen. Also machte sich Arno auf die Suche. Zusammen mit Herrn Grewe entstand der Plan für die vorgetäuschte Erpressung, um Herrn Rotgerber und seinen Freund Ivo aus der Reserve zu locken.«

»Und mich zu bedrohen.«

Seeger hob die Schultern. »Da hat Arno überreagiert. Ich bin wirklich froh, dass Ihnen nichts passiert ist. Andererseits haben Sie die Sache aufgeklärt.« Er kramte in seinem Jackett, holte einen Briefumschlag und eine Pistole hervor. Beides reichte er ihr.

»Was ist das?«, fragte Svenja.

»Mein Geständnis und die Mordwaffe. Geben Sie das der zuständigen Polizei, damit die von Rotgerber und Christian ablassen.«

Svenja nahm die dargebotenen Dinge und blickte ungläubig darauf.

»Achten Sie gut auf mein Geständnis, ich werde es keinesfalls wiederholen können.«

Svenja sah Seeger an. Er lächelte. Sie wusste, was er meinte. »Das dürfen Sie nicht. Selbstmord ist doch keine Lösung.«

»Lassen Sie mal. Ich habe mein Leben gelebt. Den letzten offenen Punkt werden Sie heute zum Abschluss bringen. Hier endet mein Weg.« Er streckte ihr die Hand entgegen.

Sie erwiderte die Geste. Seeger legte seine andere Hand auf ihre. »Sie machen das schon.« Dann ließ er sie stehen und ging davon.

*

Auf der Rückfahrt überlegte Svenja lange, wie sie vorgehen sollte. Das Geständnis und die Tatwaffe würde sie den Bremer Kommissaren geben. Aber das Geheimdokument? Immer wieder dachte sie an Seegers Worte: Wenn das Papier in die falschen Hände gerät, werden Sie sich zeitlebens Vorwürfe machen. Bedenken Sie das. Und ihr fiel die Mahnung des Vaters ein, der bereits im März '90 die Verschwiegenheit über die Gegenwende beschworen hatte. Kämen Einzelheiten ans Tageslicht, würde die Auflösung der Stasi als harmloses Räuber-und-Gendarmen-Spiel gegen die dann einsetzende Hexenjagd verblassen. Das Bild hatte sich fest in ihrem Gehirn eingebrannt. Sie bedachte alle Varianten und traf ihre Entscheidung.

Svenja rief eine Stunde vor Hamburg Janning an. Sie hätte das Geheimpapier. Er könne es sich in Hamburg abholen. Sie erwarte ihn am Internationalen Maritimen Museum in der Hafencity.

37

Bereits von Weitem erkannte Löffler das Taxi, das über den Parkplatz kam. Die drei Buchstaben CUX auf dem Kennzeichen ließen seinen Puls schneller schlagen. Er fühlte sich wie in seinen jungen Jahren, wenn er auf seine Lisbeth gewartet hatte. Er lief auf den beigefarbenen Wagen zu, an dem die Beifahrertür aufsprang und sein Ivo ausstieg: schmächtig wie eh und je, mit einer hohen Stirn, beinahe wie der Onkel, und braun gebrannt; das Gesicht war voller geworden – sein Junge hatte sich zu einem Mann gewandelt. Unbändige Freude erfasste Löffler. Er wischte sich zwei Tränen aus den Augenwinkeln und rannte zum Auto. Die beiden Männer fielen sich in die Arme.

Ivo machte sich vorsichtig los und deutete auf den Taxifahrer. »Der will gleich wieder zurück und wartet auf sein Geld.«

Löffler bezahlte, fasste Ivo um die Schultern und zog ihn in Richtung Museum. »Mensch, wo hast du gesteckt? Denkst du, ich konnte eine Spur von dir finden?«

»Das kann ich mir vorstellen.«

»Erzähle, wo verkriechst du dich?«

Mit einem Mal blieb Ivo stehen. »Was ist mit Ludger? Sitzt er hier in Hamburg? Oder bei euch in Bremen?«

»Weder noch. Die Rundfunkmeldung war eine Finte, sie sollte dich aufscheuchen. Entschuldige bitte. Aber wir brauchen deine Aussage.«

»Was ist mit Ludger?«

»Keine Ahnung, er ist auf der Flucht.«

»Wir müssen ihn finden. Ludger hat mit dem Mord an Bigalke nicht das Geringste zu tun.«

»Wir verdächtigen ihn zudem, seinen Chef Göran Grewe erschossen zu haben.«

»Das ist doch Quatsch. Du musst den Fall aufklären. Ludger könnte nie einen Menschen umbringen.«

»Eins nach dem anderen. Jetzt erzählst du erst einmal, wo du steckst und was du machst.«

»Das ist schnell erzählt.« Um den Nachstellungen seines Vaters zu entgehen, habe er mit dem Wegzug aus Brake zum Ende '90 seinen Namen geändert. »Ich heiße jetzt Ingo Müller.«

Löffler sah zu seinem jungen Kollegen hinüber, der auf dem Freigelände des Museums seiner Arbeit nachging.

»Müller ist der am meisten vorkommende Familienname und Ingos findet man im Telefonbuch auch häufiger als Ivos.«

»Aber du hast doch keine Papiere? Oder?«

»Brauchte ich nicht.« Ivo wohne und arbeite bei der Lebenshilfe in Cuxhaven. Die hätten da zwar keine Schuhmacherstelle, aber jede Menge kaputter Schuhe. Also blieb er anfangs als Aushilfe und begnügte sich mit freier Kost und Logis und ein paar Mark Taschengeld. Aus Tagen wurden Wochen, dann Monate, schließlich Jahre. Ihm bereite die Aufgabe viel Freude. »Was glaubst du, wie dankbar unsere Behinderten sind«, schwärmte Ivo mit leuchtenden Augen. Schließlich habe der Chef ihm einen Arbeitsvertrag aufgeschwatzt.

»Und keinen Ausweis bei der offiziellen Einstellung verlangt.«

»Wir kannten uns doch bereits einige Monate.« Ivo scharrte verlegen mit der Fußspitze auf dem Boden. »Bekommt mein Chef jetzt Ärger? Du, ich fühle mich wohl in meinem kleinen Reich und ich bin vorsichtig, ich lebe ohne Auto, ohne Internet, ohne Kreditkarten.«

»Und die Behörden, Krankenkasse oder Finanzamt, wie hast du die ausgetrickst?«

»Hat alles mein Chef erledigt. Der glaubt wirklich, ich sei Ingo Müller.«

»Wir klären das gemeinsam, schnellstmöglich.«

Ivo drückte seinen Onkel. »Danke!«

Löffler räusperte sich. »Dein Vater behauptet, du hättest Robert Bigalke zusammen mit Ludger Rotgerber umgebracht.«

»Ludger hat nichts mit dem Mord zu tun.« Ivo schwieg, als müsse er sich erst erinnern. »Ja, ich war nahe dran; und ich hätte ihn umgelegt.«

»Was?«

»Als ich nach Stralau kam, lagen die drei KTS unbewacht an der Pier. Ich wusste, dass Bigalke auf dem Führungsboot saß.«

»Von wem?«

»Anonymer Anrufer bei meiner Wirtin, wo ich übernachtet hatte. Keine Ahnung, wer das war. Wie gesagt, die Boote lagen ohne Bewachung an der Pier. Also habe ich mich auf das Führungsboot geschlichen und bin achtern rein. Bigalke musste mich gehört haben, er rief, ob jemand da sei. Ohne ein Wort zu sagen, kroch ich in die Kommandantenkanzel, da polterte es an Oberdeck und ein Opa sprang durch die Decksluke auf den Platz des Navigators, vorn an Steuerbord.«

»Was für ein Opa?«, fragte Löffler.

»Woher soll ich das wissen? Er war ziemlich groß und trug viel Lametta auf den Schultern. Den Dienstgrad konnte ich nicht erkennen.«

»Hast du sein Gesicht gesehen?«

»Nein. Er sprach auch nur kurz mit Bigalke und schoss dann einfach; wie ein Cowboy, direkt aus der Hüfte in den Kopf. Anschließend verschwand er.«

»Und du?«

»Ich bin zu Bigalke hingekrochen – wollte sehen, was mit ihm ist.«

»Und?«

»Mausetot!«

»Woher wusstest du das?«

»Mensch Onkel. Mir hatten sie bei der Armee eine tolle Saniausbildung angedeihen lassen.«

»Du musst bezeugen, wie du den Tod festgestellt hast. Das könnte wichtig sein.«

»Kein Problem.«

»Was passierte danach?«

»Also: Ich hockte beim toten Bigalke, da raunte hinten am Schott jemand dessen Namen. Ich kriege 'nen mächtigen Schreck. Wenn mich einer mit der Leiche erwischt hätte.«

»Weiter«, drängelte Löffler.

»Der Kerl kriecht an Oberdeck nach vorn. Hört man ziemlich gut.«

»Ja, und?«

»Ich zwänge mich zurück in die Kommandantenkanzel. Da taucht der Fremde vor dem Fenster auf.«

»Hast du ihn erkannt?«

»Na klar. War der Kommandant vom Versorger. Ich hatte ihn ein paar Mal in der Flottille gesehen. Koschak, Korvettenkapitän Koschak. Kann das sein?«

Löffler nickte. »Und?«

»Der Koschak kletterte aufs Deckshaus und schoss in die Luke auf der Backbordseite, da, wo der tote Bigalke saß. Danach ist er getürmt. Auf der Pier muss ihn jemand entdeckt haben. Wie ich später erfuhr, war Ludger hinter ihm her.«

»Und du?«

»Ich bin auch abgehauen. Die Sache wurde mir viel zu heikel. Außerdem wollte ich noch Ludger sprechen. Dabei schnappte mich dann mein Alter.«

Ivos Aussage deckte sich mit dem, was Doktor Wallner festgestellt hatte: ein Schuss in die Stirn, der tödlich gewesen war, und einer postmortal ins Schädeldach. Blieb nur das

Problem der Identität des Opas. Aber jetzt bewegte ihn eine andere Frage. »Du sollst Bigalkes sterbliche Überreste nach Bremen gebracht haben? In meinem Auto?«

Ivo senkte den Blick. »Ja, das stimmt. Mein Alter hatte mich ja erwischt und verhaften lassen. Danach durfte ich wählen: Knast oder Freiheit. Die Leiche musste schließlich verschwinden.« Er zuckte die Schultern. »Ich bin halt nicht zum Helden geboren.«

»Wo hast du den Toten gelassen?«

»In so einem kleinen See. Ziemlich weit in der Pampa.«

Löffler nickte. »Das muss die Stelle sein, wo heute die Autobahn gebaut wird. Findest du das noch?«

»Keine Ahnung. Eventuell.«

Wie ein Vater, der den Sohn trösten wollte, schlug Löffler dem Neffen auf den Rücken. »Kopf hoch. Dein illegaler Leichentransport dürfte inzwischen verjährt sein.«

»Und du? Was sagst du?«

Tausend Gedanken bedrängten Löffler. Er dachte an Ivos Auszug. Er dachte an seine traurige Lisbeth. Er dachte an die verlorenen Jahre, in denen sie den Jungen gern bei sich gehabt hätten. Und er dachte an seine Ängste, Ivo könnte tot sein, ebenfalls dort unter der Autobahnbaustelle begraben. Sollte er alles das in dieser Minute ausbreiten? Nein. Aber eine Frage interessierte ihn: »Du hast mich damals wegen dieser Sache verlassen?«

»Ja. Ich ertrug das Lügenmüssen nicht mehr. Und ich hatte Angst vor Vater.«

Vielleicht hatte Ivo recht. Die gestohlene Zeit würde ihnen niemand zurückgeben. Jedenfalls schien es dem Jungen, dem gestandenen Mann, in Cuxhaven zu gefallen. »Tja, also, ich werde mir eine Strafe für dich ausdenken müssen.« Als Ivo bedröppelt dreinschaute, musste Löffler grinsen. »Du gibst einen aus.«

Jetzt lachte auch Ivo.

»Vorher müssen wir aber die Sache mit dem falschen Namen klären. Und hier haben wir auch noch zu tun.« Löffler fasste den Neffen um die Schulter. »Na, dann komm mal, du Held.« Gemeinsam liefen sie zum Freigelände des Museums, wo zahlreiche Techniker in weißen Overalls das Torpedoschnellboot untersuchten. An der Seite stand Müller III und beobachtete das Treiben. Die beiden gingen zu ihm hinüber und Löffler stellte seinen Neffen vor.

»Ihr könnt euch gleich etwas näher kennenlernen«, meinte er zu Müller III. »Nimm bitte Ivos Aussage auf. Sie wird uns zumindest im Fall Bigalke weiterhelfen.«

Müller III nickte und nahm Ivo mit zu einem der Einsatzwagen hinüber.

In der Zwischenzeit wollte Löffler sich von seinem alten Freund aus Hamburg, er leitete tatsächlich die Untersuchungen im Museum, die Lage beschreiben lassen. Er fand ihn am Ende des Freigeländes, unmittelbar an der Wasserkante. Ohne groß fragen zu müssen, berichtete der Kollege über den Stand der Ermittlungen: Mit Doktor Wallners Angaben zur Tötung hatten Hamburger Kriminalbeamte die Situation im Schnellboot nachgestellt und tatsächlich zwei Projektile gefunden. Das erste steckte zwischen einem Versteifungsträger und dem Fensterrahmen in der Bordwand und das zweite neben dem Sitz im Boden. Die Geschosse hatten die Jahre gut überstanden und besaßen das gleiche Kaliber, neun Millimeter, waren jedoch aus unterschiedlichen Waffen abgefeuert worden. Weitere Untersuchungen würden folgen, deren Ergebnisse Löffler natürlich schnellstmöglich auf seinen Schreibtisch bekam, wie sein Freund versicherte.

*

Ludger saß in der Sonne und genoss die ersten ruhigen Minuten. Das Treffen mit diesem Peter Itzig hatte problemlos geklappt. Im Anschluss an das Telefonat mit Svenja waren sie gegen Mittag zum Museum gefahren, wo Ludger sich der Polizei gestellt hatte. Der Mord an Bigalke musste mittlerweile aufgeklärt worden sein; dessen beschuldigte ihn die Polizei nicht mehr. Blieb noch Görans Tod. Ludger hatte diesem älteren Kommissar seine Version zu den Vorgängen anvertraut. Der Mann schien ihm zu glauben. Ludger würde aber dennoch mit nach Bremen fahren müssen. Ob er in Untersuchungshaft kam, entschied sich dort. Das war ihm jetzt egal. Hauptsache, seine Flucht hatte endlich ein Ende gefunden.

Wie hatte Ludger gestaunt, als er Ivo hier traf. Es gab viel zu erzählen. Nur zögernd war Ludger dabei auf den Lockbrief zu sprechen gekommen, der Ivo nach Berlin geführt und all die Probleme eingebrockt hatte. Ivo winkte ab – sie sollten die vergangenen Geschichten ruhen lassen; gegen Ivos Vater hätten schon ganz andere Kerle verloren.

Die Hamburger Polizei war längst abgezogen und im Museum herrschte mittlerweile wieder der normale Besucherverkehr eines sonnigen Ferientages. Auch Christian Koschak hatte im Anschluss an sein umfangreiches Geständnis die Heimreise antreten dürfen, musste sich allerdings in Stralsund der Polizei zur Verfügung halten. Jetzt saßen nur noch die beiden Kommissare aus Bremen, Ivo, Peter Itzig und Ludger im Biergarten vor dem Museum und warteten auf Svenjas Rückkehr. Sie hatte angerufen und wichtige Beweisstücke angekündigt, die sie mitbringen würde. Man solle unbedingt in Hamburg bleiben.

Vom Parkplatz näherten sich immer mehr Besucher. Familien mit Kindern nutzten das schöne Wetter für einen Ausflug in die Hafencity mit ihren vielen Attraktionen. Auf einmal stutzte Ludger. Ein Mann in tadellos sitzendem Maßanzug wirkte wie ein Fremdkörper in dieser Masse aus erwartungsvollen Menschen. Der Mann blieb stehen und sah zu ihnen herüber. Ludger erkannte ihn. Da stand der Kerl, dem er seine Misere zu verdanken hatte – Ivos Vater, Hauptmann Arno Janning. Er kam auf ihren Tisch zu. Auch Ivo musste ihn bemerkt haben; er lehnte sich in seinem Stuhl zurück und blickte dem Ankömmling beinahe neugierig entgegen.

»Was machst du denn hier?«, fragte der ältere Kommissar. Ivo hatte ihn als seinen Onkel vorgestellt. Ludger überlegte; demnach mussten der Kommissar und Hauptmann Janning Brüder sein.

»Das Gleiche könnte ich dich fragen«, entgegnete Janning.

»Wir warten auf Svenja Windisch. Sie bringt wichtige Beweise aus Stralsund mit.«

»Wirklich interessant«, lächelte Janning und warf seinem Sohn Ivo einen flüchtigen Blick zu, um sich sogleich wieder an den Kommissar zu wenden. »Na, hoffentlich hat sie uns nicht dasselbe versprochen.«

»Da sind ja alle versammelt.« Unbemerkt war Svenja Windisch an den Tisch getreten. Sie sah auf ihre Armbanduhr. »Fünf vor drei. Ich bin pünktlich, Herr Janning.«

»Wenn Sie das Dokument mitgebracht haben?«

»Immer der Reihe nach. Setzen wir uns beide doch zu den anderen«, schlug Svenja vor und nahm neben Ludger Platz. »Schön, dich ebenfalls hier zu sehen.« Sie drückte ihm die Hand und wandte sich dann Ivos Onkel, dem Kommissar, zu. »Haben Sie auf dem Boot Projektile gefunden?«

»Ja. Von zwei verschiedenen Waffen.«

Svenja nickte, holte etwas aus ihrer Handtasche und legte es auf den Tisch. Alle schauten gebannt auf das Kuvert und die Pistole. »Die Tatwaffe und das Geständnis zum Mord an Robert.«

»Woher haben Sie das?«, fragte Janning.

»Von Werner Seeger. Er hat mir seine Tat gestanden. Bestimmt steht in dem Brief mehr.«

»Wie alt ist Herr Seeger?«, fragte der Kommissar.

»Heute 80«, flüsterte Janning. »Er hat tatsächlich Robert Bigalke erschossen.«

»Wo können wir Herrn Seeger erreichen? In Stralsund?«, wollte der junge Kommissar Müller wissen.

Svenja schüttelte den Kopf. »Herr Seeger hatte mir geraten, gut auf sein Geständnis aufzupassen, es wäre nicht wiederholbar.«

»Verstehe«, erwiderte Ivos Onkel. »Wir haben noch eine weitere Beichte, die von Herrn Koschak.«

»Christian hatte als Zweiter auf Robert geschossen, als der bereits tot war. Ob das juristisch zu ahnden ist, sollen andere klären«, sagte Svenja.

Der ältere Kommissar schaute zu Müller, der sich in seinem Stuhl zurücklehnte und die Arme vor der Brust verschränkte.

»Nun zu Ihnen, Herr Janning«, fuhr sie fort. »Warum musste Göran Grewe sterben?«

»Göran Grewe starb als Verräter. Das wissen Sie längst.«

»Sie haben ihn, sagen wir mal, hingerichtet?«, fragte Svenja.

Janning sah in die Runde. »Tut mir leid, zu der Frage muss ich eine Antwort schuldig bleiben.«

»Dann frage ich so: Ludger hat keine Schuld an Görans Tod, richtig?«

»Ja, natürlich.«

Ludger fühlte, wie Svenja seine Hand fest drückte.

»Wir haben den Verdacht auf Herrn Rotgerber gelenkt«, ergänzte Janning, »um ihn mit Hilfe der Polizei aufzutreiben.«

Das Gesicht von Ivos Onkel verfinsterte sich. »Darüber reden wir noch.«

Svenja nahm wieder das Wort. »Sie haben Ludger gejagt, weil er das besagte Geheimdokument besaß? Was ist damit?«

»Haben Sie es?«, fragte Janning.

»Ja. Wenn Sie mir sagen, was damit ist, bekommen Sie es.«

»Das Papier listet alle führenden Persönlichkeiten einer bestimmten Operation auf.« Janning blickte in die Runde und fixierte anschließend Svenja. »Sie wissen, wovon ich spreche?«

Sie nickte.

»Dann nur soviel: Die Namen sind zwar verschlüsselt, aber den Code knackt jeder Spezialist in einer halben Stunde. Unsere Möglichkeiten waren Ende '89 arg begrenzt.« Janning schaute erneut in die Gesichter am Tisch. »Mein Sohn hatte mir am Abend der Volkskammerwahl verraten, er habe das Dokument lediglich als Rückversicherung für seinen Freund gestohlen, damit ich Herrn Rotgerber nicht wegen seiner Fahnenflucht zur Rechenschaft ziehe.«

»Und du hattest mir versprochen«, wandte Ivo ein, »Ludger auch zukünftig in Ruhe zu lassen. Sonst hätte ich die Geschichte von Robert Bigalkes Tod ausposaunt.«

»Genau, ich hatte das Geheimdokument sogar vergessen, bis in der Stasiunterlagenbehörde …«

»Danke«, unterbrach Svenja und sah in die Runde. »Den Rest kenne ich.«

»Wovon redet ihr?«, erkundigte sich Peter Itzig, der bisher der Unterhaltung schweigend gefolgt war.

»Mir geht die Geheimniskrämerei ebenfalls langsam auf den Geist«, meckerte Müller.

»Entschuldigen Sie bitte, meine Herren Kommissare« sagte Svenja. »Im Interesse aller müssen wir Ihnen die Details vorenthalten.«

»Richtig«, bestätigte Janning. Ivos Onkel schien gleichfalls erleichtert. Er war in den letzten Augenblicken immer schweigsamer geworden und hatte sich ständig mit einem Tuch über den Kopf gewischt.

»Warum ist das Papier unter Top Secret eingestuft? Warum trägt es keine Geheimhaltungsstufe unserer Armee.«

Janning zog die Augenbrauen zusammen. »Zur Tarnung benutzten wir NATO-Formalien. Man sollte …«

»Danke!«, unterbrach Svenja eindringlich »Gibt es weitere Ausführungen des Schriftstücks?«

»Nein«, antwortete Janning bestimmt. »Händigen Sie mir das einzige Exemplar aus, kann ich meinen Kameraden Entwarnung signalisieren.«

»Dieses ominöse Papier gehört der Polizei«, protestierte Kommissar Müller. Er richtete sich auf, streckte eine Hand über den Tisch und starrte Svenja an. »Geben Sie es mir.«

»Entschuldigen Sie. Das Dokument gehört Herrn Janning und dem überlasse ich es.«

»Dann machen Sie sich strafbar!« Müller schrie die Worte förmlich heraus und beugte sich vor. »Sie kommen hinter Gitter.«

Scheiße!, schoss es Ludger durch den Kopf. Svenja hatte ihm geholfen und sollte jetzt dafür büßen.

Alle sahen gebannt zu ihr. Sie kramte in ihrer Handtasche, zog den Zettel hervor und faltete ihn auseinander.

Ludger starrte auf Müller und Janning, die beide wie zwei Raubtiere ihre Beute fixierten. Mach was! Mach was!, hämmerte es in seinem Kopf. Plötzlich kam ihm eine Idee.

»Zeig mal«, sagte er zu Svenja und griff nach dem Blatt. »Ist das überhaupt das Dokument?« Ludger nahm das Papier und blickte auf dessen Rand: ›Operation Schneefall – 0088/89 Ausfertigung 5‹ stand da. Natürlich hatte Svenja das richtige Schriftstück aus dem Versteck geholt.

»Geben Sie her«, rief Müller.

Vergiss es, dachte Ludger, knüllte das laut raschelnde Durchschlagpapier zusammen und steckte es in den Mund.

»Nein!«, brüllte Müller und schnellte wie ein sich entspannender Bogen vor.

Kaue, los, fix, kaue. Ludger schmerzten die Kiefer, seine Zunge lag wie ein Lederlappen zwischen den Zähnen und aus seinem Bauch drängte ein kaum bezwingbarer Brechreiz nach oben. Kaue, los, fix, kaue schneller, trieb Ludger sich an.

Müller rannte um den Tisch.

»Bleib stehen!«, herrschte Ivos Onkel seinen jungen Kollegen an. Müller stoppte.

Ludger kaute immer noch, schluckte, musste würgen, schluckte erneut und würgte schließlich den Brei seinen Schlund hinunter.

Alle musterten ihn entgeistert. Kommissar Müller verharrte wie angewachsen auf der Stelle.

»Das Papier war 17 Jahre in meinem Besitz«, sagte Ludger und wischte sich den Mund, als hätte er ein zähes Schnitzel heruntergewürgt. »Also gehört es mir. Dass es zuvor in der DDR entwendet worden ist, dürfte die westdeutsche Polizei kaum etwas angehen.«

»Richtig«, bestätigte Ivos Onkel. Er stand langsam auf, kam um den Tisch herum zu Ludger und klopfte ihm die Schulter. »Danke, Herr Rotgerber.«

38

Die Uhrzeiger rückten auf Viertel vor elf. Löffler erhob sich von seinem Schreibtisch und verließ das Büro. Sein Gast, den er in das kleine Café am Ende der Straße bestellt hatte, sollte nicht warten müssen.

Das ganze Wochenende hatte er sich den Kopf zermartert. Immer wieder waren die Gedanken eigene Wege gegangen, als würden sie ihn daran hindern wollen, eine Entscheidung zu treffen. Mit jeder Stunde des Grübelns tauchte die Lösung immer heller aus dem Dunkel hervor und funkelte schließlich wie eine Leuchtreklame vor seinem inneren Auge. Er brauchte sie nur umzusetzen. Zuvor galt es aber noch einige Punkte zu klären.

Am gestrigen Sonntag hatte er dann das Institut für Entwicklungshilfe und Kooperation in Bremen angerufen und um einen kurzfristigen Termin mit Arno Janning gebeten; es wären ergänzende Fragen zum Mordfall Bigalke aufgetaucht. Wie erwartet, kam die Bestätigung sehr schnell – Montag, elf Uhr. Arno schien stets im Dienst zu sein, selbst als Pensionär.

Pünktlich, zwei Minuten vor der vereinbarten Zeit, betrat Löffler das Café. An einem Zweiertisch in der hintersten Ecke saß sein Bruder und blätterte in irgendwelchen Papieren. Ansonsten langweilte sich lediglich eine junge Kellnerin hinter dem Tresen; alle anderen Tische waren leer. Löffler ging zu Arno hinüber, begrüßte ihn und setzte sich. Die beiden bestellten Kaffee.

»Danke, dass du den Termin kurzfristig einrichten konntest.«

Arno nickte, packte seine Unterlagen ein und sah Löffler erwartungsvoll an. »Du wolltest mich wegen des toten Bigalke sprechen?«

»Auch. Die Ballistik hat den Tathergang bestätigt. Ivos Zeugenaussage und das Geständnis von Werner Seeger dürften die Ereignisse mit an Sicherheit grenzender Wahrscheinlichkeit exakt wiedergeben.« Löffler glaubte, ein Nicken bei seinem Gegenüber zu erkennen. »Der Mord an Robert Bigalke ist aufgeklärt.«

»Deshalb haben wir uns getroffen?«

»Nein.« Die Kellnerin kam und servierte Kaffee. Als sie sich entfernte, fuhr Löffler fort: »Mich interessiert, wer Grewe auf dem Gewissen hat und was mit Ivo wird.«

»Zu Grewe hatte ich mich bereits am Freitag erklärt. Ludger Rotgerber ist unschuldig. Die Waffenkarte mit seinem Namen war gefälscht. Dass er die Pistole angefasst hatte, war reines Pech für ihn.«

»So viel Verständnis auf einmal?«

»Warum soll ich dem armen Kerl etwas anhängen? Immerhin hat er in Hamburg richtig Format bewiesen. Wir hatten den Verdacht auf Rotgerber gelenkt, um ihn mit eurer Hilfe zu finden, mehr nicht. Ach ja, du wolltest mir dafür doch die Leviten lesen.«

Löffler überging die Anspielung. »Spreche ich so undeutlich? Ich will wissen, wer geschossen hat, und nicht, wer unschuldig ist.«

Arno lehnte sich zurück und lächelte. »Muss ich tatsächlich deine Arbeit machen? Vergiss es. Ermittle mal schön allein. Oder glaubst du, ich liefere dir Munition für eine weitere Pressekampagne gegen uns? Was ihr mit dieser bemitleidenswerten Danica Pinter und ihrem Chef angestellt habt, reicht ja wohl.«

Löffler zuckte wie unter einem Peitschenhieb zusammen. Das gesamte Wochenende waren Presse, Rundfunk und Fernsehen über die angebliche Spionin hergezogen. Der Druck hatte sich stündlich erhöht – Erklärungen wollte keiner hören. Gestern Abend geschah dann das Unvermeidliche: Lutz Schmalstieg stellte seine Ämter zur Verfügung und Frau Pinter verlor ihre Arbeit.

»Da muss irgendeine Panne passiert sein«, gab Löffler zu.

»Panne?«, echote sein Bruder. »Von wegen. Berechnung und gezielte Denunziation.«

»Was heißt das?«

»Dein Boss, der ehrenwerte Herr Kriminaldirektor, hat alle Daten an die Medien gegeben und die Lawine losgetreten.«

Löffler fixierte Arno mit zusammengekniffenen Augen. Wäre Herzog zu solch einer Tat fähig? Damit würde er gegen ein halbes Dutzend Gesetze und Bestimmungen verstoßen. »Das glaube ich nicht.«

»Glaub's ruhig. Unsere Netzwerke funktionieren noch. Nach Meinung deines Chefs und seiner Parteifreunde besitzt der Herr Schmalstieg das falsche Parteibuch, ist viel zu populär und, sein größtes Verbrechen, er kümmert sich zu sehr um die Sorgen der Bürger.«

Die Worte seines Bruders berührten Löffler. Er ahnte, dass sie der Wahrheit entsprachen. In seinen Überlegungen am Wochenende hatte er sich so etwas gedacht. Der Tatsache jetzt ins Auge sehen zu müssen, bestürzte ihn allerdings. Wie sollte er Herzog demnächst begegnen? Löffler rührte in seinem Kaffee, zwang sich zur Gelassenheit und fragte beiläufig. »Was wird aus Ivo?«

»Was soll aus ihm werden?« Arno wirkte gleichgültig. »Ich bin seit 17 Jahren mit ihm fertig. Wir hatten einen Handel abgeschlossen, den hat er eingehalten und damit basta.«

»Du lässt ihn in Ruhe? Auch wenn er nach Stralsund zurückkehrt?« Löffler hielt die Luft an. Sein Herz pochte beinahe hörbar in der Brust. Von Arnos Antwort hing ebenso seine eigene Zukunft ab.

»Lass ihn gehen, wohin er will. Er hätte bereits 1990 zurückkehren können, musste aber unbedingt nach Bremen.«

»Mit einem Toten im Gepäck? Wie kannst du den Jungen mit einer Leiche loszuschicken. Wenn sie ihn an der Grenze erwischt hätten?«

»Erstens hatte ich dafür gesorgt, dass er die Grenze unbehelligt passieren konnte. Und zweitens wollte dein Ivo dem guten Bigalke selbst an den Kragen.«

»Du hattest ihn aufgehetzt!«, stieß Löffler mit lauter Stimme hervor. Die Kellnerin sah zu ihnen herüber. Er lächelte ihr zu, wandte sich wieder an den Bruder und zischelte im Flüsterton: »Mit Lug und Trug und Hinterlist. Dieser Lockbrief und der angebliche Giftanschlag auf Bigalkes Vater, das war doch alles erfunden.«

»Ja, ich habe ein wenig in die Trickkiste gegriffen. Dieser Robert Bigalke war ein Dreckstück. Allein aus diesem Grund musste er bestraft werden.«

»Und weil er irgendwelche Pläne aufdecken konnte?«

Arno Janning verzog den Mund. »Deshalb hat vielleicht Seeger das Miststück umgelegt. Mich trieb die Hinterhältigkeit dieses Kerls in den größten Fehler meines Lebens. Und dafür sollte er büßen.«

Löffler wusste sofort, was sein Bruder meinte. »Du bist auf seine Denunziation an diesen Fürchtegott Schmidt hereingefallen.«

»Genau. Dem Schwein verdanke ich all die Jahre als degradierter Hauptmann.«

»Und da schickst du deinen Jungen ins Feuer? Schäm dich, für die Drecksarbeit Ivo auszuwählen.«

»Du verstehst kein bisschen.« Arno Janning schüttelte den Kopf. »Ivo hatte mir das Dokument 0088/89 geklaut. Also musste ich seiner habhaft werden. Mit dem Lockbrief und dem anonymen Anruf bei seiner Wirtin hat das auch funktioniert. Dass er vor meinem Zugriff beinahe Bigalke umgebracht hätte …« Er hob die Schultern.

»Du lügst.«

»Seeger hatte mir bei Strafe verboten, persönlich mit Bigalke abzurechnen. Demzufolge schmiedete ich einen anderen Plan, der leider scheiterte.«

»Was für einen Plan?«, fragte Löffler.

Arno grinste – die beiden Falten zwischen Nase und Mund gruben sich noch tiefer in die Haut. »Ich wollte Fürchtegott Schmidt seine Rache bieten. Ein paar Aufputschmittel hatten ihn fit gemacht und mit der Pistole konnte er auch umgehen. Schmidt stellte sich allerdings zu blöd an und lief mit seiner Aktion ins Leere.«

So grient der Teufel, dachte Löffler. Es schnürte ihm das Herz zusammen. Saß ihm da wirklich sein Bruder gegenüber? Ekel und abgrundtiefen Hass empfand er auf einmal gegen diesen Menschen, gegen dieses Tier. Ja, er würde seinen Entschluss umsetzen müssen, jetzt erst recht, allein um Ivo zu schützen. Löffler stand auf und warf für den Kaffee einen Geldschein auf den Tisch. »Lass dich hier nie wieder blicken!« Ohne eine Antwort abzuwarten, wandte er sich ab und ging.

*

Eine E-Mail bestellte Löffler am folgenden Tag zu Kriminaldirektor Herzog. Rechtzeitig vor dem Termin, zog er das vorbereitete Schreiben aus der Aktentasche, steckte es in das Jackett und machte sich auf den Weg.

Als Löffler das Büro seines Chefs betrat, blieb der auf seinem Bürosessel sitzen.

»Ich will es kurz machen«, erklärte der Direktor, während Löffler vor dessen Schreibtisch stand. »Nach allem, was ich über Sie gehört habe, sollten wir beide eine Entscheidung treffen.«

»Ach ja? Was haben Sie denn über mich gehört?«

»Das fragen Sie?« Der Kriminaldirektor plusterte sich wie

ein Pfau auf. »Durch Sie haben wir eine Liste mit Geheiminformationen verloren. Und nicht nur das: Sie danken diesem Schwachkopf Rotgerber auch noch für seinen Verrat.«

»Ich bin mir keiner Schuld bewusst.«

»Ach nein? Ich habe mich erkundigt. Das Dokument enthielt Namen von Verschwörern, die unsere demokratischen Grundordnung gefährden könnten.«

»Tatsächlich? Nach 17 Jahren? ...«

»Papperlapapp!«, schnitt Herzog seinem Unterstellten das Wort ab. »Der Polizeipräsident und ich fordern Sie auf, Konsequenzen zu ziehen.« Er schob ein Blatt über den Tisch. »Lesen Sie das.«

Löffler nahm das Papier in die Hand und las. Wenn er mit sofortiger Wirkung aus seiner Funktion ausschied, würde man ihm eine dauerhafte Dienstunfähigkeit bescheinigen. Löffler tastete nach dem Umschlag in seiner Tasche. Die wollten ihn kaufen und ruhig stellen – dauerhafte Dienstunfähigkeit bedeutete vorgezogener Ruhestand. Na warte, Freundchen.

»Unterschreiben Sie?«, fragte Herzog barsch.

Löffler zerriss seelenruhig das Angebot in ganz kleine Schnipsel. »Nein.«

Herzogs Gesicht wandelte sich zu einer undurchdringlichen Maske. »Das werden Sie bereuen, Herr Hauptkommissar. Machen Sie sich auf eine scharfe Untersuchung gefasst.«

»Nur zu, Herr Kriminaldirektor. Mein Bruder, der Herr Arno Janning, den Sie so schätzen, besitzt Unterlagen über den Fall Schmalstieg/Pinter. Bestimmt hat er Kopien für mich.«

Das gesamte Wochenende hatte sich Löffler den Kopf zermartert und zwei nahezu schlaflose Nächte verbracht. Die Kampagne gegen Danica Pinter und Lutz Schmalstieg bereitete ihm wahre Qualen. Erst recht, seit er von der Rolle seines Vorgesetzten wusste. Die Polizei als Schnüffeldienst der Politik und einen Intriganten in der Rolle des Chefs wollte er nicht länger ertragen. Also musste er seinen Dienst in Bremen quittieren. Um aber dem geliebten Beruf treu zu bleiben, schrieb er einen Antrag auf Versetzung nach Stralsund. Bei Lisbeth und Ivo hatte er mit seiner Idee vom gemeinsamen Umzug in die Stadt vor den Toren Rügens regelrecht Jubelstürme ausgelöst.

Löffler stand auf und legte sein Schreiben auf den Tisch. »Ich möchte uns beiden allerdings den Ärger ersparen. Und ich werde Ihnen zukünftig aus dem Weg gehen. Wenn Sie meine Versetzung nach Stralsund regeln, sind Sie mich los.« Er ging zur Tür. »Andernfalls besorge ich mir die Beweise von meinem Bruder.«

39

»Jetzt können wir durchstarten«, sagte Svenja und sah ihren Vater an.

»Ja, das könnt ihr«, stellte Frieder Windisch mit einem Lächeln auf den Lippen fest. »Du hast die richtige Entscheidung getroffen.«

Die letzten Wochen hatten einige Veränderungen in Svenjas Leben gebracht. Ihre Fortsetzungsstory über den ›Bremer Skelettfund‹ war ein voller Erfolg gewesen. Die Geschichte um die beiden Verstorbenen hatte unzählige Interessenten gefunden, obwohl dem Fall ein Makel anhaftete: Die Justiz vermochte niemanden zur Verantwortung zu ziehen. Görans Mörder war nie ermittelt worden und Werner Seeger hatte sich tatsächlich eigenhändig gerichtet. Christians nachträglicher Anschlag auf Robert war ohne rechtliche Folgen für ihn geblieben. Ein gewiefter Anwalt hatte die Staatsanwaltschaft davon überzeugt, dass ein Toter ein untaugliches Ziel für einen Mordanschlag sei; Leichen könne man eben unmöglich noch einmal umbringen.

Auch wenn Christians Schuss auf Robert straflos endete, hatte Romy ihn rausgeschmissen, und zwar kompromisslos: Sie hatte ihn der Wohnung verwiesen, die Scheidung eingereicht und ihm seine Anteile an der gemeinsamen Firma abgetrotzt. Einzig seinen geliebten Toyota Landcruiser durfte er behalten.

»Möchtest du nicht bei mir einsteigen?«, hatte Romy eines Tages Svenja gefragt.

»Ich? Ich soll in einem Sicherheitsdienst arbeiten? Ich habe doch keine Ahnung.«

»Meinst du? Deine Qualitäten als Detektivin hast du hinreichend unter Beweis gestellt.«

Für eine Antwort hatte Svenja dann lediglich eine Nacht

gebraucht. Zukünftig mit der Schwester zusammenzuarbeiten und wieder nach Stralsund zurückzukehren, war ihr verlockend erschienen. Und den Kaufpreis für Christians Anteile am Unternehmen, die Svenja übernehmen sollte, hatte Romy lediglich in symbolischer Höhe festgesetzt. Letztendlich überzeugte sie, dass der Vater zusammen mit dem Steuerberater die beiden Schwestern als Beirat unterstützte.

»Sag mal, du Unternehmerin«, fragte Frieder, »wie läuft's eigentlich bei euch in der Firma?«

»Warum fragst du?«

»Ich habe von Einstellungen gehört. Wirft der Laden so viel ab?«

»Du meinst Andrea und Ludger Rotgerber?«

»Wen auch immer.«

»Der Großauftrag in Cuxhaven verlangte nach einem Nachfolger für Christian, einen mit maritimem Hintergrund. Die Herren da drüben bestanden auf einem ehemaligen Offizier. Und Andrea, als gestandene Disponentin der VDMW, managt jetzt alle unsere Einsätze.«

»Na gut«, gab sich Frieder anscheinend zufrieden. »Wir werden ja sehen, wie die Zahlen am Jahresende aussehen.«

»Vielleicht schmeißen wir dich raus«, sagte Svenja mit einem Lächeln und stand auf. »Dann sparen wir zumindest dein Beraterhonorar.«

»Wollt ihr auf meinen unbezahlbaren Rat verzichten, in den stürmischen Zeiten?«

Svenja boxte dem Vater gegen die Brust. »Ach du.« Sie schenkte ihm einen Kuss und ging zur Tür. »Grüß bitte Mama, wenn sie kommt.«

»Und du grüß deinen Pit, wenn du nächstes Wochenende nach Bremen fährst.«

Svenja spürte ein Kribbeln im Bauch. Vater konnte man auch nichts verheimlichen. Sie winkte ihm noch einmal. »Mach ich.«

40

»Du, Ludger?«

Was denn nun schon wieder?, dachte er. Ludger saß an seinem PC und versuchte seit Ewigkeiten, eine neue EU-Verordnung zu lesen. Aber laufend klingelte das Telefon, kamen Maier, Krause oder Schulze angerannt oder es störte seine bessere Hälfte.

»Ja, Schatz?«, rief er nach nebenan. »Kann ich dir helfen?«

»Du, Ludger? Hast du heute die Zeitung gelesen?«

»Nein. Im Büro muss ich arbeiten. Außerdem habe ich ja dich, wenn etwas Interessantes drinsteht.«

Im Nebenraum raschelte Papier. Dann stand Andrea neben ihm und legte die Zeitung auf seinen Tisch.

»Schau mal.« Sie deutete auf ein Foto, das einen verunfallten Geländewagen zeigte. Das Nummernschild war nur teilweise unkenntlich gemacht, die Buchstaben HST-X deutlich zu erkennen.

›Holzklotz-Attacke tötet Autofahrer‹, prangte in großen Lettern über dem Bild. ›Unbekannte Täter warfen gestern einen sechs Kilogramm schweren Holzklotz von einer Brücke am südlichen Berliner Ring bei Niederlehme. Der Fahrer des Toyota Landcruisers, Christian K., und sein Beifahrer Arno J. verstarben noch an der Unfallstelle.‹

Zufall? Schicksal?, überlegte Ludger. Oder gar Abrechnung? Seine Gedanken gingen 17 Jahre zurück. In Niederlehme hatte damals ihr Einsatz begonnen, am 18. März 1990. Der Einsatz, der zur Gegenwende werden sollte.

ENDE

SANDRA DÜNSCHEDE

Todeswatt

327 Seiten, Paperback.
ISBN 978-3-8392-1058-1.

BLUTIGES STRANDGUT Nordfriesland, im März. Im Morgengrauen wird auf der Insel Pellworm eine Leiche an den Strand gespült. Bei dem Toten handelt es sich um den Anlageberater Arne Lorenzen. Kommissar Thamsen vermutet den Mörder im Kundenkreis des Bankers, da viele seiner Anleger nach dem großen Börsencrash am Neuen Markt hohe Geldbeträge verloren haben.

Auch der Spediteur Sönke Matthiesen gehört zu den Geschädigten. Er hatte sein letztes Geld in einige Aktiendeals gesteckt und steht nun endgültig vor dem Aus. Doch hat der gebeutelte Fuhrunternehmer wirklich etwas mit Lorenzens Tod zu tun?

JAN BEINSSEN

Feuerfrauen

373 Seiten, Paperback.
ISBN 978-3-8392-1043-7.

GEGEN DIE ZEIT Die Nürnberger Antiquitätenhändlerin Gabriele Doberstein hat sich auf die Beschaffung wertvoller Gemälde spezialisiert, die in der Fachwelt als verschollen gelten. Unterstützt wird sie dabei von ihrer jüngeren Freundin Sina Rubov, einer Studentin der Elektrotechnik.

Nach dem Fall der Mauer ist das ungleiche Duo im Osten unterwegs: Auf der Ostseeinsel Usedom soll sich in einem alten Nazi-Bunker bei Peenemünde eine verborgene Schatzkammer befinden. Doch als die beiden Frauen in das Innere der Festung eindringen, erleben sie eine gefährliche Überraschung …

GMEINER

Wir machen's spannend

Alle Gmeiner-Autoren und ihre Krimis auf einen Blick

ANTHOLOGIEN: Mords-Sachsen 4 • Sterbenslust (2010) • Tödliche Wasser • Gefährliche Nachbarn • Mords-Sachsen 3 • Tatort Ammersee (2009) • Campusmord (2008) • Mords-Sachsen 2 (2008) • Tod am Bodensee • Mords-Sachsen (2007) • Grenzfälle (2005) • Spekulatius (2003) **ARTMEIER, HILDEGUND**: Feuerross (2006) • Drachenfrau (2004) **BAUER, HERMANN**: Verschwörungsmelange (2010) • Karambolage (2009) • Fernwehträume (2008) **BAUM, BEATE**: Ruchlos (2009) • Häuserkampf (2008) **BECK, SINJE**: Totenklang (2008) • Duftspur (2006) • Einzelkämpfer (2005) **BECKMANN, HERBERT**: Mark Twain unter den Linden (2010) • Die indiskreten Briefe des Giacomo Casanova (2009) **BEINSSEN, JAN**: Feuerfrauen (2010) **BLATTER, ULRIKE**: Vogelfrau (2008) **BODE-HOFFMANN, GRIT / HOFFMANN, MATTHIAS**: Infantizid (2007) **BOMM, MANFRED**: Kurzschluss (2010) • Glasklar (2009) • Notbremse (2008) • Schattennetz • Beweislast (2007) • Schusslinie (2006) • Mordloch • Trugschluss (2005) • Irrflug • Himmelsfelsen (2004) **BONN, SUSANNE**: Der Jahrmarkt zu Jakobi (2008) **BODENMANN, MONA**: Mondmilchgubel (2010) **BOSETZKY, HORST [-KY]**: Unterm Kirschbaum (2009) **BOENKE, MICHAEL**: Gott'sacker (2010) **BÖCKER, BÄRBEL**: Henkersmahl (2010) **BUTTLER, MONIKA**: Dunkelzeit (2006) • Abendfrieden (2005) • Herzraub (2004) **BÜRKL, ANNI**: Schwarztee (2009) **CLAUSEN, ANKE**: Dinnerparty (2009) • Ostseegrab (2007) **DANZ, ELLA**: Rosenwahn (2010) • Kochwut (2009) • Nebelschleier (2008) • Steilufer (2007) • Osterfeuer (2006) **DETERING, MONIKA**: Puppenmann • Herzfrauen (2007) **DIECHLER, GABRIELE**: Engpass (2010) **DÜNSCHEDE, SANDRA**: Todeswatt (2010) • Friesenrache (2009) • Solomord (2008) • Nordmord (2007) • Deichgrab (2006) **EMME, PIERRE**: Pizza Letale (2010) • Pasta Mortale • Schneenockerleklat (2009) • Florentinerpakt • Ballsaison (2008) • Tortenkomplott • Killerspiele (2007) • Würstelmassaker • Heurigenpassion (2006) • Schnitzelfarce • Pastetenlust (2005) **ENDERLE, MANFRED**: Nachtwanderer (2006) **ERFMEYER, KLAUS**: Tribunal (2010) • Geldmarie (2008) • Todeserklärung (2007) • Karrieresprung (2006) **ERWIN, BIRGIT / BUCHHORN, ULRICH**: Die Gauklerin von Buchhorn (2010) • Die Herren von Buchhorn (2008) **FOHL, DAGMAR**: Das Mädchen und sein Henker (2009) **FRANZINGER, BERND**: Leidenstour (2009) • Kindspech (2008) • Jammerhalde (2007) • Bombenstimmung (2006) • Wolfsfalle • Dinotod (2005) • Ohnmacht • Goldrausch (2004) • Pilzsaison (2003) **GARDEIN, UWE**: Die Stunde des Königs (2009) • Die letzte Hexe – Maria Anna Schwegelin (2008) **GARDENER, EVA B.**: Lebenshunger (2005) **GIBERT, MATTHIAS P.**: Bullenhitze (2010) • Eiszeit • Zirkusluft (2009) • Kammerflimmern (2008) • Nervenflattern (2007) **GRAF, EDI**: Bombenspiel (2010) • Leopardenjagd (2008) • Elefantengold (2006) • Löwenriss • Nashornfieber (2005) **GUDE, CHRISTIAN**: Homunculus (2009) • Binärcode (2008) • Mosquito (2007) **HAENNI, STEFAN**: Brahmsrösi (2010) • Narrentod (2009) **HAUG, GUNTER**: Gössenjagd (2004) • Hüttenzauber (2003) • Tauberschwarz (2002) • Höllenfahrt (2001) • Sturmwarnung (2000) • Riffhaie (1999) • Tiefenrausch (1998) **HEIM, UTA-MARIA**: Totenkuss (2010) • Wespennest (2009) • Das Rattenprinzip (2008) • Totschweigen (2007) • Dreckskind (2006) **HUNOLD-REIME, SIGRID**: Schattenmorellen (2009) • Frühstückspension (2008) **IMBSWEILER, MARCUS**: Altstadtfest (2009) • Schlussakt (2008) • Bergfriedhof (2007) **KARNANI, FRITJOF**: Notlandung (2008) • Turnaround (2007) • Takeover (2006) **KEISER, GABRIELE**: Gartenschläfer (2008) • Apollofalter (2006) **KEISER, GABRIELE / POLIFKA,**